混沌力学

Mécaniques du chaos

Daniel Rondeau 〔法〕达尼埃尔·洪多 著　杨晓敏 译　人民文学出版社

著作权合同登记号　图字 01-2021-3212

Originally published in France as:
Mécaniques du chaos by Daniel Rondeau
©Éditions Grasset & Fasquelle, 2017
Current Chinese translation rights arranged through
Divas International, Paris 巴黎迪法国际

图书在版编目（ＣＩＰ）数据

混沌力学 /（法）达尼埃尔·洪多著；杨晓敏译．
-- 北京：人民文学出版社，2021
（当代法语获奖小说）
ISBN 978-7-02-015614-6

Ⅰ．①混… Ⅱ．①达… ②杨… Ⅲ．①长篇小说－法国
－现代 Ⅳ．①I565.45

中国版本图书馆 CIP 数据核字 (2021) 第 141215 号

责任编辑　卜艳冰　何炜宏
封面设计　李苗苗

出版发行　人民文学出版社
社　　址　北京市朝内大街 166 号
邮　　编　100705

印　　刷　山东新华印务有限公司
经　　销　全国新华书店等

字　　数　245 千字
开　　本　889×1194 毫米　1/32
印　　张　12.25　插页 2
版　　次　2021 年 10 月北京第 1 版
印　　次　2021 年 10 月第 1 次印刷

书　　号　978-7-02-015614-6
定　　价　59.00 元

如有印装质量问题，请与本社图书销售中心调换。电话：010-65233595

献给诺埃勒

献给哈碧芭（真有其人！）

和她的难友们

"在异国即在吾乡。"
　　　　——路易·阿拉贡,《法国的戴安娜》

"啊！你们要知道：这出悲剧既非谎言亦非小说。都是真的,它如此真实以至于每个人都可从中发现自身的一些东西,可能是心里的一些东西。"
　　　　——奥诺雷·德·巴尔扎克,《高老头》

序　幕

我可以回去与动物一起生活

考古博物馆，开罗，埃及

六十年代末，十月的一天，一个少年模样的英国人推开了我办公室的门。下午时光即逝，博物馆老早就关门了，只有我和几个看门人在一起，我正准备走了。布鲁斯（他自我介绍的时候我没听懂他的名字）为了到爱丁堡学习考古，刚刚放弃了在苏富比拍卖行的工作。

"我想，在我这个年纪重返校园是不是个错误……"他对我说。

"为什么是个错误？"

"您不会抑郁吗？也没有自杀倾向？"

"我不觉得，但是我不明白这之间有什么关系。"

"太多的考古学家想把我们带进他们的坟墓。我想是否存在着一种诅咒。您很好运，与这些干尸为伍。而我，我的视野，是罗马时期的英国，是锉刀的内部。令人沮丧。我觉得困身其中。"

布鲁斯向我解释说他想去苏丹，两年前他就到过那里。一个生活在巴塞罗那的记者朋友建议他来找我。我年轻丧偶，开始学习，并奇迹般地得到一份开罗的实习工作。布鲁斯年纪比我大，在我看来也更疯狂。我带他到尼罗河边一家酒店的努比亚人酒吧去喝了一杯。

"您听说过贝贾人吗?"他问我。

"从来没有。"

"他们是苏丹东部的游牧民族。吉卜林①歌颂他们的英勇。"

"为什么您会对他们产生兴趣?"

"他们正是曾经的我们。这些贝督因人整天无所事事,男人们花很多时间打理头发。他们的侵略性和好斗性异于常人,是"一等一的战士"②,不追求任何物质享受。"

"这些对您来说都是好的?"

"我们丢失了生活的秘方。他们仍然呼吸着天堂的空气。您知道沃尔特·惠特曼③吗?"

"我可以回去与动物一起生活……"

"太了不起了!作为一个法国人,您真让我惊讶。耶稣,我们的伟大的通灵者,出生在马棚,在牛和驴的旁边。基督教就是一个羊群的故事,迷失的羔羊……"

来开罗前,我从来没有翻阅过《圣经》,但买了一本《古兰经》,而且把它读完了,还加了注释。我可以跟布鲁斯讲解伊斯兰教的游历传统和长途迁徙,比如"走向真主的吉哈德"。

那天夜里,我把布鲁斯留宿在我学院的房间里。他问我,

---

① 吉卜林(Rudyard Kipling,1865—1936),出生于印度的英国作家和诗人,代表作品《吉姆》《丛林故事》等。——译者注(本书脚注除特别说明之外,均为译者注。)
② 原文为英文。
③ 沃尔特·惠特曼(Walt Whitman,1819—1892),美国著名诗人,代表作品《草叶集》。

在他去苏丹期间，可否将我的地址留给想给他写信的朋友们。第二天早上，我陪着他逛开罗。他一定要找明信片，还要迫不及待地写好寄出。布鲁斯再也没有来取过他的信件。我再也没有见过他，自那次我们相遇之后，世界发生了很多变化。

第一部分

小小世界

1. 塔马里小屋，拉马尔萨，突尼斯

在你们将要读到的这个故事里，我认识所有的人。他们的生命轨迹在某一天曾经和我的相交。不是偶然！命运一早就已拟好我挂毡上的草图。我只需来回地摆动，万花筒便出现了。面孔，城市，房屋，海岸。我生命中最后的风景。一些声音从这种杂乱中发出，形成了一种难以形容的统一。今天，哈碧芭是距我心最近的声音。

2. 蒙娜亚德拉神庙，马耳他

她睁开了眼，大声对自己说"我是哈碧芭，我还活着"，她听见了自己的声音。

大海将他们抛向悬崖峭壁已经三天了。昨天下午，她把弟弟从海岸拖到栖身的岩洞后就晕倒了。海难后，她第一次睡着了。醒来的时候，她听到弟弟在呻吟。他呼吸困难，没有知觉，蜷缩在草垫上。

她有多长时间没有吃过东西了？上一顿饭还是在他们出发的前一晚，在的黎波里。面包、糖和几块"笑牛"奶酪。昨天，她在荒原上摘了几个仙人掌果子。嚼了一些海藻和野茴香聊以充饥。一瓶远足客喝过一点的矿泉水让她和那发烧颤抖的弟弟止了渴。

她的手指擦伤了，右手腕有一道割痕，头昏脑涨，还打着哆嗦，但是睡眠带来了奇迹：起身，行走，走出岩洞，呼吸，凝视大海，这些对她来说都是轻而易举的事。我是一个行走着说着话的死人。

她用一只手掩住嘴巴，有点愕然，她坐在一块石头上，面对深沉的夜。浓重的蓝色泛着荧光，编织出影子，包裹着峡谷的缝隙，水之镜，天无垠。在这陌生的岸边，每一小块岩石对她来说都好像很熟悉。

夜、星辰、石头，都成了朋友。

思绪攀上天空，飘向星辰。她隐约见到了父亲，她那逝去已久的父亲。他躺在坐垫上，弹奏着诗琴，唱着摇篮曲。他朝她笑了。父亲看到我了，他是在为我歌唱，他是在让我安心，就像以前睡前我害怕的时候一样。我不再害怕了，我是哈碧芭，而且我活着，而且我和父亲一起歌唱。

她看着自己的掌心，觉得它们像灯一样明亮，这让她安心。她将手心贴向嘴唇；她轻吻着将弟弟从大海夺回的这双手。我是哈碧芭，而且我活着。他也一样，他也活着。感谢上苍。

她离开祖先的村庄有多久了？会有那么一天，她可以回溯生命之流，再次见到被她抛在身后的母亲吗？她想起迈克尔·杰克逊的一首歌。《比利·金》……她的一位表兄给她看了手机上的歌手视频。她练习"太空步"的步法。当父亲无意间发现她在屋后跳舞的时候，她已经做得几近完美。他，一个从来不会大声说话的人，突然发了好大的火，用棒子打走了表兄。

她不知道这是不是一个美好的回忆。

《比利·金》的旋律在她的脑海里扎了根。

地中海慢慢地呼吸着。如此宁静……

哈碧芭又开始哆嗦了。

恐惧又回来了。它在她的肚子里掘着、刨着。突然她大叫一声。她又看到了,大海被逆风翻滚着,初现狰狞,船上那一幕幕的惨状。那是在夜里。他们偏离航道在海上漂了四天,储备的水也用完了。某个人大声喊着海岸近了,上岸的日子不远了。而橡皮艇的两个雅马哈发动机已经无法运转了。

乘客们惊慌失措,麻木迟钝,被阳光和盐灼烤着,时时刻刻被海浪抽打着,他们蜷缩成一团,一个挨着一个。所有人都将屎拉在裤衩里。恐惧。大便的气味盖过了大海的气味。很多人努力地相信很快就要离开这个橡皮筏子,很快就要踏上欧洲的陆地了,只是一个忍耐力的问题。还需要一点点的勇气。没有人哭泣。

片刻间,他们的境况就变得无法忍受了。风越发强劲,四处肆虐,搅动着大海。海浪咆哮着,浪底越来越深,然后抽筋般地涌向天空,把橡皮艇掀到浪峰的泡沫里,又猛地抛开,小艇在巨浪深处盘旋。只是几个浪,再猛烈一些的浪,哈碧芭就看到同行的人被抛出船舷之外。

他们消失了。

她寻思着自己是如何逃脱海浪的。弟弟又是如何逃脱的?谁赋予了他们这种力量?是上天的仁慈吗?是七圣童吗?

她藏在岩石间,受伤的弟弟躺在一旁,她已经筋疲力尽,瘫倒在劳累与焦虑的重压下,半梦半醒之间,她看到直升机将尸体吊起,放到一条路上,路上停满了救护车。

狗在跑着。它们靠近了。

前一天的下午,她集聚力气用石头打走了它们。一块重一些的石头打中了一条浅黄褐色的短腿杂种狗,狗群里最凶的那只。去死!滚开,你这只吃腐肉的畜生!去死!它哀嚎着在地上打着滚,长长的一声悲鸣后就跑开了,尾巴低垂,身后跟着它的同伙。

她闭上了眼睛。

肮脏的狗……

冷静,你是哈碧芭,而且你还活着。

3. 塔马里小屋,拉马尔萨,突尼斯

我叫塞巴斯蒂安·格里莫,是一名考古学家,目前与工作现场拉开了一点距离。入冬的时候,我接待了一位来访者,一位曾在我发掘艾菲斯古迹时帮助过我的土耳其官员的儿子。他让我不知不觉地重新拿起我的笔记本。

八十年代初期,我在伊斯坦布尔的机场见过这名军人,他正要去和在图兹湖边度假的家人汇合。当时的运输很繁忙,我不记得是受什么干扰,包括我们的飞机在内的好几趟航班都晚点了五个小时,尽管我对他所效忠的体制并不看重,但是我们之间产生了好感。

我观察着我的同类们,向他们提问,聆听他们的回答,然后才做出评论。这种谨慎在很长时间里只是因为我的腼腆。年轻的时候,我性格内向,非常消极被动,让家人对我毫无

兴趣。很长时间里，人们都认为我不是一个随和的人。后来，他们又断言我是冒充高冷。事实上，我只是在孩童的皮囊下冬眠，我只会在面对雨后耕作后的田地，在寻找燧石碎块或者箭头时苏醒，或是在通往小莫兰河谷墓室的甬道里，在山丘下参观者都不屑于进入的那些岩洞里苏醒。

那些我不敢向同时代的人或父母朋友提出的问题，我向这些活在几千年前、在白垩矿层用燧石和鹿角凿井的人提出。

这种长时间与死人的交谈帮我进入了活人那种让人疲惫不堪的复杂之中。庆幸的是，我是在很迟才发现了莎士比亚的这句话，让我回顾以往不免惶恐："诅咒惊扰我骨骸的人。"如果我早一点知道这句话的话，恐怕我的整个人生都会改写。

我遇见德米尔的那个年代，伊斯坦布尔机场的规模还不大，尽管机场已有重要的国际运输业务。我们被迫候机的航站楼杂乱不堪。椅子的数量不够，很多旅客席地而坐，或者坐在行李箱上。有美国人、德国人，也有土耳其的商人。保加利亚的穆斯林，他们多少有点被赶出家门的样子，身上满是羊膻味，重重地瘫倒在一堆绑得乱七八糟、与整个大厅不太协调的箱子上，集中在大厅的中央。

一些戴着土耳其帽穿着奥斯曼小坎肩的侍应生终于给我们端来了茶水和大盘大盘的新鲜酸奶。我的邻座看着我吃完酸奶，悲伤地摇了摇头。他从包里取出一个小扁瓶的威士忌，把杯子递给我。我接受了，他自我介绍说："德米尔上校……"我没有想到，这个说着法语的男子，穿着休闲服，客客气气的，居然是安卡拉军政府的人。

后来，他把家人也介绍给我认识，还经常带着孩子们到挖掘现场来看我，其中就有黎梵特（我的记忆里还回响着他的笑声），挖掘工作得以顺利进行得益于他的帮助，多亏了他及时督促负责古物的土耳其行政部门官员们，解决了很多拖延和迟疑的问题。他和我的上司们达成了心照不宣的协议，为我们大开方便之门，我送给他一座古罗马晚期的半身雕像，是一件著名雕塑的同时期的复制品。我们保持了很长时间的联系，然后就没有什么交集了。

几个月前，当他的儿子出现在我的门前，我真的好惊讶。当时，在我家住着的莉姆告诉我，一个叫德米尔的先生来找我，我惊叫了一声。德米尔！看到黎梵特的时候，有那么几秒钟，我真的以为是他的父亲。同样的皮肤纹理，留着同样的短发，穿着同样的添柏岚的低帮便鞋（我马上想到他和远在华盛顿的父亲保持着联系），同样的嗓音。

"你是怎么找到我的？你从伊斯坦布尔一直来到这里看我？"

他不是从土耳其而是从利比亚来的。利比亚的一些考古专家跟他说起过我，并告诉他我在这儿生活，就在突尼斯旁边。"你是从班加西开车来的？"

"我昨天晚上出发的，一路都很顺利，如果不是在边界哨所被愚蠢地堵了好久……"

我猜想他需要一点时间才会道出他此行的本意。

我带他到港口旁一家餐馆的露天座吃午饭。我们喝了一长颈大肚瓶的白葡萄酒,吃了生鲜沙丁鱼脊肉。我一边专心致志地吃着东西一边等着他敞开心扉。沙丁鱼肉如珍珠般,很纯正的白色里泛着青光。在点咖啡准备结账的时候,我以为他会开口说实话了,而他一直等到晚上才真正进入正题,跟我解释他经常去的利比亚的情况。

"没有了国家,没有了法规制度,内战横行……"

"伊斯兰极端分子正在企图控制整个国家。"

"我的政府致力于该地区的稳定……但是,如您所知,有些组织开始毁坏国家遗产。的黎波里老城区的清真寺,还有古罗马城里的辉煌建筑,它们已经挺过了几乎一切的……"

"你想要我做什么?"

"利比亚的某些负责人认为,与其让人毁掉这些珍宝,不如把它们送出国……"

我一早就明白了。黎梵特真是他父亲的儿子。

在伊拉克和叙利亚,古董的非法买卖和石油一样,都是极端分子的主要收入来源之一。没有毁掉的那些东西,他们会拿来卖掉。黎梵特来找我帮忙,凭借我的专长我可以帮他在利比亚建立一个同样的网络。我让他给我一点时间思考,也让他能够为我提供一些前期的联系。莉姆为他准备了一间客房,第二天早上他就走了。

黎梵特推开我家大门时,我的生活正处在一个转折点。三年来,我从我的出版人那里拿到的支票加速了我离开法国国家科学研究中心的决定,放弃了两三个紧急的现场挖掘工作，比如这二十年来每年冬天我都会去做的，远离我的根据地的挖掘工作。我写的关于亚历山大大帝的书获得了出乎意料的成功，这成功扰乱了我的生活轨迹。

这本《亚历山大》是学院路上一家科技出版社请我写的，根据一些很古老的笔记写成的。书很短，由挖掘日志构成，加上一些个人的思考，比较有趣，还有很多希腊、波斯和阿拉伯历史学家的引文。这种书的印数一般不会超过三百本。但是，一家电台请我把这本书改编成了七分钟的"微叙事"，夏季的时候每天在电台里播出。书的销量即刻猛增，书店里的书被抢购一空，口袋本也获得了同样的成功，翻译成各种语言。

我没有犹豫。母亲刚刚去世，我锁上她的房子，准备出售。家乡使我厌倦。同时代的人也让我厌倦。他们竟然能够既消沉又狂妄，一些醉心于平庸的政客。我感觉，在我成长的这个世界里，那些一成不变的地方和那些被称为习俗的东西，所有我以前觉得难以忍受的东西，正在从我的眼前消失。有时我会为此惋惜。

我的科学"生涯"临近尾声，我不再理睬那些掘墓人，提前退休，来此定居。

既然要生活在废墟之间，还不如选择自己的废墟。

我买下了塔马里小屋，位于突尼斯城附近的拉马尔萨。这是一个离海岸不远而不为人知的区域，位于地中海周边这条分隔金钱和贫困的虚线之上。也分隔过去和现在。哪儿会让我感觉是自己的家？尼采曾这样问。在这座摩尔人的破旧小屋里，有点赤贫的味道，冬天很潮湿，我感觉是在自己家里，第一次有这样的感觉。

我六十二岁，偏瘦，中等身高，黑头发，精力依旧旺盛，吃饭，睡觉，勃起，只是胡子有几根白丝，就在这片突尼斯土地的虚线之上，我要开始生命中新的一季。新的还是最后的？黎梵特这样问我，他继承了父亲的幽默。

从外面看，这屋子其貌不扬。与街区那些显贵的别墅相去甚远，那些房子被九重葛包围，由黑衣人把守着，白天黑夜地戴着与主人联系的耳塞。我这屋子没有任何值得夸耀的，只有灰泥脱落的墙面上一点点优雅的残留，是一个壮汉留下的沥青涂鸦：滚吧，本·阿里！倾斜着延绵至海边的那块空地，是饥饿猫咪的王国，满是垃圾和浮木。我维持着这种朦胧感。突尼斯的工匠负责翻新屋子的内部。我毫不吝啬地为自己打造了一种朴实而舒适的装修。

从一楼的卧室，我听到邻居来来去去。他以捕鱼和园产品为生。他的小船的马达声就是我的闹钟。在我来此几个星期之后，莉姆来和我住在了一起。如同所有任性的年轻人，她起得很迟。我所有的早上都用于写作。

4. 安卡拉，土耳其

黎梵特本来可以乘直升机去科巴内，但是他还是更喜欢开车。离开安卡拉的时候，太阳还未升起，保镖为他准备好了一辆路虎揽胜，车上装满了应急油箱，他示意保镖离开。"给自己放一天假吧，我不需要你……"经过图兹湖的时候，看着一群火烈鸟飞起，他想起曾经和父亲一起来此度假（后来，他们所有人每年都去佛罗里达好几个星期）。

父亲和凯南·埃夫伦[①]将军走得很近，和美国人也有联系，他父亲为秘密机构工作，他也一样。打着凯末尔主义的幌子，他和美国中央情报局合作。峰回路转，父亲与政治伊斯兰斗争，而我支持它，就目前的情况来看，每一代人都需要适应时代，他经历过大好时光，使我们从中受益。现在，要看我的了……他的思绪飘忽游离，路还很长。

他想着明天的约会。想着就要见到"伊斯兰国"的新负责人，他的好奇心就被激起，比他自己承认的还要强烈，所有人都说那是一个舆论导向的高手。他想起那些在五角大楼工作的朋友，他已经不常见他们，尽管他们的联系还是很密切，然后，他默默地估算着他在海外的账户（在卢森堡、新加坡……）。这种日常的估算是他喜欢的娱乐消遣，让他几乎和收到俄罗斯娘们给他的色情短信一样兴奋，他每次去伊斯坦布尔都会见她们。他试图计算着走的时候能够留给两个儿子的财产。希望能够尽量晚一些……如果一切顺利。我还有好些幸福的日子呢。正常情况下，他的两个儿子会一辈子生活无忧。他们的孩子也是。

黎梵特和一些生活混乱的男人一样，在安排日常生活时寻找精准和严密，这样他才会安心。每件东西都应该在它的位置上。严格的次序支配着他的私生活。正因为如此，他才要求

[①] 凯南·埃夫伦（Kenan Evren, 1918—2015），土耳其军人，1980年9月12日，埃夫伦等人发动军事政变，解散前文官政府，埃夫伦出任国家元首，1982年军政府修改宪法，埃夫伦正式出任总统（1982—1989）。

（每天两次在他的密码电话上）收取海外账户的准确状况。

财产的投机活动很自然地把他带到了与喀秋莎最近一次见面的回忆中（她浑圆的小屁股……温热的大理石……像一尊雕塑。我得再见她，我要带她去别的地方，伊斯坦布尔，就一次，没关系，面对那些只想着为自己挣钱的俄罗斯女人，我应该谨慎……一次还是可能的……）他的默想来来回回，金钱，性欲，性欲，金钱，所有能想到的可能的场景让他很放松。他觉得状态很好，肾上腺素飙升让他颤抖，带给他一种非常惬意的感觉。在他的车超过和他一样驶向边境的一队军车时，他正想着下一次执行任务的时候，能不能带她去马耳他。我们在瓦莱塔乘渡轮，不用两个小时就可以到西西里岛。我五十八岁了，再过十年，女孩子……这一个，多美好的礼物……！就算是先知，如果看到她挺起的奶头，都会疯狂……

黎梵特不自觉地开始手淫，继而又放弃了。他快速地开到了阿达纳，车很少，而向边境前进的人流长得望不到头。

他寻思着，还要完成多少次这种走钢丝般的任务。他已经不是第一次想到脱离这一切的时刻。如今，机构有现金，大量的现金，而发生的事情给了我们出乎意料的操作性……埃尔多安需要我……我是他计策里不可忽略的一颗棋子……但即使……我给美国人一点甜头……和极端分子合作……目前，还不是很可靠……得学会耍点手段……我知道，这样对所有人都好……除了那些库尔德的傻子……只要还在继续……几个小时后，在进阿达纳城的时候，第一次遇到了堵车。

他给车加满了油，停在餐馆的露台前，抽了支烟，就着一杯发酵的萝卜汁吃了串羊肉，然后重新出发。黎梵特再次陷入了车流的轰鸣里。幸亏我独自出发了，要不然整个路途都有那个蠢货盯着……道路穿过广阔的橘园和棉花田，田里间种着蔬菜。

他用了好长时间穿过奥斯曼尼耶，沿路都是凸起的丘陵。而后，他又用了差不多五小时才靠近了科巴内，艾恩·阿尔-阿拉伯，他们是这么称呼它的，路其实很宽，四周什么都没有。差不多已经到达目的地了，黎梵特下了车，走上了一个斜坡，观察着这座库尔德人和"圣战者"从夏末就开始为之肉搏的城市。

边境的另一边，最后一缕阳光染红了被几周来的战斗和轰炸毁坏的城市。尽管被带刺的铁丝网围住，科巴内却好像很近了。清真寺的尖塔奇迹般地矗立着，楼房被撕裂，房屋倒塌或焚烧着，一缕缕浓烟从中升起，赭石色的沙土上偶尔几处花园的绿色，白色的墙。军队的车队在平原上来来去去，在收获后的田野上掀起尘土。离他二十米远的地方，在土耳其那边，救护车鸣着警笛穿行在拥挤的人群里。

黎梵特怔怔地盯着这群逃离暴行而无所适从的人。驼着背拄着棍的老人，成群的因饥饿和恐惧而眼睛睁得大大的孩子，穿着长裙的农妇，有些女人把孩子抱在怀里，残疾人、乞丐、伤残者，他们撑着命运的拐杖，又融入苦难的波涛，卖水的、卖水果的、卖面包的、好打听的和小偷，听天由命的小混混正等着时机的到来，毒贩或抵押借贷的人穿着脏兮兮的西装，胡子拉碴。

黎梵特很喜欢这个时刻，让他觉得自己是在历史的震荡里屹立不倒的男人，居于一个位置让他行动自由不受任何干扰，从某种程度来说，他的舒适也不受任何干扰。我是一名游牧武士，我的祖先在几个世纪里横扫草原的狭长地带，最终征服了东罗马帝国，我们头脑灵活，体格强健，我永远都不会像这些无赖一样，力量在我身，我在动，我在玩。我还干着漂亮的白种女人。

带着武器的战士、记者、摄影师、世界各地的电台团队，混杂在难民群里，游荡在分界线后方那迷宫般的街道里。

战斗开始后，另一座城市诞生在边界的这一边，不断地扩大。

平地而起的一座特大城市，突现在混沌之中。

泥泞和尘土。

到处是临时营地、火堆、堆积如山的垃圾、塞满粪便的沟渠，到处是长长的帐篷，囤积着辅助军队的物资，还有非政府组织提供的圆形的粉色小船，以及由树干支架上的地毯和被子搭成的藏身之处。很多的叙利亚难民。好几个家庭跪在尘土里低声祈祷。是些基督徒……

在所有的边防检查站，一群群身着绿色或深蓝色的土耳其军人。他们检查着所有的进出情况。

另一边，叙利亚。操你臭蛋，巴沙尔……

过境的速度很慢很慢。

黎梵特好不容易靠近了一道关卡，表明了总统特别警察部门的身份。马上就有一名年轻的中尉将他引到一座位于高处的独立别墅，这是土耳其军官的指挥部，他们大部分时间都看着望远镜。"我们做出判断，再做汇报，"其中一人对黎梵特说，"我的少校，很可惜您不是昨天到这里的，联合部队采取了行动。很少有机会能在这样的情况下看到空袭。F16战斗机一天经过了好几次……很有趣，我可以给您看录像，但是也有不少的文章要做，幸亏他们不是天天都这样……"

他喜欢人家叫他少校，尽管他什么军衔都没有，只是在土耳其情报部门大全上有登记注册。

他就睡在房子里。上尉把床让给了他。夜很短。第二天早上，一个身着便衣的司机把他领到另一座别墅，几公里外的苏如斯。这里一如别处，世界的这部分，日常生活被战争打乱了。帐篷的村子和摆放整齐的棺材。推土机正在平整一块地，用来安装临时住所，挖掘公共墓坑。已经有五个难民营了，大部分是库尔德人的。运输粮食的卡车在路边停了一个星期，等着给科巴内送粮食。

房子空置着，屋主是当地连锁超市的老板，因为战事逃走了。看门人是一位头发雪白的老人，一条胳膊吊着绷带，给他准备了杯咖啡，然后走去了花园。九点整，一辆车停在了大门前。司机赶忙下车，打开了后座的门。

黎梵特从一楼的窗户看着这个场景，不禁有点兴奋。这个人准点出现，更加强了他的想法，他和来访者一样，都是属于那个逃离日常法则的社会阶层。这个男人，穿着西式服装，身影修长，甚至有点消瘦。

"愿您安好！很高兴见到您。请叫我穆拉德，而且这也是您给我护照上安的名字,不是吗?"

他说的英语还过得去,就是语调怪怪的,把句子切得很短,发音特别清晰。黎梵特想他是在试着掩盖自己的口音。一张饱经风霜的瘦脸,一副贪婪凶狠的外形,黑色的寸头直立向后,四十来岁。黎梵特的部门从来就没查到他的真实身份。只有一点是确定的:伊拉克人,萨达姆·侯赛因的旧部,几年前加入了极端分子阵营,现在号称"伊斯兰国"的一名军官,负责国际事务,这种说法没有任何意义。

"海关的手续有没有……"

"很繁琐?肯定没有,多亏了您,谢谢。我的旅游证件无可挑剔。"

"您今天晚上还可以再次使用,从同一个哨所通过。但是要注意,您的身份是可被降解的。明天早上七点之后,如果您还用这些证件,马上就会被逮捕。"

他们的讨论持续了三个小时。两个男人联系已经很久了,而这是他们的第一次见面。穆拉德非常有条不紊地引导着交谈,他自认为是在"概括热点档案材料"。他提议达成一致意见,对他们的见面绝对保守秘密。"这是先决条件。"穆拉德奇怪地笑着。"我们不认识,"黎梵特表示赞同,"我们从来没有见过面。这次谈话也从未发生过。"

详细的信息交换即刻开始了,关于叙利亚的、库尔德人的想法("这一点,我们非常高兴您没有完全关闭信息渠道",穆拉德面无笑容地说),关于伊拉克、马里、黎巴嫩、埃及、利比亚,当然还有科巴内。说话的时候,两个男人都同样地专注，语气平等，眼睛直视着对方。

穆拉德两腿交叉，时常燃支烟，却不抽完。鹰钩鼻子很清秀，嘴夹在两道皱纹间，络腮胡子修剪得很整齐，泛着光泽，消瘦的脸上有一种几次逃脱美国无人机轰炸后的满足感。面对他，黎梵特显得更加滚圆矮胖，也显得更加脆弱（但他在添油加醋）。他认真地听着面前的这个人（他学会用沉默让别人说话），把他收入黑色的眼底，时不时地提一些简短而尖锐的问题，问题的精准度扰乱了对话者。

谁都没有做笔记。

网络、资金、武器装备，还有"友邦"国家的关系，所有的都说了。大量而全面的信息，更偏向政治。显然，他们的"交叉信息"里也不乏毒害信息和谎言。

穆拉德毫不迟疑地运用着谄媚艺术，但是他的每一句恭维话只能在黎梵特的脑海里留下一个警惕的信号。

这是两只相互观察着的猫，他们嗅着对方，伸出的爪子随时准备抓住出现的东西，他们也为了共同的利益寻找着趋同点。他们最后的交谈集中在利比亚。两个人都在这次并不存在的交谈中得到好处，两个人都在想如何使用收集到的资料。黎梵特打开窗子，让花园里的守门人送两杯咖啡来。在他拿着蓝色的塑料托盘进来之前，穆拉德起身望着燃烧的科巴内。他没有转身，直接说道：

"还有一个细节。"

直到这个时刻，还没有人说到细节。

"我觉得是时候启动我们在的黎波里和巴黎的代理人了。

"目标法国？"

"正是。目标法国。听起来很顺耳。"

"我下周就会在的黎波里。"

5. 图尔贝伊-大塔尔特，巴黎大区，法国

环城林荫大道，汽车站，三个戴着风帽的大胡子殴打着一个少年。行人都散开了，车辆路过时还加速前进，车轮发出嘎吱的摩擦声。这个汽车站靠近高中的大门，经常会发生一些事端（仇杀、敲诈、偷盗），而几个星期前，一群小混混向校长宣战，起因是一位女士在新闻里宣布，要把图尔贝伊中学最好的学生送进巴黎的一所名校。巴黎政治学院的院长专门来此敲定了这项合作，这所位于"教育优先区域"的雅克·普莱维尔高中将和巴黎圣吉约姆街的名校合作。"见到您，我们非常荣幸"，两三个学生这样对院长说。

自从这个被新闻界称为值得纪念的日子之后，放学后的骚乱就增多了。萨拉菲极端分子等着成绩优秀的学生，抢他们的东西，殴打他们。这种情况持续了一个月，成了家常便饭。昨天晚上，离学校最近的一个摄像头被扯了下来，锤坏了。没有人看见。今天早上，一个学生又成了目标。拳头来得很快，毫无章法。小家伙才十三四岁左右，挣扎着，用阿拉伯语喊叫着，同时用胳膊肘护住脑袋，他被推倒在地，被人拳打脚踢。戴着风帽那群人中，年纪最大的那个抓住他的头发，踢他的肚子，然后把他抓起来又狠狠地摔到沥青路面上。另一个撕烂了他的盖丘亚书包，把里面的东西全部倒在

路面上。本子被风吹得四散开去。一辆黑色的高尔夫在不远的地方等着这群袭击者。学生用了几秒钟的时间站了起来,弯着腰跑掉了。他的衬衣上满是血迹。

一个黑人少年看着整个场景,一动不动。他四肢细长,瘦瘦的,甚至有点干瘪,头发短而卷曲,鼻子上架着圆圆的眼镜,整一个早熟孩子的样子,上身穿着毛织的外套,那适合障碍跳的腿上穿着一条厚运动裤,侧边脚踝那儿有拉链。他的名字叫哈利,就是外套背后黑色底面上那两个黄色的大写字母。有那么几秒钟,他整个人都在哆嗦。肌肉,心脏,神经。年轻人处于一种感觉停滞的状态,就像每一次他面对不愿意看到的东西,暴力或者性。他观察到了,心里却毫无感觉。想着警察应该很快就会到了,他从无力虚弱中惊醒,一直跑到车站,捡起一个笔盒(很漂亮,绿色的人造革,还有一个圆规)和一本书,唯一一本没有被撕烂的书,然后消失在楼群之中。

6. 去的黎波里的路上,利比亚

自卫队士兵把我的护照翻来覆去地看过之后就放行了,这个时候,天气已经热了起来。黎梵特派了一辆悍马来利比亚边境接我,这辆战利品还保留了美国的外交车牌,外加重型武装的护卫。这些关照让我明白了,我在客人眼里是有一定的重要性的。虽然我不喜欢太长时间留莉姆一个人在家,但我还是很开心地离开了拉马尔萨。这次远行激起了我的好奇心,就算我感到利比亚的混乱可能会让人沮丧,也可能我认不出三十年前曾经工作过的这个国家，那个时候我是参加意大利同事组织的大莱波蒂斯①的挖掘工作。

我们临时搭建的木板房临近赫拉克勒斯神庙，位于古罗马市场和大海之间。没有比这里更理想的位置了。我都是尽早赶到挖掘地，比苍蝇起得还早，和负责监督我们工作的警察同时到达。我和他们中间最年轻的一个结下了初步的友情，一个叫穆萨的小伙子，他和他的同事们同样迟钝，一个脑袋瓜不太灵活的家伙。为了挣几个美元，他小心谨慎地从的黎波里，那个他每天晚上都回去的地方，给我们带一些缺乏的东西，肥皂、剃须刀，当然如果找得到，他还会给我们带葡萄酒或威士忌，这些是他用高价从埃及使馆的一名秘书那里买的。

只有极少的机会我们会在晚上离开大莱波蒂斯去的黎波里，经常是星期五的晚上，总是由保镖们陪同。法国大使，一个阿拉伯语言文化的学者，无政府主义者工人的儿子，喜欢不顾社交礼节地聚集几个朋友，其中有一名法国女记者珍奈特（卡扎菲有名的情妇，穿着绿色超短裙的金发女子，嗓音有点沙哑），大使请大家到他的花园里晚餐。第二天，我们就会回到营地。

我们的露天营地设在勒布达河口，离海非常近，海风吹拂勉强能够缓解炎热。我们常常几个小时地闲聊，喝着冰冻的玫红葡萄酒。此种安宁，属于幻想着永远都过安营扎寨生

---

① 大莱波蒂斯古城位于利比亚北部，是地中海地区保存最完好的古罗马遗址之一。

活的人们……这些夜里，我们只关注我们的执念、我们的坚信、我们的疑惑，我对这些夜晚保留着非常美好的回忆。我们提及的世界，复杂而变化，它无视时间的界限。在满天的繁星下，我们周旋于塞普蒂姆·塞维鲁①和卡扎菲之间。

我记得有天晚上，一位意大利的同事，叫恩佐的米兰人，他说到拿破仑对丰塔纳说过的一句话；我至今仿佛还听到他的声音，低沉而嘲讽，模仿着马斯楚安尼的样子，语气充满诱惑："世上只有两种权力：军刀和思想。以长远计，思想总是能战胜军刀。"

大莱波蒂斯城周边环绕着橄榄园，星形大道通向亚历山大、通布图和廷吉斯（后来的丹吉尔），它曾经是罗马投射在非洲沙地上的带着公民傲气的影子。在大莱波蒂斯，王权在时间的旋涡里更替，军刀和思想都被战胜。爱情、欲望、神灵都离开了这座城市，这里的生活如熔岩般翻腾。城市变得缄默无语。

我们的交谈一直围绕着这个不解之谜。为什么这样的沉寂？这座城里最后有组织的人类存在是拜占庭的一小队驻军，那是在阿拉伯人入侵的时候，有四十来个士兵。我们寻思着这些边境哨兵的命运。被他们的首都遗忘了？还是被割喉屠杀在沙滩上？或者谨慎地改宗了？在他们之后，直到一九一四年意大利的考古学家到来之前，几乎没有人涉足过

---

① 塞普蒂姆·塞维鲁（Septime Sévère, 145—211），罗马帝国皇帝，塞维鲁王朝的开创者，其拉丁名为 Septimius Severus，一般译作塞普蒂米乌斯·塞维鲁。

大莱波蒂斯的街道。

　　大海的呼吸轻扰了浓厚的沉寂。几个贝督因人时不时露露脸，以邻居的身份，从不冒险走上罗马人的路面。他们自称是空城的守护者（甚至是所有者），照看着九重葛、黄连木、金雀花，而这些植物将它们的色彩泼洒在舒展的石头上。

　　遗迹散发出一种奇特的生气。对荣耀的回忆存在于我们每个人心里。城市让我们梦萦魂牵。

　　一天夜里，我们躺在营地的床上，无法入眠，恩佐点燃了一支他钟爱的卷成螺旋形的雪茄，臭烘烘的，他告诉我们，十七世纪的时候，几个法国游客在的黎波里领事馆的支持下，向贝督因人购买了一些镶面和廊柱，在管辖伊斯坦布尔海峡的苏丹的首肯下，将这些东西运到了凡尔赛宫的猎人小屋和两座巴黎的教堂，圣叙尔皮斯教堂[①]和圣日耳曼德佩教堂。我们打算日后在巴黎重逢时，能够在这些粉色和绿色的大理石前喝杯香槟。"非常冻的香槟！"恩佐这样说，他和我们一样，躺在营地的床上流着汗。虽然诺言没能实现，但是鲜活的回忆让我立马接受了黎梵特请我来大莱波蒂斯的建议。

科林西亚酒店，的黎波里，利比亚

　　我们的车队经过了几个边境检查站，沿着破烂的建筑行

[①] 今天，在巴黎的圣叙尔皮斯教堂主祭坛后的圣母小教堂里，还可以见到大莱波蒂斯的柱子。《无神论者做弥撒》中的主人翁、外科医生德普兰就是在这个小教堂里做弥撒的。（巴尔扎克，《无神论者做弥撒》，玛丽-贝内迪克特·迪特勒姆注解，马努丘斯出版社，2013 年。）——原注

驶了一段，其中还有卡扎菲宫殿的残骸，车开进了科林西亚的范围。一大群战士在广场上推推嚷嚷。我用眼睛寻找着黎梵特派来的接头人，他应该在等我。我看到了一名四十岁左右的男子，身着欧式服装，正当我向他走去的时候，一个非常年轻的戴着薄面纱的女子从士兵的人群里走了出来，靠近我：

"塞巴斯蒂安·格里莫先生？旅途还顺利吗？我带您去看看您的房间，穆萨少校很快就会见您的。"

按理说，我是有权走出我的房间的。

按理说，我可以去那么多的酒吧里喝上一杯或者去健身房的跑步机上发泄一下，或者还可以去水疗做个按摩。但是，酒吧里没有酒，跑步机坏了，女按摩师们也不见了，特别是黎梵特给我的手机打来电话跟我说，在酒店里晃悠会招来不必要的危险。"我的保镖来接你的时候，你再出房门。酒店里的客人都是一些受到超级保护的生意人，还有几个喜欢战斗的记者。躲在科林西亚的最后一批外交人员也都走了。"

我带了几本书。我长时间地读着书，想着莉姆，我担心她，想象着她和学校的小男生闲逛，我让自己理智点、冷静点，我叫了房间餐的披萨饼，冲冷水澡，夜幕降临后，我就看看电视。

我不能不承认，想打电话找莉姆的想法折磨着我。我拨了十次她的号码，但是在拨通之前，这十次电话我又都挂掉了。我甚至给她发了条短信。冷淡而简洁的短信。**一切都好。别忘了数学。**在按发送键的时候，我就知道这是个错误。不要指望能收到回复。如果我不在家的时候,有人能看着点她进进出出,我可能会轻松一些。但是,我不能把这项工作交给邻居,这样会引起他们的怀疑。总而言之,自由对她而言十分重要,我得接受这一点。

希迪·布·赛义德,突尼斯

我在几个月前遇到了莉姆,那时我在参观草席咖啡馆后面的希迪·布·赛义德墓,而这个咖啡馆曾经是时尚旅游的胜地。我对隐士墓感兴趣有好几个原因。圣人的墓地一直都是天与地的连接点。而我听说过这样一个传说,据说圣路易在去世前改信了伊斯兰教。乞丐们的国王有可能曾两次被奉为圣人。伊本·赫勒敦①曾经提过这个奇特的假设。圣路易,亦名桑路维斯,伊本·路维斯,或瑞达法拉斯,法兰西国王的音译,这个国王仍然萦绕在阿拉伯的记忆里,从埃及的海岸一直到他去世的迦太基②。

圣路易的东方传说被西方的历史学家忽视,然而不断地随着故事和真福的花粉一起远行。这个传说在这位四十岁女人的思想里是惊人的根深蒂固,她面戴薄纱,看守着希迪·布·赛义德的墓地。我敲了她家的门。她先是让我到别处去看看。"这里是清真寺!不能参观!"在我的一再坚持下,她才愿意出现在门口。"我是希迪·布·赛义德的后人,

---

① 伊本·赫勒敦(Ibn Khaldoun,1332—1406),出生于突尼斯的阿拉伯哲学家、历史学家和政治活动家。
② 古代著名的城市,位于突尼斯北部。

是他使桑路维斯改宗的,并且让桑路维斯认识到自己的罪恶……"她在和我说话的时候,我观察着屋子旁边棚子下读书的女孩子。"你在看莉姆?她是我的表妹,父母在革命中被杀害了……"我给了她十欧元。她给我打开了内殿的门,然后拖着脚步回到她的厨房里。

晚上非常舒服,空气被花儿熏香,我走着回去,这段路得走一个多小时。夜幕降临了,有好几次我都觉得身后有人,但是完全没有意识到一个女孩像猫一样和我朝着同一个方向前进。

我决定重读一本圣路易的传记,这时有人敲门。我回到家已经一个多小时了。"是我,莉姆……"她在走进房间的时候这么简单地说了一句,我并没有请她进来。她背着包,包里装着本子、教科书和两本口袋本小说。"我可以睡在你家吗?"她写在脸上的决心打动了我,这种决心融合着纯朴和意志。尤其是我非常震惊地看到她很像我的妻子瓦伦媞娜:一样的蓝眼睛,一样的黑头发,剪得很短,灰暗的肤色,颧骨较高,和她一样,一样的表情,一样的动作,这种相似真的让我心慌。我和我的妻子是在高中认识的,在她十七岁那天我们就结了婚。瓦伦媞娜两年后自杀了,就在她十九岁生日那天,是因为我。从来没有人取代过她的位置。

莉姆一边单脚跳着一边看着书房里的书籍,她在等我说点什么。"为什么不呢?这是个不错的选择……"我听到自己说出这些话,并没有意识到将会真的意味着什么。我给了她一份三明治和一罐可乐,给她看了她的房间、浴室。后来我觉得自己是个不负责任的怪人,但是那个时刻,我觉得自己很受用。她再次下楼的时候,建议煮点薄荷茶。我看着她把开水壶注满水,找着杯子,我思忖着,和她一起的时候,我应该好好斟酌我的用词,认真考虑我的每一个动作。不要做什么规划,绝对不要。

7. 塔马里小屋,拉马尔萨,突尼斯

  我的同时代人经常让我觉得,他们和我挖掘过的那些大莱波蒂斯的房屋和坟墓里的旧时居民一样神秘。我将笔记输入电脑,又回到最初的状态,陪伴着我的主人公,继而又抛下他们,埋在塔马里小屋里钻研时间,而我重新找到了属于自己的那份欢愉,是跪在沙地上拿着抹子清理地面时的那种欢愉。这种欢愉指引着我,就像分叉的树枝将巫师带向地下的水。谜题在翻滚沸腾。当我走进地下建筑,当我挖掘尘土、发掘泛白的骨头时,没有哪次我不会问:你,你是谁?你是如何祈祷的?是如何做爱的……跟我说,告诉我……我再次见到那位有名的珍奈特的时候,我马上就想问她这些问题。跟我说,告诉我……是她先告诉我的,夏至那天,她在蒙娜亚德拉神庙遇到了逃脱了海难的哈碧芭。黎梵特也在。就像福楼拜(让迦太基重生的男人!)在给母亲的信中写的一样:"我的身体向前,我的思绪在图上攀升,沉没在旧日的时光里。"重拾笔记,我唯一的目的就是要介绍每个主人公的矛盾和秘密。那个清晨,好几个乘客已经在车上坐好了,车子将把他们带到神庙。他们中的每个人都是一个不解之谜。

8. 瓦莱塔，马耳他

大使发来的短信确认了蒙娜亚德拉神庙的参观。"一辆小型公共汽车会来接你们。大家约在艾克萨勒斯尼尔酒店的大堂见。我们应该在太阳升起前的半个小时到达那个地方。遗址是专门为我们和一群占据了其中一座庙宇围墙的美国女士开放的。"

里法特·德梅特是法国事务负责人，尽管时间还早，他仍然很焦虑，反复地数着客人的人数。这是一位四十岁左右的外交人员。他的肤色很深，手细长而骨感，头发黑而短，鬓角有点脱发，他戴着矫正视力的长方形眼镜，穿着优雅的白色亚麻西装。他喜欢笑着介绍自己说："是通过东方竞赛进入部门的，当时外交部需要在内部组织架构上体现甚至超出社会进步所显示的文化多元性。"

"我不明白，"他一边看向电梯一边说，"包括司机在内我们应该是五个人……怎么好像少了……一个人……"这个时候，一个二十来岁的年轻女人跨过大门，疾步穿过大厅，凉鞋敲打着石板地面。四肢细长的身形，穿着牛仔裤和无袖短上衣，脖子上缠着头巾。

"爱玛！我刚想让前台叫醒你。我忘了你是住在城里的。"

"你好。"她大声地向大家说着，一只手挡在眼前，像是为了遮蔽光线。

介绍很简短，困倦让大家的精神呆滞。这种时刻，大家就算说着话也不会看着对方。电梯的门同时都打开了，嘈杂的喧哗声充斥着大厅。里法特看到新来的这些人情不自禁地跳了起来,那是一些美国记者,他溜过去和他们打招呼,同时向大家说:"是CNN的人……他们要在的黎波里做一个专题报道。"门童跑着去搬箱子和摄影器材。

里法特带着他的客人们走向黑色的小型公共汽车。司机把空调开得很大。"这简直是个冰窖。"爱玛在昏暗中嘟哝着。车行驶到佛罗瑞安娜的高度,穿过沉睡的城市,然后穿过沉浸在阴影里的乡村。汽车车灯的光线里出现很多身着厚运动衣的步行者。看不到脸的身影,梦游般的步态。

旅游部的代表,一个戴着鸭舌帽的大胡子,在蒙娜亚德拉神庙接待我们,领我们走在荒原中开出的通往遗迹的上坡小路上。月亮照亮了悬在神庙上空的保护网。大海在低声地呼吸着。空气中弥漫着地中海的芬芳。

爱玛是在瓦莱塔实习的法国学生,她沉默不语,脑袋低垂,珍奈特,绿眼睛的记者,嘴巴附近绕着一圈悲伤的线条,她们走在里法特·德梅特的身边,他声音很大,礼貌得有些生硬,穿着一双新的匡威鞋。走在最前面的是土耳其人,黎梵特·德米尔,是里法特的朋友,手里拿着一包香烟。

充气灯从神庙的另一边发出白色的光。

"应该是那些美国女士。"马耳他人说。

"得做点什么,她们的灯会影响我们看星星!"珍奈特小声地说。

他们坐在毯子上,围成了一个圈。

月亮给静如石板般鲜活的大海铺上了一层光膜,海的表层划过银光闪闪的泡沫的细线。他们都有一种漂浮的感觉,被某种意想不到的东西连通的感觉。

"我从来没有见过这么亮的月亮。"爱玛小声地说,仿佛害怕她自己的声音。

"可能也没见过这么大的。好像它在向我们靠近。"土耳其人加了一句。

马耳他的大胡子概述着神庙的历史:"公元前第四个千年开始的时候,一些来自地中海深处的航海者修建了这些神庙,他们可以升起和搬动巨大的石头。他们关于天体运行的知识直到今天一直都让学者们惊叹。今天是夏至,几分钟后,太阳就会升起。你们将会看到罕见的景象。第一缕阳光将穿过厚厚的岩石上开凿的洞口,照耀在祭坛之上,这里就是祭司献祭的地方。"

"是用活人献祭吗?"爱玛问道。

"考古学家们只找到了动物的骸骨,但是这也并不意味着什么。"

他们站起身,等待着曙光。遗迹的另一边,美国女士们熄灭了她们的灯。一阵微弱的骚动宣告了东方的天边出现了一个点。马耳他人看了看表,示意大家走进神庙,安坐在第二间祈祷室里:"我们还有五分钟。"

没有人料到光芒会这般显现:红色的光,像闪光灯一样耀眼,突然穿过巨型围墙上的孔洞,把祭坛照得火红。光的投射引起了一阵热烈的欢呼。美国女士们肯定也看到了什么,她们也在同一时刻叫喊了起来。

他们互相靠近,向光点附下身,就好像他们想同时进入还将持续几秒钟的炽热的热量之中。然后，他们见证了白天的来临，为他们因特权而经历的一切感动着。

"这其实没有什么的，只是一个早晨，和其他所有的早晨一样。"爱玛说。

"晨曦的玫瑰色手指……"珍奈特回应着。

阳光如潮涌，铺洒在海面上、荒原上，驱散夜的神秘，把它们赶到小山谷里，给神庙勾上轮廓，把它们从阴影里解放出来，然后迎面洒落在所有人的脸上。此后，珍奈特会回忆起这个时刻感受到的冲击。"我觉得太阳深深地抚摸着我。就好像它的第一丝光芒进入我皮肤的每一个毛孔里，"她向里法特解释说，"阳光把我所有的神经末梢都挠得痒痒的。"

外面，一只云雀正在唱着歌。

它的歌声后面隐约有一种奇怪的咒语，沙哑的嗓音，听不清说的是什么，穿到他们的耳朵里就变得低沉，好像从很远很远的地方传来，穿过了石头中的一个孔洞，就是人们所说的神谕。他们跳了起来。马耳他的公务员忍住了笑：

"我本应该早点告诉你们。这是一位教员在给他的女学员们做示范。"

"教员？"负责人非常惊讶。

"有点像教员，有点像古鲁，道德导师。他照看着一群女人。"

"那些美国女士？"土耳其人问。

"她们还请我们共进早餐呢。"

六个不同年龄的女人，盘腿坐着，穿着非常简洁，胸脯袒露在初升的阳光里。教员请她们起身重新穿上衣服。这是个四十多岁的加利福尼亚人，短胡子，穿着牛仔裤和印度衬衣。他解释说他正在指导一个精神传授术的项目。这个精神传授术是一种旅行，他带着他的"女学生们"行走于世间。蒙娜亚德拉神庙是他们游历的第一站。

"每个月，我们都会离开帕罗奥图几天。"

"为了寻求天启？"

"完全正确。我们全身心寻找着有益的震动。"

"这让我想起六十年代的一部电影，讲的是自由恋爱开始的时候。"她噗嗤一笑，接着说道。

"我们是从那个时代的某些哲学思想中获得的启发。"加利福尼亚人说。

"性一直都是和灵性联系在一起的。"一位美国女士补充道。

于是便开始了关于这一敏感主题的争论。美国女士们带了装热茶的暖水瓶，还有几盘他们下榻的圣朱利安酒店的甜品师傅昨夜做的牛角包。尽管有凉爽的风刮着，气温还是升高了。

"我是在两位法国人那里找到了灵感，拉康[①]和列维-斯特劳斯[②]。"教员对项目负责人说。

"你从事这个已经很长时间了？"

"我是三年前开始的。"

"看起来生意还不错。"

[①] 拉康（Jacques Lacan，1901—1981），法国作家，精神分析学家。
[②] 列维-斯特劳斯（Claude Lévi-Strauss，1908—2009），法国人类学家，结构主义人类学创始人。

"我未来两年的培训已经全部排满了。我的大部分女客人寻找着精神寄托。虽然她们经常不承认,但是她们其实也在寻找性欲的复苏。她们等待着意外的私密来访。都是有益的惊喜。"

"你是说她们想把热石头放在私处。"爱玛向他抛出这么一句,好像非常生气。

项目负责人建议照一张团体相片(为了大使馆的网站)。爱玛蹲了下来,头发遮住了眼睛,神情阴郁,稍稍位于人群的前面一点。珍奈特说她不太舒服。

"突然有点累,没什么,我需要走走,需要呼吸,我下去海边。"她说道。

很长时间以来,她都不再喜欢被拍照。她被看门人叫醒,下了床,勉强有时间化了个妆。然后就是地平线上的那个存在,利比亚,虽然看不见,却近在咫尺,这突然强烈地提醒了她,时间过得真快。其他人在毯子上坐下的时候,她有意地迈开了脚步。爱玛,她也一样,离开了众人,像山羊一样爬上神庙的高处,摆出沉思的姿势。

一个小时过去了。突然,珍奈特跑了上来,气喘吁吁,呼喊着求救。里法特·德梅特第一个听到了她的喊叫。他赶紧跑了过去。

"发生了什么事?"

"快,快叫救护车!"

"但是为了什么?为谁?"

"两个非洲人,小孩子,已经精疲力竭,他们快死啦!"

她横躺在凳子上,费力地喘着气。里法特和麦克不停地问她各种问题。荒原沙沙作响。昆虫鸣叫着,干枯的树叶发出金属般的脆响。珍奈特用不连贯的句子回答着问题,痉挛般地弹起身要叫救护车。

他们终于明白了,她和一个非洲少女碰了个照面,那是个精疲力竭的孩子,女孩把她带到了悬崖上的一个岩洞里,里面藏着一个年幼的男孩,受了重伤:"他发着高烧,头上有一道严重的伤口。"马耳他公务员打电话给马特尔代医院,然后向里法特解释说,珍奈特可能是找到了两个想通过海路去欧洲的索马里少年,他们和成千上万的其他人一样:"几天前,一艘载着三十八个非法移民的临时小艇在菲尔夫拉小岛前沉没了。大家都以为没有幸存者了。"

9. 科林西亚酒店,的黎波里,利比亚

珍奈特……知道她要参加大使组织的晚会,我们一直觉得非常荣幸。她是这些晚餐会的诱惑之一,还有冰冻的香槟酒和主人家充满煽动性的俏皮话。那个时代,我说的是八十年代,她是一位非常年轻的女士,身材苗条,女人味十足。没有人提及她与领袖的关系,但是所有人都知道。她经常穿着绿色的短裙,一条露肩连衣裙,肩膀裸露在外。

我学会了提防这些巴黎新闻界的亚马逊女骑士,她们和一些通常的专制者有着特殊的关系,从不错过任何机会吹嘘她们的职业。我曾在大马士革的法国文化中心遇到一名法国

女记者，和哈菲兹·阿萨德①关系密切。她写的分析和报道每天都会刊登在报纸上，读者像等待摩西十诫一样等着读她写的东西，而这些报道却是世界性假消息事业的一部分。

我曾想象珍奈特也是这种类型。然而，珍奈特更加不羁，比精于算计的女人更加疯狂，她机灵、慷慨，她的那种性感魅力让人们对于她的恋情无法评头论足，而这些恋情却是非常吸引人的。违反常规，可能吧。

领袖真的很偏爱她。每年他都会在巴黎和她相聚好几次，非常的谨慎，是在《解放报》的朋友的房子里。她每次来利比亚，大使都不会忘了跟她打招呼。珍奈特的一位同事和朋友是摩洛哥大使，国王的表弟，一位深得卡扎菲信任的老练的外交官，珍奈特是唯一能够使他辨析这个既难懂又反复无常的政权、使他能够充实电报消息的人。

她在外交部还有一位朋友，帮她复印从的黎波里发出的电报。正是因为如此，她能在每次来访期间调整领袖的口信或者明确他的话语。我从没想到，在卡扎菲倒台后，还会在的黎波里见到她，就算是在电视上也不太可能。

但是，我在这里先预告一下：目前，我被困在科林西亚酒店，来回于房间和酒店大堂之间。我接到指示不能走出酒店。革命开始之后，平常的散步者、买菜的家庭妇女、玩球的孩子，都可能毫无先兆地被扫射。在开罗努比亚人咖啡馆的那个夜晚，布鲁斯曾对我说过，革命（我们说的是六八年）

---

① 哈菲兹·阿萨德（Hafez el-Assad, 1930—2000），叙利亚前总统。

是人民为了走出抑郁而发明创造的。战争也是一样的,可能吧。法兰西是一个无聊的民族,拉马丁曾经说过。"我们需要一场合适的战争……"我曾经从利昂内尔·若斯潘[①]政府的一位部长嘴里听到过这句话,他是受够了法国的萎靡不振。

三十年来,法国人一直都觉得无所事事。很容易想象利比亚人在卡扎菲统治时期该是多么厌烦。大部分人都不做事,或者做很少的事,他们拿着石油补贴,够生活,够吃喝,有低租金住房给家人住,有公园可以整天野餐,就是没有自由,除了可以自由地从窗户扔出大量垃圾。成千上万的垃圾袋,被风吹着,散落在海边,挂在树上,在风景里勾勒出塑料的花朵。现在,利比亚人躲了起来。街上很危险。我甚至都没能经过以前大使时不时在周末接待我们的那座房子。我试着和保镖们协商,想去一趟德拉古特的墓("土耳其人维护着它,德拉古特曾是一位伟大的圣战士",我的一名保镖满脸仰慕地说)和马耳他骑士们的圣列奥纳小教堂。商榷无果,在有人来接我之前,我是不能到处走动的。我的一部分夜晚是在电视机前度过的。我们的总统,从沙特阿拉伯回国后,和俄罗斯闹翻了,"伊斯兰国"把老百姓的鲜血铺洒在帕尔米拉古城的城门口。可怜的叙利亚……

10.塔拉萨酒店,迪纳尔,法国

布鲁诺想着万物的初始,无人的大地上水无处不在,上

[①] 利昂内尔·若斯潘(Lionel Jospin, 1937—),政治家,法国前总理。

帝的灵游荡在寂静之中,那时还没有人类。但是,上帝很快就离开了。大概是因为他受不了空气中浓重的氯的气味。温泉疗养中心的人们服从着身着工作服的女士用平淡语气下达的指令。他们逆着墙壁喷头喷出的水流,做着腿部和手臂的各种动作。布鲁诺在池子尽头最后的一条通道里游着泳。泳裤的橡皮筋已经松了,让他非常尴尬。一条紫色的运动短裤,那种无光泽的尼龙材质,他得时常把它往上提一提。这个是在他们在去马拉喀什之前,玛丽-埃莱娜在老佛爷买的降价泳裤。一份珍贵的纪念品。

四周都是绿色和蓝色的塑胶泳帽,温泉疗养者的头漂浮在水流之上,好像与下面支撑这些头的身体不是一体的。胡子被盐分染上一层白色,刺痛着嘴唇。所有人都显得有点不真实,或者心不在焉。他们给人感觉只是关注着自己。他们穿着浴袍,来回走动着,手上拿着治疗卡、报纸、书或者苹果平板电脑。从一个池子到另一个池子。温热的泥浆浴、发热的上衣、紫外线,或者电离光的照光仪、海藻浴。晚上,每个人都独自面对单人小房间的白色墙壁。

兰贝廷是受上级的指令被强迫休假的。布鲁诺是那种每天都会到办公室的警察,星期天也一样。他们的这种热忱好像干扰了新的人事部门。当布鲁诺对头儿说要去迪纳尔[①],还没说到任何细节,兰贝廷就笑着调侃道:"你这下要去布列塔尼搵食了?"

---

① 法国旅游胜地。

自从他和玛丽-埃莱娜分开后,他违心地成为了一个引诱者。他的同事们添油加醋地说他是一头性欲野兽。他并不回应他们,只是一笑而过(这真的很荒唐,自从我想到死以来,我就很爱笑。死亡,微笑……)

和他的工作伙伴们一样,他知道要谨慎。如果想在这一行干得长久,这是必须的。他很早就学会了隐藏自己的为人,掩饰自己的所作所为和所想。

游泳池的玻璃墙壁朝向小海湾。毛毛细雨遮住了松树绿色的身影,遮住了松树的顶端。持续的蒙蒙细雨扼杀了景致。雾气湮没了路标、岛屿,掩盖了将海滩分割开来的坍塌的岩石。

如果我能好好看一下身体的内部,我只能看到一些灰色的水,几团泡沫子和我妻子的脸。不需要医生,也不需要精神专家来分析我患了什么病:抑郁。创伤后遗症导致的全面消沉。都是不可告人的,否则马上会从街区警察分局的常规工作岗位上被辞退。提交起诉(没有后续的),一天之中,逮捕又释放偷东西的罗姆人小孩,接听夜间因吵嚷而打来的电话,周五晚上,围着烤肉香肠喝一小杯啤酒。还是微笑吧……抑或去死。

他孤单一人。

一个人穿着沙滩鞋,一个人裹着浴袍,一个人去衣帽间取回自己的包。

还有一刻钟他就要去做全身海藻理疗了。一条长长的走廊里刮着穿堂风,沿着走廊就可以走到休息室。他在一张远离其他人的折叠躺椅上坐下，查看信息。玛丽-埃莱娜打过电话给他，说女儿们的事情。关于学校的问题，还有下一次假期的日期安排。她总会在留言开始的时候沉默一两秒，仿佛她需要喘上几口气才能和他说话。他把手机贴近耳朵，听着她的呼吸声。外面，景致渐渐清晰。

一对夫妇坐在他的旁边。男人和女人，两个人都上了年纪，走路不抬脚。他们的鞋底在地面上拖着。

对于布鲁诺来说，看到夫妇是最难以忍受的事情。他寻思着他们是怎样能够坚持住的。经历所有的考验。而他……**多大的灾难啊，该死，但是多大的灾难啊！** 他在自己额头上狠狠地拍了一下。那对夫妇转过头，看着他。他向他们点头问好，然后微笑。好像男的是位作家，而他的太太可能是位精神分析师。这些都是负责接待的服务员告诉他的。都是这里的老客户了。尽管上了年纪，他们仍然保持着某种青春活力。男的，灰色的头发梳向脑后，有一对亚洲人的眼睛。他把《解放报》的头版拿给太太看。有线电视台十二频道一个过气明星自称受到一条"法塔瓦"的威胁。

布鲁诺非常清楚这件事情。在电视上发表种族主义言论是电视主持人的平常事。虚假的"法塔瓦"里，单词的拼写都有错，粗糙地模仿阿拉伯语的书写，落款用的是化名。这封东西最后一句话是这样说的："你很快就没有任何东西可以提供了，除了去吮男孩的小鸡鸡。你的大屁眼真臭。"

主持人将这些告知了法新社，还在电台就此发表评论："他们想把我的蛋蛋摆在一个托盘上。"

同时，还有关于阿尔及利亚战争时期，民族解放阵线活动的详细评论。结论：一个大大的新闻泡泡。布鲁诺曾被派去负责保护这个再也不敢出门的伪恋童癖。

一盏紫色的小型聚光灯照着治疗室。水疗师给他涂上温热的泥，把他关在一个治疗箱里，只露出脑袋，然后走出了房间，掩上了房间的门。热量照着他的四肢，一直钻到他的骨髓里。温热的感觉让他麻木。我也是，我生活在我的泡泡里。没有人知道我忍受了什么，甚至连玛丽-埃莱娜也不知道。上次我们谈话的时候，她都不能好好听我说，一心惦记着她的男人。

他为自己上了把锁。没有任何东西泄露出去。

就算在办公室里也一样，他们什么都没猜到。对于兰贝廷，他只不过是又一个离婚的人，而在这个社会里所有人都离婚。只剩同性恋还在相信婚姻。

治疗师又走进治疗室，按下了供水的按钮。一股温水洒落在他的大腿根上。这泥正在我的蛋蛋上流淌，总算是……

他穿上慢跑服，走上海边的小路。跑步，微笑，死亡。

三十分钟的热身运动之后，他的腿轻松地承载着整个人。毫不费力。他的脑袋开始运转。安多芬刺激了他。大量的图像和想法围绕着一个固定的点旋转着，玛丽-埃莱娜。这一年里，他经常重温最后那几年发生的事情，试图弄明白什么东西让他的太太投入那个庸人的怀中。警察可不是白当的。他重组一连串的事情，就好像他在调查这对夫妇，从回忆里窥视他的太太，他甚至问自己，我到底对她做了什么，要承受这些烂事儿？他在流逝的往日中寻找着种种迹象。

他记得每一天，每一个时刻。

每一秒，每一秒都缠绕着他的记忆。记忆可以像一部折磨人的机器一样运转。这个在他大脑保险箱里进行的调查，是二十年职业生涯的所有调查中最认真的。也是最不成功的。他把一些迹象集中在一起，一些异常精准的细节，重组一些完整的一天所发生的一连串事情，但是没找到任何决定性的东西。没有东西可以让我明白。他毫无进展，只是自己建起了一座问题的炼狱。我怎么可以生活在她身边而毫无觉察呢？

他记起了有一天，他无法联系到她。

他在顺利地处理了一个中国学生被怀疑进行间谍活动的无聊事件之后，提前了差不多二十四小时从马赛回来。一到办公室，他就急着给她打电话，告诉她晚上要回去吃饭。他在奥利机场买了一瓶香槟，放在车里。那是一个初冬的下午。透过窗户，他看到天空低垂，几片雪花旋转着融化。他一直打，而她却没有接电话。

他的同事毫无恶意地和他打趣。布鲁诺和玛丽-埃莱娜被看作一对无风无浪的夫妻。"如果你这是在打给你老婆……别打了。她正在被人搞着，你看不出来你在打扰……"

晚上，玛丽-埃莱娜温柔地搂抱着他说："布鲁诺，我的手机调到了震动，我没接到你的电话。我很抱歉。你已经回来了，真好……"那是什么时候的片段？圣诞节的前三天。两年前。二月假期前，或者是假期后，两个月后，她让我以后都不要在她参加萨诺提培训会议的日子里给她打电话。

"研究中心正式提出的要求。我们的时间很少。所有人都有手机……"

当他决定在她的手机里装一个监听软件（在佛纳克连锁店里买的套装）的时候，她已经买了另一部手机。

我还要用多少时间一直回顾这些事情……

她在一月一日那天就已经告知他了。他是在后来才想起的，她已经好几次拒绝和他做爱，各种借口。来月经了，头疼了，累了，等等。这些逃避总是在清晨突如其来，就在他醒来而腿间的那个东西硬得像根棒子的时候。

那天早上，她起床时状态很好，尽管夜太短而他们都有点口干舌燥。他们在皮尔第大区的朋友家共进了新年大餐。就他们两个人！女儿们被送去了爷爷奶奶那里度一周的假期。睁开眼的时候，他把她拉了过来，用眼睛贴近她的眼睛。玛丽-埃莱娜的性欲一直都很旺盛。她在他的怀里缩成一团，然后又完完全全伸展开来躺着，嘴唇微微张着。新的一年的开始不可能比这样更完美了。

三个钟头以后，就在他们被堵在去戴高乐机场的高速公路上，她向他讲述了自己的疑虑，一种不安，一些问题，一直占据着她。她不知道到底是一种怎样的情况。你想我们分手？我提出这个问题的时候没有一秒钟想到她会回答我：是的。他们的车后面，一个家伙像病人一样地按着喇叭。"听着，我也不知道。可能应该分开冷静一下。"他认为她夸大其词了。直到第二天，在布尔-拉兰尼他们自己的家里喊叫和讨论了一夜之后，他自己也开始了质疑，他想起了父亲经常说的一句话:"对于孩子来说,离婚永远是不幸的。"

她去医院出诊了,好像什么事情都没有发生过。对于玛丽-埃莱娜来说,那只是另外的一天,新的一周、新的一年的开始。一种新的生活。她奔向召唤她的东西。而我,我啥都没弄明白,只听到了她身后的关门声。五分钟后,他听到她又回来了。我以为她会对我说:原谅我,我不知道自己是怎么了。我爱你,没有你怎么活?她忘了拿钥匙,她再次出了门,没和他说一句话。

她掌控着整个局面。

他听着她走在楼梯上的脚步声。

寂静。

她心安理得地走着。

他打电话给办公室说自己病了。胃肠炎。挂掉电话之后,他坐在窗户旁边的地板上,头埋在双手里,他真的很想呕吐。他希望能够控制住自己,搞清楚在他身上到底发生了什么事。思考,比用大榔头去砸房子要好。他就这样待在那儿三个小时,什么都不想,整个人都崩溃了。中午的时候,他开车出去,然后停到了医院的停车场,就停在一辆搬家公司的卡车后面,离她那辆黑色的雷诺克里奥比较远,她的车停在医生专用的位子,在一辆雷诺梅甘娜和一辆梅赛德斯之间,他在等着她出来。

下午一点,当他透过玻璃大门看到她的时候,焦虑使他贴紧了后背靠椅。玛丽-埃莱娜和两个在台阶上抽烟的护士说着话。护士们在白色工作服外面套了件毛衣,蹦蹦跳跳地取着暖。玛丽-埃莱娜穿着一件米色的长袖大衣，那是他们两年前在佛罗伦萨买的。

她和护士们告别，走向克里奥，她步态优美，一直微笑着。呼出的气息在她的嘴巴周围形成了一团轻薄的雾气。金色的头发在一月寒冷的阳光下闪着光。她转动了启动钥匙，轻松地开出了克里奥，操作简洁到位，然后车子向着布尔-拉兰尼的方向驶去。那个时刻，我居然像个傻子一样以为她是**开车回家了**。

克里奥不在车库。他试着打电话给她，结果只听到留言箱的合成声音。他再次出门买了新鲜的面条，一小块鹅肝，两块苹果馅饼，他摆好了两个人的餐桌，点了两支红色蜡烛，还给她写了个纸条，告诉她，他看到停车场上的她，身穿大衣，是多么漂亮，多么高雅。

当他从窗户看到克里奥停在门口的时候，已经是晚上十点了。他为她开了门，想着自己做的是对的。**不要有任何的指责，迎接她，微笑，帮她脱下大衣，给她倒杯酒……**她先亲吻了他，然后才把钥匙扔在了门口的柜子上。好像什么都没有发生过。他还是没能忍住，问她去了哪里。我好担心，我寻思着是不是发生了什么事儿。他用一种小男生般的语调说着话。她穿着一条无袖羊毛裙，两条手臂裸露着。她回答说她对此毫无所知。我只是随意地在街上开着车，然后我就开到了一个小村子，我停下来喝了杯咖啡，然后我就回来了。这么长的时间你一直都在开车？是的，开车的时候，我更容易思考。你在思考？我什么都不想，我需要这样。你饿了吗？

有一点。

　　这次讨论澄清了一些问题。玛丽-埃莱娜表达了歉意,犹豫了好几次后,她向他承认差一点和内克岛的一位教授有了点什么,是在一次关于儿童感染艾滋病毒的学术研讨会上遇到的。

　　"你还记得吗?我和你说过那次研讨会。"

　　"差一点有点什么,这是什么意思?"

　　"布鲁诺,我们都不是小孩子了。差一点,这种情况所有人都会遇到,但是什么都没发生。"

　　"什么都没有?"

　　"什么都没有,我向你保证,只是摸了几下,调了一下情,就这些。"

　　调情。布鲁诺一边听她说,一边抚摸着她的胳膊。**她先是用迷雾包裹住我,然后又给我投来一大堆的诱惑,而我,可怜的蠢货,我盲目地相信了。**

　　"我向你发誓,以女儿们的性命发誓,什么都没发生。没有任何严重的事情,没有发生。"

　　她对着他微笑,她就差一点,这没什么,她说得对,大家都不是小孩子了,不要因为一个家伙想搞自己老婆就大惊小怪,这只能说明那个人是有品位的。

　　她讲到有天晚上,就是那一天她忘了关车灯而电池被耗尽的晚上,他开车送她回家,然后,她和他吃过几次饭。

　　"我应该马上跟你说的,我真是太蠢了。这个谎言让我……怎么说呢,我两三个月以来一直纠结在这个谎言里。"

"三个月，这件事持续三个月了？"

"听着，我没有算过，四个星期吧。"

"他叫什么？"

"你真的想知道吗？这无关紧要，对我来说，他根本就不存在。"

"不是，只是纯粹的好奇，说不定哪天我会碰到他。"

"好吧，如果你坚持想知道的话，他叫特里歇。"

"特里谢？和那个银行家的名字一样？"

"不是，特里歇，结尾是Z，这没任何意义。他是个很自信的家伙，和我们遇到的很多人一样。我真后悔，差点上当受骗。多无聊的一件事。"

"所以，我们是经历了一次危机，这是你要说的吗？已经翻篇了，你向我保证？"

"布鲁诺，求你了……"

这些话语让我安心。我真的好想相信她。她的确是有点过了，但是没有什么不好的结果，特别是：已经结束了。她叫我名字的方式非常特别，布鲁诺，那种轻柔是我不了解的。

他被她的脸诱惑着。烛光照亮了她的微笑。他在烤面包的时候，她平静地看着他，就好像他曾经去了很远的地方，她和他隔着厚厚的玻璃说着话。就好像她在另外一个世界跟他说着话，而她是最早到那里的，把他甩在了身后很远的地方，而现在，她转过身来殷切地等着他。事实上，她是可怜我。他做了蒜香酱意大利面，她喜欢那种很筋道的面条。

他们在厨房里做了爱。

在此后的几个星期里，他们的生活重新回到几近平静的状态。度假回来的女儿们从来没有怀疑过，就在那个时候，他们的父母刚刚度过了一个决定性的阶段。布鲁诺的行为举止就像一个正在康复期的病人。他忘不了自己差一点就没了老婆。当他独自一人的时候，他思考着，和自己说着话，推理着。如噩梦般。

我们重新找回了一种爱恋的默契，让我想起我们刚刚认识的那几个月。有一种持续的爱情所赋予的成就感。一种有益的新能量突然爆发。与时间流逝为伍的人是幸福的。

一天早上，玛丽-埃莱娜去巴黎见发型师。回来的时候，头发超级短。有那么四分之一秒，布鲁诺差点没有认出她。新发型让她显得年轻。正如她所说的，整个人与精神状态更加协调一致，看起来就会赏心悦目。

"你厌倦了布尔-拉兰尼的发型师？"

"萨伯特慈善医院的一位朋友给了我一个新地址，是巴黎第八区圣奥诺雷街上的。你喜欢吗？"

"非常喜欢。你还是你，但是又不一样了，我觉得有两个老婆，其实是一个人。"

他愈发地体贴。而她呢，每天都要给他打十次电话，告诉他她在哪里，在做什么，在想什么，医院有紧急情况她得留下来的时候，也会马上提前通知他，她在巴黎参加两天的新生儿医学研讨会的时候，甚至建议他来巴黎找他，一起在医学院旁边的小酒馆吃午饭。她具有双重性。在她身上，真的有两个女人。新的那个在指责我，一丝不苟。他谢绝了她的提议，为了证明自己是信任她的。

她的每一个电话都好像是在给他转播她生活的真实。

事实上，她的每一个电话都在伪装这种真实，她只会撒谎，她将我撕得粉碎。

在这个时期他的状态非常奇特。他为自己多年来都做得不够称职而自责。正是因为如此，她才差一点……差一点什么？随时都会一触即发的忧虑在他的脑海里一闪而过。她要是没有那么大的胆量告诉我实情又会如何呢？他这样问自己。然后等着内心更深处发出安慰的声音。别慌。她在那儿，呼吸，放松自己，轻松一点，我跟你说呀，最好的剧情就是，我说的是那些有着美满结局的剧情，总会有些时候呢主角们会受到挫折。没有人是永远纯洁的。

夜里，她更加温柔。是温柔还是大胆？二者兼有。她请他以从未有过的方式进入她的身体。我后来才明白，那个混蛋居然爆了她的菊花。这种从未有过的占有让他放下心来。她找到了一种解决方式，就是把自己重新给他。

他经历着一段艰难时期，对除了她以外的事情都没有兴趣，甚至他的工作。她告诉他这很正常，他经受了打击。她像对待一个病人一样对他，得让他活在一个真空的泡泡里。

二月的第三个星期天，那是第十一个结婚纪念日的前两晚，早上他们去跑步了。六十分钟，适度的步伐，在细雨中肩并肩。女儿们去上网球课了，午饭前是不会回来的。

回到家，玛丽-埃莱娜先是草草地回复了她母亲的电话，然后赶紧上楼去洗澡。布鲁诺拿了一瓶依云水坐到了客厅的大沙发上。他一边听着贝西伯爵的唱碟一边浏览着《周日新闻报》。玛丽-埃莱娜的手机就放在茶几上,震动了好几次。

他看了一眼手机的屏幕,看看是不是医院打来的电话。尽管不是玛丽-埃莱娜值班,但是得随时准备应付紧急情况。

发信息人的号码没有显示。没有文字,只有几张照片,好像都是从色情杂志上来的,但是毫无疑问,是用发照片的手机拍的。两张是男人生殖器的特写。一张是松弛的,一张是勃起的。可能是特里歇的吧。在另外两张相片上,玛丽-埃莱娜,一丝不挂,全然是一种高潮过后的姿势。

贝西伯爵的乐队正在演奏着《亲爱的利尔》,声音轻柔。她刚刚冲完澡,让他把放在洗衣房的浴袍拿给她。他穿上皮外套,想都没想就把手机放到了口袋里,拿起车钥匙,悄无声息地关上了身后的门。特里歇根本不存在。是有另一个人。

有一天,他的大女儿对他说,她更喜欢分开后的父母。她觉得她和他们相处得更加融洽。

"我觉得你们都更加放松,"她从母亲那里来之前这样对他说,"更加……"

"更加酷?"

"完全正确,更加酷。"

第二天,他回到办公室的时候,眼睛灰暗,面色疲惫,一副生病的样子。他一边向同事们问好一边大笑着说:"去死吧,耍酷的人们!我讨厌酷!"

回到酒店。冲了滚烫的热水澡。手机响了。兰贝廷的短信,叫他下午一点准时用安全号码打给他。

布鲁诺被要求即刻回去并尽早赶到别墅报到。在接待处,他找到了那个跟他聊过那个长着眯缝眼的作家的服务员。他告诉她,他得提前离开。

"就要走了吗?但是您可是刚刚才到的!"

他盯着她,脸上闪过一丝无法控制的抽搐。女服务员头发是褐色的,浅蓝色制服下的身材很丰满,她明白了是出了什么事儿。他惊了一下,脸色沉了下来,但是没有止住微笑。她凝视着他,觉得他很让人动容,然后在电脑里找他的资料。他向她解释他必须要离开。出了个意外。

"希望不是很严重吧?"

"不,不严重。常见的烦心事。工作呗……"

三秒钟后,他提议她来房间喝一杯。他换了种语气。习惯性的勾引。她笑出声来。

"您需要安慰一下?"

"是的。"

"好吧,就一杯。我得九点到家,就只能喝一杯……"

"我保证!"

九点差一刻。床头柜上躺着四个杜松子酒的小瓶子,底儿全都空了。服务员重新穿上衣服。她最后一次用布满雀斑的奶子蹭着他的脸。他绞弄着她的裤脚等她起身。她问他:"你会打电话给我吗?"

11. 索邦大学，巴黎

布鲁诺是我在索邦大学指导硕士研究生那年的一名学生。考古学是历史学科的一个穷亲戚。考古学家其实是历史学家里的一支专业队伍。一些历史学家的后备人员，手经常在尘土里、泥浆里、沙子里倒腾，习惯卷起袖子进入大地深处。我很多同事对于考古都有一些惊人的见解。只有很少的学生注册了我的专业指导课。我刚结束讲话，他们就已经到走廊上去谈笑风生了，然后我一周都不会再见到他们。

只有两三个学生，总是那几个，有时候会花时间等我下课然后一起讨论。布鲁诺就是其中的一个。他推开我办公室的门，抛出一个询问的眼神，和我谈论各种各样的话题，从新闻时事到历史，还有他读的书。可能我会忘记，更准确地说，可能我会忽视这样一位认真的学生，要不是因为有一天，那是个春日——从窗户透过的方形阳光照在他的娃娃脸上，那天他问起我关于塞提夫①事件的事情。

一九四五年五月八日，为了庆祝对德胜利，组织了一次游行。一个年轻的穆斯林童子军挥动着一面阿尔及利亚旗帜。警察开枪将他射杀。这次罪行引发了一场大屠杀。这一天标志着直到今天都从未停止的一系列暴力事件的开始。从这一天起，阿尔及利亚人民就再也无法平静。

我一边听他说一边点着头，非常惊讶他会提出这个问题。布鲁诺并不在热衷政治的学生圈子里，而塞提夫事件一

---

① 阿尔及利亚北部城市。

直都属于比较机密的主题。我没有直接回答他的问题，而是问他为什么塞提夫事件吸引着他。他犹豫着，右手撸了撸头发。他的脸像罗马浮雕上的年轻人。我担心问得有点过于直接了。"我的家是一个被遣返回国的家庭。我的父亲出生在塞提夫。他跟我讲过他的父母和他在那一天的经历……"

我并不是当代史的专家，但是对于那个悲剧性的日子所发生的事情还是略有所闻。我跟他聊了比较长的时间，非常地谨慎，是一种老师面对学生的谨慎。米什莱[①]曾说过，教学是一种友谊，更是一种交流。

我还对他说："您的问题指出了我们工作中的难点。吕西安·费夫尔[②]曾说过，历史是时间的儿女，同时也是时间的科学。"他还要去上另一门课。在他走之前，我建议他去万塞纳的军队档案馆转转。"我不知道是不是所有的资料都可以查询，但是您可能会为您的疑问找到一些答案。"临近考试了，学年也结束了，我再也没有见过他。我从来都没想过他居然会在警界任职。

12. 蒙娜亚德拉神庙，马耳他

"它们在干什么，那些该死的救护车？"珍奈特来来回回地走着，越来越烦躁不安。她从岩洞出来的时候受了伤。一丝血迹顺着她的手腕流了下来。里法特带着某种职权，把事

[①] 米什莱（Jules Michelet，1798—1874），法国历史学家。
[②] 吕西安·费夫尔（Lucien Febvre，1878—1956），法国历史学家。

情扛上了身。

两位少年躺在临时担架上一动不动，就在作为售票处的白色混凝土小房子里。其他的人都在外面说着话。

里法特试着打电话给大使，没有回音。电话自动转到值班警察的手机上。

珍奈特戴着圆圆的眼镜，用卸妆棉给小女孩清洗脸颊，同时试着问她一些问题。女孩子结结巴巴的吐出几个词。"我是哈碧芭……"

珍奈特终于听明白了，她十四岁，小男孩是她的弟弟。三十年的职业生涯让她学会如何与少言寡语的人交流。

她清洗着小男孩的鬓角。土耳其人想帮忙。他们解开了沾满血污的衬衣，就在他身上将衣服剪开，然后试着喂他喝水。男孩没有反应。他们俯下身子，观察着他的每一次呼吸，越来越微弱。

"他的情况很严重，不应该移动他。"事务负责人说。

他用手机把整个片段拍了下来。从岩洞把人抬出来，由珍奈特负责解说和引导。把担架搬上来。两三个较长的镜头转换。他拍下的最后一个画面：两辆蓝色的救护车远去了。近景是泪流满面的珍奈特。天空中，云雀的歌声依旧悠扬。

珍奈特从车上打电话给驻扎在罗马的法新社同行，是一位曾在英雄年代和她在《解放报》共同战斗过的同事。她向他介绍了情况。他听她说着，没有做任何评论。

"这应该值得发一则快讯吧？不是吗？"她最后说。

"你叫醒我就是因为两个偷渡客，而且还活着？老实说，哪里有新闻可做?"

"一个星期以来，所有人都以为他们死了，这是个奇迹。"

"我觉得你真的是完全断线了。你知道十年来有多少非法移民死在海上吗？你知道吗？不，你不知道！那么，我来告诉你：两万！你知道我给社里发了几条快讯吗？三条！而你的那两个孩子是奇迹！我再告诉你：你已经不知道什么是新闻界了！断线啦，你完全断线了。法新社，不等于女新社①。"

这是提醒她已经过气的一种方式。当我想到，在《解放报》的时候，这个可怜虫对我低声下气，就是为了让我转一篇毫无价值的小文章，要发在海外新闻栏。小公共汽车从一条匝道驶入了瓦莱塔，这个钟点，第一轮大塞车已经开始了，道路非常难走；马耳他人都是在天气热起来之前起床的。早上六点，到处都堵得厉害。车从高速公路下来，开到通往酒店的连接路段的时候，珍奈特接到了一个电话。

"我是 CNN 的记者，今天早上我们远远地见过。我们刚刚得知在您身上发生的事情。我们能在一个小时后见个面吗？"

"你们不是出发去利比亚了吗？"

"取消了，的黎波里在开战。机场要关闭四十八个小时。"

晚上六点左右。里法特·德梅特把他们带到美国国防专员约翰·彼得·沙利文的家里见 CNN 的人。专员在一座半废弃的宫殿主层接待了他们，房间的屋顶很高。装饰和家具都

---

① 这里将法新社的简称 AFP 化成 Agence Femme Presse 来讥讽对方。

极为简约。一张长沙发，几张双色而轻巧的单人沙发椅，都是意大利设计，巨大的电视屏幕，摆着好几种不同牌子威士忌的吧台，小书柜。还有海港的无敌景观。旧时苦役们的小港湾，现如今停泊着巨大的游艇，这是法国人的小港湾，正是在这里，拿破仑的东方号抛了锚，法国达飞海运集团的大吊车排成了行，倒映在内港深暗的水波里。三姐妹城的外墙在阳光下闪闪发光。渐弱的光线给城墙抹上了温暖而柔和的色彩。

"这里曾发生过那么多的屠杀……"爱玛说。她穿着一件正规的黑色小外套，头发梳了起来挽成发髻，她说话的声音既悦耳又充满挑衅。"那么多的人在这些城墙下被割喉剖腹。为什么？"

"是啊。"约翰·彼得·沙利文（所有人都叫他吉皮）用一种谨慎的语调说着。他向她道歉说，不得不穿上他的制服（一件有美国海军三条线的短袖衬衣）。他在巴黎当过两年的经济合作与发展组织的联络官，法语说得非常不错。她笑了。一艘渡轮在波浪的簇拥下离开了港口。CNN预告了珍奈特和哈碧芭的专访。这一天是从在五千年历史的神庙看日出开始的，现在要在转播给全世界无数观众的同一画面中结束。

阿联酋航空的广告。另一则宣传葡萄牙海滩的广告。最后是鼓励在迪拜进行可靠的金融投资。

吉皮用遥控器调高了电视的声音。新闻提要。接着马上就是由双工电台的一位明星主持从伦敦遥控的今日专访。哈碧芭坐在马特尔代医院的病床上。一条薄薄的黄色面纱突出了她匀称的脸部轮廓。两位身着白大褂的医生陪在床头,站在床的左边。爱玛提示说很像电视剧《急诊室的故事》的一个场景。

珍奈特很久都没有这么好的感觉了。从画面上看,没有人能猜出她的年龄。她把头发梳向脑后。面容透出一种略带焦虑的喜悦,她牵着哈碧芭的手,紧紧地牵着。

"这可是非洲的睡美人,"珍奈特解释道,"哈碧芭在岩石下沉睡了两天,怀里紧紧抱着她救上岸的弟弟,弟弟已经是半昏迷状态了,头部的伤势严重。"

"关于她的弟弟,您能告诉我们一些让人放心的消息吗?"记者问道。

"他的伤口很严重,但是医生认为他会好起来的。他受到很好的照顾。"

第二天,奇迹般脱险的两位少年上了所有报纸的头条,法国的一个新闻台还播放了里法特拍的片子。没有人敢问他的片子是给的还是卖的。

他们决定节目结束后去瓦莱塔的一间酒吧见珍奈特,酒吧位于堡垒的半山腰,俯瞰着海港。

爱玛爬上了土耳其人加高的奥迪车。黎梵特在驾驶位上坐好后,把名片递给爱玛。黎梵特·德米尔,外交官和律师,安卡拉,伊斯坦布尔。爱玛看着名片,就像在辨认纸莎草纸文稿一样认真。

"外交官和律师。安卡拉和伊斯坦布尔。有趣,好像您过着双重生活……"

"外交官从来就不简单。"

交谈逐渐转向了电影,而黎梵特开车出瓦莱塔的时候走错了路,在一条又一条的支路上转着圈。他们都喜欢塔伦蒂诺的电影。黎梵特再一次错过了一条原本可以通往港口的路,他大叫了起来:

"啊!上帝呀!真他妈的!"

"不要亵渎神灵!"爱玛一本正经地反驳道。

夜色很快降临了,城市呈现出黄色的石头外墙,被霓虹灯和最后一缕落日的光辉照耀着,在每条街道的尽头,海勾勒出浓浆般的蓝色方块。这暖暖的色彩使黄昏时分显现出节日的氛围。

在骑士酒廊,空气里弥漫着笑声、音乐声和聊天声,混杂着英语和意大利语的嗡嗡声。菲律宾侍应生在表演手技,抛着伏特加和杜松子酒瓶。对岸是被一家德国汽车进口商据为己有的马努埃尔宫。节日气氛如火如荼,喷射的烟花让气氛更加浓烈。

黎梵特和爱玛挤出了一条路走到了事务负责人的桌子。里法特·德梅特热情地迎接他们的到来。

"我们开始担心了。你们是不是不巧迷了路啊?这是常事儿……"

珍奈特给爱玛让了个位子,爱玛立马开始啃着桌上的橄榄。爱玛清瘦甚至很骨感,面色苍白,头发很短,她在自己的周围设定了一定的距离,可以理解为一种腼腆或者是一种对立。而在她说话的时候,她的声音里有一种坚毅的力量。珍奈特喜气洋洋的,好像因为协助救了两条生命而容光焕发。还有就是让人知道了这件事。

"我原来不知道您是中东问题专家,"里法特对她说,"好在今天下午我在谷歌上搜了一下。您见过的人,那数量真是可观啊。"

这一天抹去了几年的晦气。自从离开了《解放报》,她从未再次感受到曾经做过的关于马格里布和中东地区报道的影响。在八十年代,她们两三个女性在伊斯兰世界来来去去,带回一些从未发布过的新闻,还有一些令全球惊恐的阿拉伯领袖们的专访。

"您甚至采访了卡扎菲?不简单啊……"

"是的,那是在洛克比空难前的几个月。那次专访被全世界转播。"

"卡扎菲的为人怎么样?友好吗?"爱玛问道。

"我想是很可怕的。"里法特答道。

"您呢,爱玛,是什么把您带到这个岛上来的?"珍奈特一边问,一边看着手机上涌现的大批短信。

"学习,"她勉强地笑着答道,"我完成了商校的学业,必须得实习。现在所有人都得实习,很快幼儿园的孩子也得实习了。我找到了一家法国公司,他们让我在这里实习两个月。"

只有酒吧柔和的灯光和桌上的蜡烛给餐厅带来些许光亮。海的潮湿从窗子窜了进来,一股子湿热填满了整个空间。他们一个挨着一个地坐着,凳子不太舒适,他们不停地往酒杯里加着冰块，聊着天。

黎梵特和珍奈特都沉浸在八十年代的回忆中；他们年龄相仿，黎梵特比她小五六岁，他们想象着曾经在贝鲁特或者其他地方擦肩而过。爱玛，依旧面色苍白，双腿交叉着，但是整个人更加放松，一副嘲讽的样子，回答着里法特关于商校的问题。

"好像您对我的学校非常感兴趣……"

他瞪着又大又圆的眼睛盯着她，眼里流露出一种独特的魅力，有点让人不安，然后，他转换了话题。

他说到开罗街道的神奇，然后又聊到一些免费播放百万首歌曲的音乐网站。扩音器里刚刚放出泰勒·斯威夫特的流行曲目，一位美国乡村音乐歌手，宣布离开"声田"音乐服务平台。爱玛心不在焉地听着，问他如此重视的这个泰勒·斯威夫特是谁，而后又对他说："您到底多大年纪啊？觉得您像个少年人……"

深夜一点，里法特·德梅特喝完最后一杯威士忌，发出离开的信号。"就像我们大使说的，对于非洲人来说，世界的本源是鼓，对于中国人来说，是符号，而对于我们地中海人来说，是言语，我们今晚又再次证明了这一点。现在，我们都得去睡觉了。"珍奈特让他离开前打个电话给当地警察，问问她那两个"被保护人"的消息。

13. 科林西亚酒店，的黎波里，利比亚

厌烦了等待一个等不来的约会。我再次打给了黎梵特，他劝我耐心一点。深夜三点，我用牙咬开了第 N 包腰果（利比亚酒店的迷你吧从来都没有酒！），很偶然地我看到了一个女人的专访转播，她协助救助了马耳他海滩上的两个难民。我马上认出了她，尽管这么多年过去了，她的身材也粗壮了一些，但是外貌几乎没有变化，长长的眼睫毛因为化妆而上扬，体型包裹在一条正规而合身的连衣裙里，声音有点沙哑。她就是珍奈特。尽管我对她有些偏见，但是经过多次共进晚餐，我学会了欣赏她。每个人都在寻思，我是第一个，为什么她这种素质的女人会和那么可怕的一个家伙睡在一起？那个年代，几乎没有人会提这种问题。卡扎菲仍然保持着一些第三世界革命的光环。他站在泛阿拉伯主义的前列，保卫着（当然是理论上的）自己国家的民主政治，他是革命里颇具魅力的面孔之一，就像古巴的菲德尔·卡斯特罗，对于很多人来说，卡斯特罗代表着一种"可以接受的社会主义"，这是萨科齐的一位部长说的，而他的第一任妻子是卡斯特罗的情妇。好吧，我发现我正在帮她找借口。珍奈特并不需要这些。总之，和她在一起，卡扎菲从不吝啬送礼物（特别是一件超级昂贵的紫貂皮大衣），而且他在她的记者生涯中帮了很多忙，只要是她希望采访一位阿拉伯领袖，他会立马接电话。珍奈特做的大部分独家新闻都来自他。卡扎菲抛弃她的时候，她比较快地就销声匿迹了，她的名字也从我常读的报纸上消失了，我最后忘了她的存在。我没想到，会在电视屏幕上再次看到她，在的黎波里，我们就是在这里相遇的。

14. 图尔贝伊-大塔尔特，巴黎大区，法国

一群黑人堵在楼房入口。萨米走到房檐下时，周围爆发出一阵辱骂声。婊子的儿子，×你妈。他在一群墨镜中辟开了一条小路。不要回应，永远不要回应，忍下所有的辱骂，有时还有唾沫。如果要活下去，这就是规则。

一台崭新的等离子电视机占据了父母家主要房间的一部分。母亲正在看一个真人秀的节目。她耳朵渐聋，把声音开到了最大。

萨米扬起眉头大声喊着："你们中彩票啦？"父亲的脸阴沉了下去。他犹豫了一下才回答，好像他的精神，在那么几秒钟内，想远离所有不纯的想法："我不想的，你的弟弟们坚持要的。"

萨米为自己提了个一目了然而又让父亲尴尬的问题而自责。他没有力气发火。一个月中有那么好几次，都是在固定的日子里，团伙会推销偷来的卡车或者从仓库里洗劫来的货品。他们喝得酩酊大醉，把小货车停在楼房的一个入口。买主手上拿着一扎现金等着。父亲谴责这种非法贩卖是没有用的，一旦有机会，他就会抓住。和所有人一样。

生气有什么用呢？父亲现在是个老人了。非常脆弱。体力日衰，脸颊深陷，稀疏的络腮胡子更显出他的衰老，双目无神，干瘪的笑容中露出金属假牙。萨米递给他一个牛皮纸封住的信封。

"我家里没地方了，这些是银行的机密资料，我更想放在你这里。"

"我把它们和其他那些放在一起,在浴室的小柜子里……"

一阵咳嗽,他没能说完那句话。

萨米递了五张一百欧元钞票给父亲,父亲笑着,没有力气拒绝。非常清楚:这笑容,是他忍住哭泣的一种方式。萨米用一个下午的时间来看这位命在旦夕的父亲。几年来,慢性疾病逐渐损坏他的肺部。社保医生禁止他吸烟。他对生的渴望消逝了,正如他对返回家乡的渴望。

当他还在大磨坊工作的时候,一直怀抱着返回塞提夫度过余生的梦想。他曾经多少次抚摩着这种愿望?他看到自己穿着带帽的长袍站在父母家的院子里,近旁是那口老井,就在无花果树硕大的树荫下,身边围绕着青年时代的同学,他们也都变成了满脸皱纹的老人,但是,他从来没有到过这个平静的世界。

哦,我的家乡,我的阳光,我的蓝天……哦,我富饶的家乡,我失去的你……听听我的心声吧。

这些通过卫星接收到的阿尔及利亚的图像,他也说不清到底是什么让他想起来的。

只有单独和妻子一起的时候,他才会不由自主地蹦出几个词。他抱怨那些受贿的人,那些黑手党,那些说谎的人,那个布特弗和其他占据阿尔及利亚的人。

一直以来他都明白,他无法摆脱自己的困苦,他声音哽咽。他从来都说不完他想说的东西。有什么用呢?谁会关心呢?乡愁像裹尸布一样蒙住了他的心。

他也不说法国。

他说什么好呢?什么都别说。

一九六九年的初春,他来到图尔贝伊—大塔尔特,那一天下着雪,那年的春天特别冷。他十七岁。第一个晚上,他是在默伦附近的一家小旅馆度过的,男人们都在被子下瑟瑟发抖。表兄弟分给他一碗蔬菜汤。四十年之后,他还记得那碗滚烫的汤的味道。第二天,年纪最大的叫醒了他。他们坐车来到图尔贝伊的镇中心。

在码头的高处,他看到了大磨坊。几栋深暗色的砖房,很高,还有一座巨大的塔,塔外有突廊,顶上有个瞭望台,锌板做的顶和云一样高。

"就是那儿。"表兄不无自豪地跟他说。

"很大。"

"正常啊,大磨坊嘛。"

他默不出声,瞪大了眼睛看着这个不是他的国度。

河流的威力,形如弯弓,闪着绿色大理石的光,水流的明快,天空的昏暗,云朵的盘缠,一艘艘紧靠着的驳船正等着装面粉,路上细微的雪痕……

他记得所有的这些。

他后悔从来没有对萨米说过,萨米可是他的长子。太迟了。萨米不和我说话。你好,再见。我有时会担心。他境况良好,是个好孩子,但是他没有老婆。没有孩子……他是怎么安排自己的生活的?我一无所知……

他到大磨坊两个钟头之后,就完成了所有的检查,接下来的周一，他就被雇用到一个岗位上，直到几年前退休的时候才离开。

他是在法国工作的，他也将在法国死去。

萨米不记得父亲曾当着他的面说过一句不利于法国人的言语。现在，萨米怨恨他。是的，爸爸，我怨恨你，怨你的沉默，怨你的袖手旁观，怨你被束缚的思想。你没有必要接受这所有一切。你的自由，它在哪里？他怨他曾经是个没有勇气的男人，对侮辱的言语充耳不闻，对不公正的事情视而不见。他怨他因背井离乡而失去了主心骨。他怨他如此苍老如此病弱。已经如此了。他那把年纪！多大年纪？六十四岁了。

他的父亲认为人民和人都是命运之神手中的玩具。命运之神耍乐子呢，他把他们一堆一堆地扔下去。人民、民族、男人、女人和孩子，都扔到一个小锅里。每个人都得自己想法子保住自己的位置，用真诚去保住，不多一分也不少一分，就在真主让他出生的那个地方。我自己做得还不错。萨米也是成功的。我多想他跟我说说话，告诉我他认识了某个人，他是否会和她计划未来……

只管做事给我闭嘴！他做事了。他闭嘴了。那就不要后悔。

时间流逝。真的，太快了点。但是也不比别人的快。再说，问题对于他来说不是生，而是死。他呼吸困难，焦虑扼住了他的脖子，他觉得窒息。他操心着他的骨头将在大塔尔特的墓园里日渐灰白。

萨米从来没有去过塞提夫。多么悲伤！

萨米从没有呼吸过山顶上的空气，也从没喝过山上流下的泉水。老人自从到法国之后也没能再回去过，除了那次为了父亲的葬礼。在年轻的时候，他经常笑着说这句谚语："每个生命都会尝到它的死亡。"那是他自己接受未来考验的一种方式，就算回到阿尔及利亚，那里也不是他的家了，然而在这里，他经常被黑鬼们羞辱着，就在这个国度，这个越来越不像法国的国度。当然更是一点都不像阿尔及利亚。

当天使来召唤他领他归真的时候，他会躺在什么样的土地里？一个混凝土的坑里？他害怕自己的灵魂会被判永久漂泊。日渐衰弱的视力更加增长了他的焦虑。如果他的眼睛都看不到自己身上的光亮，他还怎么能够看到慈悯真主的存在？

他并不是一直都是这样一个发抖的男人。孩童的时候，在战争时期，他就毫无顾忌地和那些要求独立的人站在一起。后来，在大磨坊的时候，他就加入了工厂里法国总工会的分会，两年后，他撕掉了他的工会会员卡。都是些卖身求荣的无知之徒。

他曾经年轻过……他还记得……生命曾经在他的血脉里流淌。

这些片段属于过去，只存在于经常会重现的一个梦境里，在梦里他看到自己在亲爱的天使吉卜利勒的庇护下，面对那个时期的各种危难（尤其是大磨坊里那个种族主义者工头），直到遇见他的太太，在她最鲜艳的时候，她躺在婚床上，房间的墙壁是淡淡的色彩，浸透着香皂的味道。

当他睁开眼，看着睡在身旁的她，像一头年迈的母山羊，而他勉强还能认出她来。他呢！他像什么？像一匹精疲力竭的老骆驼。

最后的愤怒，他是留给（当然是远远地）那些开着从七号国道上偷来的大功率汽车的混混们，留给那些与贩子往来的大胡子们，是他们败坏了住宅区里希望回归伊斯兰的年轻人的未来。夜色降临的时候，他坐在窗前无声地咒骂着，看着他们来来往往。

"法国人怎么能够接受这样的状况？如此多的欺诈？"

几个月以来，他怨恨的是黑鬼团伙。黑人就是蟑螂，他们像蟑螂一样地大量繁殖，他们的蟑螂孩子占据了整条街。他们在楼房里发号施令。当他不得不从这些婊子养的面前经过时，他得低下头。萨米也不能看他们。他认为，他们在为某个阿拉伯人做事。

萨米从来没有反驳过他的父亲。现在自然也不会。

他也从来不知道怎样找机会和他说话。如今他生活在自己的秘密里，说话的机会就更少了。

他的父亲将要死去。

每个周五的中午，老人离开住处去清真寺。他围着住地走一圈，居斯塔夫-库尔贝街，巴勃罗-毕加索街，保尔-塞尚街，一直到戴高乐将军大街，就在这条大街的下面，清真寺绿色的屋顶闪闪发光。

大街上，没有人和他打招呼，没有关系，他不需要人们的招呼。邻居们不认识他。他的时代已经过去了，呸呸呸！

结束了，消逝了，而未来并不存在，即使在他的思绪里。

他拄着拐杖闲逛的时候，和他交错而过的有提着装满蔬菜水果塑料袋的阿拉伯人，穿着长袍的非洲女人，一些吃了太多清真热狗的小孩，有混混也有好小伙，区分不出来，所有人都穿着一样的制服，他的卜卜勒也是一样，老穿着耐克鞋、牛仔裤和带帽衫。他从人行道上坐成一堆的肥胖女乞丐面前走过，他并不看她们，他听着伊玛目的布道，他向真主跪拜，用他的光芒温暖自己的灵魂，然后步伐缓慢而蹒跚地回去。

白天他都坐在窗前的沙发上。幸好我有儿子们。我的快乐。两个小的，默哈迈德，外号卜卜勒，还是个高中生，一个笨手笨脚但是很有前途的孩子；害羞的阿卜杜勒哈米德，可靠的孩子，在优世纪商业中心工作。完美的萨米，我希望他好好的，我希望……他费尽眼力仔细观察着城市的街道，在这里他度过了自己的一生。来来往往的车辆，行走的人，拍着球的孩子，这些画面仿佛是从另一个世界传送到他眼前。

远处，树林画出一个神秘的圆圈。

老人一直把儿子的名片放在他的钱包里：萨米·布哈迪巴，金融主任。他的大儿子带给他的全是满意。从小学到大学，到现在的工作，一直很认真，他从没有责备过他。就是有一个遗憾。萨米在拿到数学系的大学文凭时是做老师的。替补老师。后来他通过了教师资格证的考试。非常成功。他本想儿子就这样一直做下去，老师，多了不起啊。但是，萨米希望继续向前。他经常自言自语地说，既然已经出发，他就会走得很远、很远，真主保佑。"

从父亲的沉默中，萨米看到了极度的惊惶。他忍受着、诅咒着他们的无能。父亲的无能，他自己的无能。阿拉伯人普遍的无能。他们的分裂……这种情况不会持续下去的。他跟父亲说要去摩洛哥出差。

"会很长时间吗？"

"不到一个星期吧。可能更短，我很快就会回来的。"

"是啊，现在有飞机……"

老人闭上眼睛，审视着自己，只看到了空虚和苦难。这趟马拉喀什之行，他的感觉非常不好。两年前，萨米去了埃及。他在那儿待了很久，回来的时候整个人都变了，没有以前那么开心了。他知道，作为一位父亲，应该让儿子们走的。

"你还记得我从塞提夫给你带回来的椰枣吗？"

萨米的唇尖还留着从父亲箱子里拿出的新鲜椰枣的味道。那天晚上，他很迟才睡，父亲把最后一颗椰枣拿到了他的床前。入睡的时候，他还想着沙漠中的人们，塞提夫山顶覆盖的白雪，想着父亲的远行，在大海的另一边。"我从马拉喀什给你带椰枣吧，这样我们可以比较一下，我肯定它们没有你当年带回来的好吃。"萨米默默地抱了抱父亲，在厨房里长时间地拥抱了母亲，他关上门走了。父亲闩上了门。他的父母亲生活在一座监狱里。

楼道里的噪声让他脑袋一阵发紧。音响的声音震动着墙壁和门。还有他的神经。下楼前，他缓了口气。

这个可怕的区域臭不可闻。一种大麻和非洲牛粪的味道。墙上都是涂鸦，导弹般的男性生殖器，喷射的精液，屁眼冒着烟的火爆臀部，荡妇的巨乳。顶上的灯泡不是被偷了就是被打碎了，楼道里很黑。萨米瞥见一些家伙瘫在一个角落里，等着从毒品和啤酒中醒来。他们的两只神叨叨的罗威纳犬正在打闹，脖子上戴着镶钉的铁链，口水全流到了嘴套里。萨米穿过大厅，尽量不碰到任何人。十来个孩子在骂架。花天酒地的脏东西，他们的身材是爸爸的两倍，而从他们身边走过时，他就像一根小草。最糟糕的是他还会在清真寺见到他们！总得有一天要把这些败类全部清理掉，重拾真理。他们的收音机里吼着愚蠢的说唱乐。音乐的锤击声盖住了算账的喊叫声——一次很平常的教训——是从机器房里传出来的，那个地方被当成了卖大麻的微型超市，两个壮汉守着门口。

萨米和他的弟弟们，与父亲和楼里所有的人一样，都学会了隐身。他们看不见这些混混，也希望混混看不见他们。这种现状还会继续下去，也可能不会。萨米经常建议父亲，帮他搬个家。老人不想听他讲这事。他的家在这里，在这栋F3楼里；图尔贝伊-大塔尔特，这里是他的宿营地。他借口说骚乱结束后街区已经开始了修复工作，他不想走。

15. 图尔贝伊-帕拉迪斯，巴黎大区，法国

二零零二年考院成立的时候，我就为它做过事情。对不起！考院是指国家考古预防研究院。一个负责领土整治过程中对受到威胁的考古文物进行探测和研究的机构。很多人都

讨厌我们。我们是阻碍事情顺利进行的人。开发工作的减速器，利润的延迟器。在高速公路的修建、高铁的铺设和商业区域的建设过程中，推土机经常会发现惊人的历史遗迹。那么就得和时间赛跑（如果地产业主能够诚实地不用推土机把整个遗址铲平，这也是时有发生的），因为显然地产业主、农场经营者、地方行政区域或者地产商人都急于推进他们的计划。考古工作者"空降"到他们的地盘，进行紧急的发掘工作，尽量盘点和抢救。

考院的创立见证了七十年代以来法国对考古研究的重视。我曾经是这支和平小部队里一名小小的士兵，非常高兴在被派往国外工作几年后重返法国。两年间，在法国国土上，我完成了数次任务（十来次吧）。第一次任务把我带到了维苏，地属巴黎奥利机场，一处巨大的高卢人遗迹刚刚被发掘，就在巴黎希人[1]的地界上，揭示了公元前两世纪有一个强有力的农业村落的存在。金属的家具，工具，首饰，大双耳尖底瓮，反映出当时维苏社会活动的多样性，同时也反映出居民生活的繁荣、对外商业往来和遗址的持久性。

我没想到自己如此开心，能够适当地参与一段高卢历史时期重新评估的工作。这项任务有点让我重回我们国家的孩童时期。这是我们国家的旧约时代。高卢，是法国的雏形，那时法国正在凯尔特森林深处开始变动。高卢人，这些身材高大而软弱无力的半游牧白种人，一些战败者，曾经被历史学

---

[1] 巴黎希人（Parisii），历史上在巴黎地区生活的高卢人，巴黎因此得名。

家遗弃。我后来发现了法兰西公学院卡米尔·朱利安教授写的一本书，从某种程度上说，是她在书中虚构了半个多世纪后我们搜寻的高卢。

从开罗开始，我差不多一直都过着外派的生活。这种生活其实挺惬意的，这是一种总是漂泊的生活，身处异地，自在舒适，被抛弃在远方，除工作之外跟人没有任何联系。由于一直呼吸着"外面的"空气，人们总会忘记自己是从哪里来的，也有可能会忘了自己是谁。这次维苏的发掘工作，对我来说，就像受到欢迎回到老家，是时候了，但也是一种惊奇，当我和故乡重新联系上的时候，我发现那些从未离开过的同胞好像脱离了这个六边形国家，在他们和法国的现实和历史之间，只有一种疏远和模糊不清的联系。

图尔贝伊-大塔尔特镇（离维苏不远）决定新建一所小学，就在原来临时木板屋搭建的地方。工地的工人们发现了一处被称为帕拉迪斯的中世纪遗址。我是在维苏发掘地关闭后的第二天到达图尔贝伊-帕拉迪斯的。招标细则里明确指出，新房子必须在新学年开学的时候投入使用。我们得加快工作进度。

过了一段时间，我才发现有一个老年男子，他常常在一处外伸的土堤上连续几个小时一动不动地看着发掘现场。我们习惯了他沉默的存在。他一动不动，清瘦，手叉在腰上，手指分开着，目不转睛地盯着我们的工地（眼神有些模糊），凝固的神情似笑非笑，让他显得异常高深莫测。我寻思着他是不是患有脑梗塞之类的后遗症。他看上去像一尊向地面倾斜的雕塑。一尊由贾科梅蒂[①]修改过的罗丹的雕塑。我们习惯了他默默地待在那儿。偶尔不在的时候,他的缺席会让我们担心,担心他是不是出了什么事,我们会想念他。

一天晚上,在离开之前,我去见了他,问他是否有关于我们工作的问题要问,我非常乐意回答。他首先介绍了自己:"布哈迪巴先生,大磨坊退休的。"然后,他有点突兀地加了一句:"我来自塞提夫,阿尔及利亚……"他马上从口袋里掏出一篇从阿尔及利亚报纸上剪下来的文章,关于塞提夫由于大雨的冲刷在大教堂区意外发现公元六世纪初的壁画的修复工作。这幅壁画在一九六八年曾被送到老博物馆,一九八五年又送到了塞提夫的国家考古博物馆。阿尔及利亚文化部的女部长在一次专访中介绍了"这幅作品的重要性和影响",并强调说"镶嵌画,深受神话传说和文学的影响,见证了非洲罗马社会的文化和财富"。

这第一次的交谈有点不太对等。我问了他一些问题,他态度谨慎地回答了我。和我想的不一样,他自己并没有关于我们工作的问题要问。他好像清楚我们正在做什么,他坚持用简单的词语表达对我们工作的敬意。

第二天,一看到布哈迪巴先生来了,我就去他的瞭望点找他,给他一个惊喜。我可是有备而来的。我把东芝电脑放到他面前开始敲键盘,并没有向他仔细解释我在找什么。我的

[①] 贾科梅蒂(Alberto Giacometti,1901—1966),瑞士超现实存在主义雕塑大师、画家。

学生和同事们抬头看着我们，一脸茫然。没有人能猜到我在给他看塞提夫罗马人遗址和阿尔及利亚同行的访谈。我还专门找到了他说的那个部长的专访，布哈迪巴无法把视线从他看到的东西上移开，屏幕的光照着他灰色的面颊，有好几次，我看到他的脸在抽搐，好像快要哭了。他开始笑了，他慢慢地有点笨拙地扶着我的肩膀感谢我。从他放在我身上的手指间，我感受到他的消瘦、他手上的骨头、他的激动，他在颤抖。他需要抓着某个人才不会跌倒。我很高兴就在他身边。

习惯了每天都会和他聊会儿天之后，我才知道原来我们俩年龄相仿。他有三个儿子，其中有一个完成了工程师的学业。是老大，他叫萨米。

萨米是他的骄傲。"一个好孩子，"有一天他对我说，"他也用网络的。据我所知，他甚至在这上面花费很多的时间。"我明白他是想要他的儿子萨米和他一起看我给他看的那些塞提夫的视频。我在一张纸上写下了维基百科和优图上的一些参考信息，还有我的电话号码和电子邮箱。"拿给您的儿子，他一看就懂，而且他还可以给您看别的。如果他想知道更多的信息，可以找我。"

布哈迪巴先生从来没有告诉我萨米有没有给他看这些视频，萨米也没有联系过我。每次说到他的长子，老人的脸就会明亮起来，但他只是提到而从不细说。从他作为父亲的谨慎里我猜到了一丝不安。他不明白，萨米条件这么好，为什么不结婚。有一天，他差点就跟我说了，不过最后还是打住了。我想他在寻思着儿子是不是同性恋，这个问题是他挥之不去的焦虑。

16. 巴黎七区，法国

反恐处有一座小公馆可用，就在埃菲尔铁塔的后面，在一条连着叙弗伦大道而人烟稀少的小街上。这栋楼原属海军，在戴高乐时期，国防部长特许行动处使用。五十年来，没有人要求收回。这种奇特的现象（体制内的缺陷）近乎一种奇迹，特别显出行政管理的随便马虎。这处没有真正主人的产业在很长时间里方便了我们国防部长和警界的头头们，当然，只要他们对它的存在不是全然无知。他们把别墅攥在手里，海军部门没有要求收回但是也在继续使用，用于协调各情报单位，把特遣队员派往他们从来不可能去的地方。别墅的自治性（多种原因使它成为了一处庇护所）是有一定代价的。从来没有人进行修缮，只是用预算外的现金当面支付波兰籍工人做一些最基本的维护。一个迷你花园围绕着这栋两层小楼，花园四周围绕着生铁的框子和栅栏，被涂成绿色，让行人看不清外墙上的缝隙。兰贝廷有时会在这里过周末。可以说，他把这儿当成了他乡下的房子，他有时会说这样的玩笑话。布鲁诺记得，有一天，一个同事小声向他透露："我敢断言，这里是他的情爱场。"

老家伙鳏居二十年了。没有再婚。也没有男女关系。他会找一些从业女士帮忙，总是那几个，三十来岁，价钱贵得惊人。

房子里陈设简单。从居家店买来的大桌子和椅子，落地的卤素灯，几张办公桌，被一束束电缆连接的电脑。还有一台上面放着天线的电视机，在二楼，三张床垫直接摆在地板上，其中一张上有床单和被子，还有一个桃花心木的床头柜，所谓的主卧室里有一张大班椅。

在这地方的孤清中，弥漫着一股淡淡的霉味。就在这里，兰贝廷策动了一系列的强硬措施，先是遏制继而瓦解了赫赫有名的瓦加斯秘密活动联络网。这个瓦加斯是警界的一个老局长，保留了不小的影响力，在国防部和警察总署都有人脉关系，同谋中有某个部长和一小撮高官，他们中间有警察也有大使，基于这些关系，瓦加斯把这些人引到收入丰厚的非法买卖里，囤积新旧武器、军队的战争物资、成桶的原油，他发了财。

在两年的时间里，兰贝廷把所有的周末都用于鉴别瓦解这些非法的关系网（在未来外交部长的协同下），一个又一个，最终取得了这场秘密战争的胜利，这是他有生以来最艰难的战争，其间还顺带着结下了一些不共戴天的仇恨。共和国总统掩盖了兰贝廷的调查，他还是认为必须把这些高级偷盗的轻罪犯从原来的团伙中拉出来，重新安置。

瓦加斯团伙垮台后，在一次秘密典礼上，部长为兰贝廷授了奖章，同时还让他负责重振这个处的声威，没有人比他更加熟悉这里的工作。伊斯兰极端主义的威胁开始对我们的国家造成影响。兰贝廷投入工作中，并没有改变他保密和怀疑的工作习惯，这是他在这么多年阴险和无情的斗争中形成的习惯，他还和上级保持了一定的谨慎距离，他的上级是信任他的，但是他也知道，上级对于政界的恐慌和媒体的评论越来越敏感。

布鲁诺很少听他说到他是如何开始的。他也试着问过他，但是兰贝廷从来不透露隐情。这个"黄金时期"好像被打上了上司们的烙印，他们是负责与"秘密军组织"① 斗争的。

"这可不是开玩笑的。戴高乐让他们竭尽全力。他们做了，毫无顾忌，那个时候大家都坚信不疑，他们也知道会受到保护。那时有忠诚可言。"

以前做过老师的他非常清楚，法国和其他所有国家一样有起有伏，甚至有过之而无不及。以前，失败了都是可以重新兴起的。就算是阿尔及利亚的事情，大家也都脱身了。现在情况不一样了。人们不知道自己想要的是什么，兰贝廷说得有道理，再也没有忠诚可言，所有人都含糊不清，民意测试中心的占卜师们分析着神秘的数据。社交网络制造着迷雾。

头儿，披着用灾难性的词语做的外壳，好像来自另一个年代。在单位里，一些自负而道行浅的年轻人开始暗中抱怨他过去的工作方法缺少透明度。越来越多的时候，他们提到他的名字都会表现出无可奈何的姿态。

布鲁诺把小奥迪车停在了夏尔-弗洛凯大街，在方向盘前坐了一会儿，几乎是在大声地思考问题。他越来越经常地自言自语。兰贝廷的话，"那时有忠诚可言"，让他有种触电的

---

① "秘密军组织"（OAS）是20世纪60年代以暴力反对阿尔及利亚独立的法国军事化地下组织。

感觉，因为玛丽-埃莱娜。

他把胸卡插进便门的钥匙缝里（对着小台阶的大门被封死了），他早到了半个小时，迫不及待地想知道兰贝廷要让他做什么。勤务兵端来了咖啡和茶。几个同事在开会的房间里聊着天，这里存放着灭火器。

九点整，反恐部门的负责人们围着椭圆形的桌子坐了下来，面前放着一个蓝色文件袋。会议开始先是陈述了"伊斯兰国"一个分支里出现了两名阿尔及利亚裔法国人，还有警察通过激进分子进行渗入的情况报告。

兰贝廷，脸圆圆的，没有褶子，眼睛明亮，藏在玳瑁眼镜的后面，不经意间透出嘲讽的神情，他头发稀疏，留着寸头，面色红润，唇上还留着一块白色锉屑般的胡子，在从分析档案资料中找出薄弱环节方面，他是无人能比的。在没有掌握所有重要信息前，他从来不出声。正如他自己所说的，他差不多就是个灵媒了，深入伊斯兰恐怖主义的混乱之中。很早之前，他就进入被本·拉登及其追随者的罪恶光环所吸引的人们的思想机制里了。

他的洞察力是基于对犯罪网络和行为方式的了解，基于在中亚地区的工作经验。他总是把自己放到追捕对象的位置上去思考。他寻思着他们读什么书，吃什么东西，他想象着他们躲在临时的藏身地，在一些偏僻的村子里，在拉卡①的居民楼里，等着被转移，他们喝着茶看着二十四小时开着的电

---

① 叙利亚北部城镇。

视机。他们在看什么呢？是福克斯新闻台的宣传？还是半岛电视台？又或者是欧洲体育台的足球赛？

"伊斯兰激进主义已经变了，"他总结说，"伊拉克战争培养出了大量的战斗人员，他们来自世界各地。'伊斯兰国'驻扎在大马士革的外围，利比亚、萨赫勒地区①，还有非洲的一部分都受到了影响。伊斯兰极端分子有两大优势，他们有着很大的自主决策权和实施行动的灵活性。和第三国际比起来，他们更接近一种专营性质的组织。别忘了，我们经常打交道的是一些游民，他们建立了很多关系，结下了友谊。有一些还专门选择大国的边疆地区，他们是在等待时机的哨兵，而更常见的是他们已经和一些部落首领串通一气，在广阔的土地上他们不用躲藏就占有了很多的优势。网撒得越来越大了，克什米尔、也门、巴基斯坦、尼日利亚。到处都有很多的麻烦事。"

蓝色的文件袋里有一些地图，图上标出了一些集中情况的流向。武器，毒品，人员，资金。兰贝廷评述资料的时候，两条皱纹皱起在嘴边的脸颊上。

"跟着黑色的箭头走。我们可以非常清楚地看到钱是怎样疯狂地运转的，一些巨额资金在高加索山脉、巴基斯坦、土耳其、利比亚和索马里之间流动……这就像玩轮盘赌一样。球停在哪儿，你们就能确定哪儿会很热闹。钱为战斗人员和

---

① 萨赫勒（Sahel）一词源自阿拉伯语，意思是"边缘"，萨赫勒地区指非洲北部撒哈拉沙漠和中部苏丹草原地区之间一条超过3800千米的地带，从西部大西洋伸延到东部非洲之角。

投机商做好了准备。商人投资，提前付现金，购买和销售所有能够买卖的东西。完了以后，他们就收拾走人。"

投放的影像目前还是属于保密资料，有助于证明现如今法国大城市的郊区被一条绿色的带子缠绕着。警方资助的各式各样的关于郊区伊斯兰化的调查全被搁置到了一边。太具爆炸性了。但是，由法国主教们赞助的里昂大学社会学研究员们做的调查结果显示，要考虑欧洲可能有一个中长期的伊斯兰化的过程。研究的范围突破了郊区的限制。研究员们走访了居住在大城市不同区域的几千个人。大部分受访者承认已经偏离了天主教教义，但是非常渴望保留一种精神支柱。很多人（特别是年轻人）表示可以接受自造的一整套宗教。一点点佛教，一点点伊斯兰教，只要不是非常约束的那种。尽量少的天主教，他们认为天主教太过强制性，而且过时了。

午饭的时候，兰贝廷让人去旁边的小餐馆买了三明治和啤酒，继续非正式的交谈。会议结束后，他把布鲁诺拉到一边。

"布列塔尼之行还好吧？"

"就是短了一点。"

"我打电话给你是因为好几份报告显示，图尔贝伊区有件奇怪的事情。"

"是在大塔尔特？"

"是的。没有确切的消息，但是……可能只是一种巧合，也可能不是，我想你去那儿转转，尽量低调一些。"

"我们在那儿有认识的人吗？"

"图尔贝伊有一个叫阮的警官。我想你应该见过他。打电话给他,弄清楚情况。你可以完全信任他。把进展告诉我。"

17. 美国大使馆,的黎波里,利比亚

使馆的大院里是另一番景象。在主楼里,烧掉了一半的美国国旗挂在奥巴马相片的上面,相片被毡笔粗鲁地修改了。修改相片的艺术家没有丝毫的分寸,在改过的相片下方加了一条评论:"美国猴子自以为是世界的主人。"

别墅的大门由三个瘫倒在棕榈树下扶手椅上的男人把守着。他们偶尔从手机游戏上抬起头,瞅一眼电视屏幕。

穆萨·阿巴,四十来岁,胖胖的,胡子浓密锃亮,是部门的一名指挥官,他光着脚穿着蛇皮靴子(靴子对他来说有点大),直接搁在办公桌上,正在回答英国和美国媒体的采访。

面前放着一个托盘,托盘上是一只肯德基炸鸡。穆萨酷爱裹着面粉炸出来的鸡肉!昨天,这个还是大使冷库里的储备品,今天就是他的个人私藏了……他一边说话一边吞着炸鸡,用袖子擦着嘴巴,他推开电话机,大声喊着要芥末酱:"是的,芥末的,吃鸡用的!"给他当奴隶的高个子黑人一溜烟地跑开了,二十秒后他又回来了,神情卑怯。他没太听懂,"到底是要什么酱……"穆萨把一个贴着黄色标签红色字的瓶子扔了过去,他躲开了,在空中接住了瓶子。

穆萨说着话,自娱自乐,滔滔不绝。记者们一个接着一个地打来电话。有些被他的花言巧语弄得晕头转向。"是的,我们占领了周边地区……没有,一点儿损坏都没有。我可以发

一张健身室的照片给你们,你们会看到,健身室整洁锃亮!我们可以肯定,多亏了我们,美国使馆非常安全……"民兵大声笑着,因为他有生以来第一次没有撒谎。他把整个区保护了起来,不让别的派别来夺取这个地球上所有极端分子都向往的战利品:一座美国大使馆。时间在这个空调超棒又充斥着高科技的巢穴里飞速地流逝着。

他说话的时候,一个助理接收着利比亚前线地区的各种信息。这个年轻的民兵留着一脸大胡子,穿着牛仔裤和格子短袖衬衫,在穆萨·阿巴回答采访的时候小声地转述着简讯。"东边地区有战斗!城市的另一边……有津坦[①]的杂种入侵……好像班加西港那边安静了一些……""那些傻瓜议员呢?""议会成员聚集在托布鲁克[②]的一艘渡轮的货舱里。""在托布鲁克一艘希腊轮渡的货舱里!真是再好不过了……这些吝啬鬼全部会被淹死的!"穆萨掩住手机大声喊着。

在成为了他的办公室的这间房子里,穆萨什么也没动过,就是让人在一面墙上装满了电视屏幕,同时收看尽可能多的新闻电视台。穆萨一直关注着全世界。

这个世界变得激动人心了。每一天都有新的大胡子……瞧,这时就有两个画面:欧洲新闻台,一个留着大胡子扮成女人的男人在开音乐会,"傻瓜肯奇塔[③]居然出现在欧洲一个正式的音乐厅里!"英国广播电视台上,正播着武装到牙齿的

---

① 利比亚西部城市。
② 利比亚东北部城市。
③ 肯奇塔(Conchita Wurst),奥地利变装男歌手,1989年出生于奥地利。

大胡子纵队在伊拉克的沙漠里前进！法国24电视台正在播放奥朗德就前女友的指控而开的新闻发布会！"我觉得，奥朗德应该留个大胡子……"穆萨的评论被风风火火跑进来的奴隶打断了。

"长官，芥末酱！"

"终于来了，我的鸡就快冷了，现在赶紧滚吧，黑鬼，你真臭！"长官说了声抱歉（他还在和《卫报》记者通着电话）："对不起，请稍等一下……"他摇了摇瓶子，打开瓶盖，在炸鸡上浇上黄色浓稠的酱汁。他背带裤上的酱汁和鸡上的一样多。

过了一会儿，助理提醒他收到了一个**紧急的重要的保密的信息**，来自安拉军队穆斯林的战士。"一段录像，比较长，我正在下载。""我先挂了，让警卫队出来。"艾哈迈德把影像信息传到电视机的中枢控制器上。所有的屏幕都显示出同一个场景。在一个西方人质和一个戴着帽子的刽子手控诉了西方之后，喇叭里一阵沉寂，只有电波的嗞嗞声。一把匕首割开了献祭者的喉咙。刽子手在喉部的软骨处深切下去。动作流畅而准确。特写镜头。鲜血喷射。人质瘫倒下去。

在大使的办公室里，两个男人都没出声。面对着屏幕，从一个到另一个，眼睛已经不够使了，吸收不了这鲜血的献祭。肾上腺素飙升，使得他们瞳孔扩大。他们面对着真主。好吧。上苍是和拿着兵刃的人站在一起的。他就是把恐惧植根到拿撒勒人心里的那把利刃。他的名字是圣洁。

看完最后一个画面，穆萨·阿巴清了清嗓子说："你看到那个邋遢的犹太人穿的橙色衣服了吗？""当然看到了。""你知道哪里来的吗?""那是我们到达关塔那摩的时候,美国人让我们穿的衣服。""就是的。你得回收一些这种颜色的布料,做一些衣服,谁知道呢,可能会用得着……"

星期三一直是穆萨和朋友们聚会的日子。阿马亚兹和阿里。都是可靠的人,他可以和他们说任何事。他冲了个澡,稍稍修了一下胡子,穿了条干净的背带裤。还是同样的风格,棕色的,袖口、裤脚和胸前都有拉链(拉链一直到胯下)。现在他是个人物了("您就是个传奇",一个沙特阿拉伯的记者这样对他说),他应该注意一下自己的外表。这个沙特阿拉伯人给了他一本切·格瓦拉传记。是这个切让他想到了让人叫他长官。穿着泛着金褐色光泽的蛇皮短靴,他还真的是挺有风度的。他看到镜子里的样子挺适合他的。一名阿拉伯战士。

塞内加尔女人阿伊莎塔来给他收拾房间,还端来了茶。阿伊莎塔是阿马亚兹送给他的礼物,是和上上次那批可卡因一起送来的。她丰满矮小(但是穿上高跟拖鞋就高了),总是心情愉快,肩膀是蜜糖和椰枣的颜色,大嘴巴厚嘴唇,她和她的名字很配(法文是恩泽的意思)。比起那些索马里女人,他更喜欢她,索马里女人高高的,瘦得皮包骨头,像得了结核病的山羊,而且总是心情不佳。

下一次,如果有人问他想要什么礼物(阿马亚兹答应过,阿伊莎塔只是个开始),他想到要一个金发女人。一个西方婊子。打败异教徒最好的方式,就是在让他们尝到匕首味道之前,占有他们的女人。

一缕阳光——晚上神圣的光亮——透过棕榈树渗到穆萨的巢穴里。保镖们坐在门口的地上玩骰子,卡拉什尼科夫冲锋枪就放在手边。阿马亚兹和阿里舒服地靠着扶手椅,围坐在一瓶威士忌旁边。他们脚下放着一块厚而软的地毯,地毯的图案如同镶嵌画一般。空调里吹出的冷气浸着男人、烟草和湿羊毛的臭味。这些地毯也是阿马亚兹的礼物,据他所说,他有一万多张这样的地毯,一张比一张贵,是从所有的伊斯兰国家收罗来的,堆在伊夫加斯的阿德拉尔[①]一个山洞里。"现在,我希望你能叫我慷慨之人。"刚才,阿马亚兹在拆礼物的时候这样对他说。

阿马亚兹又被称作残忍之人、灵媒或者狡黠之人。

穆萨经常笑着对他说:"不认识你的人都会信任你。你看上去像所有人,就是不像真正的你:一个烂到骨髓里的家伙。我就是喜欢你这一点。"

六十年前,他出生在一座沙丘的窟窿里,靠近一处水源,从娘胎里出来他就特别适应沙漠的起伏。祖父教会了他石头的语言和部落的智慧。祖父死了。父亲也死了(定居之后,他把帐篷扎在了居民楼的院子里),兄弟们也死了(是在八十年代被"伊斯兰拯救阵线"的阿尔及利亚人杀死的)。

他一生最痛苦的一天就是上学的那天。他觉得自己就像拴在柱子上的一头骡子。

---

① 伊夫加斯的阿德拉尔(l'Adrar des Ifoghas),马里北部的山地,从这里可进入阿尔及利亚南部。

连连挫败在他的脸上刻下了沟壑，染白了他的胡须，熏黑了他的面颊。总是被打败，被操纵，和巴基斯坦人一起战斗，做卡扎菲的雇佣军，转移极端分子，在上校死后不得不重起炉灶，他再一次突然改变了主意。

撒哈拉就是他的水晶球。什么都逃不过他那和头巾一样蓝色的眼睛。他们探查着，默记着，绘着图。一个装备着卫星电话的情报人员网络和一队拥有V10引擎的皮卡车加强了他的通灵身份。确定一名人质的位置或者转移一名人质，偷运军火或者毒品，为了庇护战斗小分队草草修缮一个山洞："我来了"，狡黠之人如是说。他是极少数能够自由驰骋在沙漠之中的人之一，轻得像风像尘埃，不畏惧太阳。还有他的名声。残忍之人。

他和穆萨长官达成了一项双赢的交易。年轻的时候，他酷爱沙漠，爱它的起伏、它的山谷，在那儿他寻找着仁慈的真主，爱着他的灌木和清泉，醉心于天空，看着天空就像读一本书，如今，他只想着营利。他肆无忌惮地过着他的生活，他清楚地知道自己正在狂怒地奔向死亡。对于生意来说这是非常有效率的。正是如此，穆萨把马里北部仓库的安全工作交给了他，还负责所有货物的运输。

十八个月以来，两个男人收获了很多利润。而身后留下了一定数量的尸体。几年来他们活在法律之上。在刀尖上跳舞，以真主的名义勒索和杀戮。

没有国家，没有警察，没有法官，没有法律，没有约束。他们在混沌中发了财，跻身金钱的世界。**金钱**。只是从表面上看是如此，因为富人的世界根深蒂固，而他们却过着风雨飘摇的日子。每时每刻。这种不稳定性让他们总带着一种诡异的微笑。他们的联合只因一种简单的快乐而繁荣兴旺。是犯罪的快乐。

索马里奴隶（穆萨只用方言叫他"萨克拉布"，即奴隶；对他来说，所有索马里人都是可以相互替换的。干啥给他们取名字？）探了探头，端来了一盘鲜虾沙拉和一瓶新的威士忌。鲜虾配混合汁，还有很多的塔巴斯科辣沙司，这是阿里的嗜好。

穆萨对于阿里的小关怀越来越多，阿里是卡扎菲时期炼油厂的负责人。尽管阿里完全属于他们这个小团伙而且对穆萨毫无隐瞒，他还是总让穆萨有点紧张。

五十岁的阿里依旧很纤长，他的技术水平（让穆萨感受深刻）使他成为了不可多得的奇才。内战期间，他放弃了自己在部里的全景办公室和御用小卫队（二零一一年五月，在他老板苏克里·加奈姆变节之后），他便在马耳他安顿了下来。一个邮政地址，一名女秘书，一家进出口咨询公司。非常注重节省（从来没有不必要的花费，连微笑都很省）。有点生硬、谨慎，接受所有合理性建议。

以前，他是国家碳化氢公司（埃尼集团）技术专家偏爱的交谈者，特别是在一九八九年私有化之后。如今，他和土耳其石油海外公司和卡塔尔石油公司走得很近。只要有钱出现在他的视野里，他就像一个抛物面天线一样转起来。**有钱？** 我来了。这就是他，阿里，超级阿里，是他想到了从马耳他向欧洲运可卡因。密封小包装的货物放在一艘利比亚渔船上。利比亚人把包裹和信标一起扔到领海的边缘地带。十分钟后，马尔萨什洛克港的一个马耳他渔民就把它们捞起来。重新包装后，毒品被送到法国的郊区。一系列措施百分百安全，这种方法还可以用于毒品以外的东西。

他们三个组成了的黎波里众多小股势力中的一个。很多资料要处理。炼油厂的控制，原油的非法销售，机场范围内警察的行动，武器和毒品的发送。现如今还有古董。每个人负责自己那块儿工作。阿里负责和外国企业协商。穆萨负责特别行动、筹措资金和处决。阿马亚兹对地理位置特别了解。拥有皮卡车队和活动在萨尔瓦多山口附近的游牧战士，撒哈拉就是他的。

阿里说话断断续续的，他正狼吞虎咽地吃着虾，要穆萨总结一下叙利亚兄弟的一个比较特别的要求，"和法国计划有关"。"挺顺利的，"穆萨说，"我在日内瓦跟法国网络的头儿联系上了。我们已经让钱过来了。只要他们要，我们就把剩下的给他们。还是从马耳他走，和往常一样。"

长官助理进了办公室，横着走到了穆萨身边，在他耳旁说了点什么。穆萨皱了皱眉，拿起电视机的遥控器，找到了英国国际电台，调大了声音。

当他看到哈碧芭的时候跳了起来。她在厨房做事有半个多月了。他注意到了她，并吩咐人把她给他留起来。她弟弟也为他做事。一个星期前，两个人失踪了。"麻烦了，阿里也皱起了眉头。真的很麻烦，穆萨（他是唯一一个不叫他长官的），这个家伙知道太多东西了。我跟你说过，只在你家里用这些黑鬼……"当他看到法国记者的时候，再次震惊了。这个娼妇他有点印象。

18. 美国大使馆，的黎波里，利比亚

我终于到了！我走进美国大使昔日的办公室的时候，第一眼就看到了奥巴马的照片被画上了标记。长官从他的办公桌旁站了起来："欢迎回来，格里莫先生！"我花了点时间才认出他来。年龄、胡子、硕大的雷朋眼镜、背带裤……他拉了我一下，我就被他抱住了。在大莱波蒂斯的时候，穆萨是监视我们的警察之一，多亏了他，我们从来没有缺过威士忌和剃须刀片。

看到穆萨坐在世界最强势力代表的沙发椅上，我很意外。他那满足的样儿，说话时的微笑，向后仰着的头，都让我觉得晕头转向。每次要说话的时候，长官都会撇撇嘴："格里莫先生，还是埋在石头堆里？"他给人感觉每秒钟都在脑充血。"格里莫先生，还酗酒吗？啊，我给您带过多少您喜欢的威士忌……"

我是冒着一定的风险答应来的黎波里的，也准备好了会有不寻常的会面，可能还会有些怪诞，甚至是危险。但是我从没想到会是现在这幅情景：办公室门口的保镖严阵以待，空调把办公室吹得像个冰窖，外面传来嘈杂声，民兵们从屋顶跳下泳池时发出的尖叫，还有这个可怜的家伙，完全疯了，嘴角带着瘾君子的微笑，坐在大使的扶手椅里。

"格里莫先生，您在发抖吗？我发现您不再需要剃须刀片了，现在您和我们一样了。欢迎来到大胡子的世界！"

我立马在记忆中搜索莱波蒂斯时候关于长官的记忆，那个时候，他还只是个低眉顺眼的小警察，比其他人都要殷勤。更殷勤或许也是更腐败。

我面前的这个男人掌控着被他极简化的世界中的生杀大权，对于杀人或者牺牲都同样的决绝。表面上看来，他在这种双重暴力中非常自在。

我想起了曾经有个晚上，我们请了两个非常黏人的警察吃饭，就在发掘工地旁边的小饭馆。一个破烂地方，但是我们也没有其他的选择了。为了这事我们商量了好长时间，因为请这两个庸人吃饭对我们来说是件很难受的事情，但是他们很可怜。我们还是被善心战胜了。我本觉得提起这事应该挺好的，但是我开口说话的时候就慢慢发现这是个错误。

"我很清楚地记得那个晚上，格里莫，"穆萨破口大骂起来，"那个种族歧视的意大利人让我坐在正对着厕所的位子上！这个该死的殖民意大利鬼整个晚上没跟我说过一句话。"

我记得没有人和他们说话，说啥呢，他们也不会回答什么的。他们嚼着小辣肠，我们在一旁抨击着时事，完全忽视了他们的存在。请他们吃饭原本就是个错误。再次提起这件事，把穆萨带回了那个他毫无价值和生趣的年代。我拿起一个黑人端来的苏格兰威士忌，一口干掉了。阿里来了，长官平静了下来。我们开始讨论最重要的事情。

19. 图尔贝伊-大塔尔特，巴黎大区，法国

他和门口的几条壮汉发生了点小意外，他们忍不住推撞这个老板的宠儿，他怀里抱着装满新鲜牛角面包袋子。他的眼镜掉到了地上。他们很有分寸地没有去踩。"你不能给我们一个牛角包吗？"其中一个黑人问道。"你知道的，这些都是姆老板的。""那你欠我们的四百欧元呢？"哈利·波特从口袋里掏出两张钞票。"剩下的明天……""你迟到了，姆老板已经打电话问有没有见到你……"

有些时候，一切都会让他觉得很累，就像今天。永远心存戒备的生活让他精疲力竭。好在这个时间，楼道里没有人。感谢真主。一个毛里求斯人租了下面所有的套房给马里的清洁工人住。他收房租还拿住户的房补。很挣钱。毛里求斯人在拉夏贝尔门那儿还有一个破烂旅馆，就在进入巴黎城区的地方。楼的顶层属于姆老板。他让人拆掉了六楼所有的门，把房间打通成一个六百多平方米的空间，可以环视图尔贝伊中心地区的树林。

狗习惯了在房里撒尿拉屎。哈利打开门的时候，一股屎臭冲鼻而来。听到他走近，狗狂吠了起来，随后又一溜烟地叫着跑向厨房，女人们扔给它们羊肉块，它们就在地上撕咬吞食。姆老板的房间在最里面。哈利小心地穿过房间（从来不知道谁会睡倒在哪里），房间比较明亮，也很乱。地上堆着地毯、床垫、各种颜色各种样式的西装、姆老板的三件套装、挂在衣架上的裙子、鞋盒子。

姆老板躺在床上见他，一身肥肉，靠着成堆的靠垫，穿着

亮蓝色的长袍睡衣，胸前敞开着，胸脯好像向外散着热气。他的脖子上戴着一颗用金链子穿着的鳄鱼牙齿。"过来，蠢货，谁能教会你要准时？嗯，谁？"他说着，隔着牛仔裤拧住他的蛋蛋。在他面前，三个屏幕占据了整面墙，壁橱里放着录像播放机。

他半眯着眼，听着哈利·波特汇报小区的日常情况（就在他父母死后，他收留了他，在看了电视上J.K.罗琳小说改编的电影后，他就给他取了这个外号。为此他很得意，就是现在他得想想怎样让这个名字更伊斯兰化）。

哈利不仅仅是个普通跑腿的。他时刻关注着小区。"今天早上的大事儿，是图尔贝伊-巴哈蒂的学校……大家都在说这个。""烧得干净不？""烧成了一堆灰。二楼塌了……还有打桩机的架子……"

姆老板并不讨厌听他说话，时不时还摸摸他的蛋蛋，就像今天早晨这样。这是个从不乱说话的黑人。哈利用谨慎的声音汇报着。

十四岁的他，从身体发育来说，已经晓事儿了，就好像一个吃了过多剂量的人。面庞消瘦，圆眼镜后的眼睛下垂着，嘴巴镶在皱纹的褶子里，高高的（瘦高的那种），而且很瘦，长期活在他和别人的秘密中使他整个人发散出一种笨拙的忧郁，从来不到别处去折腾，但是在他浅浅的笑容里（当他笑的时候）"有一种小鹿斑比的纯真"，姆比拉老板是这么说的。

有一天，姆老板对他说："你的财宝就是你这副蠢样儿。你会讨男人和女人喜欢的。我来教你……"他对于教育计划有些很具体的想法：在他那少女般的肌肤下放上一个无耻的垫子，特别还有的就是残忍。"如果你想把他们撕碎，你得有獠牙……保住你这个年轻非洲新郎的样子，集中精力在你残忍的潜力上……獠牙……就像狗一样……不要露出来……笑笑……学会用它们，像狗一样……"

斗牛犬冲了进来，跳上了床。姆比拉老板把手臂伸向他的"宝贝们"。它们舔着他的手、手指头、手腕、胳膊肘。它们蹭着丝绸长袍，流着口水。姆比拉老板相信大狗的口水能够透过毛孔和淋巴系统一直渗到他的骨髓里，如此这般，他就可以拥有一点它们的凶残。同理，他也认为让鳄鱼牙齿一直接触他的皮肤可以带给他鳄鱼的力量。

哈利十四岁生日的时候，姆比拉老板送给他一件织着他名字的夹克衫、一个他房里的女人，奶子特别大，还有行动指南（录像和三条帮助放松的可卡因）。哈利并不是很热衷，惊慌失措，甚至有些惊恐。"哈利，你还记得你生日的时候……""记得，老板……""你喜欢吗？""太美妙了，老板。""我跟你说过，别叫我老板。叫我姆比拉爸爸。好吗，哈利？""好的。"

哈利·波特不得不看着他的眼睛，承受着他的目光，虽然这让他总是有点恶心的感觉。

姆老板的三本护照上（阿尔及利亚的、马里的和法国的）写着：阿里·孔代（母亲阿尔及利亚人，父亲马里人）。但是，当他看着镜子里的自己时，他看到了什么？一位先生。真正的先生。从他鸡爪状花纹的西装、收腰的衬衣、奢华的领带考虑，他让大家只称他为先生。背着他的时候，大家都叫他老板，他便有了一个"非凡的点子"：姆老板。

而现在是比拉。在开始和的黎波里方面一起认真做事的时候，他想到了这个名字。比拉：穆罕默德的伙伴。有模有样。当整个小区对穆罕默德越来越感兴趣的时候，这个新的化名便顺利地就被接受了。

"哈利，有人给我刻了张碟，"他打着哈欠说，"是一些新闻报道……我要给你看看……"他按了一下遥控器。"是关于伊拉克基督教徒女奴的。是昨天还是前天拍的，被一个电台转播了，应该是英国电台。"一个市场的全景镜头，然后是一系列被锁住的女人们的画面。还有她们胸前的十字架的特写。几个买家的采访。"我有了些想法。一直想着这事儿。你去找螃蟹，去他家，他们会让你进去的，你跟他说我需要一个女基督教徒，是给我自己的，放在家里的。一个金发的，三十岁，至少要三十岁，你听清楚了吗？年纪轻的干起来实在没啥意思。拿着……"

姆老板稍稍提起坐垫："你清楚我的银行……"三十来个牛皮信封整齐地摆着。他拿起一个在坐垫上留下印记的信封。"我先给你四千，是给螃蟹的预付款。给你四百。你从来不找我要什么，这是不对的。我跟你说过……""好的，爸爸。""然后你去专家那儿转一圈。明白我在说什么吗？""是的，爸爸。""你告诉专家们今天来我家。十七点开会。七个都要来。很重要。我们很快要开始做正经事了。拿撒勒的家伙，会有他们好看的……"

孩子正要走出房间的时候，姆比拉叫住了他："我忘了说了。我想送议员一份礼物，你还记得那个议员吗？""记得，老板，您的朋友，大老板……""就是他。你知道他更喜欢什么东西吗？""手表。""你真是个靠谱的家伙。""您想让我去找一块吗？""你全明白了。如果你找到好东西，给我带回来，和平常一样，货到付款……"

他就像长着腿的穿堂风在小区各个地方转悠，隐藏在一种表面的漫不经心之下。他非常巧妙地扮演着长得飞快的四眼仔的样子，既卑微又洒脱。他的目光攀升到楼房的屋顶，扫视着底层的玻璃窗，探查着走过的街道，他走进大堂，溜达着，用自己的手掌拍着其他人的手掌，我只是路过，他不动声色地说，他拍着一个人的肩膀，另一个人的肩膀，问好，闪身，遇到的都是和他相似的人，从他们的眼神里就可以看出，这是一些和他一样经受着噩梦的影子，充斥着乱麻般的焦虑。

他按照姆老板的要求做事，仅此而已，他走着，摩擦着手表，集中精力搜寻着危险信号，当他传达完了所有的口信，为了散散心，他只能拐到莱昂·布鲁姆大街遛个弯，独自一人，去看看那些树，虽然初冬的天气越来越冷，雨水也越来越频繁，树叶还是执着地绿着，好像冬天永远都不会来临。

他们的专长就是偷证件（身份证、驾驶执照、护照、居留证）或者偷车，小汽车或者皮卡车，还有劫持货物。他们一共是七个人，是他们这个小世界的主宰，在这个世界中，两分钟就可以用球棒打倒一个司机，如果司机不是独自一人，那么同时还要扭住乘客的胳膊。行动的区域：小区的红绿灯处（专门抢证件）和巴黎大区（抢其他的东西）。有他们在，哈利很容易就能找到姆比拉要的手表。对于那些重大的货物，他们收到消息才会行动（有时为了留一手，他们也会时不时地额外干上一单）。特别的行动领域：从装满了有色金属的挂车（铝、铜、铅、锌、钛等等）到从机场开出的载着贵宾的长轿车（后备厢里装满了大额钞票的手提箱和女士手提袋里的首饰）。商业主管：姆比拉老板。是他在各个有利位置上安排了信息员（在公司或者大使馆里；清洁工或者保安员……）和两处下货的地方（两栋临街的房子；一处在巴黎周边地区，一处在贝济耶，是用来处理皮卡车的）。轿车被卖到波斯尼亚。比拉的谨慎使得公司得以生存，但是收益也有限。这就是为什么当有人和他说起的黎波里的事情，他马上就答应了。

他们知道要准时，而且几乎是挨着个儿到的，间隔时间很短，一个跟着一个，因为到姆老板家开会要遵守一定的礼仪。他母亲，一个阿尔及利亚老女人，戴满了金手镯，被指派守门口。她把来访者领到儿子身边就走开了，留下一个比较肥大的马里少女，她蹬着周仰杰牌高跟鞋（战利品，来源：一辆装着几百双十四厘米高跟鞋的挂车）。比拉脱下了长袍，换上了灰白色马海毛和真丝的三件套装。他让来访者坐在离床一定距离的地毯上，像古时候一样围坐成一圈。在马里少女给大家倒茶的时候，她特意将屁股对着七双睁得大大的眼睛，她穿着黄色花布裙，腰上系着红色的皮绳，在最后一轮裙下的扭动之后就走开了。姆老板很享受他的新宠带来的效果，他叉开腿站在房间正中间。"我有非常重要的事情……是关于将——来——的。"他们像看一个恶人一样地看着姆老板，自愿屈从于他厚重的魔力之下。"这几个月我们过得很自在。不是吗？"他低下头眯着眼，忍住了一个哈欠："不是吗？""是的，姆老板。""你们知道为什么吗？""有新生意？""非常正确。新生意……我们开始做可卡因……武器方面，我们的目录让人瞠目结舌。迫击炮……冲锋枪……GoPro 运动摄像机。我们的新伙伴希望能够扩展……合作。我就靠你们了……但是我要给你们看一段影片……不会很长……"

一段一刻钟左右的影片让他们忘记了那个小胖妞。摄像机跟拍了伊拉克的一个"圣战"小分队。崭新的吉普车，满载重型武器的皮卡车，一些极易操作的装甲车。大胡子军队在棕榈树间的沙地里开辟了一条道路。他们的身后是坍塌的房屋和焚毁的村庄。他们紧贴着镜头，时不时地来条评论，很简短，句子都不完整："噢，老板，一个高迈特……全新的……就像……"姆比拉老板调大了声音。有些时候，就像今天这样，他非常自豪给自己贴了这个比拉的标签。他们听到圣书回响在身体里，回响在细胞组织里。他们好像从长眠中醒来。

"老板，他们好像飞起来了……""是的，他们飞起来了，还挂起了伊斯兰的旗帜……他们飞向了胜利，感谢真主。""感谢真主……"

在这段小插曲之后，比拉非常轻松地向他们灌输着将来的情景。"我们要放缓现在的一些生意,同意吧?我会每周都补给你们本该赚到的钱。我们正在筹划一次重大行动。拿撒勒将要受到惩罚……"

哈利再次回顾了所有的事情。如同每天下午结束的时候一样。为了反馈。至于手表……小区外围的大道上,汽车开过,放慢速度再次开过。司机们已经在电话里说了会来,并下了订单,他们耐心地等着有人叫他们把车停到靠着大街的某栋楼某道门前的平行小道上。他们把车停在门口,并不熄火,迅速赶到遮窗格栅后,交易只持续几秒钟,完事后他们就走人。姆比拉老板搞这个系统已经三个月了。正如他所说的,"比拉大道"的成功超出了他的期望。

从姆老板家走出来的时候,那七个家伙一声不吭。好像他们只是有点激动,反反复复地说着:"拿撒勒将要受到惩罚……"没有人听得懂他们在说谁。这个词让哈利灵机一动。比拉在他面前说过这个词。

夜幕降临了。他小心地穿过停车场后面的土堤,这是个混乱地带,合适做任何事情。乱倒垃圾,各种性交易,毒品。在踏上了"他的"地盘的时候,他挺直了身板,这里是没有人管也没有人来的荒地,是进入他的小天堂的苦难之地,空气中有股青草和灌木的味道,大塔尔特周边的雾气越来越浓,他的心情开始放松。

差不多到家的时候,他围着房子转了两圈,确定没有人看着他,然后爬上了一个坟头,地上露出两个通风管道,最后一次环顾了周边,确定没有人,他掀开了草地上的一块水泥石板,钻进了他的洞里,一间邻接魏尔伦楼锅炉房的不透光的屋子,姆老板以前的一个仓库,父母在车祸中去世后,姆老板就把他安置在这里。他把这儿称作"我的抗原子弹的掩蔽体。当大塔尔特被轰炸的时候,我将是唯一的幸存者。"电视机、影碟机、冰箱、整套的《米老鼠日记》、床垫、减压室、水龙头,就在锅炉的旁边。

如果没有姆老板,他就要去街上流浪或者住到一个满是疯子的公寓里。他整天都看到疯子。姆老板并不是他周围的人中最好的一个,但是他至少不用和他住在同一屋檐下。这个洞,对他来说,就是一个王国。在这里,他可以看书、吃饭、睡觉。独自一人。每天晚上,所有的邪恶都被他关在了门板之外。父母可以在他的梦里来看他,不受任何人骚扰。他和他们说话,就好像他们还活着一样。他们闯入梦境的频率并没减少,相反更多了。他把他们的出现记录在床垫旁的一个小本子里。在他们没有一声告别就走了之后,这些幻象减轻了他心头的沉重。

20. 图尔贝伊-帕拉迪斯,巴黎大区,法国

我们在被称为帕拉迪斯遗址上发现了一处明显的中世纪锅匠作坊。在一个老坑里找到了一些铜盘和铜锌合金的盘子。经过探测和清点后,我们联系了区长,一个自称"中左派"的风度翩翩又很实在的男人,协议很快就达成了,他会尽可能为国家考古预防研究院的工作提供方便。工作的大方

向和最后日期确定后,他把我托付给一个年轻的移民,告诉我这个人是他的行政管辖区域里一个重要的链接:"阿里·孔代在竞选的时候鼓动朋友们帮了我很大的忙。他是一个以前的'大佬',街区种族歧视救援队的创始人之一,和以前的议员是朋友,议员和总统走得很近。阿里·孔代一失业我就请他到区政府来做事。他负责年轻人的事情。运动、娱乐、教育。有他在,没有人会打扰你们。"我很快就发现阿里·孔代,我的这个还没有被称为姆老板的保护神,其实是小区里的一个毒贩。我几次试着和区长沟通,却没有了下文。阿里是区域政权齿轮中一个重要的小零件。反正这不关我的事,区长是一个温和派,极易相处,而且工地上也从没有丢过东西。但是,我发现只要阿里来了,布哈迪巴先生就会走开。这已经很说明问题了。

第二部分

甜蜜的生活结束了

1. 的黎波里,利比亚

黎梵特并不是一心想要把鸡蛋都放在一个篮子里。他悄悄地告诉穆萨长官可以在地下市场销售大莱波蒂斯的雕像和镶嵌画。"伊斯兰国"每天都在零售推销叙利亚和伊拉克的文物,同时他们还在宣传镜头前炸毁一些著名的遗址。这种商品供应方式激发了一个巨大的市场。购买者蜂拥到中间商那里。有很多美国人和阿拉伯人,还有几个欧洲人。黎梵特一早做好了准备。他和穆萨一起挑选组建了一支"考古学家"的队伍,其实都是些普通的石匠。他觉得找到我就是找到了他们缺少的专家。穆萨希望我能够告诉他们哪些是有价值的物件,让我给每个物件写个简短的介绍,当然我还得去见最重要的客户。他们想把我变成一个从事非法交易的考古学家。在我这个年龄……

他说话的时候,我仔细地观察着他。尽管他留着大胡子,脸部的线条却更加突出,他胖了,穿着一条滑稽的背带裤,吹着牛,但是我找回了那个三十年前认识的人。偷看的神情,对阴谋诡计的热衷,一种懦弱从他全身上下散发出来。听着他说话，让我想起阿纳托尔·法郎士[①]的小说《诸神渴了》中的人物。从某些方面看，人啊，就算是沉浸在历史的煎熬里，他们也是不会改变的。眼前的这些人认为，只要能付我现金，我就会和他们同流合污，这是我一生中的奇耻大辱。特别是黎梵特让我很失望。我无法控制自己将对他父亲的好感附加在他身上。我花了好长时间才能够接受他就是个流氓的事实。

我听着穆萨提出的建议，想到了在开罗的时候，布鲁斯和我说起抑郁的考古学家。我并不抑郁，我在大人物的院子里嬉戏，对他们的钱毫无兴趣。我下定决心，不能让他们得逞，我得佯装入伙。我同意每个月来一次检查工程的进展情况，一有机会我就抓住他们。

为了我个人的安全，特别是为了我的名声，我赶紧给欧勒和吉贝姆这两位专注利比亚研究的法国同事发了条晦涩的短信，告诉他们短期内我不会回法国，我希望一回巴黎就能见到他们。

2. 伊斯坦布尔，土耳其

临近中午的时候，黎梵特和爱玛乘坐的飞机降落在了罗马。看着他们的人很难猜出他们之间的关系。黎梵特穿着浅色西服，肚子毫不遮掩地耷拉着。在菲乌米奇诺机场的人流里，他会被看成全球化时代众多代理推销员之一，就算他总让人

[①] 阿纳托尔·法郎士（Anatole France，1844—1924），法国作家，1921年获诺贝尔文学奖。

觉得有点不对劲。是他那克拉克·盖博式的胡子?还是他那编制皮的小手提箱?抑或他眼睛下面的眼袋?总有些东西让他看上去不那么完美。爱玛没有化妆,头发有点乱,非常清爽,踩着高跟鞋穿着牛仔裤旅行。他们两个挨得很近,但是没有碰到对方。临上飞机前,黎梵特对她说:

"我告诉他们一下。"

"你觉得有必要吗?"

候机厅里响起了广播,"飞机即将起飞,请还未登机的旅客即刻登机。"

"我怕他们在等我们,我们本应该在大使馆见的……"黎梵特一边回答一边掏出手机。

在瓦莱塔,珍奈特坐在里法特的办公室里,里法特给她看妻子和两个孩子的相片。墙上挂着开罗的一幅全景图,里法特和美国海军的合影(其中还有约翰·彼得·沙利文),是在瓦莱塔大港的一艘巡洋舰上拍的。还有一张工作周表,上面用阿拉伯语标着简单的注释,只有他自己看得懂。

手机铃声响起时,里法特认出是黎梵特的号码。"是黎梵特,我怀疑他又在瓦莱塔迷路了。"他开心地接了电话。珍奈特听着他们的对话,很简短。里法特的声音里有了些许的变化。一种隐隐约约的失望……他挂断了电话:"他们来不了了,出发去伊斯坦布尔了。""一起去的?""是的。""爱玛也去了?""是的,一起去的。他们从罗马打来的电话。""他们什么时候回来?""后天。""是计划好的吗?""应该不是……"

他们满怀疑惑地看着对方。"她真的是不挑食啊。"珍奈特刚说出口就后悔了。她接着问道:"他到底是做什么的?"

"他是个外交官。在马耳他出差,要买一栋房子。土耳其到处开使馆。他们的势头正旺呢。做得也不错。他们有过去,有野心,还有眼光。"

"特别是有钱……"

昨天晚上,更确切地说是今天早上,黎梵特黏着爱玛一直把她送回斯利马。在越野车昏暗的光线里,她只是用嘲讽的眼光打量着他。到了她家门口,他提议当天出发去伊斯坦布尔。

"我原来打算星期天当天来回的。我们两个可以早一天出发……"

"我挺乐意的,但是我对你来说太贵了。"爱玛漫不经心地说。

他惊愕地睁大眼睛,好像她的回答把他抛到了一个不可能的现实里。她盯着他,而他正在有条不紊地思考着,她从他的脸上看到他正在挑选着各种的可能性。

她是认真的?……不,这个蠢货在嘲笑我……是的,伊斯坦布尔,这样做不谨慎。也不是很方便,他们给我安排的日程……她太棒了……错过就太可惜了……如果她真的是个婊子……这种事在大学女生身上越来越常见……我可以放到出差费用里……

"好吧,拜拜……下次见。"

"你去过伊斯坦布尔吗?"

"算了吧。"

"你把我当什么啦?"他一边说着一边翻着外衣口袋。他掏出一沓两百和一百面值的欧元,一共两千五百欧。

"两千五,够了吗?"

"一个周末?"

"是的,一个周末。"她把钱放到袋子里,咔的一声关上搭扣。

酒店房间的窗子对着博斯普鲁斯海峡。她倚着窗台的柱子。眼前的船只成群结队,络绎不绝。油船,划桨的小船,货轮,摩托艇,轮渡,她只看到这条蓝色的水流切开了城市,在它中间打开了一道口子,灌溉着城基、宫殿和清真寺,它的两岸,不真实的光亮洒向岸边。

水面上,一轮新月垂直地升了上来,此时此刻,阳光依然照射着亚洲那一边的丘陵。岸边的灯亮了,鸬鹚成群地飞起。黎梵特走近爱玛。他在想,跟这个二十岁的法国女孩能干点什么,她这么瘦这么复杂。危险,很危险。而且,花了我好多钱。等我上了她之后,感觉会好一点。黎梵特经常会招人陪伴,但是她们都是圆滚滚的,一般都是在前一天晚上从莫斯科来的,比如喀秋莎。和俄罗斯女人一起,一切都很简单。我从来没想过和她们一起散步。她们也不想。这一位……他对她说:"另外一边,是亚洲……""黎梵特,你是从哪边来的?欧洲还是亚洲?"他用手指向对面。"从安纳托利亚来的。""那儿很远吗?""那儿是另一个世界。但我住在安卡拉。""你结婚了吗?""结了,我有三个男孩。"

她想在夜色降临前出去走走。

她说了算。

他们一直走到蓝色清真寺，然后隐没在城市的小街巷里，夜色降临在海峡和加拉塔灯塔上。露台和餐馆里挤满了人。到处弥漫着一种节日般的散漫。在酒吧里，一些女孩子站在桌子上，一边挥动着纱巾一边跳着舞。一些家庭在岸边或是花园里野炊。从那些擦身而过的人的眼神里，黎梵特看到了他们在想一个大腹便便、满眼疲惫的土耳其人怎么会和一个这么漂亮的女孩子在一起，她还高出他十厘米。这么下去会让人很尴尬，但是他才不理呢，*去他们的*。

在正对着伊斯蒂克拉步行街的拱廊下，他驻足于一个兜售蛋和奶酪的摊铺前。商人和黎梵特简短地聊了几句，就让他们进到了后厅，后厅连着一个地窖。他们下了几级台阶，在中世纪的穹顶下前行。街上的光亮透过通风口勉强照亮紧挨着的三个大木桶。商人打开了第一个桶的盖子，用电筒照着。爱玛朝前走了一步，非常疑惑不解。灰金的色彩，珍珠和钻石般的光泽。"这是什么？""您尝尝就知道了。""鱼子酱？""正宗俄罗斯产的，野生鲟鱼。"黎梵特靠向爱玛，爱玛问商人："可以吗？""就当在您家一样。"她把勺子伸到这湿乎乎的东西里，转身对着黎梵特，笑着问："你要尝尝吗？"

他非常着急地想带着装满鱼子酱的铁盒子回到酒店。他追上了一辆出租车，倒在有破洞的软垫长椅上，亲吻着她。这可是第一次。在房间里，她跑向窗台。大声喊着："快看！"每个星期六都是节日，博斯普鲁斯海峡的每个港湾都传出充满东方韵味的电子音乐。船只的甲板改造成了夜店，舞女不停地转动着，勾勒着光影箱的颤动。他把她按在栏杆上，亲吻着她的后脖颈，找寻着她的乳房，他掀起她的裙子，褪去她的长裤。爱玛浑身紧绷着，她还舍不得这夜色。她的目光飘忽在烟火的斑斓里，她的目光模糊在博斯普鲁斯的荧光闪烁中。

第二天早上，她先醒来。"看，还有一点鱼子酱作早餐！"他抓住她的手腕按到床头，放了一勺子鱼子酱在她的乳房上，她叫了起来："好冰啊！"他享受着她清瘦而苍白的身子，享受着她坚挺的奶头，他咬着奶头，摩挲着她的嘴唇，找寻着她的温存，探视着她眼神里不曾说出的东西，她到了高潮，他想整天都和她关在这房子里，后面的日子就这样过，让黏膜贴着黏膜，交织在一起，但是，他得走了。"我晚上六点回来。明天早上，我们的飞机是十一点的，直飞瓦莱塔。如果你想出去走走，就去吧……"

出门的时候，他忘了拿另一部手机，发觉后返回来找，最后还是决定把手机留给她，这样她可以打电话找他。"通讯录里的第一个号码就是我的。知道了吗？""知道了，但是我不会打给你的。再见，日安。"她又睡着了。她做了一些杂乱无章的梦，下午的时候才醒来，冲了一个热水澡，叫了一份炒蛋和一杯西柚汁，坐到了阳台上。蛋没有吃完。鸟儿们洗劫了她的托盘。她打开黎梵特的手机。她并不是对这个人感兴趣，而是为了打发时间，她快速浏览了他的邮件和短信，通讯录，惊讶地看到了她的一位老"客户"的名字，其实，他不仅仅是客户，她翻了翻他的包，只有一个自慰器和几件衣服。

浴室里，他的洗漱包塞满了药。其中，有几片伟哥，还有一个装着白色粉末的小瓶子。贴着医用标签。她弄湿手指伸到瓶子里，放在舌头上。是可卡因。

他回来的时候，她显得有些烦躁，甚至稍稍有点挑衅。他很担心她有没有吃饭。"有啊，吃了一点炒鸡蛋。""你吃得太少了……""我不想变成一个大胖子，我已经在滑坡了。"第二天，他还是忍不住问了她那个问题。**我永远都不应该问的，她会给我一巴掌，她已经像猫玩老鼠那样在摆布我了。**

"你喜欢伊斯坦布尔吗？""非常喜欢。博斯普鲁斯海峡，真的绝了。再见啦！""我们什么时候再见？"她笑了："这个星期，我很忙。下周打电话给我吧，我们再说。"她站在人行道上，他已经走得很远了，她还在看着。为了这个女孩，黎梵特豁出去了。

3. 大莱波蒂斯，利比亚

第一次视察挖掘遗址。黎梵特从马耳他赶来，他应该在下午三点来找我。我的"保镖们"飞着车，因为他们一早安排好，要在遗址附近的一个小饭馆烤肉串（以前我经常去的一家小饭馆），我们提前两个小时到达了目的地。尽管我不太相信他们会答应，但是我还是向他们提议把我放在大莱波蒂斯（卡扎菲的警察肯定不会答应的）。没有这些蠢货盯着，我的感觉会好很多。我独自一人走在中心大道上，这条笔直的车行道由大块石头铺砌，几乎完好无损，我由东向西地穿过整座古城，猛烈的阳光似乎熔掉了世界这个角落里一切有生命的东西。

在东西向和南北向街道的交叉处，我在凯旋门前停住了脚步，这座凯旋门是为了迎接罗马皇帝塞维鲁造访家乡而建的。在古罗马时期，大莱波蒂斯充满了生机，追随着罗马的节奏。正如彼得·布朗①所描述的，莱波蒂斯是"罗马人在北非建立的令公民骄傲的城区之一"。大笔的生意、生活的艺术、公共浴室、水疗中心、演说家、法学家、古罗马的斗士们。另一座凯旋门是永恒之城②的奇迹之一，位于卡比托利欧山③的山脚，也是在公元二零三年建造的。罗马为自己选择了一位非洲王子。迦太基得以沉冤昭雪。

我认出了每一处遗址、每一幢楼、每一条街，但是那一天，石头的颜色宛如刚出土的骨骸；它们比我记忆中的更为沉寂；可能是因为知道它们受到威胁，我在用另外一种方式打量着它们，尽管我没有忘记历史的漫长。没有什么可以恒久，一切都在变化，永久地变化，轮子在转动。一切都会过去，就算最糟糕的事情。

在十九世纪末的苏丹，曾经有个伊斯兰国，由穆罕默德·艾哈迈德·伊本·阿拉赫，自称马赫迪（救世主）统治着。马赫迪派人杀死了英国总督戈登帕夏④，还有他所有的埃及士兵，以及喀土穆很大一部分苏丹居民，城市遭到洗劫和

---

① 彼得·布朗（Peter Brown，1758—1799），英国博物学家。
② 指罗马，古罗马帝国的发祥地。
③ 罗马的七座山丘之一。
④ 戈登帕夏（Gordon Pacha），即查理·乔治·戈登（1833—1885），英国殖民军人，曾在中国参与镇压太平天国。

摧毁。十五年之后，马赫迪被消灭了，人们也不再谈起。正如米什莱解述维柯[①]的观点所说的，"人道主义在形成"。人民在自身力量的驱动下集结起来，又松散开来，"因他们的灵魂和无休止的行为而形成"，而时间却在它沉静的节奏中流逝。

维吉尔[②]歌唱的金色阳光把莱波蒂斯的石头映得火红。我仿佛走在一个火炉之中。一群蜜蜂在炙热的空气中没头没脑地飞着，我盯着它们，直到它们消失在一座爬满山柑和蜜蜂花的古庙的阴影里。我远远看到我们曾经住过的木板屋，它好像没有遭到损坏，我思量着必须得去瞻仰一番，我给恩佐发了条短信：嘿，恩佐，我在大莱波蒂斯。一切都没有变，但是军刀统治着灵魂。目前是这样。祝好。格里莫。

我推开门的时候往后退了一步。在昏暗和炙热中，十来个非洲人直接躺在地上。他们起身挤到了房子的最里面，好像一群受惊的动物。眼里满是焦灼不安。他们消瘦，焦躁，状态很糟，有些还不到十五岁。其中一个叫艾哈迈德的会说英语。"我们是从索马里来的，"他告诉我，"我们想去德国或者法国，但是我们被困在利比亚已经两年了。"轮到我解释自己是谁了，为什么会出现在这里。"那您就是老板？"艾哈迈德问。这些奴隶就是穆萨所说的"考古学家"。那一天，他们是城中唯一活着的生命，而我眼中的古城已经死气沉沉，仿佛莱波蒂斯的灵魂就在这个废墟场上最终跌倒、干枯，进而

[①] 维柯（Giambattista Vico，1668—1744），意大利的哲学家、语言学家、美学家和法学家。

[②] 维吉尔（Virgil，前70—前19），古罗马诗人。

凋谢了。我向他们解释说，无论如何我都不会是他们的老板，只是个临时的专家。他们告诉我，两年来，他们任凭利比亚白人帮派摆布，强迫他们做事，执掌着他们的生杀大权，就在这个时候，我们听到了汽车的马达声。我赶紧走出来，远离木板屋。

黎梵特的到来非常高调。三辆黑色的雪佛兰，还有我的"保镖们"开的菲亚特在遗址上飞驰。黎梵特从第二辆车上跳了下来，匆忙地奔向我，嘴角挂着笑容。在他身上，我再次找到了他父亲的活力。所有人都爱钱，唾手可得的收益让他兴奋不已，也让他和别人的关系变得融洽，特别是他需要的人。在和我友好地交谈后，他还问起了莉姆的情况，我非常惊讶他居然记得她的名字。我跟着他走向刚刚建好的活动房，离港口不远，用来存放即将出口的物件。

在主房间里，空调机送出凉爽的风，房间里堆放着装着雕像和大理石檐壁的金属箱子，还有准备用来装马赛克镶嵌画的扁平木箱。我拿出了苹果手机，开始给每个物件拍照，同时向黎梵特解释，我要为每个物件出一张"身份证明"。"我至少需要整整三个钟头……"他决定返回黎波里，建议我们晚饭时候在科林西亚酒店见。"就在你的房间里，我叫个房间送餐，会更清静一点……"

如果不是因为我不得不心存戒备，差不多所有的事情都得对他撒谎，那个晚上本来应该是很愉快的——我们就着咬不动的比萨干掉了一瓶芝华士。我很清楚我现在吐出的每个字都非常重要。就算我得时刻努力专心致志地坚持到深夜两点，这种扮演角色的全新体验还是让我觉得比较刺激，而他非常像他的父亲，这让我觉得不安。他是一个习惯于双重甚至三重生活的人，所以他很放松，对我既尊重又亲切，话很多，非常快活，只是在后来，当我回想起谈话的每个阶段，我才发现他其实什么都没对我说，除了告诉我他突然爱上了一个叫爱玛的法国小姑娘。我马上明白了他之所以问起莉姆，是因为他想跟我聊这个女孩，爱玛。第二天早上醒来的时候，我觉得头有点疼，但是我还记得他已经从海上运了一些物件去马耳他，"价钱比正常的要低很多，这就是为什么我需要你。"

4. 瓦莱塔，马耳他

里法特刚刚和在巴黎的大使打了很长时间的电话。趁着大使不在的时候，他想在使馆内部执行一种实习生的管理规定。他们大部分人都和管理层有着不清不楚的关系。昨天，他不得不对一个巴黎政治学院的女学生发了火。他用了一周的时间准备这份规定，并且让秘书全部打印了出来，规定里他要求实习生，*那些黄毛小丫头由他来管理*，并且都得听他的。只要大使回来的时候同意他的要求。他正想着这些的时候，秘书隔着板对他大叫：

"里法特！大使的电话……很急。"

"我刚刚和他通过电话。"

"很急，我转给您。"

大使首先有点虚伪地抱歉又打电话给他，然后顺便问他现在在做什么。

"大使先生,我跟您说过,我正在准备关于实习生的内部管理规定,他们的态度经常比较过分。"

"他们帮了很大忙。您知道住在医院的索马里男孩的事情吗?"

"当然知道,大使先生,我正在跟进这件事,他的状况好多了。"

"里法特,他的状况真的太好了,以至于死掉了。昨天下午的时候。内政部刚刚打电话到我的手机上。您不知道吗?那么,别再抨击实习生了,赶紧去医院,然后打电话给我。"

在马特尔代医院,他见了所有照顾过哈碧芭弟弟的医生。开始谈话的时候,他觉得那两个男人用一种怀疑的眼光看着他。可能你们很惊讶一个法国外交官的肤色为什么会这么深?不,我不是索马里人,我是法国人,原籍埃及……他用负责人的口吻询问着医生们,索马里男孩被杀死在病房里。他的呼吸机被拆掉了,是被床脚的衣物闷死的。

"媒体知道了吗?"

"目前还没有,"三十来岁的主治医生答道,"发现了他死了后,我们通知了警察局,便衣警察是下午五点左右到的。我们通知了家属。他姐姐好像告诉了住在岛上一个难民营的表兄们。"

和两位警官碰过头后,他回到办公室,终于可以开始着手准备晚餐,他要请几个喜欢波尔多酒的马耳他人,他们和圣艾美隆①的葡萄种植者很熟。他希望通过这些人可以进入

---

① 世界遗产城市,位于波尔多东北部35公里,聚集了很多特等酒庄。

波尔多的行会。当专线电话响起的时候,他正开始看派克的小册子。

"是里法特吗?您还好吧?没有对哪个实习女生动手吧?"

"没有,大使先生。"

"医院怎么说的?"

里法特向大使汇报了情况。

"听着,里法特,您又错过了。他不仅死了,而且尸体也不见了。"

5. 拉马尔萨,突尼斯(我想起我的婚姻)

当黎梵特问起莉姆的时候,我说她很像我的妻子。他惊讶地看着我:"我不知道你已经结婚了。""亲爱的,那是因为你的情报部门疏忽了。"事实上,没有人知道这事,知道的人也都忘了。我们在开始读中学的时候就认识了,经历了青少年的神奇爱情。

在中学里,爱情和我们一起成长,从一个年级到另一个年级,一年又一年。我们越来越少轻吻对方的脖颈,也不再躲在门廊下,我们已然是一对小夫妻。是那种让瓦伦缇娜的父母困惑而让我的父母震惊的一对,父母后悔当年为了让我在巴黎读书而把我托付给住在巴黎的表兄。我们那过分渲染的可爱、孩子般的执拗态度,既幼稚感人又夸张卖弄,这些都宣示着我们紧密的关系。我们让朋友和老师们不知所措,而我们认为私生活是我们的自由。而且,我也从来没有什么出格的举动。后来,瓦伦缇娜会消失两三天,只给我一些很模糊的解释，总是有点让人费解。我不知道她去了哪里，说实话，我也无所谓，况且她的一个朋友告诉我，她只是回父母家睡了。

她回来的时候，穿着像个小女孩，一条水手裙，脖子上戴着贝壳项链，经常是一副绝望的神情。然而投进我的怀抱。

我们长时间地拥在一起。

我等待着（我相信她也一样）这些平庸之中的小别重逢，让我们处于无人境地，任何事和任何人都不可能动摇我们。

一种相依为命的结合，肌肤紧贴，口唇相依，酿制着我们的感情、思想和最隐秘的欲望。我沉醉在她脸部的轮廓里，完美无瑕，微圆的面庞，浅浅的酒窝，娃娃般晶莹的眼睛，短短的头发在额前稍稍卷起，皮肤下流淌的血液，嘴唇的甜美。

当我们决定结婚的时候（我们一直以来的渴望），音乐天赋极高的瓦伦缇娜刚刚开始跟音乐学院的一位老师学习声乐，而我已经自诩考古专家了。

从来没有这么不像婚礼的婚礼。所有来庆贺的人，首先是市长，都显得很匆忙，仿佛希望婚礼早点结束。瓦伦缇娜的神情像一个十二岁的女孩子，更让婚礼不成婚礼。在瓦伦缇娜去世很久之后，朋友们告诉我，那天先是市政府匆忙的婚礼，然后教堂里耶稣会会士主持的婚配降福，这一切对于他们来说都非常不真实。他们的话语至今仍回响在我的耳旁：一场中学毕业的哑剧表演。

我们和证婚人一起在新晨酒吧庆祝，那天晚上，酒吧迎来小号手查特·贝克①，我太太最喜欢的音乐家。那是我们相处那么多年的压轴好戏。小号手给我们灵魂的洗礼。他的音乐如圣水般包裹着我们，抚慰着我们这对新人。特别是当他再次演奏《你并不懂爱》和《让我们一起迷失》的时候。那个夜晚的魔力是我们通往永恒的保障。

我们的未来是不可分离的，如永远的连体儿。永远不会迷失。永远不会。

为了庆祝瓦伦缇娜十九岁的生日，我在高布兰大街的小房子里组织晚会。我喝了几大杯伏特加，瓦伦缇娜也是，一个音乐学院的学生还带了点可卡因，三十来个人在客厅里跳着舞，巴黎的夜色从敞开的窗子流淌进来，而我在厨房里拥吻着一个中学同学。瓦伦缇娜进来了，她惊讶地看着我们，然后开始大笑，转身回了客厅，我跑过去追她，进入客厅的时候，她刚好从窗子跳了下去。我对自己说，应该表示点什么，而我唯一可能表示的，就是跟着她跳下去。

6. 西门尔塔大厦，拉德芳斯，上塞纳省，法国

萨米·布哈迪巴在和一位经济顾问通电话，顾问的上司是苏丹的一位部长，希望能够成为西门尔塔公司在摩洛哥的合作伙伴。对方正在申辩，说要遵守伊斯兰的法律，禁止在房地产投资或者租赁上牟利。"先知准备了符合他意志的银行产品，为什么放弃呢？"他重复了好几次"教法"一词，好

---

① 查特·贝克（Chet Baker, 1929—1988），美国歌手、小号手和作曲家。

像一个简单的技术论据。苏丹人解释说这是获得大众储蓄最保险的方式。"越来越多的人回归伊斯兰，我们不能让他们的储蓄沉睡下去。伟大的真主会怪罪我们的。"

董事长的秘书玛蒂妮突然闯进办公室。她踩着高跟鞋，扭来扭去的，暗示着有急事。萨米建议通过邮件确定他们商议的事情，然后挂了电话。"对不起，"玛蒂妮说，"董事长本来应该出席军事学院的酒会。但是，他刚刚遇到麻烦。车从布尔热返回的时候出了小事故。不严重，但是他得留在内克尔医院观察到晚上八点。他让我转告，请你代表他出席酒会。今天晚上。非常重要。部长也会去……"

法国在马里的介入使几家企业能够继续在当地的生意。巴黎所有的人都认为要避免利比亚情况的重现。法国领导了军事行动，但是在情况恶化之前分蛋糕的时候（蛋糕上点着石油做的大蜡烛），意大利人和英国人吞掉了市场的重要部分。在马里，一些企业，而且都是些大企业，比如万喜、阿海珐、西门尔塔和道达尔，它们非常活跃。西门尔塔在当地主要有旗下一家做输水和水处理的分公司。它的总经理蒙莫索对所有人说，马里的地下从来没有被开发过，可能会有令人满意的惊喜。

玛蒂妮正准备离开萨米办公室的时候，蒙莫索又打电话来了。

"您在萨米的办公室吗？"

"经理，他就在我面前。"

"请他听电话……喂，萨米，一切都好，不用担心。玛蒂妮告诉了您军事学院的事情？找她要一下我的发言稿，您代我发言。就几句话，很简单的，主要是感谢一下部长。"

萨米完成了一天的工作，默记着要念的那篇稿子，从办公室的小型衣柜里拿了套西装，正准备出门的时候，玛蒂妮如鬼火般又出现了，异常兴奋：

"蒙莫索刚刚打电话给我，我问他可不可以陪你一起去，你知道他怎么说吗？'当然，您可以给他鼓鼓劲……'"

夜色降临的时候，他们到了路易十五时期建造的雄伟的廊柱建筑前。一队内部安全人员在内廷入口处检查来宾。"检查会非常严格，现在是反恐计划执行期，我怕可能会等很久……"有几辆车已经堵在了门口。"我看到了很漂亮的服装，希望我足够雅致，你觉得怎么样……"玛蒂妮一边对着后视镜补妆一边说着。萨米没有出声。"我觉得，你作为一个来自图尔贝伊-大塔尔特的阿拉伯小伙，应付得还不错……"玛蒂妮一边抚摸着他一边继续说着。

前面还有两辆奔驰车，都挂着外交牌，然后就到萨米的大众了，他把车开到栅栏前。他降下窗玻璃，拿出身份证件，穿着黑色长裤和外套的保安员一脸不屑地检查着证件。

"你的名字？"

"萨米·布哈迪巴，西门尔塔公司的。"

"您是来参加今天的招待会的？"

"是来发言的……"

"是部长请我们来的！"玛蒂妮喊着。

保安皱着眉头，弯腰看着名单，没找到萨米的名字，也没有玛蒂妮的名字。蒙莫索的名字被划掉了。没有代替者的名字。他们身后的队伍越来越长。保安叫来一位同事。

"艾哈迈德！有问题，我找不到他的名字……"

"没有名字也没有车牌号？"

"都没有……"

第二名保安拿起名单浏览了一下，有几个名字很难辨认。他满是倦怠和果断地直接问萨米："您来干什么？是参加招待会吗？"

"是的。"萨米谨慎地答道。

"您知道在哪里吗？"

"我们的邀请函上有地图……"

保安转向他的同事，无奈地说："行了，让他们进去吧！"

萨米是最后一个发言的人。他感谢了法国政府、部长、参谋长和指挥马里行动的将军，自从将军带着蒙莫索乘直升机飞越了伊夫加斯高原上阿德拉尔晶体般的山岭后，他们就成了"私人朋友"。他毫不迟疑地念着蒙莫索的发言稿（他还参与了撰写），同时保持了一位合作伙伴应有的矜持。参谋长在总结发言时，没有忘记强调法国是个多元文化的国家（他转向萨米），然后宣布冷餐会开始。人群涌动。

玛蒂妮和萨米逛到了图书馆，这里的阅读大厅改成了晚会接待厅。玛蒂妮的酩悦香槟喝得有点多了，被一名上尉拽着手臂去看满是绘画的护壁板和屋顶。

一个小时之后，他们从军事学院出来了，和进去的时候一样容易。玛蒂妮觉得今晚遇到的军人都"非常非常热情"。回到她的家里,她建议在客厅一起吃个晚饭。"才十点钟。开瓶酒,我的冰箱里还有红鱼子酱色拉和切德干酪,我去做三明治……"

萨米不太习惯和女人交往过密,他甚至很长时间对她们毫无感觉。冷漠?惶恐?有点惶恐,更多是冷漠。只有那些从来不会向世人炫耀美丽的女人才会让他心动。那些处女。他期待能够遇到一个既吸引他又爱他的处女。尽管有这些想法上的阻碍,他已经开始衡量他和玛蒂妮的"事后"(今晚已然开启,而这将是他的第三次)。他并不想要,但他可以接受。掩饰总有好处。

吃了份三明治,喝了两口酒,玛蒂妮就起身去了房间。电视上正在播放法国军队在马里行动的专题报道。萨米又倒了一杯酒。他猜到玛蒂妮正在换衣服,可能情况比他想象的更为不堪。上一次他们见面的时候,他就知道了对于她来说,各种装扮是她性事成功的调味剂。

一条超级短的裙子,仿袭皮的,一件透明的衬衣,扣子解得很低。她突然呦呦地叫唤着,炫耀着她的女性特征,然后坐到萨米的身旁,萨米所在的长沙发正对着电视机。她认出电视上正在评述无人驾驶飞机的将军:"就是他,刚刚走过来和你说过话的那个……"

萨米不无遗憾地发现这个四十岁的女人居然能够让他勃起,四十岁,她自己说的,可能实际年龄更大,五十?五十五……她岔开大腿,拿起他的手,引向她的私处。他很快就射了,而她跪在他身前舔着他的蛋蛋。突然,她很奇怪地大笑起来。"我笑是因为今天晚上,可以说你完全代替了蒙莫索,在讲坛上,还有就是在我的床上。你知道吗,和他比起来,我更喜欢你这个阿拉伯人的鸡鸡……"

他从来没有听到过这么可怕的言语。

他在她家过夜。这是第一次。卧室被窗外药店的绿色十字灯牌断断续续地照着。玛蒂妮问起他性生活的事情。**我不知道为什么要回答她**。"我的性生活?很少的。一个中学生,很年轻。第二个,一个意大利家庭的妈妈,在社交网站上认识的。然后就是你了。"

"你怎么认识她的,那个女中学生?我不明白怎么会和中学生搞上了……讲讲嘛,求你了,告诉我一些细节……"

萨米的腼腆在他周围竖起了围墙。

他不出声。他思考着他的生活,思考着在这间闪着药店绿色十字的卧室里的孤独。她坚持让他说,她真蠢,世界对于她就是一个快感的果园,她伸出手,捡起来,就到了高潮。

他把她移除到视线之外,向后退了退,不碰到她,他重拾理智,寻求着平静,重新调整需要时间。她又黏了上来:"告诉我所有的……"一个想法闪过脑海。**既然她想知道,就让她知道**。

有一天晚上,下着雨,那个女学生按响了我的门铃。很短的一声铃响。开门前,我看了一下手表。"是我。"她不仅非常准时,还和相片上非常像,就是小告示上的相片。这个女孩非常瘦，身材高挑，穿着一件让她显得耸肩缩颈的黑色雨衣，满脸清新，显得诚实而内敛。带着一种忧伤的笑容。我让她每周来做三次清洁。

大部分时候，我从办公室回来时她就已经走了。除了给一些简短的指示，我从来没有机会和她聊天，直到有一天，我比平时要早了一些回家。那天晚上，我碰巧见到她大声地说着话，声音盖过了吸尘器。她惊得跳了起来，我应该看到她的脸红了，我有点尴尬，她把头上的耳机取了下来，向我道歉。我们的交谈结结巴巴的，她很快就离开了。

两周后，我回家时见到客厅的灯开着，我并没有觉得奇怪，有时我走的时候会让灯亮着。我把《世界报》放在门廊，脱下了大衣。直到往前走了一步我才看到她。她正弯腰对着家庭影院，手上拿着一块麂皮。她本应该在一小时前就走的。最不可思议的是她的穿着：一件黑色的紧身体操服。仁慈的上帝啊，多让人震惊！她放下手中的麂皮和防尘喷雾器，好像一切都很自然。

"我知道您要对我说什么。"

"您这是怎么啦？疯了吗？"

"我想给您一个惊喜。"

"您经常这样吗？"

"在所有客户家里。"

"但是我没有要求您做什么。"

"您是唯一的一位。而且，您家里一直都非常干净。我用吸尘器也只是为了让您高兴。"

我的手一直抓着门把手。我真的不想再看她,但是我的眼睛不听使唤。她走进了浴室,出来时裹着我的浴巾,这让她看起来更加弱不禁风。

"冰箱里有三文鱼,"她说着,"还有沙拉!"她一边笑着一边说着,"您有伏特加吗?"

我生命的自制力滑落了。她从冰箱的蔬菜格子里拿出了沙拉。当她看着我,眼帘低垂,两滴蓝色的眼泪在眼窝里酝酿着打着转。她的背影映在我挂在墙上的托盘的铜面上。她的肩膀几乎是白色的,背上脊柱小骨的线条清晰可见,臀部浑圆。就在那个时候,我还想着要把她赶出去。

她拉着我走进卧室。她躺倒在床上,对私处的按压让身体伸展开来,然后她起身给我脱衣服。我的阴茎没有反应,那是我的身体唯一还在抗拒她的部位。在她确定走对了第一步之后,她把我的手放到了她的大腿间。在我手指的动作下,她很快就开始哼哼,然后身体弯曲成弓形,只有头和脚还抵在床上,她带着沉重的呼吸大声叫着:"萨米,来呀,快来。"

自从我搬家之后,我一直在等待某人。

如果找不到人和我一起分享,我的职业、我的银行账户、我的成功都会成为苦涩的果实。"事情往往不像人们想象的那样发展。"我自言自语着,声音很小。我觉得她不可能听到我说什么。"幸亏是这样,否则多烦啦。"她用同样的语气回应着,嘴唇几乎没有动。

她那珍珠般的皮肤闪着一种特别的光芒,她的声音仿佛是从身体最深处的颤动发出的。我无法想象她有父母有家庭,我情愿她是从我的怀抱中产生的,她那小小的乳房,她的脚跟,短而黑的头发,眼睛上长长的睫毛。她起身,跨坐在我的腰上,边笑边说:"你知道吗,你从来没有看过我?从来没有!我甚至在想你是不是同性恋!"

为了没话找话说,我问了一个关于她父母的问题。真蠢,她的过去,我完全不感兴趣。她解释说她是莫尔莱①药店里一对夫妇的女儿。"无聊得要死,一心只想着钱的有产阶级。完全没有思想,只有待处理的紧要事情和对充盈的银行账户的盲目崇拜。我读高一的时候就从家里跑出来了。在雷恩的一个街角混了几个月,雷恩是一座热情的城市,布列塔尼人都很开放。在那儿,我遇到一个男人教会了我所有的一切。他的年纪比我父亲还大,应该有五十多岁,一个无政府主义者,很有钱,他叫皮埃尔。他把我从街角带了出来,让我住到他家里,一座带花园的大房子。他是一个不工作的人,但是他也不是无所事事。他读很多的书,每周都有两三次会开着老奔驰车到海边。他跟我说,他是位摄影家,只需要卖掉他拍的鸟的照片就可以很容易地挣到钱。就是他让我读尼采的书,读俄罗斯无政府主义者的书,发现了尼科和维尔维特的第一部漫画书,还有路易斯·米歇尔②。他就是喜欢路易斯·米歇尔的率直。他觉得我很像她。他非得让我在雷恩中学注册,重新开始学习。"

---

① 法国城镇,位于布列塔尼地区菲尼斯泰尔省。
② 路易斯·米歇尔(Louise Michel,1830—1905),巴黎公社著名的女领导人。

"他是个好老师吗？"

"你是想知道他有没有和我睡？他让我看了好多好多色情电影——他的收藏很惊人——当他请我到他的床上去睡的时候，这种情况每周会有一两次，他从来不会进入我的身体。他不希望我认真地对待爱情。和男人在一起的时候，你就应该游戏，仅此而已。他就是这么说的。性是男人成年之后的游戏。他每周都给我钱，我的包里满是钞票，我很喜欢触摸它们，在包里揉搓它们。有一天，我发现我存的钱足够我在巴黎或其他地方生活一年了。那时，我刚刚通过了毕业会考，还得了评语。我和朋友们一起庆祝，回到家的时候，天亮了。皮埃尔不在家。我看到了厨房里的留言。他和'他的徕卡① 一起出发去海边了。光线会非常好'。他还说'鸟儿飞翔更需要光明，而不是空气'。他断言光线照在鸟儿的翅膀上就会化为能量。我收拾了自己的东西，拿着我的钱，坐车到了巴黎。"

"你再也没有见过他？"

"再也没见过。他经常跟我说应该学会不要依靠任何人。我听了他的话。在巴黎，一个文科预备班愿意录取我。我凭着储蓄生活了一年。到了开学的时候，要进入预备班了，我得重新组织我的生活。我在网上发了做家务的小告示。收到了几十个回复。一些想追我的男人。第二天，我选了一些看上去更认真的。当我到第一个客户家的时候，他家和你这儿一样干净。他让我清理厨房，过了一阵，他就回来看着我做事，也不说

---

① 徕卡相机，德国原装手工制作的相机。

话。那种情况真的好尴尬。当他要给我五十欧元，做同样的事情，只是得穿上军便服的时候，我想起皮埃尔说过关于男人的话。和他们一起，我应该玩耍、挣钱，所以我说：'行啊，但是得要一百欧元，而且只是一刻钟的时间。'他就是名单上的第一个。客人有好有坏——我剔除那些有暴力倾向或者有毛病的，我觉得总是能够控制他们的。我不停地涨价，有时也会失约。但是，最让我开心的是坐在中学的课室里，坐在那些小市民中间，看着他们装阔气还自以为是的时候。一群蠢货……"

"你在班上没有朋友吗？"

"我很喜欢一个摩洛哥女孩子，她叫法蒂玛。他们把她开除了，因为她不愿意除下头巾。简直不可思议，你应该在报纸上看到过这个消息。"

"我从来不关心这种新闻。"

"这个和你也有关啊，你不也是阿拉伯人吗？还是穆斯林？"

"如果你愿意这么说的话。"

"法蒂玛走了，我再也没有朋友了。可能是因为她的关系，我才会对你感兴趣。我最终认为自己更喜欢阿拉伯人、黑人、黄种人，所有这个地球上的男人，只要他们不属于有钱的白种人。"

第二天早上，一股烤面包的味道飘浮在房间里。她坐着喝茶，穿戴整齐，脖子上戴着耳机。她告诉我她要走了。"我要准备一个测验，"她拿掉耳机说，"在圣热内维埃夫的图书馆，我得赶紧了……"

她的脸庞落入我的眼中。

充满朝气的脸颊上没有一丝妆容的痕迹,一条黑色的牛仔裤紧紧地裹着臀部,坚挺的小乳房消失在一件宽松的灰色T恤下,脚上穿着一双旧的耐克鞋。我问她测验考什么内容,她说是罗马时期的奴隶起义,还要把法国革命和俄罗斯革命进行对比。

她简单地提到主讲老师,是六八年"五月风暴"那一代的老人,她对他有一种特殊的感情。他的青春献给了革命的祭坛,他的一生奉献给了知识和学生,从来没有失去精神上的自由,这个上了年纪的男人眼光里的梦想越来越少,应该是对自身的一种失望。她没有告知就把他的课都录了下来,刻成了碟,开吸尘器做清洁的时候就戴上耳机听。她会朗诵她觉得最精彩的部分,就像大家会在卡拉OK唱自己喜欢的歌一样。我情不自禁地想她是不是也去他家做清洁。她好像看透了我的想法,她说本来很想去给他打扫书房,但是她从来都没敢开口。

"居然有你不敢做的事?"

我刚说出口就后悔了。她差一点打翻了茶杯。平静下来之后,她把脑袋搁在我的肩膀上,看了看手表:"我还有五分钟。我很喜欢用音乐开启一天的时间,你呢?"在这方面,她的喜好与她的时代和年纪也是风格迥异的。"那些节奏蓝调和说唱乐让我起鸡皮疙瘩。我超级喜欢列奥·费雷[①],你知道他

[①] 列奥·费雷(Léo Ferré, 1916—1993),出生于摩纳哥的法国歌手,无政府主义者。

吗？不知道？我就知道是这样。他是六十年代的无政府主义者，他情愿喜欢很丑的女人也不喜欢自己的妻子。"我从窗口看着她离开，已经走得很远了，踏着芭蕾舞的步子走向沃伦泰尔地铁站。她没有回头。

　　萨米看着药店绿色灯牌的荧光每半分钟就会扫过房间。玛蒂妮一言不发。她趴着躺在萨米身边，手托着头，她在发抖。而房间的恒温器被锁定在24度，女儿经常跟她说睡觉的房间温度不宜过高。寒气是从这个女中学生那儿来的。就因为这个没有胸的小姑娘，她觉得老了。她比我年轻二十岁，这不是抽我的脸吗？我讨厌她。还有，他说起她的方式……就好像……她肯定很丑。很丑但是年轻……非常年轻……她让萨米抚摸她的大腿根，"就这样，把你的手指伸进来……"入睡前，他告诉她"她叫爱玛"。做了一夜的噩梦后，他很早就醒了，非常开心地跑下楼梯，好像一个逃跑的囚犯。

7. 的黎波里，利比亚-拉马尔萨，突尼斯

　　我和黎梵特一起回到了的黎波里。他把我放在以前的美国大使馆，然后去了机场。他坐直升机去马耳他，还留了电话给我，以便我随时可以联系他，告诉他"任务"的进展情况。我们打算要去十来次遗址，方便我工作。我建议每半个月回来一次。黎梵特希望我越过穆萨直接向他汇报。那一天，他确信我会帮着他把生意做起来。穆萨也是，所以他非常热情地接待我。他准备了一个装着美钞的信封，作为预付款。

我拒绝拿他的钱，借口说不是马上要用钱，而且，返回突尼斯的路上，我怕这么大笔钱被人偷走，他听后夸张地大笑起来，他讨厌突尼斯人。

到边境的路好像很长，夜深了，路被卷着沙子的狂风扫过，司机开得有点太快了，那两个陪着我的民兵不停地抽着烟。我沉浸在自己的思绪里，一路上没有开口说话。我从同事寄来的邮件里得知"伊斯兰国"在伊拉克和叙利亚历史遗址上的掠夺行为。巴尔米拉①也受到了威胁。在东边，拉塔基亚也一样，那儿有塞维鲁的凯旋门，突尼斯的杜加遗址也一样。这些历史建筑有一天会被炸毁吗？罗马的新皇帝塞维鲁是在叙利亚巩固了他的权力，摆脱了对手佩西尼乌斯·尼格尔，后者最后在巴尔米拉附近被斩首。而他自己却死在了离这里很远的地方，公元二一一年在约克（也是罗马人建立的城市），他在巩固了哈德良长城后死在了战场上。帝国的领土如此广阔，使得君主们不得不在驮轿或者双轮马车——古代的"空军一号"——枯燥的摇晃中东奔西走，他们的统治是孤独寂寥的。从东方的宫殿到约克郡雾气笼罩下的卧室，在旧时的下不列颠，躺在他们的摇床上，他们的思想也在摇摆，人和事都失去了控制，让他们无从抉择。正是因为如此，夏多布里昂才写下"塞维鲁先是喜欢基督徒的，后来他又改变了主张，造成了大规模的迫害"？这些关于迫害的历史并不清晰，连历史学家都无法确定。我想着如何可以找到莉姆。

---

① 古罗马风格的叙利亚古城，有贝尔神庙等著名古迹。

她没有给我任何消息。

我把车停在房子前的时候已经是凌晨四点了。客厅的灯亮着。她在做什么？她是独自一人吗？她没有听到我回来了，我进门看到她在客厅里看着艾米·怀恩豪斯①纪录片的重播。尽管还很早，她看到我一点也不惊讶，朝我笑了笑，问我饿不饿。"还有一点沙拉，冰箱里还有奶酪。我去给你做点鸡蛋放在上面。"

不可能再睡觉了，在我喝着已经开过的一瓶红酒的时候，她坚持要讲这位英国女歌手的一生给我听。莉姆问我她可不可以也喝一杯，然后哼着《爱是场必输的游戏》，一首我没听过的歌。我不敢跟她说学校成绩的事儿，而且我也不确定她到底有没有去上学。当白天的光亮从窗口照进客厅的时候，她提议去海边。她紧贴着我，揽着我的腰。在房子下面，我们遇到骑着轻便摩托的渔民，肩上搭着渔网。当我们走到海滩的时候，就在古罗马的公共浴池旁，一阵微风将金色的薄雾吹到依然阴沉的海面上。太阳还很低，阳光拂拭着海岸的轮廓。地平线上，一艘大型客轮正在靠向拉古莱特港口。"还会有游客来突尼斯吗？"我不由得自言自语。

8. 库尔西-拉夏贝尔，埃纳省，法国

布鲁诺看到玛丽-埃莱娜发来的短信内容（你父亲今早

---

① 艾米·怀恩豪斯（Amy Winehouse，1983—2011），英国歌手，词曲创作者，吉他手。

去世了，衷心悼念)便取消了去马耳他的行程，去了趟别墅。老家伙觉得短信挺中肯的，就是担心下葬的日期问题："我还不知道呢，得和兄弟们谈谈。——如果可以的话，你还是尽早出发吧。"

这个钟点出发真不是时候，贝尔西附近已经开始堵车了，要上四号高速公路的车太多了。交通电台预报需要九十分钟才能到达古特沃勒的收费站，还报道说梅斯的辅道上有野猪出现。汽车排起了长龙，一辆紧接着一辆，向前开了二十米又得停下来，速度慢得像蜗牛。布鲁诺尽量搜索着所有关于父亲的回忆。他把生活的一些片段一个个地接起来，但是记忆不太给力，图像和名字都记不清了，他觉得自己仿佛跌入一口深井，在坠落过程中抓不住一些可以作为横梁的东西，残缺、模糊，好像死亡已经在他和父亲之间挖开了一道深渊。

他仿佛听到他在说话（他的声音温馨而迟缓，带着从阿尔及利亚返回的"黑脚"的口音，这个口音跟了他一辈子），父亲在讲述六二年他们回到法国的情景，轮船上的殴斗，他们的箱子（里面是他们能带回的所有东西）被马赛总工会的码头工人扔到了码头的水里，然后坐火车到了巴黎。看到里昂火车站的月台上有家人在等候，他们先是一阵宽慰，接着是冲击、冷淡、孤独和贫穷，印象特别深刻的是没有接待的接待，这个国家拒绝看到他们。

父亲所说的冷淡更甚于坏天气和天空的灰暗，那是大陆法国人的冷淡，他们冰冷的接待。他不止一次地感受到怨恨。开始的日子非常艰难。一位姑母借给了他们一座很小的房子，在蒂耶里堡①附近的一个村子里，房子没有任何起居设施（没有暖气，没有热水）。布鲁诺的父亲找到了一个历史老师的位子（他在阿尔及尔就是教历史的），后来，一名高级警官告发说他曾经是"秘密军组织"的成员，虽然事实不是这样，但是他还是辞去了工作。

父亲只说过一次回法国的事情。此后，当他再问起，父亲只是一味地沉默，沉默让布鲁诺明白了那是无法挽回的记忆。父母封存了阿尔及利亚的那一段经历，他们选择保持缄默。其实，说这些有什么用呢？没有人愿意听愿意了解，那就不要说了，尽管母亲有时会情不自禁地喃喃自语："多可惜……"

他记得有一张黑白照片，阿尔及尔的俯视图，装在一个松木的相框里，摆在父母卧室的桌子上。两幅椭圆的头像，有点模糊，一个是抹着发蜡、头发梳到脑后的年轻男子，一个是戴着墨镜的女人，两幅头像被镶嵌在相片上方右边的天空部位。

随着时间的推移，情况慢慢好转。父亲又找到一份银行的工作，还是在蒂耶里堡，母亲（十年前去世了）给人上数学课，他们最终买下了借来的那所房子，还把它翻修扩大了一点，在这所房子里，布鲁诺和兄弟们一起长大，记忆中全是美好的回忆。

他难以识别方向。没完没了的商业区，纳瓦达烧烤店、麦

---

① 法国埃纳省城市，位于巴黎东北约 90 公里。

当劳、勒克莱尔超市,每个交叉路口都有圆形车道;农村被铁皮和混凝土吞噬了。他终于走出了这个工业区,沿着马恩河边的一条国道行驶,然后是被树林和田地簇拥的一条省道。

房子位于村子的尽头。布鲁诺将奥迪停在人行道上,对着以前的那家面包店。他降下车窗呼吸着,找寻着潮湿空气中一种童年时的味道。他瞅了一眼房子。小小的,红色瓦片屋顶,石板瓦伸出来,搭了一个玻璃棚子,一小块草地,种着一棵樱桃树和一棵苹果树,混凝土块的矮墙上爬满了覆盆子,遮住了邻居家那些可怕的大房子。兄弟们在饭厅等着他。他们握了握手,说了说路上的交通状况。"我们已经等了两个小时了……"没有什么奇怪的,很久以前,他们之间就只有这种遮遮掩掩的对立关系了。某种东西已经碎掉了。

"我可以看看爸爸吗?"

"他在卧室里,他也在等你……"

房间里半明半暗。布鲁诺坐到父亲的遗体旁,盯着他的脸,好像要把这张脸刻到自己的最深处。父亲的脸上毫无倦容,捉摸不透的表情,嘴微微抬起,好像经受了某种痛苦,抑或是准备告别的微笑,脸颊本应凸起的部分塌陷了下去,灰色的头发乱糟糟的,倒向右边。

他毫无感觉。不是关乎对父亲的爱,而是他说不出的痛苦。无法用言语来表达的痛苦。面对死亡,他的脑海里空空荡荡的。"生活,这就是生活,"他大声地说着,仿佛在对父亲说,"很多让人可惜的东西,就像妈妈常说的,还有好多的遗忘……"当他吐出"可惜"这个词的时候,他想起了玛丽-埃莱娜和女儿们。

我和玛丽-埃莱娜的生活占据了一切，还把我和朋友、亲人的关系都剔除掉了，这里面还包括我和兄弟们的关系。很多事情都非常可惜。如果我想再找个朋友，哪怕是在全世界范围内找，我都找不到了。

他看到了那张照片，就在床旁边的桌子上。两张向生活微笑的脸庞俯视着一座白色的城池。父母离开了他们的房子，他们的朋友，还有亲人们的坟墓，服从了命运的安排。沉默就是他们服从的代价。布鲁诺寻思着沉默中的父亲到底变成了什么样子。照片好像一个催眠的点，布鲁诺的目光开始变得混沌。他好想进到相框里，悄悄地留到父母中间，对着摄影师微笑。

他和兄弟们简单地聊了一下父亲的葬礼，他们都急着要走。"你能理解的，我们都有工作……"言外之意，不像你，在警察局……他问了几个关于父亲去世的问题。

"一周前，他离开了一直都非常抵制的休养所。你知道他的，倔得像头骡子，他自称能够自理。我们是在床上发现他的，突发性心脏病。"

"关于葬礼，你们有没有什么想法？"

"你看着办吧，饭厅的桌子上有一份殡仪馆的资料。原则上，我们只要拿到市政府的同意书，他就可以在两天后下葬了。就是周四的下午。他留下了一块墓地……"

"会有一场弥撒吗？"

"弥撒？看来你真的不知道这里的情况。如果你坚持的话，我们不反对……"

他们走的时候说好了晚上再互通消息。

对于兄弟们的态度，他一点也不惊讶，但是略感不安。布鲁诺想起当年他们一起去神甫住所的那份热情，堂区神甫在那儿为他们三个讲授教理。她的母亲是一位遵守教规的教徒，去世的时候可以有一场宗教葬礼；他的父亲，虽然不是那么严格地遵守教规，但也是天主教徒。他没有留下遗言，却也不能剥夺了他生命中最后一次弥撒的权利。

到达神甫住所的时候，他先是以为找错了地方。那些玫瑰花儿，神甫一直都精心地照料、对待、修剪的玫瑰花，如今已经被拔掉了，取而代之的是铺在地上的沥青。房子的外墙重新维修了。涂料的颜色特别不协调，磨石粗砂岩显得非常突兀。房子已经认不出来了。布鲁诺按响了门铃。一个邻居向他招呼着：

"是租房子的吗？"

"我是来找神甫的。"

"那个可怜的人两年前就去世了。是我买下了他的住所，房子的状况真的……我把它租给临时需要的人，如果您感兴趣的话……"

"您知不知道我去哪儿能找到一位神甫？是为了一个葬礼……"

他有条不紊地把周围的村子都转了一遍，终于确认了不可能为父亲的葬礼找到神甫了。大部分的教堂都关闭了,教区聚集处的电话也只有非常模糊不清的留言信息。他被好奇心驱使着去了一座教堂。教堂的大门敞开着,门扉吱吱呀呀地响着。一走进去,空寂和气味就迎面扑来。椅子和长凳都不见了。圣人们的雕像从神龛里被搬了出去。圣女贞德伸出手臂迎接来客的石膏像也倒了,她的头和战旗都没了。各种各样的垃圾、燃尽的火堆、残旧的床垫、空酒瓶,很显然一些身份不明的人把侧边的一座祭台变成了简陋的住所。落地的烛台拆开了,墙上的十字架也卸了下来,可能被卖掉了。在主祭坛上,他看到了革命时期打造的一些宗教徽章,他思忖着自己所在的这个时代可能比一七八九年的人所处的时代还要可怕。祭坛后面的圣体龛被砸掉了。空空的。风从碎掉的彩绘玻璃窗灌了进来,教堂好像在呻吟。曾经每个星期天都会来的圣所就这样被遗弃,他感觉非常震惊,那些个星期天,临近村子修道院的修女或者修士来到这里,身着法衣,唱着圣歌,殿里弥漫着焚香的味道。死亡又再次拽住了他。他觉得疲惫而紧张。他觉得失去的不仅仅是父亲,这位至亲之人,还有他童年的故乡。

兄弟们留下了一把钥匙。他静悄悄地走进房子,去看父亲,再次仔细端详他的面庞,然后在饭厅的桌子上找到了殡仪馆的文件。他给文件夹上一个手写的电话号码打电话。兄弟们让他处理葬礼的细节问题。一位女士接了电话。

"是为谁举办的?"

"我的父亲。"

"沉痛悼念。先生,这种时候很让人伤心。您放心,我们会帮您的。您是穆斯林还是天主教徒?"

"天主教徒。"

"我这样问,是因为我们有专门对穆斯林的服务,是按照他们的圣训安排的。那么,您是天主教。弥撒会在哪儿举行?"

"不会有弥撒。我没找到神甫。"

"我理解的。您最好能来一趟办公室,在蒂耶里堡,我得给您看看我们的目录。"

接待他的女职员年龄和他一般大,褐色头发,剪得短短的,微胖,带着合时宜的职业性微笑。

"您想过用什么样的棺材吗?您父亲多大年纪?

"七十四岁。"

"我们有一些专门给婴儿潮那一代人用的。一般来说,他们都喜欢爵士乐和足球。我们有一款"蔚蓝足球",做工精湛,非常受欢迎。还有一款"永远的吉普森",出品卓越,专门为吉他爱好者准备的……同样的类型,我们还有一款"漂泊者",做成了露营车的形状,他们这代人喜欢旅行和自由。而且,他们的这种想法挺有道理的……"

"我更喜欢传统一点的。"

"我们有一款非常简单的,就叫'爸爸'。"

"'爸爸'就好了。"

"到墓地的时候,我们会有一位礼仪主管。他将指导您每个步骤，主持哀悼，分发花儿，是纸做的玫瑰花，可以写上个人的留言，扔进墓中，陪伴逝者去往永恒的旅程，最后，他会以您的名义念一篇悼文，您有兄弟姐妹吗？"

"有两个兄弟……"

"那就以你们所有人的名义，他念的悼文会给你们带来文字的宽慰：'爸爸没有死，他就在另一个岸边等着我们。'大家一般都喜欢这样的内容。"

布鲁诺没有力气再说什么了。一天的紧张状态让他精疲力竭。他签了估价单。女职员和他一起走了出来。他听了听留言里的信息。国家考古文物研究中心向他发来以前的一位老师的电话，他在找他。好像很紧急。格里莫……我很喜欢的一位老师……有意思……他找我能有什么事情……女职员锁好门，准备向她告别的时候，他大胆而友好地问道：

"您是住在这个地方吗？"

"不是的，我回巴黎，我得抓紧时间，二十分钟后有趟火车。"

"我也回巴黎，我是开车来的，我可以送您……"

她住在火车东站旁边的一个单间公寓里，就在一家土耳其餐馆的上面。

9. 塔马里小屋，拉马尔萨，突尼斯

布鲁诺给我打来了电话，但是没有时间详谈，他的父亲刚刚去世。他的声音没有怎么变。我们约好了下星期开始的时候再联系。我很着急地想知道他能给我什么样的建议或者他

可以怎么帮我,我非常清楚自己卷到这件事情中是很不谨慎的。我这是怎么啦?做事情像个冒险家,而我其实不是的。是因为反感极端分子的卑劣行为?还是一种行会主义的反应?或者仅仅是因为受不了那些愚昧无知的人断开了我个人的小程序:知识,我对过往那种病态的好奇心,对历史的热爱一直折磨着我。

回来后的几天里,我带着莉姆去了遗址废墟。只要我在她身边,教育的欲望就会重占上风。学年结束的时候她不是应该参加中学毕业会考了吗?我在她放学的时候去接她(更确切地说是在离中学比较远的一个汽车站),我们在游人离开后的遗址上逛到太阳落山。我希望她呼吸这块土地的气味,三十个世纪之前,一个女人在这里建起了一座新城,就是后来的迦太基。迦太基,这个人类历史上的一个分支被斩断了,再也没能重现,这是个很适合女孩子冥想的题目,因为她成长在一个被"圣战"分子威胁的国度里。

我们相互依偎着坐在一块大石头上,在光线的颤动里,很容易就可以追溯时光。我给她讲一个名叫蒂博代[①]的作家的故事,一九一四年参加战争的时候,他的包里只装了三本书。她让我重复了好多遍《战役与修昔底德》一书中的一句话:"一四年的士兵可以是带着诗意感受人类历史上重要时刻的一个人,就像在营地用手捧起一汪清泉,就好比永恒的精华,在蒙田身上,我汲取的是生命之水,在维吉尔身上,我汲

[①] 蒂博代(Albert Thibaudet, 1874—1936),法国散文作家和文学评论家。

取的是诗意之水,在修昔底德身上,我汲取的是历史之水。"

她皱着眉头听我讲着,大声重复着:"生命之水,诗意之水,历史之水。"阳光减弱,掠过比尔萨山的山冈。光亮下的浪花越来越平滑,海湾沉入阴影之中。我们开车到一个比较偏僻的海滩游泳。一束月光将大海分成阴沉的两块。

我们在海岸边吃了晚饭。一名男服务员向我们推荐刚刚从港口运来的海胆。我要了啤酒送海胆。莉姆悄悄地喝着我的杯中物。我们是最后一批客人。老板把小油灯都熄掉了,加快了收拾的速度,但是我请他结账的时候还是多要了一瓶时代啤酒。老板收拾锅碗的时候,莉姆在我的嘴上亲了一下。"为了生命之水。"她的头发乱糟糟的,都是刚才游泳的时候弄的,她盯着我的神情怪怪的。我尽可能地拉长时间,控制着稚气和老迈对我的威胁。我应该好好享受这些绝妙的时刻,什么都不要去想。第二天早上,我们很迟才醒来。莉姆好像非常生气。"就是你,害我上学迟到啦!"她一边说着一边赶着出门。

10. 图尔贝伊-大塔尔特,巴黎大区,法国

前天晚上,小区一半以上的监视摄像头都被人捣得不能用了。损失非常大。哈利·波特刚从他的防原子辐射遮蔽处出来的时候就意识到了(真有点不太想出来,他刚刚开始读一本俄国小说,是在那个再次被烧掉的多媒体图书馆的瓦砾中找到的)。尽管下着雨,时间也还早(早上十点钟),几个兴奋的家伙尽情地疯着,骑着摩托扮佐罗,就在饶勒斯大道

那些被毁掉的电子眼面前。不用等指示他也知道该做什么。

因为比拉醉心于所有的消息。哈利溜进小区里。他想统计一下监视设备损坏的情况。姆比拉老板非常喜欢这样的新闻。老板不需要电子眼，他的眼线到处都是。他眼中最好使的那个就是我。昨天还跟我说：你是个高高瘦瘦的年轻人，我不知道你是怎么做到的，哪里都能去，你很可靠。在路上，他遇到一群萨拉菲分子。姆老板叫我小心这些人，特别是不要得罪他们，他得和他们一起做事情。

姆比拉老板在他堡垒的中心房间接待来访者，在日常那一堆的礼节之中：他的衣服、鞋子、DVD、流着口水的狗，还有他的黄色杂志。哈利越过了值班的保镖，他们显得很紧张。近十来天，他们守住底楼大堂的电梯间。没收所有来访者的手机，这也是头一遭。老板最近事情很多。需要解决越来越多的问题，平复越来越多的冲突，还要满足新市场。"我的权势正在上升"，他经常这样唠叨。

哈利一边等着见老板一边重新背诵一遍要讲给姆比拉听的事情。透过脏兮兮的窗玻璃，他看着巨大的小区，各色的楼群，远处的树林围成一个环，在浸透雨水的高地上阴郁着。警车在外围的大道上来来往往，从来不会停下来。一股熟悉的狗屎和广藿香的味道飘浮在整个房间里。一个面色苍白的女孩，穿着蓝色的超短裙，脖子上戴着巨大的金十字架，给他端来了薄荷茶。可能是新来的。他站着喝着茶，眼光空洞，女孩就在他身边，不言不语。有人在喊了。"应该是姆比拉在等你，到你了"，她一边打开门一边对他说。是斯拉夫的口音。一个乌克兰女人。一个吸毒成瘾的女人。

姆比拉老板半躺在床上,脚搁在绣花的软垫上,正在打电话。他装腔作势着,时而大笑,时而做鬼脸,时而嘀嘀咕咕,时而又大声叫骂。有时他会沉默下来,又会在这意想不到的沉默中把句子切开来说,像非洲人经常做的那样。他异常清晰地吐着字眼,有点像在做戏,他的语言(此外语言也是非常绝妙的,用语生动,用词多样)就是他的砧板,是他掌控小区的大砍刀,也是他迷惑议员和大人物的魔法机器。

他的言语是熔岩的子弹,在没有家具的房间里打着转,然后飞出去,在很远的地方产生回响。他身体的剩余部分纹丝不动,好像可卡因只能影响他的热情和突出的眼球。粗壮的身躯上刚好罩下马海毛和丝绸做的衣服,每两个月都有一位伯鲁提[①]的裁剪师专门从巴黎跑过来为他试穿和修改服装。白色衬衣是那不勒斯式的领口,翻转的袖口有黑色的绣纹,领口开得很低,可以看到他的那颗鳄鱼牙齿,袖子卷着,露出手表(他的一只手上戴了两块相同的手表)和手环,黑色马甲和长裤,白色袜子,脚上是经常被狗咬的带着绣球的便鞋。两瓶酸奶打翻在床的旁边。

姆比拉做了手势让哈利靠近他,他抚摸着他的裤裆。小哈利的眼光投入他的眼里,消失在带着血丝的眼神中,他不得不笑了笑。这样的把戏,他还需要坚持多长时间?

---

① 伯鲁提(Berluti)是 1895 年成立的制鞋品牌,1993 年被 LVMH 收购,开始开发男装。

每次当他面对他的时候,也就是每一天,他总觉得是遇到了一个高他一等的人,他满脸闪耀着精力和计谋,还有恶毒和智慧。他吸了一口气说:

"老板好。"

"儿子好……你记得比拉爸爸教给你最为重要的一条是什么?"

"善于冷酷无情。"

"非常好!好吧,现在说吧……"

哈利的记性是他的法宝。他慢慢地说着,发音也很清晰,但是不夸张,他什么都记得,颇有一种讲故事人的天分。这种天分还在不断增长,因为他读了很多书,自然还有那本他爱不释手的厚厚的俄国小说,封面烧焦的那股味道与他形影不离。这几天,他很喜欢借用作者的一些言语向姆比拉做汇报,虽然有时用得并不是很恰当,姆比拉还是很惊讶,继续寄希望在他身上。十年后,我让他做我的副手,我的养子,真正的魔王之子,我只要帮他成为他那个该死种族的残暴之人。

氛围的细节,小毒贩们的事情和举动,谣言的小结。该说的都说了。

今天早上,他专门对被捣坏的二十四个摄像头做了实地考察。他的结论让人想起生活的魅力来自光与影。

"你知道维修需要多长时间吗?"

"你在城市技术部门的朋友说需要很长时间,几个月吧。他们没有可以替换的器材,需要向制造厂家订货。他会告诉我们的。"

"那些他们应该装在比拉交易街那儿的摄像头进展如何?"

"他们没有再提了。我想是不会再装了。"

"太棒了。这意味着未来的两个月我们都不会有事。汽车站那儿呢?"

"那些新来的大胡子又教训了一个中学生……他们禁止他读《古兰经》之外的书。孩子的父母准备给他换一所学校……每个厄运都有它独有的特征……警察在事发后的一刻钟赶到了。"

"得听那些大胡子的。你知道,我在和他们一起做事,我们是绕不过他们的,再说我需要他们。特别是现在。他们控制着思想、阅读、女孩子、头巾,也就这些了。都正常。剩下的就是我们的了。各司其职。儿子,你得防着所有人。"

"我知道的,老板。"

姆比拉重新拿起电话,拨了一个他熟记于心的号码,电话上出现了一个名字。他做了手势让哈利走,哈利刚好看到比拉是在打给一个新的合伙人,图尔贝伊–塔尔特的一个摩洛哥人。"走之前,过来抱抱爸爸,我爱你,"比拉一边说着一边用手挡住了手机,"如果你想要女人,跟我说,你看到新来的了吗?那个面色惨白带着十字架的……这个,你拿着……""谢谢老板。"比拉的手机还在响着。哈利把头搁到他的肩膀上,听到手机铃声的回响声,他闭上了眼睛,什么都不去想,让自己在马海毛的动物气息里小憩,这是农庄的气味,是非洲,是失去的父亲用黏土和椰树叶子搭的房子的气味,这种房子他只是听人说起过,是在有着很多高大树木的国度,妇女们在河里,这种气味真香啊，他仿佛看到一只山羊一头牛，还有黑山羊和土色的狗，他真想回到那儿和动物们一起生活。手机的铃声停了，有人刚刚接了电话。比拉衣服下的肌肉松弛了下来，哈利重新站了起来，做了个告别的手势，拿着两张票子溜了出去，下了楼梯。有一天，总有一天，我要走的，走得越远越好，去到我能够感受到家的地方。

11. 塔马里小屋，拉马尔萨，突尼斯

上个星期，极度惶恐。莉姆没有回来，我好多天都是一个人，没有她任何消息。而我是给她配了手机的，还有足够的月包电话费。一天晚上，我在房间里转了很久，终于给她发了个短信。没有回复。我真的很慌张，时不时会这样。我把她接回家是不是做了件大蠢事？我担心，如果有萨拉菲的检察官想告我恋童癖，我就得任凭他们摆布了，特别是我发现内心的平衡越来越差。莉姆非常清楚，她玩弄着我的神经。

自从瓦伦缇娜自杀之后，我一直在寻找少女的陪伴。她们一个接着一个，相隔很久，《爱是场必输的游戏》。不论是她们还是我都没有太大的问题：瓦伦缇娜从她们一个的身上再转到另一个身上，转换总是慢慢地发生，我做到了不为此而痛苦，瓦伦缇娜从来没有离开我。

和莉姆在一起就很不一样。

她非常像我的太太。她们如此相似，莉姆第一次进入我的房间看到我太太的肖像时，还以为我装在相框里的是她的相片。我越来越喜欢她的离题万里，她和我说话的方式，她

的天真幼稚，不管是真的还是装的，还有她青春的自信，简言之，我对情况的控制越来越糟。那一天，当我的心里像被针刺一样痒痒的时候，我就清楚地认识到了这一点。

不再是瓦伦缇娜活在莉姆身上，而是她代替了瓦伦缇娜在活着。这就改变了一切。她的无拘无束、偶尔消失或者沉默不语都让我的血压变化越来越大。我完全被绑在了手机上，等着一个等不来的短信，无法集中精神，绞尽脑汁地想着想不通的问题，真的是人间地狱般的日子。我觉得好像无意之中上了一辆全速冲向钢筋水泥墙的汽车。开车的是莉姆，她踩着油门，汽车全速行驶着，当然，她在车撞墙之前的那一刻跳下了车。

第三天，深夜两点时分，满月躲到了云层的后面，我正在客厅里读着无聊的杂志，屋前传来一阵马达声，然后是进门的脚步声。她突然回来了，朝我嘟嘟嘴，毫无顾忌，情绪高涨，活泼异常，很开心，一切都正常。她的四周散发着光环。我忘掉了焦虑引起的种种心悸，原谅了她。其实有什么该原谅的呢？她的生活方式非常随意，我也是这般年纪了，最好就是接受。

莉姆饿坏了，我做了份摊鸡蛋，开了瓶突尼斯的红酒。那天晚上，她对我说非常希望能够生活在嬉皮士时代，"开车上路，抽着大麻的卷烟，就像凯鲁亚克[①]和他的女伴们"。我

[①] 凯鲁亚克（Jack Kerouac，1922—1969），美国作家，"垮掉的一代"代表人物，代表作品《在路上》。

请她注意凯鲁亚克并没有很多的女性朋友,我觉得一定得跟她讲讲伊本·阿拉比[①],安达卢西亚苏非主义的凯鲁亚克,不过时间太晚了,我决定留着这些到一个更合适的时候再说。

第二天我醒来的时候,莉姆已经去上学了。早上的时候,她的姑母,那个陵墓的看门人,敲响了家里的门。她跟我解释说朝圣的人越来越少,请我帮她渡过难关。"您需要多少?""三百欧……"这相当于突尼斯两个月的最低工资,我怕会引发丑闻。这是个错误,又一个错误,但是我想应该没有人知道她来过我这里。住得最近的邻居都是渔民,家庭生活混乱无序。他们不常去清真寺,打渔归来的时候,会把空的啤酒瓶扔在泥地里。他们看上去对街区的事情毫不在乎。我给了她要的东西。莉姆跟她说住在我家是为了帮我做家务做饭。当我告诉莉姆她姑母来过,她就开始发火,她气她的姑母,称她为懒惰粗俗的胖女人,她也气我,这么轻易地在一个"职业巫师"面前让步,"况且,她比你有钱多啦!"一段时间里,她的情绪都不好,甚至有点咄咄逼人,后来就慢慢平复了。

12. 图尔贝伊,巴黎大区,法国

一辆小卡车停在别墅的旁边,就在街道的同一边,二十多米的地方。布鲁诺推开铁栅栏门的时候,转过身,前臂弯

---

① 伊本·阿拉比(Ibn Arabi, 1165—1240),伊斯兰神秘主义哲学家,生于西班牙的穆尔西亚。

向肩膀，对着雷诺甘果做了个嘲弄人的手势。*伙计们，冻坏了吧……*

最近的恐怖袭击把警察部门的一些缺陷全都凸显出来了。气氛很糟糕。老家伙采取了一些措施来保护他的部门和手下。把进门的密码换掉、尽量减少使用手机（据说还有信号干扰）之类的。小卡车就是他的部署之一。车里有两个人和一架摄像机。

布鲁诺早到了五分钟。老家伙把他拉到一边，就在走道里，问他父亲的事情。

"他是住在疗养院的吗？"

"在自己家里，他一个人走的。"

"我父亲走的那天，我才第一次明白他对于我的意义。"兰贝廷说。

"重要的事情，人们明白过来的时候总是太迟了，我也不知道为什么……"

布鲁诺在父亲的文件里找到了一封没有寄出的信，在信中他让他别离婚。*他是怨我的。为什么我没有告诉他到底发生了什么？*

在他处理父亲葬礼的时候，别墅里的团队集中了网上和实地调查中的信息，做了跟踪和监听，还有几份迹象报告。他们的结论肯定地指出图尔贝伊-塔尔特那边的情况有些紧张，现金流和可卡因交易都在增长，而出乎意料的是重大犯罪却下降得非常快。布鲁诺说："马耳他的同事们告诉我有两个人被杀害了，一个移民和一个渔夫。"

"是因为和利比亚的买卖?"兰贝廷问道。

"很有可能。"

"这种事情我们不是很在行,"兰贝廷继续说,"但是在几份报告中,都有提到一个马耳他的犯罪网络。还说到了朗迪,那个隧道……"

"法兰西体育场旁边的那个,位于一号高速公路上,去鲁瓦西就会经过的。"

"就是在隧道里,那些去机场接部长的大使们被持枪抢劫了,老调调。"

"曾经被持枪抢劫,我说得很清楚:曾经。这两个月隧道里连小小的扒窃都没有发生。"

"喂,出发去马耳他之前,您有时间去图尔贝伊-大塔尔特转一圈吗?一个警察亲自去看看还是有用的,就当是去观光一下!"

同事们叫他做好准备。"别待太久。你是在一个九十公顷的地块上,而那儿没有一丝属于国家的主权威严。两万人住在那里,商业中心都很远,整个城和外界只通了一条汽车线路,人们是在市场买东西的,本来有一家法兰普利超市,但是它主要的活动就是洗钱,而且每周只开一天。"

"很多人失业吗?"

"非常多。工作的那些人都是在奥利机场做保安的,真让人省心啊……三个摩洛哥家族(其中一个和图尔贝伊的参议员有关系)和两个马里的帮派掌控着整座城市,他们得到市议会议员的默许,那些议员都是老共产党派的。"

"伊斯兰极端分子呢?"

"角色并不重要,但是位置在上升。权力掌控在这些帮派和家族手中。有两家在塞纳-马恩省建了很大的别墅,遥控着他们的生意。他们把事情交给打手。没有任何国家的服务部门在那个区域运作,没有警察局,那是自然的,但是连邮局都没有,没有商店,除了一家清真肉店。一个坚定的男人。"

"我能见他吗?"

"会把他的手机号给你。他和雇员们一起坚持着,从来不会放下大菜刀。只有小学和中学被允许正常运作,但是要在固定的时间内。晚上六点之后,就由毒品贩子控制了,大塔尔特变成了一座禁城。"

布鲁诺把车停在外面的一个停车场里,戴上了他的风帽。这座乡下城市散发出的不真实感让他震惊,连汽车都开不进去。没有马路。铺着沥青的小路蜿蜒在楼群之间,那些楼就像人们玩掷骰子游戏时扔出去的一样,就那样散在草地上。

图尔贝伊-塔尔特的矮小楼群奇形怪状,坐落在长满青草的绿色地带,稍稍错位地面对面排列着,组成一座彩色的迷宫。就好像是建筑师抽了大麻,开了个大玩笑。他在这些弯弯曲曲的形体间走着,它们全涂着让人产生幻觉的颜色,好比建筑设计师任性而狂热的梦一般。我在某个地方读到过,说是当时的建筑师是想为孩子们建造一座城市。问题是,四十年之后,孩子们开始玩冲锋枪的实弹射击游戏了。为了这次独自出行,他是做好了准备的,但在进入这个完全被毁掉的景致里时，仍然没有预料到那种突如其来的沮丧。

他避开了一个乞丐，是个年轻人，就坐在那儿，白色长衫下现出残缺的四肢，青紫色的伤口上结满了痂。所有的女人都戴着头巾，除了几个黑女人。她们提着装满水果蔬菜的塑料袋子，身边围着一大群孩子，有的走着路，有的骑着车。菜市场所在的那个广场上寒风肆虐，摆满了摇摇欲坠的货摊。叫卖声，嬉笑声，各种气味，各种烟雾，还有吵架的人、高谈阔论的人。商贩们站在堆积如山的橘子、外套、长裙、鞋子和书籍后面，把自己裹得严严实实，用阿拉伯语或法语粗暴地向行人兜售着产品。还有一个讲道者在卖讲授《古兰经》的版画和应对厄运的方子。寒风里，那个知名肉店门前人群涌动。布鲁诺远远地看着。顾客站在冒着烟的大锅旁。六个帮手围着白色的围裙，一字排开，不停地招呼着买东西的人，蜗牛和羊内脏是按汤勺分量卖的，还有烤鸡翅，所有的东西都是现做的。

以前的市场所在的那些楼已经废弃了。楼房毁掉了，脏兮兮的，玻璃全碎了，墙上满是裂缝，以前的酒吧烟草店也封掉了。布鲁诺听到猫头鹰的叫声随着他从一栋楼到另一栋楼，他知道自己是被发现了。"噢——呼！"每个楼群都有它的猫头鹰，充当警戒者，"噢——呼！"两个身风衣的男人从一栋楼走了出来。五十来岁，沉着稳重，白色的胡子修得整整齐齐的，非常淡定，一点也不慌张。他们横在一条小路中间，问他是谁，要去哪里。提问的语气漫不经心，尽管他们用的不是敬称，还有一种不易察觉的嘲讽，但也带着一点点礼貌。布鲁诺掏出工作证。"我是警察。"两个男人笑了。角色的颠倒把他们给逗乐了。"你需要什么东西吗？""不是，我就是逛逛。""你要小心，夜晚来得很快，你带着风帽，所有人都认得你……"十分钟后，他开着车离开了那个区域。

第二天，他拿到了肉店老板的电话号码，和他约在了图尔贝伊-大塔尔特十公里外的一个停车场，就在一个商业中心的旁边。这是个心灰意冷的男人，但是说起话来非常理智。布鲁诺不需要向他提问，他的话匣子就打开了。"我是莫西干家族里最后的一个。没有我妻子的支持，希望仁慈的真主降福与她，没有我女儿还有六个帮手的支持，我早就关门大吉了。他们就等着这个，收回我的房子，占有我的营业资产，想干什么我不知道。我们尽量坚持着。那些小小的萨拉菲分子，我有能力对付他们。他们看到我每天早上都在磨刀。他们知道我随时准备用我的刀把他们的蛋蛋给割了。他们来过两三次，想找我麻烦，我们逮住了一个，让他在冷藏室里好好享受了一把。他们就不再坚持了。但是，那些家族又是另一回事。是碰不得的。他们有需要的时候就会用萨拉菲分子。让我愤怒的是，他们都是摩洛哥人，和我一样。他们的关系到处都是。法国人、政治家、流氓无赖。他们控制着可卡因和大麻的交易。他们刚刚和一个马里人结成了联盟，可以把他们的进货量增加一倍，组织了一个他们称之为'比拉交易街'的东西。您只要看看外面大道上顾客的汽车已经排起长龙就明白了。两个月了，一直都是这个样子。"

他离开的时候，脑袋里装着好些问题。怎样能够收回这些遗弃了很久的区域？有多少座清真寺是受国外资助的？会不会有一天需要派军队过来？什么样的军队呢？大塔尔特之行把他的士气打击到了脚底。而玛丽-埃莱娜又开始抱怨他不能够如约每两周接一次女儿们。这已经超出了我的能力范围。我很难和她们待在同一个空间里。不可能和她们正常交谈、正常吃餐饭，带她们去麦当劳，和她们聊学校的成绩，仿佛我们之间已经没有任何联系了。尽管我想给她们所有的爱，但是我做不到。我变成了一个比较可怕的家伙。玛丽-埃莱娜借机取消了我周末带孩子的资格，离我更远了一些，我不能怨她，她是对的，我已经无法自拔。

电话铃声告诉他有短信到了。

是桑德拉。

他在女人们之间游荡。

做爱是为了消磨时间，是为了不再想玛丽-埃莱娜。

一段回忆一直缠绕着他。他听到闹钟在他们布尔-拉兰尼的房子里响着。玛丽-埃莱娜总是让它早一点响，这样我们所有人能够一起吃早餐。她紧贴着我，我们低声耳语，然后她起身去准备咖啡、橙汁和烤面包，面包片的香味弥漫在房子的底层。我去叫醒女儿们，给她们放洗澡水，保证水是热的，我给她们准备加蜂蜜和苹果碎的麦片。女儿们笑着，闹着，玛丽-埃莱娜说着她一天的工作。

他把车停在图尔贝伊另一边的一个商业中心停车场的尽头，看到布法罗烧烤店的一名女服务员坐在门口的地上抽着烟。酒店大堂里满是刚刚到达的马里人。他们在等着被分配到不同的公寓去，有些人直接躺在地上，用鸭舌帽盖着脑袋。另一些人在讲着他们旅途中的事情。汽车从直布罗陀市开出后几乎就没有停过（他们是乘坐轮渡从丹吉尔[①]到那儿的），一直开到了图尔贝伊。布鲁诺走向酒吧间。阮坐在一张桌子旁等他，一盏红色的灯照着。他把一盘的花生米都干光了。

"真不可思议……每天都来这么多人。现在，是叙利亚人了。我真的第一次认为，我们永远都摆脱不了了。"

"这是很正常的，没有人有证件？"

"大部分人把护照销毁了，这样我们就不能驱逐他们回国。除了这个，你知道两天前我遇到啥事了吗？"

"我在《巴黎人报》上看到了简讯。"

"我很肯定是有可卡因运到了。我有准确的信息，毒贩的名字，毒品在市场上出售之前藏匿的地址和房间号，在一条侧道上面。我在清晨的时候组织了一次行动，带着几个便衣和十来个掩护我们的警察。常规配置……我们没能靠近大厅的入口。一些警戒者告发了我们的到来。不到三分钟，我有六七个人受伤。我们这边没有人开枪，真是个奇迹。从来没有见过这种程度的暴力。"

"连兰贝廷都开始质疑了。我们没有出小旅馆。"

"你问过我可不可以见见小区的人。这个很复杂，但是我想有个人可能你会感兴趣。当然，我们一定要做足预防措施。"

[①] 摩洛哥北部城市，位于直布罗陀海峡南岸。

"我什么时候能够见他？"

"如果你想的话，明天开始都行。是个孩子，差不多吧，一个少年。我把他交给你，就好比是我把儿子托给你了。"

"你是怎么认识他的？"

"那时我刚刚到图尔贝伊……"

阮习惯让人把他放在城市之外的地方跑步。山冈顶上是茂密的树林，俯瞰着塞纳河。树林慢慢被工厂侵蚀了，被商业中心毁掉了，被四车道的道路切断了，但是了解这个区域的人可以在林子里长跑，不用出林子的。这个树林对于阮来说就是他的"孤独王牌"。他为自己制定了一条十公里的路线。就在这个满是大自然的地方，在昆虫的嗡嗡声和土壤的气息之间，他释放大量的安多芬，仿佛找回了祖先们的力量。

在几千年的时间里，东南亚的森林里住着一些流动的耕作者，他们伐树造田，轮种农作物。这些人在历史的灾难中幸存下来。就是在这个绿色腹地，阮看到自己可以在乱糟糟的小区里生存下去。

他永远只会碰到两个跑步的人，总是那两个人，总是在同样的时间，从邻近小区来的两名消防员，一边跑着一边关注着手表上显示的心跳。其他的人，有些是夜里从小区来这儿扔垃圾的，或者是和妓女干那事的，也有来烧掉自己的汽车然后向保险公司报失窃的，这些人一般都会小心谨慎地在林子边上最靠近公路的地方，因为树林的石头和坑洼沼泽，还有泥土和树根的气味，都让他们感到害怕。

大约一年前吧，就在复活节假期之后，当他看到一棵树下的坑里有一个瘫软的人形的时候，他吓了一跳。他担心是个陷阱，非常谨慎地靠过去。那是他第一次后悔没有配枪出来。

他有着成年人的身高，瘦瘦的，四肢修长，瘦得皮包骨头，却是一张孩子的脸庞，半昏迷状态，圆圆的眼镜后眼球向上翻着，他整个人都在发抖。阮在他的牛仔裤口袋里找到一个安眠药的空瓶子和一张图尔贝伊柔道俱乐部的卡片。我想是不是比拉的手下。我听说有个孩子给他做通讯员。他把他拖到车上，送到了一个朋友开的诊所里，就在巴黎的乔治-比才街上。

那一天，他救了他的性命。

哈利被留院观察了三十六个小时。他清醒过来的时候，一眼就认出了阮，这并不能让他重新开始喜欢生活。该死，一个警察，真的就缺这个了。

因为哈利让他想起了自己的两个儿子，所以警官每天都会来到哈利的床头。让他讲述自己的故事可不是件容易的事情。他总是坐着床边的一张椅子上，每次都从一些轻松或者无关紧要的话题开始（事实上对于哈利来说，已经没有什么轻松的或者无关紧要的东西了），阮一直试着了解他。

哈利对活着已经很绝望了，他简述自己的经历，或者回答问题的时候眼睛总是直直地盯着他，言语非常简短，勉强成句，声音含糊不清，也不会控制自己仇恨和厌恶的冲动。当他要说的东西太难出口的时候，他就会用手捧着脸哭泣。

警官每天早晚都会去诊所。第四天的时候，少年的声音变得清晰了，他看着阮的眼神也不一样了。不管怎么样，这个男人把我从坑里救了出来，他并没要求我什么，好像他只是想帮助我。尽管悉心照顾，他身上一直散发着一股馊味，而这种味道终于从房间里消失了。阮提议给他带本书来。"你喜欢什么？一部小说，还是一本漫画？"

"我挺想要一本词典的……"

他实在是太焦虑了，根本看不了书，连词典都看不下去。恢复过来的第一天，在等待阮到来的时候，他不停地在房间里打着转。

第二天，哈利看到他就抓住他问："现在我们要做什么？"

"我会帮你走出困境，帮你找个寓所，一个接收你的家庭，你再也不用回到那儿去了，相信我。"

"您没明白，我要回去的，如果不是我死，那就应该是他们去死。我要帮您。"

另一种交谈开始了。不是那么容易的。看到哈利这么坚决，警官就把他带到诊所旁的一家小酒馆去吃饭。时间还早，他们是那儿唯一的客人。

"我没有想到会是这样的，如果是我自己，我绝不会敢……这不可能。"阮说道。

"您看不起我吗？您害怕啦？"

"你太小了。"

"这不正好嘛，没有人会想到……"

"太危险了。我不想让你去冒险。"

"您让我有点想笑，您从来没有用过小耳目？想让我说出他们的名字吗？"哈利喝了口可乐。圆圆的镜片后，一种新的愉悦占据了他黑色的眼睛。

还没有离开诊所阮已经开始犹豫了。他们站在大厅里，正准备互道晚安。哈利先开了口：

"让我们试试吧……一个月或者两个月……求您了。如果行不通，您再把我弄回来，雇我去您家做花匠。"

哈利一个星期都不在，又没有任何解释，遣送他回去会有问题，而阮很快就把问题解决了。哈利是坐着囚车回小区的，双手戴着手铐到了警察局门口，屁股上还被人踢了一脚，那个时候正是下班时间，晚上他就被放走了。警察们都在散播消息，说哈利是在巴黎埃菲尔铁塔附近和另一些扒手一起被抓的。还企图逃跑，被追了回来，送到了图尔贝伊-塔尔特。这么多"良好行为"的保障传到了姆比拉老板的耳朵里。

从警察局出来的时候，哈利给姆比拉打了电话，他在电话里大声喊着："我在等你的电话。我知道了。快来和我说说……你还记得爸爸对你说过什么吗？""记得，老板。""再说一遍，这让我很兴奋。""永远都不忘记要残忍。"

曼达丽娜酒店，巴黎

得找个地方让哈利能够接收指示。布鲁诺先是从郊区开始找。一个秘密的藏人点或者一家仓库。太危险了。到处都有眼睛盯着。去他家，不可能。最后，他想到了曼达丽娜酒店。那是巴黎的一家大酒店，正在试运行期，是由中国人出资兴建的，那儿有好几个出入口。他让人弄来了一份雇用信。作为厨房的实习生。一份有期限的合同工。哈利的真实身份被隐藏了。没有人会去那儿找他。对他们来说太不习惯也太新了：郊区的帮派头头们都不知道曼达丽娜酒店已经拔地而起了。而且，总的来说，他们对巴黎存有戒心——还有对中国人，当他们开着法拉利出来的时候，一般都是去出海的。不是去戛纳，就是去波托菲诺①。那些生理本能有问题的会去瑞士。姆比拉习惯沿着高速公路去往日内瓦：在瑞盟庄园去见一个加尔文派女信徒，虐恋者，比他小一点点。对他来说，没有什么比这里更富有异国情调的了，一天要六千美元的套房里，他可以挥动着皮鞭，把大把钞票撒在一个顶着灰色发髻的女巫身上。

　　曼达丽娜酒店是首都最像迷宫的一个地方。豪华游乐休息房、水疗房、热水蒸气房、电视屏幕、高科技装修，有些地方光芒万丈，有些楼道又非常昏暗，只有地毯上镶嵌的荧光带引导着，还有一些精致的中世纪式暗室，有些电梯专供有密码的客户使用，等等。所有的设施都是专门为那些追求隐私的常客设计的。他们能够在曼达丽娜待上半年而不会碰到任何人，除了专属他们的房间清洁员、饮料总管和按摩师。

　　经理是个为部门工作的法国人，他为布鲁诺的计划实施提供了便利，还给了他一张通行卡，是酒店专职人员用于进出的，出口就在房子的后面，是斜坡上一条非常僻静的街道。

---

① 意大利西北部著名的旅游海港小镇。

酒吧侍应生是个中国人，穿着乳白色的外衣打着黑色的领带，他是布鲁诺的"朋友"。他负责一个迷你酒吧间，只有两张桌子，专属"贵宾级客人"，位于地下负二层，被金黑色的屏风围住，那个地方只能乘电梯下去。经理和这个中国人负责监管哈利的进出。

第一次的时候，哈利是和阮一起来的。警官留下来负责建立起联系，然后就溜出去打电话了。哈利仔细地观察着布鲁诺，眼神颇有些怀疑。他的脚在上了漆的地板上蹭出了声响。

布鲁诺没有想到他这么小。这让他举棋不定，一个少年，尽管他神色紧张，面不改色，但是看上去也只有十二岁，就像有个孩子活在他的眼睛深处。

他制定了见面的方案。至少每周一次。现在大家认识了，从此就绑在一起了。好不？每次都由哈利负责打电话。永远不要用手机。从一个公用电话亭或者酒吧里打出来。永远不要说名字。您好，我们星期天见？好的，星期天，非常好。从他们约定的暗语来说，说星期天就是星期一，说星期一就是星期二，以此类推。见面的时间是固定的：下午五点。我把门禁卡留给你，你想来就来。如果有很重要的事情需要马上见面，就在我的手机上留句话："狮子王很累了"，这就是说，我们在下个钟头就见面。如果我不在，我会派人来的。

"你在小区里还有朋友吗？"

"我认识所有的人，但是我不信任他们。我唯一的朋友，是一个阿尔及利亚老人。只有和他在一起我才能毫无顾忌地聊天。您呢，您有很多朋友吗？"

"都是同事,像阮一样,但是没有什么朋友。"

"您有孩子吗?"

"两个女儿,比你小一点。"

"那就是您还有一位妻子啦?"

"是的。但是离婚了……"

布鲁诺眨了眨眼睛。

"对于孩子来说,离婚,这太沉重了……"他几乎是情不自禁地脱口而出。懂得残忍,哈利想着。姆老板说得有道理吗?这个家伙会不会残忍?他是否有胆量面对姆比拉?他的担心在来来回回地摆动。他需要靠自己来打赢这场仗。他知道的。他得把自己的生命交到这个男人手中,有些疑问也是正常的。想到阮说过的话,他就安下心来了:"他会是一位父亲。"自从他向警官做出承诺之后,他就下定决心,一定要坚持到底。他盯着布鲁诺,然后说道:"您可以帮助我。我有些账要算。我需要您。"

发热的光管组成了一条龙的形状,却驱散不了酒吧的昏暗。对方的脸如此消瘦,布鲁诺只能看到他的眼睛和反射在眼镜片上的灯管。玛丽-埃莱娜已经被抛在脑后了,他的注意力切换到了这个瘦得离谱的黑人少年身上。和他交谈并不容易。他身上有些东西让他很混乱。让他惶恐。就好像哈利比他要高出了许多。孩子也在犹豫着,他低下头,擦着镜片后的眼睛。好累。他想到了他的父母,于是下定决心相信这个警察,他看上去不错,可能是因为他的那种沮丧。

布鲁诺等了好久才敢提一些关于小区的问题,还有他的生活。哈利点着头，回答得很简洁，后来，突然一下子，他就开始滔滔不绝了。

13. 塔马里小屋，拉马尔萨，突尼斯

在突尼斯①阿拉伯市场上，我碰巧找到了一箱七十年代的书，想着可以给莉姆看，就买了下来。正准备走的时候，买书的人又送给了我三本英国杂志，叫做《闲话报》。在莉姆做作业的时候，我就坐在阳台上翻着杂志。突然，一张相片让我吃了一惊。是一张黑白相片，上面是一张明亮的脸，五官端正，短头发，笑容清澈……"这不是布鲁斯嘛！不可能呀，但是，真的是他……"莉姆突然出来了，抢走了杂志。"你认识他？""我在开罗遇见过他，那时你还没出生呢……但是，我当时并不知道他是谁，连他叫什么都不清楚。"晚上，我和莉姆花了好长时间在网上找寻关于他的生活和死亡的信息，因为我发现了他的真实身份，布鲁斯·查特文②，知名作家，我还得知他于一九八九年在尼斯去世了。我们贪婪地读着屏幕上出现的所有资料。有文章，有传记，有书籍的节选，还有评论。第二天，莉姆几乎把所有我在市场买的书都扔回给我。她想让我在网上订查特文的全集。书刚被送到，我们就全身心地扑在了阅读上。

莉姆完全忘记了她的手机，而我呢，几天里了解到很多关于他的事情。如此好奇而又充满激情地去了解一个很久以

---

① 这里是指突尼斯共和国首都，也是地中海地区最古老的城市之一。
② 布鲁斯·查特文（Bruce Chatwin, 1940—1989），英国旅行作家。

前遇见过的人的生活,这种感觉很奇特。莉姆认为布鲁斯有点像嬉皮士,像那些至今还在纠缠希迪·布·赛义德传说的人。我没有告诉她,其实布鲁斯认为嬉皮士扭曲了他们所经过的那些国家——我刚刚发现他提到他们的时候,是带着某种敌意的,就在他讲述在中亚城市巴尔赫①的经历的时候。布鲁斯曾经向一位杂耍艺人询问去一座陵墓的路,他想去那儿看看,艺人回答他说:"我不知道,它应该已经被成吉思汗毁掉了。"这正是个好机会,让我可以向莉姆解释我为什么会被这些城市吸引,它们沉醉于伊斯兰的疆界问题,那时的"伊斯兰国"还没有什么突破性的进展,如真主所愿,那儿的人们却生活在一种淡薄但又持续令人激奋的记忆里,他们记得成吉思汗或者是亚历山大大帝。随后,我们又聊了很长时间,希望能够回答布鲁斯透过他的书所提出的问题:"为什么人要迁移?"

这是令人陶醉的一天,我能够重新讲述迦太基的建立,还有古老东方的诸神沿地中海的旅行。有一种"布鲁斯奇迹"效应。莉姆非常渴望知道和了解所有的事情。几天之内,那个清纯少女又回来了,像个孩子一样腼腆地提着问题,就好像她刚刚明白了自己为什么会那么冲动地跟着我,然后住到了我的家里。对于我来说,我仿佛是从布鲁斯小说里走出来的一位萨满,虽然对于"宗教原始的神秘"还不甚了解,但是找到合适的词语触发她的好奇心却是轻而易举。

---

① 中亚古城,位于今阿富汗境内。

14. 瓦莱塔，马耳他

兰贝廷打电话给布鲁诺："你赶紧出发去马耳他。飞机在奥利机场起飞，十一点十五分。有急事。"飞机一触碰到马耳他的土地，关于玛丽-埃莱娜的事情又波涛汹涌地进入思绪之中。以前，只要他到了某个地方，都会联系她的。一种条件反射。现在，每次飞机降落的时候，她就会重新抓住他。条件反射变成了一种心理风暴，他觉得无法承受。

飞机在跑道上滑行的时候，他忍不住给她发了条短信：在马耳他待几天，替我亲亲女儿们。起落架发出刺耳的声音，飞机转向机场大楼，舷窗透进雪白的光亮。乘客们开始起身拿行李，打电话，乘务员在播着欢迎词：他蜷缩在自己的座位上。屏住呼吸。你这是怎么啦？你就不能够没有她吗？你还没明白她对你做的事情毫无兴趣吗？你觉得她会回复你吗？

他走在旅客的人流中，上了扶手电梯，走向"无申报通道"的出口。他看了看手表：飞机刚刚到达十分钟。兰贝廷想得非常周到。一位来自罗马的同事在出口对面等他。他们从来没有见过面，但是马上就认出了对方。他要给他介绍马耳他的同事。"很快的，他们人不多，但是都非常可靠。我们一个小时后见他们。我明天早上就走，但是我会把汽车留给你。我在瓦莱塔的一家酒店给你订了一周的房间。如果你有任何需要，随时打电话给我。"

他们开着一辆租来的福特福睿斯。天气出奇地热。一条满是椰枣树的林荫道，一座古老的小教堂，一座男性生殖器形状的彩色建筑，一些低矮的房屋，还有雪白的街区。

"你大概知道发生了什么吗？有人告诉你为什么我们两个会在这里吗？"

"马耳他的同事发现了一些共同的迹象。有电话监听显示可能会在法国有恐怖袭击。"

"这不是老一套嘛，是以前监听来的吧？"

"没有后续的情况。他们同时还听到传闻，说是一个索马里人在营地里对神甫忏悔时说的。"

"那个前天被杀掉的移民呢？"

"据说那就是事情的起因。"

有手机在震动。布鲁诺接了电话。一个男人的声音，有点着急："我在机场，您在哪里？我怎么找不到您？我叫里法特·德梅特，我是事务主管。大使先生在巴黎出差……"布鲁诺用手捂住手机，转向开车的人："事务主管，你认识他……"

"告诉他，我们下午晚一点去见他，就在他办公室，等我们见过马耳他的同事之后。我忘了告诉他我去接你了。"

布鲁诺已经习惯下榻在瓦莱塔高处的酒店，就在卡斯蒂利宫殿总理府的旁边。今天早上，他在阳台上用早餐。可以看到城墙和城墙之外的景致，岛的两边伸向大海。他朝着大使馆的方向走了下去，随意走进一些小街。阳光为琥珀色的建筑外墙抹上了一缕桃红。

老城区似乎从一五六五年建好以来就没有任何变化，这里的居民成天忙于日常琐事。送货，买东西，在人行道旁，酒吧的外面，喝着咖啡，抽着烟，聊着天。商人开始打开铺面，在门口放上几把塑料椅子，搬运工朝着码头的方向跑去，女人扫着地，用水冲洗着人行道，孩子们爬到楼顶，把买菜的篮子挂在绳子上，一个男人把马牵回他家的地下层。

　　布鲁诺又想起曾经有好几次玛丽-埃莱娜拒绝和他做爱，总是找各种理由。他仿佛还听到她说话时的语气，在暖暖的被子下推开他："布鲁诺，我也不知道我是怎么了……"如果这世上只有一个蠢货，那就是我，我居然什么都没有意识到。汗水从他的额头流了下来。

　　他见了马耳他的警察。非常专业，但是缺钱缺人。他们再次提到电话录音。是大使馆的一个土耳其人和一个利比亚的商人，好像叫阿里。没有什么。就是提到可能会有恐怖袭击，很晦涩的那种。"我们以意大利的方式工作，监听很多的电话。"他们中的一个人自嘲道。

　　"我能够找几个索马里的避难者来问问吗？"

　　"我们来安排，得在营区以外的地方，不过我怀疑这样做是否有用。"

　　"你们知道尸体是怎么不见的吗？"

　　"遇难者的消息在网上传得很快，一个索马里的网站组织了募捐，要把尸体尽快运回国。他们想办法弄到了尸体，并且转移了。我们审问过的人都声称尸体即刻就通过雅典运到了开罗，是土耳其航空的飞机。但是无法确认消息的准确性。"

　　事务主管里法特请他在一家意大利餐厅吃晚饭，就在蒙诺剧院的下面。布鲁诺让他讲述自蒙娜亚德拉神庙之行以来发生的所有事情。

"您认识参加这次旅行的所有人吗?"

"当然不是。那位女记者是自己要求见大使,我接待了她。那个女学生丢了身份证件,我是头天晚上在我的办公室里见到她的。黎梵特,那个土耳其人,他有点不一样。他一到马耳他就联系我了,是在两个月前。他在寻找一座房子,一所小宫殿,或租或买都行,是给大使作为住所的。"

"这些人他们之间相互认识吗?"

"完全不可能。"

"这个土耳其外交官,您帮到他了吗?"

"有些日子我常常对自己说,我应该去做生意而不是搞什么外交,"里法特咯咯地笑着,"我听说塔什比什码头那边有所很大的房子,就在我们以前的贸促会旁边。就是他想找的那样的。"

"您的土耳其朋友,有可能的话,我倒是挺想见见的。"

"美国大使今天晚上在上巴拉卡花园搞一个招待会,黎梵特会去的,就在您下榻的酒店旁边,一起来吧,我把他介绍给您。"

三百人聚集在星空下,天气又热又闷,还很潮湿。女招待员都穿着红色的制服,分发着一艘停在附近海域的航空母舰的红色大盖帽。大使是一位公谊会教徒,属于归顺了奥巴马的新保守派,他歌颂着美国和伟人们。矮小的个子,短短的灰色头发,神职人员的气质,他说话的语气像一个狂热的劝诫者，活生生的一名演员。他的旁边站着首席女参赞，穿着一条袒胸露背的裙子，还有海军上将和军事专员约翰·彼得·沙利文。大使的演说被转到一个巨大的屏幕上。

"他一直都是这样的吗？"布鲁诺问里法特。

"这是他第一次组织这么重要的招待会。整个马耳他都在这儿了。政界的和商界的。"

"你就承认吧，他真的很特别。"

"您想来杯威士忌吗？我给您加点冰块？"里法特一边问着一边用稍稍焦虑的眼神瞅着四周。

"这种清教主义和歇斯底里的混合……我时不时地想，美国人其实挺像伊斯兰极端分子的。您觉得他和他的首席参赞有一腿吗？"布鲁诺一边晃着杯子里的冰块一边说着，酒满得都快溢出来了。

"是的，我想是的，其实，不是，老实说我什么都不知道，这也不关我的事。"里法特脱口而出之后又突然非常慌乱，他不应该回答一个原本他不会知道答案的问题。

"里法特，我可不想让您不自在。每个人有每个人的生活，对吧？"

"我看到黎梵特了，跟我来。"

大使的演讲终于结束了。海军军乐队开始演奏传统的摇滚舞曲。一个穿着华丽制服的黑人吹着萨克斯，都是大家耳熟能详的流行歌曲。《一切都会继续》。里法特在喝着酒聊着天摇摇摆摆的人群里挤开了一条路。黎梵特身边围着好几个优雅的马耳他女人，是三姐妹，还有她们的丈夫。一个年轻的法国女孩站在他身后，缄默不言。里法特把布鲁诺介绍给大家，称他是一位临时到这儿的法国公务员。

"看来你们这儿的生活还是挺甜蜜的？"他对着三位女士说。她们的头发都是褐色卷曲的，像瀑布一样倾泻而下，眼睛里满是灿烂。她们的肤色都晒成了古铜色，光滑如缎，闪着健康的光芒。

"我们是为大海和节日而生的。"维奥莱塔回应着他的问题，颇有点自嘲的意思。

"生活是美好的，我们的女人是绝妙的。但是，对于你们法国人来说，在这座岛生活很困难。"旁边一个五十来岁的男人接着说，他一头白发，穿着驾驶快艇的那种运动上衣和白色长裤。

"这是为什么？"里法特问道。

"我们的国家太小了，事无巨细，大家都会知道，这样的话，通奸几乎是不可能的。"

"是的，如果想背着老公做点什么就太难了，简直就不可能。我们得去国外，那样要花更多的钱……"那个像是他太太的女人回应着。

黎梵特在谈生意的时候，里法特想把朋友们的注意力引到金枪鱼捕捞的配额问题上来。台上，官员们的椅子全都空着。乐队在人群中游走，演奏着他们的保留曲目《死而复生》……在那些看似无足轻重的眼神和言语之中，一些只会持续一个晚上的柔情开始冒出头来。一股热流把台后的帷幔吹得鼓鼓的。布鲁诺问维奥莱塔是做什么工作的。

"我在瓦莱塔做律师，专门负责海洋法。没什么特别的，所有的马耳他人都是律师。"

"真吓人。我应该说自己对这个地方印象深刻，我们好像……好像是一群旅客，在一艘即将起航的军舰上。"

"可能出发去西堤岛吧？"

"正是。"他面带微笑争锋相对地回应着，不明白为什么这位女律师一定要把话题扯到通奸上。

布鲁诺喝了一大口威士忌。通奸这个词在他身上产生了毁灭性的效果。他极力平复下来。不能忘了黎梵特的事儿。

"您应该有意大利血统吧？您的眼睛，您的头发……"

还有希望和玛丽-埃莱娜和解吗？她应该回来的。如果她回来……她和她的那个推销员，他们之间的游戏是不可能持续的，不可能，我了解她……在这个所有人知道所有事的国家里，怎样才能隐蔽地展开调查呢？我得迅速一点。回去后，马上就去图尔贝伊-塔尔特。这个马耳他女人真的很美妙。只可惜他的老公一直盯着她。可能这样让她兴奋……

"有一点意大利血统，这是肯定的，腓尼基也有可能，还会有阿拉伯的血统，一点犹太人的血统。"

布鲁诺吓了一跳。他已经忘记他向维奥莱塔问了什么。她的先生却回答了问题。一个上了点年纪的女人，穿着黑色长裤和白色上衣，带着一副大大的黑框眼镜，朝着他们这群人靠了过来，满脸笑意。

"这是马耳他最危险的女人，"维奥莱塔的丈夫一边大声说着，一边热情地拥抱着她，"玛丽·德洛努瓦每周都会在

《独立报》上为我们的社交生活写专栏文章。"

"既残忍又才华横溢。多亏了她，我们都成了名人。"里法特扑上去搂住了她的脖子，而她这个"长舌妇"正从包里掏出相机，要在场的男性和那个法国女孩围着三姐妹一起照张相。布鲁诺建议玛丽·德洛努瓦和她的新朋友们站到一起，他来替她照。他确定了黎梵特在镜头里。

圣阿洛伊修斯学院，比尔基尔卡拉，马耳他

所有人都叫他彼得神甫。

彼得神甫马上就答应了见布鲁诺，就在耶稣会难民服务处的办公室里，这个服务处是八十年代成立的一个国际性组织，当时刚好发生了东南亚出逃难民沉船的悲剧，服务处就设在圣阿洛伊修斯学院。这所学院一百年来一直是培养马耳他精英的地方。神甫们给学生的是完全的基督教教育，还有社会生活的入门知识，带着点"英国"味道，学校石灰岩的楼房四周都是运动场，供学生们发泄他们旺盛的精力。自二零零二年以来，彼得神甫的首要工作是关注被风和海流送到岸边的非洲移民。他把耶稣基督带到所有的营地里，在那儿，从海难生还的人有时得等上好几个月才会知道命运将如何安排。他为他们辩护，而他的一些同胞却把悲剧看成是新一轮的入侵。

一位非政府组织的志愿者，三十来岁的法国女人在学院的大厅里等着布鲁诺，一言不发地带着他穿过迷宫般的走廊，一直走到神甫的办公地点。

这位耶稣会会士比他高出一个头，很瘦，近似于饱经风霜的那种人，穿着英国牧师那种罗马领的衬衣，就在办公室里接见他，背后的上方有张黑白照片，是他的精神之父阿鲁佩神甫在日本照的，这位神甫曾经调整过教士们的工作，认为他们太偏向社会的特权人员了。

教会的老领导和彼得神甫长得不一样，但是他们的脸上有些共同的东西。彼得神甫，对照着他的导师，把自己当成一名上帝的士兵。他微笑着接待来访之人：在他尖尖瘦瘦的脸上闪过一丝温情，这张脸上短短的胡须已经全白了。精致的眼镜镜片后面，黑色的眼底点燃了一簇火花。他准备说什么，又突然打住，就好像他想先看看布鲁诺，这让后者有一种经受 X 光扫描的感觉。

"神甫，我来是想和您聊聊那个可怜的索马里人。我知道您的时间非常宝贵，我……"

"我能帮您什么？"

"这个人是在医院里被杀害的，就在病床上。"

"您是为这件事情专门从巴黎来的？"

"我们收到消息，说是有个'圣战'组织的网络，跟马耳他有关。"

"我看不出这中间有什么联系。"

"我也是。除非……这些移民是从利比亚来的。有可能他们……"

"您搞错方向了。但我可以帮您，只是我的能力非常有限。您有名片吗？"

布鲁诺递给他一张卡片，上面有他的电话号码。那个法国女人自始至终站在一边，噘着嘴一脸唾弃的样子，她准备陪着来访者出去的时候，彼得神甫抓住布鲁诺的手臂，陪着他朝着出口走去。他在一幅壁画前停了下来，是孩子们画的可怕的旅途经历。生者和逝者的色彩震撼人心。

"画这幅画的孩子们是生还者。他们看到了父母、祖父母还有兄弟姐妹在他们面前死去。真的让人非常惊讶，因为他们找到了一种用绘画来表达的方式，和教堂和墓地的墙上的画非常相似，让人想起曾经摧毁欧洲的战争、饥荒和鼠疫。您看看这处细节：这个穿着牛仔裤戴着太阳镜的男人，他是个蛇头，这个戴着帽子跳着舞的骨瘦如柴的人，是一个孩子的父亲。"

"我能想象您面对的各种情况。"

"我看到了从伊拉克来的基督徒，波斯尼亚的难民，而近二十年，是非洲和中东地区的人蜂拥而至。我认为您要在这些移民里找'圣战'组织的犯罪网络是错误的，我从来没听到过任何什么东西，从来没有，当然我可能弄错了。在土耳其是有可能的，这里，不会的。"

"神甫，您每天都去营地，就算您听到的可能只是一些传言，也请您打个电话给我。"

"我一定会的。"

"至于那个被杀害的小男孩……"

"是我发现的，在他的房间里。杀害他的人应该就是在我到的那个时刻离开医院的。"

"您没有发现一些不正常的情况吗？没有一点迹象？"

"什么都没有。"

第二天早上,兰贝廷打电话给他,直截了当地问:"你看了邮件吗?"

布鲁诺接电话的时候,正在找他的手表,一缕阳光从木制的百叶窗渗了进来。这么早,兰贝廷找我想干啥?

"几点了?"

"七点啦!我可以和你聊聊吗?你清醒不?是不是一个人?没有马耳他小女生在你床上吧?那么,认真点听我说。是关于你用苹果手机在晚会上拍的那张相片。我让人查对了所有人。刚刚收到了研究处的结果。整体来说,没有什么特别的,只有一个例外。"

"那个土耳其人?"

"黎梵特·德米尔。外交官。父亲是土耳其行政部门的一位负责人。他曾经在拉巴特①、贝鲁特和巴黎任职。一直都很收敛的一个人。负责一些技术性工作。他轻而易举地向部里请了假。加入了伊斯坦布尔的一家律师事务所。同时也会被原来的单位派出来出差。比如这次是为土耳其买房子,用于扩展外交网络。这个是他在马耳他的正式理由。"

"那么私下里呢?"

"这就得你来告诉我们了。他一直为土耳其国家情报署工作,就是我们的土耳其同行们。我们觉得,他在一些军人被

---

① 摩洛哥首都。

排斥之后上升得很快。你还记得两年前,土耳其人曾经秘密地把几个反对库尔德工人党的叙利亚叛乱分子送给了巴沙尔(其实是受他们支持的)吗?他们玩的是双面游戏,一直都这样。但是那次游戏玩得很惨,所有交换的囚犯全部被处决了,两边都一样。是黎梵特·德米尔负责这件事情的。可以想象,他去马耳他可不只是为大使先生选墙纸的。想想办法,多弄点信息。"

"只要有新消息,我就打给你。"

"还有件事……"

"什么事……"

"你相片上有一位年轻女子。"

"爱玛·圣科莫。一名女大学生……"

"黎梵特·德米尔上个周末带她去了伊斯坦布尔。你得了解了解他为什么这么做。"

15. 卢巴,机场贵宾厅,马耳他

布鲁诺从马耳他打来了电话。恰逢其时。有些时候,返回的黎波里的想法会让我很焦虑,尽管我已经下定决心不会改变。我极少和莉姆说这事,而她无意之间却触动了我一定要下定决心,不能在这些粗野人的面前推卸责任。我不希望以后有机会让她指责我曾经如此怯弱。布鲁诺返回巴黎前会在瓦莱塔待上三天,我建议他在马耳他转转。第三天,我们在机场的一间私人会客厅见了面,这个厅是专门供他使用的,这样我不用出国际转机等候区。刚好可以掩人耳目。一位女服务员把我带到会客厅,他正在那儿一边看报纸一边等我。我花了几十秒的时间才认出了他。他的脸并没有什么变化,但是眼神却不一样了。生活总是急于熄灭那些不再年轻的人眼里的火花。

我们先是说了一堆个人的生活情况——他离婚了,有两个女儿,而我依然丧偶独居,他的父亲刚刚去世,我们各自的职业原本应该拉开我们之间的距离,而事实却是让我们更加亲近了。我告诉他遇到一位土耳其老朋友的儿子的经历。有好几次,我觉得他对我说的东西没什么兴趣,但我也不太确定。他的眼睛盯着那些起飞前在跑道上滑行的飞机。我本来没法说清楚他到底是在思考问题呢还是真的心不在焉。当我说到见到穆萨少校的时候,他突然抓住我的胳膊:"对了,你说的那个土耳其人叫什么?"我回答说:"黎梵特·德米尔。"他跳了起来,一束光亮在他的眼神里闪过,他贴了过来。

现在是他在向我解释来马耳他的目的,是因为有线索显示,'圣战'分子可能会在巴黎组织一次甚至多次恐怖袭击。他刚刚得知需要关注的那个人叫黎梵特·德米尔!布鲁诺去免税店用他的名字买了部手机,然后交给了我。我只能用这部手机和他联系。他希望我能够把那些鉴定过的文物清单和它们的简介发给他,他可以把这些资料转给国际刑警组织,还要我把和穆萨少校和黎梵特见面时搜集到的所有情报都给他。

就在要和他告别去搭乘返回的航班的时候(我坚持必须在莉姆放学前到家),我想起穆萨和他的助手们经常用阿拉伯语私下交谈。我不会说阿拉伯语,但是我还是听明白了他们在说什么。穆萨并没有觉察。他们曾说到一群法国人要过来，大概是一些黑人，从巴黎经突尼斯过来，他们不知道该怎么办。本来他们想把他们送到南部的游击队基地，但是那儿已经人满为患了。他们降低了声音继续说着，我非常清晰地听到穆萨最后说："你只用把这些黑鬼送到'突尼斯人营地'，就在塞布拉塔①！"就是因为他们提到了塞布拉塔这座古城的名字才引起了我的注意，这座古城是腓尼基人建立的，后来成了罗马的一个重要的商业中心，它的标志是行会大厅里那幅超级漂亮的大象的镶嵌画。离开布鲁诺的时候，我们又重新体会到一点点我在索邦大学教书最后那年短暂的默契。他向我解释他得去参加一个从海难逃生的索马里女孩的审讯（她的弟弟被杀害了），审讯是在马耳他的移民局，走的时候，他说会等我的消息。

16. 移民局资料，马耳他

一名法国警察旁观了审讯，但是不能提问。

表格

姓名：哈碧芭·法季

移民局编号：087-FKG

移动电话：214 73 260

（无成人陪同的未成年人）

出生日期：16-4-99

----

① 位于利比亚港口城市的黎波里以西60公里。

年龄（已满）：15

出生地：埃尔达尔，下谢贝利，索马里

婚姻状况：未婚

民族：迪尔部族

最后职业：清洁女工（的黎波里）

您父亲的年龄和职业？"我的父亲四十二岁。他曾经是名农业工人，在一家农场做事，农场遭到民兵部队的袭击。战斗持续了很长时间，最后农场被占领了。农场主和他的家人全部被杀害了。我的父亲和另外一些工人被抓了起来，被他们劫持了。我没有他的消息。"

您母亲的年龄和职业？"我的母亲四十岁，生了四个孩子，没有工作。农场遭到袭击的那天，我和母亲还有兄弟姐妹们都躲到了村子外面。"

您有母亲的消息吗？"最后一次见到母亲的时候是在路边，她受伤了，流了好多血。民兵带着被俘虏的人离开村子的时候，母亲从我们躲藏的地方跑了出去，我的两个妹妹跟着她一起跑了出去，她冲向民兵，请求他们放了她的丈夫。她扯着怀中的妹妹们，哀求他们看在仁慈真主的分上饶了所有人的性命。民兵们用机关枪回复了她的请求。妹妹们被打得粉碎，妈妈倒下了。父亲在小卡车上号叫着。民兵用枪托把他打晕了。我和弟弟一直躲到天黑时分。民兵就待在我们家里。他们在组织庆祝活动。我们听到他们在喊叫，在唱歌。真的好可怕。深夜三点的时候，他们走了。我们决定回家去看看，房子被毁掉了，和街区其他的房子一样。我希望能够找到祖父母。村子遭到袭击的时候,他们去了市场。我们只找到了祖母的尸体,全身赤裸,满是血。祖父被砍得体无完肤,头都快被砍断了。他的头就那样吊在脖子上。空洞的眼光看着我,对我喊着快走,快点走,走得越远越好。"

你们是怎么到利比亚的?"弟弟说应该往北边跑。我们避开了摩加迪沙①的主要街道。只要一听到汽车声响,我们就躲起来。那天,我们看到了好几次小卡车装满了民兵。来回两个方向都有。谨慎起见,我们决定只在夜里赶路,而夜里也不会那么热。整整两天,我们什么东西都没吃。我们曾经遇到了一辆联合国的卡车,但是没有人看到我们。第三天,我们在荆棘丛后的一棵槐树下睡觉。我醒来的时候,就开始大声叫唤,因为我看到一个男人正在盯着我们看。不知道他在那儿有多长时间了。他不会超过四十岁,他的小卡车就停在不远的地方。他问我们要去哪里。弟弟说我们正朝着北边走,要去找一位在那儿经营牧场的叔叔,索马里的北边有很多牧场。弟弟还具体说了叔叔是住在伊米市的。他假装相信了我们,说他也是去那个方向。他是个商人,叫萨迪奇。车子跑了一天一夜。弟弟就坐在他旁边,他没有和弟弟说任何话。而我坐在车子的后面,和两头山羊在一起。车子时不时会走在干枯的河道里,这样开起来更快。路上的植物不一样了,一条路进了山里。他走了一条石头铺成的小路,一直到一栋小房子前。我们下了车,我真的很想伸伸腿脚,我好渴。

---

① 索马里首都,第一大城市和重要港口。

萨迪奇告诉我们这栋房子是他的。他进去里面，很快就出来了，手里拿着把手枪，对准了我们，然后把我们关进了房子下面的地窖里。每天他会给我们茶和两张饼。只有一次，他给了一个饭盒，里面装着米饭和一点蔬菜。那天，他对我们说要把我们当奴隶卖掉。我们想他可能会把我们交给基地组织的民兵，他们就驻扎在更北边的山里。从到那儿的那天开始，弟弟就在刮着门锁四周的墙。他整天只做这件事，是用一个石块，他刮不动的时候，我就替换他。当我们知道他想把我们卖掉的时候，我们开始疯狂地刮墙。一天夜里，我们终于逃了出来，没有吵醒萨迪奇。我们沿着丛林中的一条小路走，后来到了一堵岩壁前，岩壁很高很高，好像根本就越不过去。

"我不清楚我们到底走了多少天。每天早上，我醒来的时候，就会对着美丽的景致祷告，那是真主的创造。清晨的祷告和风景的美让我充满力量。我们在干涸的山谷中前行，尽量避开房子和游牧民的羊群。我们穿过了埃塞俄比亚的边境而毫不知情。后来我们被埃塞俄比亚军人的巡逻队抓住了，他们把我们带上了吉普车，审问了我们。当时我们非常虚弱，我勉强有力气可以说话，我们讲述了自己的经历。当他们问我们想去哪儿的时候，我们俩异口同声地回答去欧洲。那是我们第一次提到欧洲，也是世界上我们唯一想去的地方。两名军人建议我们为他们工作。他们答应给我们钱可以买汽车票去苏丹的边境。我和弟弟被分开了。弟弟到其中一名军人的家里种地、看护羊群，而我在另一名军人家里做事，在一个叫博洛湾的城市旁边。就这样过了好几个月。我和弟弟每周见一次,每次见面我们都想着后面该怎么办。是他向老板们提出每个月给我们一点钱,作为买车票钱的一部分。经过了很长时间的协商,他们答应了,对他们来说,这钱根本不算什么,就是一两个比尔而已。我一整天都在做事。没有一分钟时间休息。做饭、洗衣服、做清洁。他们对我不好也不坏。我得做事。他们不是穆斯林,而是东正教教徒。我情愿在他们这里干活,好过去民兵那里。有一天,弟弟没有来赴约。一定发生了什么事情。我的老板只是简单地说他跑掉了。

"当天晚上,我拿出藏着的五张钞票,把它们卷到头发里,然后我也逃跑了。我到了亚的斯亚贝巴①,路上经历比较艰难。在大街上,我遇到了一位女士。她是天主教修女。她把我带到了圣若望兄弟会。在那之前,差不多有一个多星期,我都是睡在大街上,在垃圾堆里找东西吃。我在兄弟会待了好几天,好好休息,好好吃东西,后来她给了我一张去喀土穆②的车票、一点钱和她的一位苏丹女友的地址。我上车的时候,修女拥抱了我,还对我说'慢慢地,蛋会长出脚来,就会自己走了。上帝保佑你,哈碧芭。'

"在喀土穆,我没能找到她跟我说过的那位朋友。我被这座城市吓坏了,但是正是因为这座城市太大了,所以没有人会留意到我。我在偷椰枣的时候被一个杂货店老板抓住了。

---

① 埃塞俄比亚首都。
② 苏丹首都。

他威胁说要打电话给警察。我害怕得直发抖,忍不住不停地哭。他建议我为他做事,晚上就睡在店铺里。我就睡在地上,每天可以得到一个饼,时不时还会有一个芒果或者柠檬。我还得做他要求我和他一起做的事情,但是我仍然是处女。有一天,在他的店门口,我看到了弟弟。伟大的真主!我身上还剩一点点钱,几个苏丹镑,几乎就等于没有,我离开了店铺。弟弟把我带到他在阿兹哈里街区自己用木板搭的地方。他跟我讲了他的经历,他遇到了几个索马里难民,和我们一样的人,他们认识一个蛇头,准备偷渡去利比亚。我弟弟身上有点钱,他在一个市场做过工,还在一次因水而引起的骚乱中参与了洗劫,但是这点钱还是不够。他把我介绍给蛇头,一个索马里理发师,大家都叫他约翰尼,据说他在亚的斯亚贝巴市中心有家理发店。约翰尼马上就答应帮助我们,让我们一起坐车去的黎波里,条件是我到了那儿以后要为他的朋友们工作。

"旅途很糟糕。没有汽车,只有一辆破卡车。我们差不多有五十来号人,男的,女的,还有孩子,全部挤在车后面。天气出奇地热,我们都快要渴死了。路很长,我觉得我们可能有两三次到了埃及境内。车子在两个国家之间的道路上拐来拐去地朝前开着。下午将尽时,卡车停了下来,所有的乘客都下了车,大部分和我一样是索马里人,还有厄立特里亚人和两个苏丹人,大家得靠自己的双腿往前走。好像是因为有可能会遇到突击检查。晚上,我们就睡在临时营地里。一个为约翰尼做事的人过来找弟弟,找他要追加的费用,据说是因为边境那边有问题。弟弟在喀土穆的时候已经付了六百五十美元了,他还剩一百五十美元。他不得不把一半的钱给了那个人。

"我们终于步行穿过了边境。差不多走了三个小时,而且是在深夜里。早上,一辆利比亚的卡车来接我们。轮到我上车的时候就有了麻烦。利比亚人说我没有付车费。他和弟弟在车后面聊了很久,幸运的是弟弟打通了约翰尼的手机。他正在自己的店里,他下了命令,然后我就上了车。利比亚人说到了的黎波里之后,我得听他的安排。我向他保证会做他的女佣。在茫茫的沙漠里,卡车坏了,刚好旁边也有一辆被废弃的残旧小客车,可以看到里面有我们那些被遗弃的兄弟的尸体,已经成了干尸了。我不想表露出我的恐惧,但内心深处的我却在哭泣。当时我差不多确信我们也会在这辆卡车旁边死去,和其他人一样。弟弟寸步不离地守着我。没有他,那一天我肯定死掉了。我感觉头快要爆炸了,肚子很难受,我发着烧打着哆嗦,而且我还非常渴。弟弟在索马里的一家修车行干过,他终于帮司机把车修好了。卡车在"轰轰"了很久之后,马达终于重新启动了,那个时候,所有人都高兴地号叫起来。我也和其他人一样,大声喊出我的开心,然后我哭了。

"我们终于到了库夫拉①,但是我们没能进入城里,城里面有两个部落(图布人和祖瓦亚人)正在交战,就在市区中心

---

① 利比亚东南部的绿洲群。

地带对峙着。一些房屋被烧毁了，人员伤亡很多。一部分居民住到了城外，我们和一个埃及车队一起被困在了原地。车队有好几辆巨型卡车。车队的头头们自行组织了起来。他们安排了哨兵，日夜轮流守护着车辆。我们在椰枣树下安顿下来。有一天，我看到弟弟在和一个走私商人聊天，他说那是个埃及人，而我觉得他应该是卡塔尔人。那天晚上，弟弟让我把头发给剪了，穿上男人的衣服。埃及人需要两个男人给他们做饭。我把头发卷都剪掉了，弟弟买来了男人的服饰。就这样我们两个当了半个月的厨师，直到道路终于重新开通了。弟弟和商人们商议，让他们带我们去的黎波里。他们答应了。旅途上，我们得知他们是为的黎波里一个极端分子酋长送武装物资的。我们一下卡车，弟弟就按照理发师约翰尼留下的号码打了电话。一个人过来接我们，把我们带到离机场不远的一个农场，那里差不多有一百来个索马里人。管事的人一看到我就大叫了起来。本来答应是给他送个女人来的，而他面前却是个精疲力竭的男孩。弟弟向他解释一路上发生的事情。他走到我身边，要我给他看我的乳房，然后他就笑了。三天后，我开始在穆萨少校的厨房工作，等着我的头发长出来，也等着他对目前身边两个宠儿厌倦的时刻。我们在穆萨少校家里待了三个月，直到有一天蛇头打电话给弟弟说当天夜里就出发，我们就跑掉了。为了偷渡，我们付了两千美元。每个人两千美元。弟弟付了所有的费用，我不知道他是怎么弄到这些钱的。

第三部分

爱、死亡、言语

1. 美国大使馆，的黎波里，利比亚

长官穆萨的候客厅里发出一阵连发射击和爆炸的嘈杂声，和机场那边传来的间歇性的爆炸声遥相呼应。那是警卫们发现了《陨落星辰》[①]新出的一季，一整天都在边喝茶边击退入侵者。他们紧紧地攥着平板电脑不停地号叫着。天都黑了，他们却毫无察觉，花园里的照明系统自动开启了，月亮从大使办公室的上方升了起来。

穆萨独自一人待在昏暗之中。他想着革命，想着革命带给他的一切。比他期待的更加称心如意，特别是在他忍受所有的经历之后，这种满足简直是让人觉得不可思议，尽管有时候他思量着自己可能不能活着走出这座该死的住所。

让他烦的事情很多，其中之一就是那些无人机。

到处都是死亡，它可以毫无征兆地在任何时刻出现。目前，死亡被他掌控着，像一条狗一样听话，但是，又觉得它在他周围有点太放肆了。

在噩梦中，他看到自己被从云层里下来的"终结者"烧成了焦炭。

梦中的景象把他抛回到九十年代。这种发自肺腑的难受，

[①] 由罗伯特·罗达特执导的科幻剧，2011年6月首播，共五季。

这种极度的憎恶，这种想死的愿望，全身的细胞都在收缩在痉挛，然后结合在一起，这种发自五脏六腑的憎恶造就了一个新的他：他又重新活跃起来了，同时，一些征兆也在腐蚀着他的生活。他看过的所有的医生，包括纽约人权观察的一位专家，都告诉他同样的结论：创伤后遗症。

他的身体再次经历那次被捕和被捕之后的事情。特别是之后的事情。

九十年代初的一个晚上，他从蒸汽浴室出来的时候，在开罗街头被绑架，就在穆巴拉克的警察们追捕穆斯林兄弟会的时候。他被扔到一辆车里。拳打脚踢，棍棒交加，浑身是血。他和三个穆斯林弟兄一起被押到一个不知名的机场上（后来他才得知那是地拉那①机场）。

我从利比亚逃出来就是要找到埃及的弟兄们。

我原本可以继续做卡扎菲的小警察，监视那些外国人。

格里莫和其他的人。

我和那些殖民蠢货们一起耗掉了多少时间，强颜欢笑，给他们去找威士忌、剃须刀……那一天，在开罗，我本来愿意付出一切，一辈子都做他们的走狗，给他们擦鞋，做其他的事情。和从前一样……

地拉那。机场被身穿黑色作战服的美国特种部队封锁了。穆萨看到了黎明的曙光，他全然不知他会忘记日夜的交替。天气非常热。他在栈桥下面被推着往前走，他不得不跑

---

① 阿尔巴尼亚首都。

了起来，没有意识到他的腿将他带到了一架飞机的入口，那是一架刚刚降落的 C-17 运输机，就在跑道尽头等着他。发动机吐着灼热的气流（提前感受一下在悍马的排气消声器下的感觉，后来海军士兵教会他如何在这下面呼吸，让他在穿着冰冻浴袍的日子里稍作"休息"）。C-17 运输机很快就起飞了。在官方系统里，它从来就没有在那里停留过。

飞机上装备了审讯室。它还在跑道上滑行的时候，棍棒就已经落在了他的身上。他再一次赤身裸体，满身是血，锁骨被打断了，两天没让睡觉，头顶着一个湿乎乎的袋子，哪儿疼铁鞭就会落在哪儿，最后双手被捆绑在 T 字架上，放到一个人形冰袋里。这仅仅只是开始。

别再萎靡不振了，冷静，你从人形冰袋里出来了，从巴格拉姆基地的塔楼里出来了，你是穆萨长官，能够用计谋对付美国人，你了解他们，他们也了解你，他们把你放了，你和他们一起并肩对战卡扎菲，你们现在既是敌人又是朋友，这是个游戏，你会输，也会赢，继续告诉记者们大使的房子里没有丝毫的损坏。再说了，美国大使在马耳他的地堡里说过啥来着？他说了，不要夸大事实，你保护了他的房子。有人跟你说了嘛，还说了好多遍。

穆萨拉上了窗帘，这样就不会看到那个像白种女人屁股一样的月亮了。他大吼一声，让侍卫们赶紧关了电脑，然后一起来总结一下应该要做出的决策。

很快就得选择了。是"伊斯兰国"呢，还是基地组织。目前，我脚踏着两条船。那些可恶的津坦①的家伙们纠缠不休。他们不仅有赛义夫②的支持，还想要石油和其他的。

当他想到晚上为朋友们准备的晚会，焦虑便烟消云散了。他已经全部准备好了。

一个新型肚皮舞的舞女。

她会在一袭绢纱后面表演（从一部老的黑白谍战片里偷来的点子），而他们则可以一边狼吞虎咽一边谈生意。

火鸡。

冷冻柜里没有鸡肉了。美国大使存了大量圣诞节用的火鸡，其实他根本不会在的黎波里过这么多次圣诞。他让给他做饭的黑人厨子把火鸡做成裹着面包屑炸出来的肉丸子。黑人很懒惰，但是做油炸的东西确实有一手。

他还准备好了如何回答大家会问的问题。

"这可是五星级的招待啊。"猫一般魅惑的阿马亚兹穿着一身浅色亚麻西装，好像凭空冒出来的一样。他这是把自己当成了奥玛·沙里夫啦③？衬衣上的细条纹让他的厚脸皮向上扬着。看着这个颇具贵族优雅气质的男人，很难想象他是个包着蓝头巾的野兽，在沙漠里散布恐怖。

"再来点火鸡？"

"这个比鸡肉还好吃，"超级阿里夸张地说，"还有你的这

---

① 利比亚西部城市。
② 卡扎菲次子。
③ 奥玛·沙里夫（Omar Sharif，1932—2015），埃及男演员，曾出演《阿拉伯的劳伦斯》《日瓦戈医生》等。

些酱汁,真的绝了……"

"这里有用不尽的储备。番茄酱、红辣椒酱、红辣椒粉、疯狂酱汁、鳄梨酱汁、塔巴斯科辣酱。"

他们躺在办公室的长沙发上聊着天,吃着东西,有时也会沉默不语,消化着食物。穆萨说了,这是一个放松的晚上。他没有说假话。在面前的矮桌子上,放着肉丸子、混合沙拉、好几碗辣椒酱和一杯冒着热气的茶。

穆萨依据前伊斯兰时期的一些入侵活动,组建了网络出售每天从大莱波蒂斯运出的古罗马雕像,他把自己当成了罗马掌管的黎波里塔尼亚的将军们的继承人。一些不正常的胡思乱想(他不会对任何人说的),甚至有点疯狂(可能会让他付出很大代价),但是可以消减他的焦虑。让他安心的是他在土耳其的一家银行用自己的名字开了个账户,还有就是格里莫的来访。黎梵特负责一切。黎梵特甚至还告诉我一位苏富比拍卖行的老人将要建立一个投资基金,支持我们的生意。

办公室的最里面拉起了一道绢纱的帘子,遮挡着舞女和三位乐师。蜡烛在铜制的灯笼里燃烧着。小提琴的断奏和滑音伴着舞女肢体的扭动,她脱掉了纱衣。黑色丝绒的胸罩上,银质的小亮片和珊瑚石碰撞着发出铃铛一样的响声,却罩不住丰满异常的肉体。摄像头对准了她的乳房,然后是胯部、肚皮和臀部的抖动,好像从身体的其他部分脱离出来了一样。穆萨借着一个滑音开始提起南部陆路上的武器供给问题。

"法国人很碍事,"阿马亚兹说,"我严禁我们的弟兄运用车队的方式运输。我们不得不防着那些无人机。"

"那些无人机，"穆萨叹了口气，"它们就像苍蝇一样，你听不到它们的声音，它们就从窗户进来了，然后就砰的一声！"

"无人机很强，同时也很弱。它们不可能监视整个撒哈拉。他们把无人机放到我们头上的时候，我们就小心一点。敌人强的时候，我就躲起来。我们只会开着伪装的车子从地下基地出来。我们只用一些加密的信息渠道，比如即时通讯'电报'，而且只是在情况非常紧急的时候用。我采用了一种很保险的邮件运输方式，是用摩托运送的。敌人弱的时候，我就进攻。只要一有机会，我们就把他撕碎。"

"他们坚持不了多久的，"阿里说，"他们的士兵都疲惫不堪，勉强有钱能够保证基本的物资需求。别忘了，对他们来说，汽油和煤油的供给已经成了大问题。上个星期，我在伊斯坦布尔。我们决定换换地方。目前，在马里我们很温柔的，只要施加压力就好了，我们要在他们那里搞几次小行动，已经筹备很久了。会让他们难受的。"

乐师们放缓了演奏。舞女放下了演出的纱帘。"这个女孩就是袭击啊……"阿里带着梦幻般的语气说道。

2. 萨布拉塔，利比亚

直升机从地面腾空而起，掀起滚滚沙尘。机翼转轮发出巨大的声响，座舱里无法交谈。我看着眼下的地面。我比约定的时间稍微早到了一点，穆萨刚好要离开大使馆，临时出去一趟。当他看到我的时候，我猜想他先是犹豫了一下，然后朝我打手势让我跟他一起上车。稍后，我上了飞机，经历了四十分钟的飞行，飞机一直沿着海岸线前进。这是一架俄罗斯产的米-14两栖直升机，几乎从来没有用过。卡扎菲买了大约十五架这种型号的飞机，但是他没来得及培训驾驶员。

直升机在沙漠的干燥空气里保存了下来，自从战争开始设定了禁飞区域后就没有用过。穆萨长官在一座废弃的军事基地里找到了它。当时，穆萨也开始准备针对西方世界的突袭活动。原俄罗斯军队里的技术人员有一些车臣人，加入了"圣战"，他们把飞机修好了，还重新装备了武器，并做了一些必要的检测。驾驶飞机的是一名埃及飞行员。我参加的是一次试飞，谨慎起见，这样的试飞也不会很快再有了。驾驶员做了几个示范动作，以显示自己的才干。直升机贴近地面飞行，处于一种进攻状态，它沿海岸线朝着塞布拉塔遗址的方向飞去。

是出于对我的尊重才有了两次飞跃这座古城的经历吗？飞行稳而慢，就在古剧场外墙的高度。

大海……它的广阔无垠几乎有一种催眠作用，荒芜的遗址……静默着……在太阳下凝固……这些消失的城市……

历史含糊不清。

9·11事件的那两架飞机，"圣战"的珍珠港事件，双子塔被摧毁，火光冲天，化为灰烬，就好比象征性地书写了纽约的死亡。伊拉克战争突出了一个国家的民主癫狂，它将战争带到伊拉克的血肉里，带到底格里斯河和幼发拉底河之间。从此一片混沌。到处都有城市在燃烧。

穆萨还是穿着他的背带裤,还戴了副一体眼镜,用一根橡皮筋固定着,压着他的眼球都突了出来。他命令飞行员朝着利柏耳·佩特神庙的一根柱子开火,那可是腓尼基的狄俄尼索斯,是我的塞维鲁同志的家族守护神。柱子被炸开了,倒下了。我情不自禁地想,如果有一天,"圣战士"不再只是拥有一架翻修的直升机,而是一些能够发射激光制导炸弹的飞机,飞到我们的城市上空来玩耍,后果会是什么样子。

我的一生致力于研究那些曾经辉煌然后消失的文明。而我更倾向于思考一些关于未来的问题,就像我刚刚在《世界报》上读到的一篇法国作家的文章,那位作家让人觉得很亲切,他思考着伊斯兰会不会让我们消沉的欧洲重获新生,就像基督教在历史上作出的贡献一样。

"格里莫!快看……那里,海滩上,那是些法国人,对,就是那儿,那一帮黑鬼,他们跟你一样,都是法国人……"

这是穆萨长官第一次用"你"来称呼我。螺旋桨的噪声太大,他不得不大声喊叫。一些人在海岸上练习射击。他告诉我这个海滩就是突尼斯人营地的训练点之一。

"我让他们一天换两个训练点!安全第一……"他让飞行员朝着他们俯冲下去。"圣战"学员们朝着沙丘逃窜。飞行员瞄准了其中的一个,追着他飞行。我们距离地面只有五米,重型机器掀起的风让他低下了脑袋。

穆萨让飞机停在他的办公室,就在游泳池旁边,以前美国大使就是这么干的。我们的会开得很简短。他催促我加快行动,因为黎梵特给他找了两条出售古董的渠道。"一条在伊斯坦布尔，一条在伦敦。买主已经排着队等着东西呢。"

我很着急想快点回去给布鲁诺打电话，向他做一个详细的汇报（直升机、突尼斯人营地的法国人），我用了好长时间才在拉斯杰迪尔过境点拿回了我的车。突尼斯军队非常紧张，他们过来支援海关，反复做着各种检查。一名警察告诉我，昨天晚上，一个恐怖分子在海滩上杀了二十来个英国游客。"甜蜜的生活"结束了。

我回到家的时候，天已经开始亮了。我碰到了出海打鱼的渔民们。我急急忙忙地往回赶，想着莉姆应该还在睡觉。我要给她做顿早餐。一杯热热的茶，盘子上放两个煎鸡蛋。我刚把脚踏上家门口的石板，又马上缩了回来。一只砍了头的大老鼠被钉在了雪白的墙上，就在两幅迦太基雕刻画之间。老鼠的头就在石板上，血肉模糊。有人用鞋底踩了它。墙上面写着红色的字："法国老鼠，滚出去！"

3. 瓦莱塔，马耳他

自从到了马耳他，布鲁诺就一直有种负罪感，总想着被他留在图尔贝伊的哈利。阮给他打了好几次电话，告诉他看到那个孩子了，不过是远远地。他让布鲁诺放心。"他没有我们想的那么脆弱……""你开什么玩笑，他还试图自杀呢！""就是啊，那事儿已经被他抛在脑后了。"

除此之外，没有任何其他的迹象。他又见了马耳他的同事们，在一家离两个难民中心都很近的网吧询问了几个索马里人，他还请爱玛·圣科莫吃了饭，是很偶然在共和国大街上遇到的。马耳他同事们说的还是上次那些事儿，索马里人都很谨慎小心。至于爱玛……

她一直隐藏在大学生的角色之中，非常"高兴"找了一份"很喜欢"的实习，在她开始吃奶油煎饼卷的时候，布鲁诺不得不提出了那个他一直急于提出的问题："您能告诉我，您和黎梵特去伊斯坦布尔干啥了吗？"她先狼吞虎咽地消灭了甜品，然后才答道："我不知道您是风化警察。"

她用嘲讽的眼神打量着他。一个小时之后，还是那张桌子，他们已经喝了好几杯浓缩咖啡了，是餐馆最后的两位客人，她终于给他讲了自己的故事。

从十六岁起她开始卖淫（开始做的时候，她还是雷恩的一名高中生），她的父母从来没有想到会有这种事，而她从来（"我说得很清楚，是从来"）就没有后悔过。"我忍受不了身上没钱。"

"有时候，对那些和你发生关系的人，你会有感觉吗？"

"我们现在用你来称呼啦？很好。没有，从来没有；我只是用我的肌肤蹭着他们的肌肤，我用手按摩着他们身上突出来的那个东西，还用嘴，用乳房，用我的阴道和屁眼，就这些，他们走的时候会因为我的服务付给我钱……所有人会和所有人睡觉。而我不会。我会选择我的伴侣。开始的时候，我帮人做家务以获得经济上的独立。有一天，我放下了吸尘器。这也没什么不好的，我有一种秘密的生活，就好像我是生活在地下状态。我为什么要告诉你这些呢？"

"因为我是警察，我在问你问题。"

"不知道你们最近都怎么啦。那个事务负责人也问了我同样的问题，就在昨天。"

"你跟他说了什么？"

"什么都没说。"

尽管天气很热，她裸露的胳膊和脸好像透着一种大理石的冰凉。她嘴中吐出的词语仿佛脱离了自己的生活，对她来说一点都不重要。关于黎梵特，她什么都没有透露，除了说他爱上她了。她会涨涨价。

他在瓦莱塔监视着太太的苹果手机。用的不是工作中的设备，而是一个手机监控的工具。非常安全，哪儿都可以买到。他非常清楚自己的行为实在低劣，但是他必须远距离看着她，了解她的情况。背着玛丽-埃莱娜看她的邮件，这是目前他和她之间唯一的联系了。

这几周，他察觉到他们之间的交流有点不一样了。性事更少，琐事更多。日常生活的平淡。

今天早上，她问他关于大女儿的问题，艾丽丝[①]好像希望受洗礼。

她居然问这个家伙而不跟我说。

女儿们离我而去，正在变成陌生人。她们这个年纪已经开始显露个性，开始改变，她们正在忘记我。我对她们一无所

[①] 布鲁诺有两个女儿，很少提及她们的名字。这里第一次出现大女儿艾丽丝（Alice）。后面出现了"大女儿"罗拉（Laure）和"另一个女儿"萨宾（Sabine）。可能是因为作者设计的布鲁诺的女儿为复名。

知。我觉得和哈利比她们更亲近。我想让她们背课文，帮她们解决作业中的难题，带她们去学钢琴或者体操，像从前一样。但是面对她们，我连一个字都说不出来。这个洗礼又是怎么回事儿？艾丽丝就快十三岁了。不论是玛丽-埃莱娜还是我都好久和宗教没有任何关系了。爱玛开始卖淫的时候是几岁？十六岁。三年后的艾丽丝会做什么呢？一个电话打断了他的沉思。"我是彼得神甫，我能够见您吗？有急事……"

"今天早上准备弥撒的时候，我想起了一个忽略了的细节。"

"您请说。"

"可能没什么重要的，但是……是这样，我在马特尔代医院发现尸体的那天，我到的时候看到一个奔跑的男人，他钻进了汽车，飞快地开走了……"

"您没有记下车牌号吗？"

"是一辆旧款的路虎揽胜，棕色的，比较旧。车牌：MAT211。"

"对于一个啥都不记得的人……"

"今天早上，我在《玛窦福音》里找一则资料，关于三王来朝的故事，他们到了马利亚刚刚诞下耶稣的房子里，送了焚香、没药和金子给她。对于我们来说，这个故事的编号是MAT2-11。这让我想起了这部汽车……"

半个小时后，神甫和警察一起进了内政部大楼，迎面遇见了岛上的警察局长,差不多两米高的大个子,一个因为他的个头和伪装的胆小而非常出名的大人物(他所管辖的警察局居然没有一辆车能装得下他)。仅仅只是一通电话的工夫,局长就把路虎揽胜车主人的信息和地址给了法国同事,他叫路易·卡米列里,是马尔萨什洛克①的渔民,住在海边一座比较偏远的房子里。

彼得神甫开车很紧张,与他平常冷静的教士模样判若两人。车在一条冷清的路上行驶着,路边是以前英军基地的车库,现在被改成了农业用房。突然,公路向海边方向俯冲了下去,变成了一条荒野中蜿蜒曲折的路。布鲁诺满眼充斥着茫茫海面反射的光亮。

"我们的对面就是利比亚、突尼斯,再远就是撒哈拉了。"对面有辆车开了过来,神甫一边放慢车速一边向他介绍。

"您看到刚刚开过去的那辆车的司机了吗?"

"太阳照得我眼花,我只专心看路了。"

"我看到好像是那个负责使馆事务的法国人。"

渔民的房子蜷缩在重新改造过的采石场里,就在一个伸出大海的岬角下面。一条车轮压出的满是石头的小路(至少有两公里)一直延伸到大门口,门敞开着。

"我知道他为什么要开一辆路虎了,这里就是世界的尽头。"布鲁诺说。

---

① 马尔萨什洛克(Marsaxlokk)是马耳他最南部的一个海港。

彼得神甫想找有树荫的地方停车，根本没有树荫。他们在仙人掌围成的篱笆间步行前进。神甫穿着教士服，在猛烈的太阳下大步向前走。天空和大地被阳光照得一片炽白。已经是正午时分，没有一丝风儿。几条狗走到他们身前，被炎热烤得精疲力竭，已经没有力气再叫唤了。

跟所有马耳他的房子一样，这座房子前面也有个平台。房子面积倒不是很大，嵌在峭壁的下方，围着一圈干土。石砌的矮墙划分出小块的土地。只有橄榄树闪着银光的叶子打破这风景中矿物质的美。"这里就是荒漠嘛！"布鲁诺说道。

"夏天的时候是荒漠，这有可能，但是春天的时候，这些地方都有种东西的。"

房子的后面，一个女人趴在游泳池的边上。一丝不挂，只戴着一副太阳镜。她右边臀尖文着一个小小的"卐"。神甫拉住了布鲁诺的胳膊，离着远远地咳嗽了几声，预示他们的到来。女人起身，围上了一条浴巾：

"对不起，我没有听见你们来了。神甫，您是来找人的吗？"

"打扰您了，真的很不好意思，我们想见见路易·卡米列里。"

"他前天晚上出海了，应该快回来了。我也在等他呢。你们快请进来吧，阴凉处会更加舒服一些。"

她把他们安置到开着空调的大房间里，然后出去穿条裙子。"您认识这位卡米列里吗？"布鲁诺一边环视着房间一边问神甫。极简抽象派的家具，很现代，是来自意大利的创造灵感。墙上是颜色鲜艳的基利姆挂毯。落地玻璃窗外就是大海。

"您知道吗,在马耳他,所有人都或多或少地相互认识,有可能他曾经是我在圣阿洛伊修斯中学教过的学生。"神甫回答道。

"这个女人呢?"

神甫仰起头看着天空。

"从来没见过,也没听说过。"

"您看到她那个……"

"我看你们肯定渴坏了吧……"

女人拿着一瓶柠檬水和三个杯子回到了房间,她说话的时候带着一点德国口音。身上穿着一条黄色的裙子,比较短,上面露出肩部,充分显出光滑如缎的古铜色皮肤和两条修长的腿。布鲁诺坐在沙发上流着汗,炎热让他非常疲惫,而眼前这条金发美人鱼让他有点困惑不解。在这座岛上,女人一个比一个更让我惊奇不已。我从来没想过一个渔民的老婆会是这样的,我一直以为会像桑岛上渔民的女人一样,一袭黑衣。他叹了口气,自己都没有觉察,然后开始自我介绍,用一种如梦初醒般的语气说道:"我们在找关于上周死在医院的那个非法移民的信息。"

"可怜的人们,真的是好可怕。路易有时候会跟我讲在海上看到的情景。当然,我们也不可能接纳他们所有人,神甫,您说是不是这样?但是,这些和我先生有什么关系?"

"好像他去过马特尔代医院,可能他能够给我们提供一些情况。"

"我知道他有一个老姑母住在医院里。一般情况下,他每周都会去看望她。"

"您先生每天都会出海捕鱼吗?"

"他会尽量多出海,这既是他的职业又是他的爱好,我们还有一家回收金属的公司,在布拉尼亚克,位于图卢兹的郊区。工作非常多,所以经常来回地跑。我也不可能像我想的那样经常见到他。"

布鲁诺和神甫准备告辞了,给女主人留下了电话号码。

"不好意思,我还没有自我介绍,我叫梅赛德斯,我知道,加上我的口音,这样说着有点傻。"

"您是在马耳他出生的吗?"

"我父亲是在德国汉莎航空公司设在机场的那个点做事的,退休后他去了黑森林,但是我奶奶战后一直生活在岛上。"

"还有一个问题。在我们之前有人来拜访过您吗?"

"没有,一个人都没有。幸好没人,让你们看到我夏娃一样的装束已经是非常尴尬了,神甫,是这样说的吧?上帝啊,我居然没有给你们拿薯片。或者你们更喜欢那些小小的橄榄,都是园子里产的,法国人特别喜欢小橄榄……"

当天晚上,梅赛德斯给神甫打了电话。痛哭流涕。不再说什么夏娃的装束,也没提小橄榄了。她先生的船在弗尔弗拉礁石附近找到了。船上空无一人。第二天早上,警察局把布鲁诺要的资料给了他。路易·卡米列里,五十二岁,职业渔民。有一阵子被怀疑私自贩卖金枪鱼（在大选之后警察局放弃了调查）。时不时会做点生意，和很多马耳他人一样是多重身份，曾经有两年代理过米兰的一个设计品牌，后来把赚到的钱都投资在法国的金属和汽车生意上。他和梅赛德斯·鲍曼是同居关系，她三十一岁，德国国籍，以前是做模特的，现在是无职业者。

4.图尔贝伊-塔尔特，巴黎大区，法国

在大塔尔特一周两次的见面会上，哈利告诉布鲁诺现在的氛围变得很紧张。针对那些戴眼镜的好学生的迫害越来越多。对象都是那些成绩好的学生，这些学生从来不辱骂老师，也不会向学监伸手指做羞辱手势，更不会在厕所里吸食毒品。这种所谓平均主义的惩罚不再发生在学校外面了，比如以前就是在汽车站，现在是在学校综合区的地窖里。

沙拉菲教派继续负责道德作风问题，比如戴不戴头巾，和什么人来往，穿的裙子有多长，他们还为十六岁以下的男孩子规定了教育计划。让他们去上体操课，类似于新兵训练营那种，就在楼房旁边的荒地里进行。训练肌肉，做俯卧撑，做腹部运动。孩子们像虫子一样在绿色草地上匍匐爬行，还要被大胡子训斥，大胡子是可以替换的，他们都穿着豹纹运动衫，喊叫着指挥孩子们。

通往外面停车场的那条隧道整个变成了一个图书市场。书商们卖精装版的《古兰经》，绿色镶金的封面，都是利比亚或者埃及出版的，有阿拉伯语和法语的，翻译都是按照穆斯

林饱学之士所要求的那样,要防范"那些缺少科学诚实态度的东方学家"。

反犹书籍压得摊子摇摇欲坠,有阿拉伯语的,有法语的,还有英语的。甚至有带着插画专门给孩子们看到。隧道的入口处,"书商们"大声招呼着老顾客,介绍他们的书。一张桌子上全是塞利纳①的书。青少年们非常喜欢。无数盗版的《屠杀琐事》任人挑选。装着书的箱子旁放了一摞印着作者相片的明信片(相片是在默东拍的,消瘦的塞利纳刚刚流放归来,嘴角笑容初现,头发向后梳着,站在宝安大道25号丙的门槛上),只要买两本书就可以送明信片。

在历经两次火灾重新修葺的音像资料馆里,一间房子用于每周一的论坛,讨论"当代社会的重要问题"。其实问题只有一个,而且总是那一个,鼓动着越来越多的人星期一都往那儿跑:"9·11事件的巨大谎言"。诺贝尔文学奖得主达里奥·福②拍的片子,访谈俄罗斯将军、阿拉伯和匈牙利文人的纪录片,参加人员即兴发言,循环播放恐袭的图像资料:所有的这些都是围绕着泰瑞·梅萨恩③写的《可怕的谎言》那本书。

哈利经常会对布鲁诺说,小区就像一个装着玻璃墙壁的大笼子。所有的住户都会在楼房之间的小路上相遇,老远就知道是谁,但是看都不看对方一眼。保持距离是保证安全的

---

① 塞利纳(Céline,1894—1961),法国作家,擅长用日常口语写作。
② 达里奥·福(Dario Fo,1926—2016),意大利剧作家,戏剧导演,1997年获诺贝尔文学奖。
③ 泰瑞·梅萨恩(Thierry Meyssan,1957—),法国记者、作家。

准则之一，为了生存。布哈迪巴先生和哈利有好几次都在同一个书摊前肩并肩，就在卖《古兰经》的隧道里。他们互相认识，但是并不说话。

老人来这儿是为了打发时间，而小伙子则是眼观六路耳听八方，尽可能多收罗点免费书籍，然后拿去换另外的书。他曾经和一个闲逛的人用三大本精装的《礼仪全集》（带塑胶纸壳的）换了一本维克多·雨果的《笑面人》，袖珍版的旧书。

有一天，到了几箱新书。消息刚刚在小区的无聊中散播开来，来了很多人。哈利觉得有个人在他身后贼眉鼠眼的，正贴着老布哈。一个十来岁的小男孩正在从老人长裤的后口袋里掏钱包。哈利按住了他的肩膀，向布哈迪巴做了手势，三个人一起走了出来。钱包还在小偷手里（哈利拧着他的胳膊），小偷一边哼哼唧唧一边向老人道歉。布哈迪巴直直地盯着哈利的眼睛，含含糊糊地说了声谢谢。

自从这个小插曲之后，小伙子和老人家经常会一起坐在远离公路的一张长椅上，就在一个公园的门口，从这儿可以俯视山丘侧面居民区的楼群。哈利和他的善良深深地吸引着老人。他从来没有想过小区的一个黑人少年居然不是败类的后代。特别是眼前的这个，大家都知道他是为比拉做事的。小伙子总是一副热心肠，每次见面都会带一份小礼物。有时是一块巧克力，都是瑞士苏沙尔，他最喜欢的，有时是一袋椰枣，或者一本杂志，甚至有一天他还送了一个小小的银质镂雕的法蒂玛之手，老人把它放在钱包里，就是那个差点被偷掉的钱包，对他来说，这份礼物让他的钱包价值倍增，尽管钱包里经常是空的。

当老人独自一人的时候,他常常对自己说,小家伙的态度里藏着神秘,他就是叫他小家伙的,尽管如此,他最终还是接受了这份不理解,这并不妨碍他们彼此的好感。小家伙是怎么做到在这处地狱里生存的,我全然不知,他很强。他真的很强,所以他能够安抚他那些无名的焦虑。布哈迪巴不得不承认,他从来没有和自己的孩子有过跟哈利这般的交谈。

当他们俩在一起的时候,老人和孩子都是莫名地开心。哈利喜欢他是为了自己,同时也是为了他。他会长篇大论地解释理想中的足球队应该是怎样的(和他讨厌的圣日耳曼队完全是两码事),他会讲述安娜·卡列琳娜时代的俄罗斯的生活,还会说到关于狐狸的习俗,它们经常是夜里冒险来翻楼房的垃圾箱,而据他父亲说,那些垃圾大部分都会运回非洲。老人则会常常回忆塞提夫的童年,这让哈利非常想念自己的父亲,甚至想叫他一声爸爸。

布哈爸爸。

那个晚上,万里无云,月光如水。

老人坐在长椅上,眼睛并没有看着孩子,而是突然说到关于比拉的手下消失的问题,他称他们是"外国雇佣兵"。他一开口就后悔了。我发什么神经,为什么在孩子面前提及这些凶残的人?哈利眼睛直直地看着前方,目光迷失在同样模糊不清的楼群里:"只可惜那些混蛋很快就要回来了。"

"他们去哪儿了?"

"在利比亚度假。"

"你知道吗,他们让我害怕。"

5. 内政部,巴黎八区,法国

贝尔费夷路的一套三居室里,兰贝廷一边听着BBC的新闻一边和烤面包机较着劲。早上八点,有人按响了门铃。当他看到一名骑摩托的警察以立正的姿势站在门口的时候,他就知道一定没什么好事。"头儿,对不起,我刚从博沃广场那边过来,要告诉您八点半有个会议,在部长的办公室里。下面有车在等您。"

部长坐在办公桌的后面,三位合作者坐在对面。兰贝廷看到了一张熟悉的面孔,是同事布莱,一副疲惫不堪无精打采的样子。一张椅子空着,好像在等着他。一位顾问做了个手势让他坐下。部长勉强和他打了个招呼就让布莱发言了。

"兰贝廷,今天一大早就打扰你了,但是事情真的非常紧急。一名记者刚刚跟我们说,要在他的网站刊出一篇关于你那个部门的文章……"

"他想说我们什么?"

"我就直接点吧。什么都说,你的工作方式,你的手下,还有你的自作主张。"

"兰贝廷,我想我应该不是第一个说你是一个无法掌控的人吧。"部长接着说道,"时代变了,情报部门也应该跟着变。要集中精力关注网络,关注网上的社交情况,该结束那种老式的家长式的情报搜集方式了。我们应该身体力行,做出表率,注重工作的透明度可不是一句空话。解散情报局不是没有道理的。我个人还打了电话给这个网站的老板,这人你也认识。他说你做事越来越像一个以前的密探头目,他这样说也不是完全错误的。我向他保证那座别墅呢会尽快关闭,你的人会分配到更加常规化的部门里。这样,他就不会发表那篇关于你的文章了,而只是刊出一篇警察局重新调整情报部门的报道。"

兰贝廷很了解这名记者,是部长的密友,特别擅长煽动一些事情,来个釜底抽薪。这么多年以来,他把自己塑造成报界的一哥,后来我们才知道他和情报部门的人串通一气,索取机密资料……兰贝廷看着园子里的橡树,低矮的草丛中挺立的丁香如此不真实,那一大丛一大丛的绣球花和杜鹃花招呼着他,明天一早就去枫丹白露森林走走。

他服务过的那些部长的面孔在眼前闪过。他看到了其中一位的愁眉苦脸,另一位蓬乱的眉毛,还有一位戴着黑色毡帽满口南部口音,他听到了他们的评论,他们的俏皮话,还有盛怒之下的言语。当然少不了他们的个人嗜好。我还是可以自娱自乐的嘛。这间办公室从来都不是展现自我的地方,但是可以揭露心灵的秘密。心灵,这可是个了不起的字眼……兰贝廷还记得曾经和一个前任部长每天早上在这里密谈,向他汇报前天晚上刚刚得到的消息。都是关于一些秘密会面、私密饭局、阴谋策划、暗箱操作、男女关系、技巧手段和贪污公款之类的事情。这位部长虽然眼光里从来没有一点亲切的表示,却要求每天早上在开始工作前,必须向他汇报他将会在国会、餐馆甚至下一次部长会议上能够遇到的所有人的卑鄙行径。他总是从两性关系入手，胡吃海喝地收罗能够诋毁敌人声誉的信息，当然还包括朋友。其实他的前任们或多或少都这样，但是这一位，毕竟属于值得尊重的一位好好部长，他对这些乌烟瘴气实在是上瘾啊。

大部分这样的人都自认为很强大，从某种程度来说的确也是。而当他们离开舞台的时候，没有人会记得他们。兰贝廷把一九五八年以来当过部长的人的名单记得滚瓜烂熟。只有一个人的名字，他突然一下想不起来了，是滨海夏朗德省的一位国会议员，只做过很短的时间，叫什么来着，应该是在一九……这时，部长的声音把他从白日梦中拉了回来。

"所以呢，我让您今天早上把所有的同事都叫齐了，尽快把钥匙和电脑都交上来。告诉我你们离开的具体日期。我会派人入驻那个地方。至于您自个儿，由我亲自负责。您不会有什么损失的……"

部长总结了一下布莱关于刺杀的那份报告。兰贝廷站了起来。他宣布将按照部长先生的愿望去执行，那是肯定的，然后申请退出会议。

在院子里，他从远处叫来一名司机把他送到了别墅。中午的时候，团队的所有人差不多都被叫了回来。网上已经有了关于兰贝廷的传闻。"对一个警察头头过往的质疑？"有些人已经看到了。标题很吸引人，虽然不会有太大的影响，但是仍然不是什么好事。兰贝廷把情况简洁地说了说，并没有夸大其词：

"别墅要关闭，我们没有地方了，部门也即刻解散，这倒是不复杂,因为这个部门的存在本身就不是正式的,我们之间的关系都切断了。我们会有几天的时间收拾,最多几个星期。我请大家一定要非常小心。他们会想尽一切办法找我们的麻烦。"布鲁诺提到大塔尔特那个小线人的问题,他不能弃之不管,会让孩子处于非常危险的境地。"要保护我们所有的网络。继续联系您的线人,不要对任何人说这事。找图尔贝伊的局长一起想想办法,他是个好人。我给您留点资金。看看能不能把他慢慢撤出来,不能太着急。"

6. 多切斯特酒店,梅费尔,伦敦

黎梵特派人给我送了张突尼斯-伦敦的来回机票,还在南肯辛顿订了两晚的精品酒店。他有个销售网的人需要有所保障,坚持要核实是否有我的加入。我到达希斯罗机场的时候,外面正下着瓢泼大雨,不过天很快就放晴了,和突尼斯差不多一样热。我有二十年没来过伦敦了,上次还是来牛津基督教会学院主持研讨会。老邦普顿路上的咖啡馆和商店里,很多服务生和顾客都是法国人。到处能听到有人和我讲同样的语言这种感觉好奇妙,而昨天晚上,我在法国国际广播电台上还听到一些叙利亚和伊拉克的难民说拒绝到法国来。

我走出维多利亚和阿尔伯特博物馆[①]的时候,接到了黎梵特联系人的电话。下午茶时间,我在多切斯特商业长廊见到了他。长廊里满是全家出动的人,有印度的,有俄罗斯的,

---

[①] 维多利亚和阿尔伯特博物馆,位于伦敦,英国第二大国立博物馆。

还有沙特阿拉伯的。一对带着孙子的法国夫妇正在喝香槟。我花了点时间才找到联系人，因为我原以为会是一个年纪大而且不常与人来往的人，结果我看到的却是一个不到四十岁的男人，具有英国式的优雅气质，一个法国人，他叫弗朗索瓦-吉尔·德·费鲁日。

费鲁日的机灵劲很快让我觉得很亲切，而且他还恭维我，对我写的东西了如指掌。不仅仅是我的《亚历山大》，还有我的小随笔集《阿莱西亚的传说和事实》，是在八十年代出版的，只卖出了几十本。他甚至声称读过我发表在《考古杂志》上的文章。

他一边递给我名片一边介绍自己在网上开了一家文物销售公司，还和一家国际拍卖行有合作。在读完高等师范学校的文科预备班以后，上了很好的大学。"我被师范学校录用了，准备教历史。其实我也是一直非常喜欢历史的，不幸的是试了好几个不同的教育职位，您可能想象不到，我最后还是决定在商业领域找份工作。我们的学校真的很成问题，学生都不愿意学历史，我得另谋出路……"

费鲁日，这个名字我好像在哪里见过或者听过，我想起来了，是在迦太基圣路易大教堂里刻着捐赠者的大理石板上见过。那份名单有两百多个人，都是以前十字军的后人，一八九零年受拉维日里枢机主教的号召，捐资修建大教堂，用于存放圣路易的圣物（内脏存放在蒙特利尔，骸骨存放在圣但尼大教堂）。上个星期，我和莉姆还在那座空无一人的教堂里散步，地上铺着地毯，现在用于展览或开音乐会。

她从来没有进过一间教堂，问了我一些关于天主教礼拜仪式的问题，而且还再次跟我说起圣路易去世前皈依了伊斯兰教。我记得几个名字。贝利高尔家族，沙纳莱伊家族，科塞-布里萨克家族，萨庞家族，拉罗什富科家族……费鲁日家族，即使没有那么出名，也是板上有名的。很可能曾经有一位费鲁日家族的先人手持宝剑登上过耶路撒冷的城墙。

家族的姓氏和徽章被刻在主祭坛的周围，还有大殿的柱子上，随着教堂一直往上延伸，直到看不见了。这些曾经显赫的家族如今只会出现在经济杂志里。圣路易追随者的后人们有的活跃在法国金融领域，有的服务于美国的抚恤金体系，还有的为石油酋长们工作。一百年前，在修建大教堂的时候，子孙们还来过这里，在父辈们曾经生活的地方发发梦。如今，他们只想着钱了。穷人们的东征已经远去了。

费鲁日要了两杯香槟，他好像读懂了我的心思，对我说：

"我们不可能选择生活的时代，每个时代都既有好的一面也有坏的一面，如果我们想要生存，就必须去找那些能够挣到的钱。黎梵特并没有马上告诉我您也在同一阵线上。当他提到您的名字的时候，我就放心了很多。从来没想过他居然在学术界也有关系……"

"我和他父亲比较熟，他曾经在挖掘工作很艰难的时刻帮助过我们。"

"黎梵特跟我说过。多好的人啊……以您所从事的工作，应该非常清楚，极端分子正在毁掉所有他们能够毁掉的东西，幸好有您和我这样的人。我们向他们买的东西全部能保存下来，应该给我们发勋章……"

当他看到我在微笑的时候,一丝放松的表情闪过他的面庞。我以技术人员的身份回答了他关于"矿层深度"的问题。他希望了解遗址的细节,了解穆萨,还有他对"伊斯兰国"的归附,发货的频率,我告诉了他想要知道的东西,很惊讶自己并不是很反感。他知识渊博,轻松泰然,对利比亚的遗址非常了解,如数家珍。

"能坚持多久就坚持多久吧,至少够时间让我们敛一笔小小的战争财。同时,和大胡子做生意让我觉得很兴奋。这是我抗争者的一面。我跟您说吧:越是能够骗到他们,我越是觉得爽。而且……您知道吗……我们的大部分客户都是阿拉伯的亿万富翁。十九世纪,欧洲人洗劫遗址的时候把自己当成理所当然的主人,从某种方式上看,您和我,我们只是把原本属于他们的东西还给他们……"

"我们发现了所有的这些遗址。它们被埋在了地下,埋在沙子下面好几米的地方,完全被遗忘。"

"但是,我们把那些从遗忘中掏出来的东西全部偷走了。"

"是我们告诉这些国家他们本来的面目。没有我们的工作……"

"请您不要这样板着脸。您该不是抑郁了吧?"

我吓了一跳。布鲁斯曾经在开罗问过我同样的问题,那是四十年前了。

"算了,不要有这么高的觉悟,"费鲁日继续说着,"事实就是欧洲人认为什么都能做,可以独霸整个地球。"

聊了一个钟头，他说自己得走了，他在郊区有个晚宴，离伦敦有五十多公里。离开的时候，他给了我一个牛皮信封：

"这是给您的费用。"

"我并没有找您要这个。"

"给您的，您就拿着吧，别跟我板着脸就好了。就当是为您的冒险发的奖金吧。"

他消失在长廊嘈杂的人群里。我瞅了一眼信封里的东西：很多的钱。都是五百面值的。

我重新见到莉姆的时候，她很平淡地告诉我，我不在的这四十八个小时里，突尼斯发生了很多事情："极端分子砍掉了一个十六岁牧童的头，把头放在一个袋子里，让他的弟弟带回去给他的父母。一个炸弹炸死了总统卫队里的十五名军人。和利比亚的边境已经关闭，要关闭十五天。"

那天晚上，她说很想我带她去巴黎旅游。"乘着还有可能的时候……我觉得一切都变得太快了。"那是她第一次向我提要求。

7. 迦太基，突尼斯

春天在春雨和倒春寒的交替之间悄悄来临。我在塔马里小屋度过了整整一个星期。穆萨去了锡尔特①。"伊斯兰国"要提前对西方社会采取行动。他的上司们正在和利比亚同盟共

---

① 锡尔特（Syrte），土耳其东南部城市。

同商议准备组织反击,其中就有穆萨。穆萨显得比平时更加紧张,在上次见面的时候非常清楚地向我透露了这个情况。他笑着说要给我放一个月的假。我打了电话给布鲁诺,用的就是他留给我的那部手机,向他简短地汇报了我的伦敦之行。他说即刻联系国际刑警,让他们监视吉尔·德·费鲁日的举动,而我感到他有些不自在。我本以为他会有更大的反应。

这很可笑:我说起莉姆的时候总像是一位老师在谈论他的学生。我非常欣喜地看到她翻着我的书柜,发现了阿图尔·施尼茨勒[①]的书,坐在木凳上读了起来。放学后回到家,她就会穿上我在突尼斯一家时尚商店给她买的紧身裤,套上宽松的长外衣,把球鞋踢出老远,换上自己在网上买的高跟皮拖鞋。我真的好像重新看到了瓦伦缇娜,她的一举一动,甚至生活习惯,这让我怦然心动。我觉得自己很幸运。瓦伦缇娜又回来了。我生活的力量也回来了。身体记忆的幽灵在不断地扩大,它把莉姆和瓦伦缇娜叠加在一起。

我忘记了还有一些晚上,她回来得很晚,沉默不语,咄咄逼人。

学校关闭有三天了。反对本·阿里的呼声越来越高,时局让人担忧,主要是因为伊斯兰极端分子。迦太基非常平静,但是很多年轻人、中学生还有失业者都跑去突尼斯参

---

① 阿图尔·施尼茨勒(Arthur Schnitzler, 1862—1931),奥地利剧作家、小说家。

加示威游行了。莉姆更愿意待在房子里不出门。每天晚上，我给她准备一长串混杂着爵士和摇滚的乐曲。她躺着听音乐，也会蜷成一团靠着我，眼睛睁得大大的，一定要和我分享她脑海里闪过的所有想法和问题。有时候，她会和我说起她在革命中丧生的父亲，还有那个讨厌的姑母，守着希迪·布·赛义德的墓地。"如果有人想去拜祭，他们首先得付钱才能让她打开门。""莉姆，到处都是这样的，依附庙宇的那些商人……""别说啦，这个女巫只对巫术感兴趣。你不知道，她给人施巫术挣了多少钱……"夜晚在一部影片中结束。

今天早上，我打开窗户的时候，一阵春天的温暖气息涌进了房间。我们决定去遗址待上一天。我们登上了比尔萨山。一些人为了接待游客在这里建房子，囤积地盘。另一些则把垃圾随意扔在镶嵌画上。沙滩上，一些炭火堆还在冒着烟。我在废墟里寻找着往日梦想的沉淀，目光探寻着被火熏得黑黑的石头，探寻着古建筑的线条，我不发一言，只是伸出手臂指给莉姆看这些难解之谜的堆积，她也是默不出声，目光跟随着我的目光，我们就像正在翻动记忆深处气囊的两个游魂。

我想教给她很多关于她的国家的东西，从一个苏美尔的女人创建迦太基到一名罗马将军烧毁了整座城池，他面对自己点燃的火场泪流满面。在对未来的预知中，他看到了罗马在迦太基的火焰中燃烧，他开始自言自语。"我是个被诅咒的人"，他反反复复地说着，然后开始背诵《伊利亚特》。

当我想跟莉姆讲大西庇阿①的时候,她转过身背对着我,大步走进一条通道,仿佛受了阿图尔·施尼茨勒的启发,走在我的前面,要去赴一个迟了很久的约会,她长篇大论地论述着我们是不可能了解隐私的真相的。她受不了我那老师般的言语。我们从山上下来,走向汽车,两个人都不出声。就在我给她打开车门的时候,她目不转睛地盯着我,低声地说:"这座城市满是硝烟的气味。我受够了战争,受够了所有的一切,你不觉得你的周围臭气熏天吗?"

8. 塔马里小屋,拉马尔萨,突尼斯

我在太阳升起的时候起来了,把早餐桌子摆在了露台上,读着前天夜里的邮件,我给自己煮了杯咖啡。是我喜欢的"清晨的咖啡",浓浓的回味,深远悠长。早上的这个时候是属于我个人的时刻。海面上飘着淡淡的带状轻雾。几个渔民站在船上,慢慢远去。没有一丝风。空气暖暖的。大海和陆地仿佛凝结了,寂静让各种声响越发突兀。一只海鸥的叫声,马达的轰鸣声,水流声。我想起那个被我称作无名氏的迦太基人。

一九九四年的时候,就在我们现在住的这所房子旁边,发现了一个古迦太基人的大墓地,他的骸骨完好无损,和护身符一起装在石棺里,从埋葬他的土地里被挖掘出来。现如今被存放在迦太基博物馆。他应该是很年轻的时候就去世了,

---

① 大西庇阿(Scipion,前235—前183),古罗马统帅、政治家。

而且从表面情况来看，他身体健康。为什么会去世呢？他以前的生活又是怎样的？他会不会是莉姆的一个很遥远的祖先呢？她现在觉得自己既是腓尼基人又是阿拉伯人。

刚刚收到考古研究院的一位同事发来的邮件，邮件里说在贝格海姆（靠近上莱茵省）进行挖掘工作的时候，他们的团队找到了八副完整的尸骨，还有四条左臂。早几年的时候，也是在阿尔萨斯地区，一个大墓里发现了七条左臂。同僚们都是摸着胡子百思不得其解。七条左臂？"对于新石器时代来说，这些手臂也太多了，也说明在阿尔萨斯曾经有过非一般的暴力。"其中一位在一份报纸上发表了自己的看法。

我再次庆幸自己在拉马尔萨安顿了下来，远离世俗，有点归隐的样子，像大部分考古学家一样，不会再引起任何人的关注。我可以在这座自己选的又重新修整过的阿拉伯房子里随心所欲，享受时光。"还有啊，我非常喜欢我的房间，"莉姆昨天还刚刚跟我说过，"它的墙壁又高又白，它的窗帘，它的阳台，还有大大的浴室里铺着绿色和蓝色的马赛克。我感觉真的好像在自己家里一样，甚至忘了我到底在哪里。"

我给自己重新倒了一大杯咖啡，让太阳晒着我的后背；感觉自己像颗幸福的小微粒，小但是牢不可破，飘荡在人世间，感受着满是意外的幸福，真的很荒谬，特别在我这个年纪，我是再明白不过的了，这时街上传来叫喊声。我从露台的栏杆附身望下去，看到几个少年正在墙上涂着东西。我冲到了楼梯。他们像一群麻雀般四散开去。

我转身看着房子的外墙，好像是一些毫无新意的东西。

这群小流氓画了七根红色的阴茎，用带着弯刃的匕首穿着。在新石器时代，"七"已经是一个充满象征意义的数字了。要传达的信息也非常清楚。我心想，割了七个，这也太多了吧，未来可能会有更多的暴力。

我没有告诉莉姆，但她很快就跟我承认，她是被街上的叫声吵醒的。"他们说要把你的那个东西砍成七段……"她出去上学的时候，我很不放心，但是街区好像非常平静。我还是让她出去了，然后重新登上《世界报》网站，想多了解一点关于阿尔萨斯断手臂的事情。"没有直接的证据可以证明是一种同类相食的情况。但是，这里有显示出一些重复性的现象，经常可以看到的一些迹象，会让人推断尸体曾经被食用过[……]。断口的痕迹、切口的痕迹、刮骨的痕迹、咀嚼的痕迹，这些都说明尸体曾经被肢解，肌腱和韧带被切断，肉被卸了下来，骨头被打碎。脊椎骨被斩断，以便卸下肋骨，就像肉店里取'里脊肉'那样。为了取出脑髓，颅骨被敲碎了。[……] 那些软组织和骨髓最多的骨头，比如脊椎骨和短骨比较少，应该是被拿掉了。"

我突然听见大门砰的一声响，吓了一跳。是莉姆吗？已经回来了……她的衣服被撕烂了，脖子上有很长的抓痕，左手腕上还有一道裂开的伤口。她瘫倒在门厅的地毯上。我费了好大劲才让她说出到底发生了什么。她呻吟着，蜷缩成一团，像只受伤的小兽。

她在海岸边的小路上被袭击了，就在离家不到五百米的地方。她认出了袭击她的人，是三个人，都是住在塔马里小屋旁的渔民。我们平时和这些少年一直保持着真诚友好的关系。他们扯破了她的衣服，在她身上乱摸一气，谴责她是法国人的婊子。"我们会宰了他，法国鬼子，安拉至上，至于你，会被扔进海里……"

晚些时候，一些年轻人，应该是同一群人，他们又来了，在院子里扔了几只被割断喉咙的死猫。他们还进了房子，好像不再有丝毫的害怕。一个早上三次警告，这很过分。

我把莉姆牢牢地锁在房子里，出去街区转转，想看看我们是不是唯一的受害者。我遇到的第一个人是给我做清洁的女人。她走向我，跟我说不会再为我工作了。没有解释原因，也没有一丝笑容，平常的她一直都是非常活泼可爱的。"厄运……"这是她唯一愿意告诉我的东西，然后转身走开了。所有曾经被我当成朋友的人——在街边卖章鱼的老商人，街道管理处收垃圾的工人，地籍管理处的老职员，为了保护他的心脏每天早上都会步行两个小时——所有这些人以前都会抢着跟我打招呼，今天全都转过身去。鼠疫又回来了，不过患上鼠疫的人是我，我是那个不应该靠近的人。我坐在一条长凳上思考着。一辆车开了过去，司机咒骂着我。我感觉自己无能而又脆弱，没有办法保护好莉姆。

她已经平静下来了。我们把自己关在房子里，在厨房里开始讨论，尽量冷静地从各方面分析问题。两个小时过去了，一无所获，没有脱身的办法。我们进入了一个噩梦之中，而且，还会有更多的噩梦将接踵而来。是她第一个说到离开的。我决定打给突尼斯的法国航空公司，那个主任我勉强认识，可惜他不在。秘书告诉我需要我们的护照号码才能订两张去巴黎的机票。逃回法国是我们最后的办法了。莉姆既没有护照也没有身份证，而且她还是未成年人。我把头埋在她的肩膀上，我们都不出声，相互依偎着，像两个被焦虑钉住的苦行僧，脑袋里萦绕着不祥的想法。

她向我提议："你打电话给黎波里的朋友吧，他可能有办法帮我们走出困境？"我大叫着跳了起来："你疯啦！完全不知所云……那不是朋友，根本不是，你居然提出这种建议，简直是疯啦……"她靠着椅背看着我。这是我第一次这么大声跟她说话。我寻思着她的眼中是否有些仇恨的意味。我被自己的暴躁吓坏了，无力做出任何手势，甚至无法思考。突然，我想起穆萨给过我一个拉古莱特渔民的联系方式，应该是在第二次还是第三次见面的时候。"这个您会有用的，谁知道呢，如果有一天您想带些物件回去。您可以用我的名义打给他，他叫哈桑……"当天晚上，我们离开了屋子，就好像平常出去吃饭一样。

在拉古莱特，我很惊讶听到哈桑建议我把车留在渔民的停车场里。"我会帮你留着钥匙，看着点。我们得从希迪·布·赛义德出发，这样更好。我在那儿有另一艘船。更舒适，特别是比我的破渔船要快。"我们登上萨尔尼科·马克西姆号的时候，天已经黑了，这是一艘比较旧的老式快艇，比较陈旧但个头挺大的。是他向本·阿里的一位前任部长的儿子买的，只和"朋友"一起的时候才会用。哈桑要求一笔巨款送我们去马耳他。我没有选择，直接接受并且立刻付了一半的钱，全是现金。我手上还有伦敦的"客户"给的现金,很庆幸收了他的钱。

"您没有杀人吧?"这是哈桑问我的唯一的问题。剩下的事情,很明显和他没啥关系。当他看到莉姆的时候,立刻称她为"小姐",脸上的微笑明显在说:"好吧,我明白了……"他心情很好,即刻启动了马达,一名水手松开了缆绳。"天气预报挺好的,还有月亮,没有风,海上很平静。轻松得像游戏……"那是我一生中最可怕的一个夜晚。

莉姆和我坐在船舱的长凳上,紧紧地靠在一起。哈桑在船前用手机看着一部土耳其电影,由他的水手开船。我知道莉姆肯定在想我在想的问题。今天早上,我起床的时候煮了咖啡,还觉得自己是世界之王,而今天晚上,我们就离开了住所,什么都没拿,就带了一个旅行包,还有满心的恐惧。瞬息之间,我们就变成了和成千上万可怜的难民一样的人,横渡大海求生。船开了两个小时,莉姆觉得不舒服,我们转到船后的平台上蜷缩着,裹着毯子,避开风口。在船舱外也不会更冷,因为哈桑把船舱里的冷气开到了最大,而外面的湿气更重一点。黑暗沉浸在我们四周,无数的星星让夜空显得无比深远。夜空下只有我们俩。有好几次我好像看到了载满移民的小艇,我也不是很确定,而我们的路永远偏离幻想。我不想说话,什么也没说,莉姆一直紧闭双眼。

天刚刚蒙蒙亮的时候,哈桑把我们放到一个游艇停泊港,这个海港就在棕榈岩海滩酒店旁边,在斯利马[①]区,马耳他

[①] 斯利马是马耳他的购物休闲中心。

的海岸边。我把该给的钱都给了他,他马上就走了,也没有再和"小姐"打个招呼。酒店接待处值夜班的人并没有问我什么问题。我向他要了两间挨在一起的房间,还跟他说我们的船把我们放在了这里的港口,水手们去瓦莱塔解决一个技术性问题了。我提前付了三天的房费,还给了他一笔可观的小费。莉姆和衣而卧,不发一言。在她入睡前,我还是跟她说:"多亏了你,我们才能来到这里,如果不是你跟我提起穆萨,我不会想到这个渔民的。"她终于笑了笑,对我说:"晚安。"这两个字,这个浅浅的笑容,对我来说已经足够了,天亮了,我的阴茎是完整的,我拨通了房间送餐的号码,叫了一杯咖啡。

9. 西门尔塔大厦,拉德芳斯,上塞纳省,法国

西门尔塔大厦的办公室里,萨米·布哈迪巴给在图尔贝伊–塔尔特的父亲打了个电话,然后就一边看《金融时报》一边喝着特浓咖啡。每个早晨如此。认真仔细有条理地阅读,不仅仅只是关心金融方面的消息。在公司主席蒙莫索选拔他进公司的时候,就要求他做这种晨读练习:"在来公司的路上,就在车里,我就开始回复邮件。但是从家里出发前呢,就是早上七点十五分,我就开始看《金融时报》,从第一页一直看到最后一页。不仅仅是因为这是目前所有报纸里最好的,它还是最切合实际的,唯一让我们感兴趣的,同时,您还可以学到一种独特的英语,非常精准,和伦敦的朋友们交流的时候,一定得用这样的英语,这是显示他们能力的一种语言。

还得读星期六出的副刊，那里面全是他们生活的艺术。欢迎加入我们的俱乐部……"读完了《金融时报》，他又浏览了海湾地区的金融新闻，在电脑上瞅了一眼迈赫尔通讯社发的短讯，这是一家伊朗的通讯社。

蒙莫索把自己关在办公室里。这个钟点他应该是在给中国那边打电话，这是他最新的执念，他甚至把自己的钱投到了上海的一家"艺术与葡萄酒公司"里。领导们一边等着开会一边和早上的那些联系人打着电话。萨米认识所有人，和他们保持着礼貌的关系，他们都是文明人，同时又有点狂妄自大，身上穿着量身定做西服，都是每年两次特意从伦敦跑来的裁缝做的，一些"权势集团"的人。欢迎加入俱乐部，蒙莫索这样对他说。就好像他曾经那么想加入过……他们给了他通行证，那是他们活该，只是他们不知道，正是他们帮他变成了现在这个样子。

在开放的场地里，办公楼都还是空的。没有人在，做保洁的人都走了，而秘书助理们还没有来。拉德芳斯的大厦群在一层热乎乎的薄雾里巍然耸立。他看着这座炫耀的城市，成千上万的汽车在柏油马路上显得那么渺小。*这么多贫瘠的生命，他们自己也承认，车子——地铁——上班——睡觉*……他觉得自己拥有一种更高层次的力量，因为孤独而更加强大的力量，还有他的那些秘密让他拥有一种前瞻的眼光，能够预知管理和生意上的专业计划。他为自己确定了最高目标，野心是要重建一个全新的世界。*我渗入了堡垒里*。萨米对现状很满意，急不可耐地想要进入下一个阶段。

和其他的星期四一样,他在等阿齐兹从利雅得①打来的电话。绝对是纯工作性质的电话。西门尔塔在伊斯兰银行部门的投资收益非常好。蒙莫索在执行委员会上表示很满意,并且非常支持新的合作计划。阿齐兹正在和萨米一起为他准备一份关于在科索沃和波斯尼亚打通新的合作关系的材料。"一个新的欧洲向我们敞开了大门,"阿齐兹跟他解释过,"科索沃就是我们的特洛伊木马,之后德国、法国和英国都会追随我们的步伐。这是个未来市场,几乎没有限制,金融财富是巨大的……"

萨米需要这种能够听到阿齐兹声音的约谈。他能够感受到信任,就在阿齐兹那宽阔而浑厚的嗓音里,在声调的抑扬顿挫之中,在细微的变化里,从来不会有刺耳的声音,这声音里还有他的心照不宣。萨米非常喜欢他想建立一个金融王国的想法,而这种想法是来自他们悄悄分享的宗教情感。我们做的事情是在两方面进行的。和阿齐兹一起,我并不是在为一个富人的小群体工作,他们只想着自己的钱、自己的孩子,想着那些虚假的享乐,想着人世间徒劳无用、幼稚可笑的生活。他们的生活是悲惨的,永远都追着炫耀在跑,这种追求完全占据了他们的生活,甚至让他们忘记了自己信奉的上帝。他们只会收获惩罚。一阵高跟鞋的声音在走廊响起,朝着他的办公室而来,他听出了是蒙莫索助理的声音,感觉有些恼火。他想自己的惩罚到了,她还真的是个惩罚。玛蒂妮

---

① 沙特阿拉伯首都。

敲了敲门，没等他回应就打开门进来了，递给他一份邀请函，神色冷淡："参谋部长邀请布哈迪巴先生去军事学院。我刚刚向主席汇报了，他希望你能去。我希望我会被邀请……"萨米忍不住笑了笑，他的笑让玛蒂妮产生了误解。军事学院……有那么几秒钟，他的心脏跳得更快了。

10. 图尔贝伊-塔尔特，巴黎大区，法国

哈利半躺在软垫上，手边放着一罐可乐，身上裹着一件旧的针织套衫，眼镜架在鼻子下面，一条腿搁在另一条腿的膝盖上摇晃着，他完全沉浸在阅读中。他忘记了姆比拉老板，老板是昨天下午后半晌走的，哈利是少数几个知道他去了日内瓦的人，他会在那儿停留两个晚上，周末之前就回来。他决定借着这个机会在他的小窝里待够二十四小时。昨天晚上，他去超市买了东西。冷冻的面包奶酪火腿三明治，一份热一热就可以吃的酱汁大虾，两个牛角包，一根法棍面包和一大块牛奶巧克力。他躲起来独自一人过一天。没有秘密约会，没有人要去监视，而且老板还不在。

今天早上，他睁开眼的时候不用想着起床去面对小区的噩梦。朦朦胧胧中，他的父母正陪着他，在他身边走来走去，就像他们离开前一样。父亲是个爱说笑的人，长得很强壮。母亲很温柔，喜欢保护人。她非常漂亮（哈利觉得她长得非常像朱莉娅·罗伯茨，只是穿着黑色衣服）。他冲了一碗雀巢咖啡，听着新闻，不紧不慢地吃掉了牛角包，用手背擦了擦嘴，从迷你小冰箱里拿出了可乐，重新躺回床上拿起了书，地上

显然有些杂乱。他的餐具、热水壶、小平底锅和小奶锅都放在一个高高的木头箱子上。都洗得非常干净，擦得亮亮的。在这个小洞穴里，他变得有些过分的细心。刷子和鞋油是用来把鞋擦得铮亮的。还有一些手表、衣服、游戏机。都是偷来的东西，别人送给他的，他都存着，但是从来不碰。

他已经读了两个小时的书了，眼睛都没有抬一下。感觉挺好的。焦虑的煎熬消失了。他非常高兴终于读完了《安娜·卡列尼娜》，让他觉得全身轻松。失败的婚姻的故事让他有点迷惑，情不自禁地想自己会娶一个怎样的女人，特别想知道自己的婚姻会不会幸福，像父母亲那样。接下来的问题就是：他是娶一个非洲女人呢还是白种女人？他希望她的脑袋里想的东西不要像可怜的安娜那样混乱不堪，他不喜欢这一点。

尽管在好几个星期的时间里，是《安娜·卡列尼娜》帮他忘记了图尔贝伊的现实生活，他还是很宽慰终于读完了，能够开始看其他的书了。他还重新打开了书，再次读了那些非常喜欢的部分，其中就有托尔斯泰笔下的两个在乡村做事的年轻人。当他把这些段落念出来的时候，托尔斯泰的文字开始变化，并没有丧失原本的风格。他反复读了好几遍，试着用不同的声调，甚至用了非洲式的抑扬顿挫，纯粹为了将文字变成声音的乐趣。这让他觉得仿佛听到了生命在和他对话。他呼吸着干草的味道，夏天到了，他看到自己站在一个漂亮而胸脯丰满的农家女面前，他想娶她。啊！是个白种女人……好几个星期前他就开始背诵小说的片段了。读完《安娜·卡列尼娜》之后，他就翻开了维克多·雨果的《笑面人》。他读得很慢，不是那么容易的，有时候一页纸要反复读好几遍，有时候他会放下书中的故事去思考人物的生活，就像他思考自己的生活一样。维克多·雨果写道："只有会深思的人才是读者。"哈利就是一个会深思的读者。

　　腹中的刺痛让他想起昨天晚上没有吃饭。他把面包奶酪三明治拿出来加热，尽量小心不要烧焦了，然后坐在矮凳上。他曾想过，中午的这餐饭对他来说应该是个节日，但是奶酪烧化了之后变成一层难看的面皮，勉强可以吃而已。算了。他嚼着三明治的时候在想，如果维克多·雨果活在当下，他应该会有很多可怕的故事可以写。

　　上个星期，姆比拉老板让他叫来了图尔贝伊医院救护车的三名随车人员。医院是大周边地区非常重要的一个部门。两千病人。每天晚上都要抬出死去的人，腾出病房。如果有人去世，待尸体清洁穿戴完成和家属的告别仪式之后，就会让他们运送尸体，而他们在去殡仪馆的路上就会洗劫尸体。

　　在救护车上，这些趁火打劫的混蛋搜罗尸体上所有能够拿走的东西。项链、戒指、手镯、刻着姓氏的戒指、结婚戒指、穿刺处的饰物和私密的首饰。在他们口中，这种行为被称为"通行税"。司机和他们是一伙的。没有人可以不缴税就能从医院顺利到达殡仪馆。在深夜的车里，尸体要向这些混蛋缴税。几个月前，抢劫者中那个每根手指上都戴着戒指的人，在公共场所讲述了他爸爸的丰功伟绩。事情传到了哈利的耳朵里。他用了好长时间才明白是怎么回事，完全无法相信这就是事实。

这些抢劫者是在运送过程中行动的，他们拉上窗帘，借助小电筒搜罗尸体。吸食毒品之后，他们就有了胆子，在史努比·狗狗[1]的音乐声中手脚不停地做着事，汽车则从一座高架桥转到另一座高架桥，开向维尔瑞-雷丽思的殡仪馆。据说，他们有时还会一边虐待尸体一边号叫大笑，因为尸体也有不听话的时候，比如手指肿胀，婚戒取不下来。"抢劫一具尸体，无情的完结，"维克多·雨果曾写道，"一具尸体就好比一个被死亡翻转清空的口袋。"救护车的医护助手们是死亡的第一帮手，死亡带走了所有的一切。医护们也会有瑟瑟发抖的时候，就是当他们以为看到了尸体在动弹，其实只是因为司机驾驶过于鲁莽，有时也因为车辆颠簸导致尸体出现痉挛现象。膝盖从担架上露了出来，手臂垂了下来，或者一只手掌蹭到他们了。惊恐刺穿全身直达脑神经，他们又重新振作起来，笑着号叫着"疯克"安魂曲。死亡的影响缓了下来；他们叫着，高声歌唱着，吸着毒品，收罗着金饰，给尸体挠挠痒，看看他们还会不会勃起，把手指伸到女人的身体里，这就是生活。姆比拉老板非常满意这次见面，感谢哈利告诉了他这件趣事，还建议他们签了份合同。搜罗到的财物百分之三十归他。没有外快。

《笑面人》让他想起那些抢劫者。

《笑面人》又把他们从思绪中抹去。

---

[1] 史努比·狗狗（Snoop Dogg, 1971— ），美国说唱歌手、演员、音乐制作人。

哈利翻着书，认识着新的伙伴们，一个新生儿，是个女孩，从母亲冰冷的怀中被救了下来，一个男人有着动物般的名字，叫于苏斯，被自由驱使的一个人，一条拥有和人一样名字的狼，叫奥莫，这些人物将他和宇宙重合在一起。他看书看到了很晚，开始学习一个书中的场景，开始背诵，开始翻热酱汁大虾，然后接着看他的书。

接近午夜的时候，他掀起小窝上面的水泥板，走了出来。走在楼房之间，如此温柔的夜晚，音乐声从楼里飘了出来，他向远处走去，穿过了大道，看到森林的阴暗，他的思绪被碾碎了，就像天上的星星一样数不胜数。这一天过得不差，挺好的。他走了回来，溜回了窝里，刷了牙，睡下了，想起了布鲁诺。今天夜里，由他向父母道声晚安。

11. 古尔西-拉夏贝尔，埃纳省，法国

在别墅关闭后，兰贝廷要他继续见哈利，照看好他。"目前我们都在空职上。但是那个孩子你要负责的，我也要负责。是否需要你回马耳他去，我会告诉你的。别忘了，我这里还有别墅小金库的余款，如果有需要，完全可以负担你的费用，手续以后再补。"布鲁诺忍住了没有问他为什么对"以后"这么有信心，他出发去完成搬家的事情。他在楼下那家超市租了一辆白色的雪铁龙骏匹，开车的时候想起曾经和玛丽-埃莱娜一起走过这条路，那时候他是带她去见父母。

当他看到房子的护窗板全部关上了、外墙挂着"出售"的牌子的时候，心里还是吃了一惊。玛丽-埃莱娜和他分了手，

女儿们也在以惊人的速度远离他，他连房子也没有了，父母亲去世了，他们几乎什么都没留下。他从没有想过这么快就把这么多页都翻了过去。

兄弟们住在附近的村子，他们给房子做了清洁，和他说了一声就把需要的家具都搬走了。他们装了二十多个纸箱，文件、老报纸、坏掉的餐具和衣物，全是些没有用的东西，还有母亲的衣橱，爸爸一直没有扔。只要布鲁诺同意，清洁工就会开辆垃圾车来全部运走。

再次见到兄弟们的时候，聊得还可以。可能他们都知道这是兄弟之情的最后时刻了。

从现在开始，人人为自己。兄弟不兄弟的，大家都得自己想办法摆脱困境。

房子里的气味没有变，就是地上和墙上有硝石的痕迹，墙壁一直都很潮湿，一股子霉味。

布鲁诺开始把家具搬上小货车。三张不成套的沙发椅，两个皮软墩，一张樱桃木的矮桌，一个松木的小书柜，还是父亲在车库里自己做的。布鲁诺记得曾经帮他给书柜上过清漆。然后，他检查了厨房和进门处的壁橱，看看有没有双层的暗格。很久以前，他听母亲说过好几次，到法国后母亲继承了一些金币。他甚至检查了地板，主要是饭厅的木地板，希望能够找到一块活板。什么都没有，他禁不住想可能是兄弟们把钱财都拿走了。

他清点箱子一直到天黑。报纸、汽车的贷款资料、保险单、几十本旧支票本、母亲每天晚上用来记账的小册子，几份从报纸上剪下来的菜谱。一点个人的东西都没有，布鲁诺开始失望了，他下定决心看看装衣服的纸箱。有父亲穿破的衬衣、外套、长裤，还有他的内裤和袜子，还有母亲的内裤、胸罩、紧身衣、内衣、丝袜、四条裙子和一件套装。父亲都留着呢。

打开这些箱子的时候，布鲁诺感觉很不自在，仿佛在干涉父母的隐私。这有点像没敲门就进了他们的房间，意外看到他们正在做爱。

最后一个箱子底部，只有一条纹状的连衣裙，绿色和黄色相间，背后有大大的螺钿纽扣，让他回到三十年前。就是这条人造丝的裙子，下面打着褶子，大大的喇叭口，前面还有两个口袋，他们到克松吕去露营的时候，母亲穿的就是这条裙子（几天后国庆节的火炬游行，她也是穿的这个）。在克松吕的时候，大哥曾经说过"这个村子会让所有曾经在北非生活过的法国人都觉得万分的异国风情"（那个时候他还是有点幽默感的），他们度过了轻松愉快的两个星期，尽管在那个孚日山谷里，雨一直下个不停。他们一到那儿，父亲就开始搭帐篷，可不是件容易的事情，特别是自从离开塞提夫以后，那可是第一次，他几乎重新找回了笑容，他已经很多年没有笑过了。没有笑也没有哭。

布鲁诺去车上的手套盒子里拿了电筒。他刚刚突发奇想，可能会在那么一瞬间重新看到亲爱的妈妈，坐在手电筒的光束里，就像他记忆里那年夏天的模样（可能是梦想中的回忆，也可能是根据某张相片重塑的回忆，我那个时候还很小呢），妈妈非常漂亮、优雅，穿上这条裙子就像一个跳探戈的，哪怕是在洗碗的时候。但是布料粗糙了，变得僵硬，拿在手上重重的，不愿意再跳舞。回忆的火花没有如期而至。

他把裙子翻转过来。有东西重重地掉到了地上。一个用线封住的布质小袋子，装满了金币。他从没有见过金子。一瞬间，中学的回忆占据了脑海。中学的最后一年，他学过的一本小说中有个人物"在九年之后再次见到了金子"。他忘了书名是什么，作者是谁，但是记得这句话。啊，妈妈想到过我，他一边在电筒的光下数着拿破仑金币一边想着。我该怎么做呢？分了它？留着它？如果是他们，他们会怎么做？他们会全部留着的……

走之前，他突然非常想去一趟厕所。坐在马桶上的时候，发觉自己忘了看看父亲放置那些被他称作"厕上文学"的小箱子。箱子里装满了关于塞提夫的书。还有一些从旧的《竞赛画报》里剪下来的阿尔及利亚战争的照片。他把所有的东西都拿走了，一言不发地走出了房子。离开的时候，他在房子里转了最后一圈，用电筒的光束轻抚过所有的墙壁，好像在和每个房间告别，这里曾经是父母亲、兄弟们和他一起生活过的地方，他觉得房间从来没有如此美丽。这就是幸福吗？如果今天有人会问起这个问题，他肯定会毫不犹豫地回答说"是的"。

汽车上高速之前行驶在沉睡中的弯弯曲曲的乡村小路上，他开始觉得遗憾了，玛丽-埃莱娜没能和他在一起，在这辆几乎是空空的小货车里，他要搬运的东西实在是太少了。这是第一次他想到她的时候不再只是愤怒，更多的是伤心。没有想到，重访父母的旧房子让他如此伤感。他机械地开着车，感觉好像在雪铁龙骏匹里飘动，就像后车厢的家具一样，他没有找到绳子固定，所以一直在晃荡。尽管父母经历了很多的不幸，他们却成功了，而我们却在他们的成功之处失败了，这么想着的时候，车已经到了贝尔西门。他突然发现忘了去墓地一趟。我真的是一无是处，不仅拿了他们藏的钱财，还没有去向他们当面道个谢。

回到家他就把维基百科上关于塞提夫的文章打印了出来。"塞提夫、盖勒马和海拉塔大屠杀是一九四五年在君士坦丁省突发的民族主义、独立主义和反殖民主义游行示威后进行的血腥镇压，当时的阿尔及利亚正处于法国的殖民统治之下……"那天晚上和第二天一整天，他都在翻阅厕所里找到的书籍。父亲没有留下一处评注，但是他把关于法国人屠杀的段落全部划出来了。他耳边还回响着父亲说起这些事件的时候充满怀疑和后怕的言语，而父亲一直是一个言辞谨慎的人。他从来就没有表达出仇恨，只是重复着那些不解的问题，反反复复。他坚信自己是被赶出了属于自己的故土，祖先们曾经在那儿抛洒汗水，有时甚至鲜血。"我们和他们一样是阿尔及利亚的！"有一天，他这样对儿子说，虽然没有任何解释，但是他提到了他和阿拉伯朋友缔结的友情。"也同样是这些人掉转了枪头对准了我们。他们是和我们一样的人，他们的父亲曾经和我的父亲一起在咖啡馆里打扑克，我们从来没有对他们做过任何不好的事。"

既然上级让他休假，布鲁诺觉得应该去一下万塞纳的军事档案馆，自从他入职以来一直都没有时间做的事情。他应该感谢父亲：至少他可以多了解一点一九四五年在塞提夫发生的事情，父亲一直认为塞提夫是一切终止的起点。从某种意义上说，今天这一整天让他回到了起点，重拾对历史的兴趣，重拾在成长过程中自己曾经提出过的问题。很久以前，在和父亲进行了一次长谈之后，他带着所有的不解和神秘找过刚刚下课的格里莫，那时他还是索邦大学的一名助教。真可惜，我们在上次见面的时候没能聊起这些问题。

※

军事档案馆，万塞纳城堡，法国

他在堑壕的边上找了个位子停了车，惊讶地发现原来建筑如此宏伟。他向门口的一位同行出示了警官证，这个家伙他在部里见过。门警和他聊着这里的情况，"法国最大的王室城堡"。布鲁诺承认的确不太了解城堡的历史，他听说过城堡，还有圣路易在园子里橡树下的故事，是的，我甚至还读过勒戈夫[①]的书，书中写到圣路易把司法看作王权的第一要务，但是他一直认为这就是一种空想。对于一个曾经的历史老师，这种想法可不怎么地。他在戒备森严的走廊里游荡了一会儿之后就在阅览室坐了下来。

---

① 勒戈夫（Le Goff, 1924—2014），法国历史学家。

好几份材料都和塞提夫事件有关。勤务兵把他要的资料用一个带轮子的小桌子推了过来。第一天，他尽量以最快的速度浏览资料，一目十行，但是也不放过任何一页。电话的通话清单，每个小时的都有，事情的发展，上将们对于君士坦丁省暴动事件的汇报，报告上盖着"军官机密"或者"士官机密"的印章，好些关于平民精神状态的细致记载，有十九军第二办公室发出的信息公报，还有一些"信息员"的记录。

他完全埋首于阅读这些打字机打出的资料（有些还是蓝色的墨，打在很薄的书写纸上），全然没有发现时间飞逝。他在这一堆堆有时绑得不是很牢的材料中，发现了父亲、母亲还有其他亲朋好友的过去。然而，他又好似进入了全然不知的领地。画面上是成千上万骑着马的游牧民族，带着猎枪和马刀，被飞机上的机枪扫射，而那些穿着白衣服的受惊的欧洲人，就这样消失了。他很难想象父母的生活，那个时候他们还很年轻，和这些"土生土长"的阿拉伯人或者卡比尔人一起。他盲目地在记忆中搜寻着，只找到了他们的一些生活碎片，是由从卧室里抢救出来的少数几张相片拼凑而成的，而这些相片曾经被庄严地摆在那里，他思量着父亲该有多想能够封上这段历史，忘记所有的伤痛和耻辱。

布鲁诺从来没有问过他们。是不敢吗？是的，当然不敢。不敢打破父亲的沉默。也可能是他把自己的生活当成他们生活的一种延续，也没有什么可说的。他们的境况特别怪异——他们中有些人在那里生活了一个多世纪了，就像他的父母亲，而最终他们像刚刚到那儿的时候一样的穷苦——这种怪异可能让他打住了本来可以继续的探究。父亲的一句话闪现在脑海里："我们被打垮了,其他人也一样,就算他们认为赢了,因为赢了战争,但是这些永远都是不够的。"

他很快看到了塞提夫警察局的一份电话报告:"一九四五年五月八日,两点:编号550/2。在贝利高维尔,行政长官和助手被杀害,还有两个殖民地移民的后裔佩兰和罗德里格斯以及加入增援小组的两名法国狙击手。帕芒蒂埃夫人,塞提夫市政府的秘书,在驾车出游的时候被杀害……"资料中提到佩兰的被杀,布鲁诺听过好几次,总是以一种隐晦的方式。这人是父亲的叔叔。

另一份资料里,是"突然出现在马祖纳的一些煽动分子的名单,那是雷诺汽车所在的一个混居的城镇"(布克上尉的报告),他遇到了一个叫做布哈迪巴·贝尔梅海尔的人,又名比利姆·乌尔德·古纳。布哈迪巴……他好像听到谁提过这个名字,是谁呢?他把资料还给勤务兵的时候终于想起来了。当他问哈利有没有朋友的时候,在街区里的真正的朋友,孩子曾经回答过:"只有一个,一位老人家,布哈迪巴先生……"

第二天,阅览室开门的时候他就到了,甚至更早一点(他还有时间和少尉一起喝了杯咖啡,那是位年轻的博士生,负责管理阅览室),他重新拿起那些资料,浏览得更加仔细。他带了个本子来做笔记。所有的报告说的差不多都是同样的东西。屋子被烧毁了,移民的后代被杀害了,农场被很多带着猎枪和棍棒的人包围,空军也介入进来,进行恐吓,"爆炸和扫射的效果更好",成群的"游牧民族"骑着马,装备着猎枪、马刀和棍棒，移民的后代守卫着他们的农场，被凌辱的女人和女孩，尸体被毁坏。

这些作者还说到一些欧洲人，面对这股"力量"和"仇恨"，他们声称准备放弃一切，"很多移民后代不敢回到自己的农场，他们要求进行残酷的镇压。"他从来没有听过父亲用这种语调说话。从来没有。他搜索着哪些简单的词能够更好地诠释父亲说过的那一点点东西，把它们记到本子里：恐惧，不解，惊愕。

资料里完全没有提到暴动的原因，但是有注明"内陆地区苦难极深，营养不足使得南部大高原地区的人孱弱不堪"，有些人坚持"有必要进行深度的改革"，"有必要改善当地工人的命运"，这是所有人都认可的两个"必要"。"很多参加过两次大战的士兵被遗忘了，残疾士兵和受伤的士兵几乎找不到任何工作。"接着有一个例子，一个士兵截掉了两条腿，他一直等着军功章，而奖励给他的只有苦难。

轮到他非常震惊地反复看到事件的另一面。一个叫做迪瓦尔的将军很肯定地说："暴动很快就显现了圣战的特征，即吉哈德。"对欧洲人的仇恨，大肆宣扬民族主义，假借禁止穆斯林饮酒的名义创建秘密委员会，组织肃清法庭，列出支持法国事业的穆斯林的黑名单，还有好些署名"伊斯兰复仇者"的恐吓信，刺杀亲近法国的穆斯林。另一个分析家总结道："对欧洲人的仇恨蔓延，甚至针对老人、妇女和儿童。所有那些亲眼目睹过杀戮场景、目睹过残忍地毁坏尸体过程的人，都留下了恐怖的印象。"

所以一切都没有变化吗？一九四五年的塞提夫，二零一六年的巴黎：是同一场战争在继续吗？他想起格里莫曾经在课后对他说的话："费夫尔①曾写道，历史既是时间的女儿也是时间的科学。"冷静，别这么快做比较，费夫尔说得挺有道理的，小心谨慎不要痴迷我们的时代。好吧，但你是个警察，你在调查圣战者的活动，来一点背景知识也没有坏处……

他把资料还给了博士生，博士生剃了个光头，在走廊里边吸着电子烟边和他说着话。他问是否有很多人对"塞提夫"的资料感兴趣。"简直不可思议，"他回答说，"有不少年轻人，不仅仅是研究员和大学生。我给您看看名单，您一定会很惊讶，就近来这三个月……"来查看这些资料的人真的很多。在名字当中，布鲁诺发现了一个叫布哈迪巴的。"很奇怪，我在一份资料里见过同样的名字，他可能是革命的煽动者之一。""这个布哈迪巴，我还和他聊了几句呢，他是位年轻的金融家。他用手机扫描了很多资料。他知道他的一位先人曾经在事件中有过一定的影响。"

上到车里的时候，他思量着真的好想飞速回到父母家里，告诉他们今天在军队档案馆里读到的东西，和他们好好谈谈。还想谈谈后面的事情。因为法国也没有吝啬他们的残忍。而且还抛弃了那些和我们一起战斗的阿尔及利亚人。真

---

① 费夫尔（Lucien Febvre，1878—1956），法国历史学家。

的好乱……一声铃声告诉他大女儿发短信来了。"想跟你说话，很急，罗拉。"诶，她已经醒了吗？我有几个星期没见到她了；是的，但是我真的没有办法。他在启动汽车之前回复了她：我很快会打回给你，爸爸，亲亲。他回到巴黎的时候正是大塞车的时间，突然发现今天早上到了之后完全没想过玛丽-埃莱娜。最终塞提夫还是有好的一面的。

12. 美国大使馆，的黎波里，利比亚

珍奈特穿着一条土黄色的长裤，踩着连跟的帆布鞋，华伦天奴的T恤外罩着一件防弹背心，背心的腹部和背面都印着超级大的"媒体"的字号，她和几个意大利商人一起乘坐一架豪客比奇飞机抵达了蒸锅般的的黎波里。

她本应该会预料到的。心头的一阵刺痛提醒着她以前经常来这里，可能是太经常了，就在她和领袖交往的时候。不是一种感情的怀念，也不是一种后悔的心情，只是片刻的孤独感，对生活的无序和世界的荒诞作出的片刻思考。

机场仍然处于封闭状态，很少有飞机起降，但是她看到有土耳其的飞机（领袖倒台后，安卡拉的人和卡塔尔的人一样无处不在），她还看到几架大型图波列夫飞机停在那里。难道俄罗斯人回来了吗？在海关的出关口，三个大胡子拦住她，把护照翻来翻去反复地看着。

珍奈特回到的黎波里是想做一个独家新闻，希望能够采访这个地区的一位新的首领，据说是个精神病患者，和其他人一样，和所有历史上的罪人一样，他还占领了美国大使馆。

谁说我已经过气了?法新社罗马站的那个呆子。这次我要是能够成功:珍奈特回到的黎波里了,几个月里我都会显山露水……在哈碧芭的专题采访之后……

穆萨长官派来的一队民兵直接进入海关的管辖区,把女乘客带上了一辆黑色梅赛德斯轿车。

穆萨在办公室的地下层等着女记者,不停地在美国电视台和英国电视台之间换去换来的。英国广播电台反复地播放着关于二零零三年托尼·布莱尔站在布什一边向伊拉克派驻军队的访谈节目。关于珍奈特,助手告诉他是一位法国新闻界的贵宾。他神经错乱的脑袋里满是三组势力打桌球的景象。他和一位法国女士谈话其实是想向美国人表达一些东西,特别是美国中央情报局的人。只有一个目的:捡回一条命。为了达到目的,他得让他们明白,事实上他和他们是朝着同一个方向在努力。他占领了他们的大使馆并非一种偶然。有点牵强,不是很可信,但是他没有找到更好的说辞。

几个星期以来,焦虑在他头颅的混沌中织起了一张网。美国人越来越危险了,特别部队也采取了行动,而面对米苏拉塔城的派别和以前基地组织的朋友,他的个人境况也在不断削弱。此外,他还刚刚得知合伙人阿里和托布鲁克[①]的滑头们混在了一起。

无独有偶,他的一个表兄还给他的手机发了一张相片,相片上领袖的那位被公认为接班人的儿子赛义夫悠闲地漫步在

[①] 托布鲁克,利比亚东北部城市。

津坦的街头，手插在口袋里。为什么没有人把他立即掐死，就像干掉他父亲那样？这个杂种可能会回来给我们添麻烦的。恐惧让他成天处于紧张和恼怒的状态中，还唤醒了内心深处私密的伤痛，是在开罗被俘受尽折磨的后遗症。

他的耳朵随时戒备着，仿佛经常听到无人机的轰鸣声，它们朝着他全速地飞了过来。革命让他进入一个新的世界，在这个世界里所有人都互相憎恨。仇恨是他建立世界的动力。他的日常生活充满尖叫声、辱骂声、警笛声、断断续续的轰炸声和冲锋枪的扫射声。他还记得自己如日中天的时刻，那个时候大量的现金让他能够武装他的大执法者之臂，不用害怕会有人报复威胁。

为了和这位法国女记者见面，他好好地准备了一番，在大使那面巨大的穿衣镜前整着自己的着装。他穿了一套黑色的连裤制服，拉链一直拉到胸前的浓毛处，选了一架圆圆的雷朋眼镜，把贝雷帽扣在头上。然后，他试着整理了一下思路，有点困难，他知道自己思绪混乱。为了对抗病痛，他努力地吞着抗抑郁的药丸和珍宝苏格兰威士忌，也不知道酗酒是为了不再受苦还是为了更加痛苦。

一名保安打电话给他：车已经进入大门了。长官再次强调，为了安全起见，他将在地下层接见女记者，而不是在办公室里。这个决定是在他前一天晚上发狂的时候作出的。第二天醒来时再次确认，还附带了一系列的吩咐：必须搜查女记者的衣服，手机必须留在房子的外面，摄像机也不能带，等等。

他一听到走廊里响起的脚步声，就立刻坐到办公桌的后面，装出一副正在打电话的样子。那装出来的笑声在房间里回响着。笑声并没有持续很长时间，在女记者出现在房门口的那一刻，一种焦虑油然而生：他突然记起在美国有线电视上见过她。那时，她正在采访那个阴险的哈碧芭。一个满头金发的娼妇，让他想起另一个人。然后，另一个显而易见的事情：她是领袖的一位老朋友，就是这个法国女人。发福了，髋部变得更结实了，从裤子的布料下，他能猜见那厚实的大腿，不过，眼神还是那个样子的，笑容也依旧。他摘下来雷朋眼镜。

他首先想到她回来是为了报复。

他从来就没有做过领袖的近身保镖，但是他经常和那些守着法国人的警察一起做事。他是在法国人那里见过几次这位女记者。他让保安先走，让他们单独待会儿。

女记者开始向他提问。她在一个小本子上做着笔记，一个索马里小姑娘给他们上了薄荷茶。每个问题都让他浑身感受到一种新的恐惧，好像他很怕回答这些问题。珍奈特猜到有些不对劲。她打住了提问，转而赞美他的服饰。长官呼吸更加顺畅，神色放松了下来，脸色也没有那么难看了。**男人都一样，成天纠结着他们的形象。我是继续还是不继续呢？**她悄悄轻抚了一下右边的乳房，防弹背心下面第二部苹果手机还藏在无带胸罩的下面。继续！

"我想给您拍张照，可以吗？"

"当然，我还可以借给您一部相机。"

"我还是喜欢用我自己的，这样照片可以更快地发到新闻社……"

她从T恤下拿出了苹果手机。

他不敢出声。

她让他坐到一张桌子上，转着头："右边，左边，别笑，您像太阳一样光芒万丈，别笑！"

他没有笑。

像太阳一样光芒万丈，从来没有人这样说过。

他听着指示，开始想着可能可以干干这个领袖的女人。当他的精液湮没她的时候，就可以吸取领袖曾经拥有的力量。

珍奈特决定将革命进行到底。

现在，向他提出你的问题，一个接着一个，别放过他。她掌控了局面。他犹犹豫豫，结结巴巴，开始说话，又收回说过的话，聊起他的童年，然后是美国人让他遭受的折磨，而他仅仅只是成千上万的穆斯林弟兄中的一个，只是急于生活在自己的信仰里："他们把我打得浑身是血，他们捣烂了我的睾丸，把我泡到冰冷的水里好几个钟头。只能用死亡来反对死亡。他们干预伊拉克的时候就唤醒了魔鬼，布什和托尼·布莱尔应该被国际刑事法庭传讯。我向全世界求助，向美国人民求助，特别向一直戴着压迫和种族歧视枷锁的黑人求助，世界应该享有公平和正义，安拉至上！"

他低下头，整了整雷朋眼镜，双手颤抖着。他因自己刚才的言语而觉得崩溃。和他预想的截然不同。珍奈特靠了过来，她知道手上的东西能够打击罗马的那个混蛋，她称赞着长官，告诉他"法国最杰出的法律教授"都会同意他的观点，她在想着穆阿迈尔·卡扎菲。其实，小穆萨挺像他的。穆阿迈尔·卡扎菲也是一个危险的男人,疯狂,和这些人一样居无定所,他也是个偏执狂。他瘦瘦的,胸骨扁平,长满了胸毛,黄褐色的皮肤紧绷在拱形的肋骨架上,鲦鱼肚子,漂亮的阴茎。

飞机下午就要飞回去了。珍奈特准备离开的时候,长官收到一条信息。非常紧急。他走开去了解具体的情况。这个星期之内他要负责将两个受过训练的兵士送到巴黎。他叫来了守卫,让他们送女记者出去。刚才倒茶的索马里女孩趁着大家不注意的时候,悄悄跟珍奈特说在电视上看到过她和朋友哈碧芭,特别提到长官已经下令要杀掉哈碧芭。"她听到太多的东西了,他已经让人杀死了她的弟弟。"

珍奈特瘫倒在梅赛德斯轿车里。

对于她来说,时间停滞了。

她想着怎么组织专访。穆萨的汗水散发着胆怯,这个家伙有病,精神上有很大的问题,满心是下作的复仇念头,他的仇恨也不是没有根据的,是全方位的,美国人迟早会把他解决掉,但是这个疯子说的东西真的很有力。她笑了。

穆萨长官跳进他的皮卡车,和随行人员一起去了突尼斯人的营地。得由他来挑选那两个士兵。一辆车会过来接他们,他们当夜就会乘坐福特佐迪亚克隐身在成百上千的移民之中。这辆佐迪亚克装备了强大的引擎和油箱,还配有全球定位系统,能够让他们顺利到达兰佩杜萨[①]。兰佩杜萨之后,他

[①] 兰佩杜萨(Lampedusa),地中海的意大利岛屿,位于马耳他岛和突尼斯之间。

们会经过米兰、巴黎。图尔贝伊-大塔尔特就在不远的前方。

13. 梅利塔街，瓦莱塔，马耳他

　　夏天无忧无虑的氛围弥漫在瓦莱塔的大街小巷，由于马格里布地区的海滩受到"伊斯兰国"的威胁，游客都跑到这儿来了。法国大使馆位于梅利塔街，职员们也是按照夏令时工作的，早上七点半开馆，下午两点钟闭馆。里法特表现得特别勤奋，所有的下午都待在大使馆里。他利用这段时间发发私人邮件，编写一些电文，完全是想在大使请病假期间好好向部里表现一下。神经性抑郁症是会传染的吗？他可能受了妻子悲观情绪的感染，似乎如此。里法特的妻子和他们的三个儿子逃离了炎热的天气，整个七月都待在法国。关于谋杀的调查还在继续。事件渐渐平息下来。《泰晤士报》和《独立报》都没再提起这件事情了。自从他"单身一人"以后，晚上经常和美国专员约翰·彼得·沙利文混在一起，沙利文建议他——是建议还是发号施令？——留心一下调查的情况。

　　珍奈特曾经来这里晃了一圈就走了，她对里法特的秘书说要去一趟利比亚。来去匆匆，如果她被劫持了，我们可不会去找她。我居然是从秘书那儿听来的消息，这简直是闻所未闻的事儿。她得在回来后讲给我听，我好给部里写份报告。还要跟吉皮好好说说这事。

　　里法特到达大使馆的时候，差不多十点钟了，警卫告诉他有一对夫妇在领事的会客厅等着。"是我接待他们的"，警卫强调到，"他们一开门就来了，带了一大堆问题，有点受了惊吓,但是他们什么都不愿意对我说。那个男的是法国人,我看了他的护照。领事在办公室里,但是我不知道他在干啥,他们等了有一个多小时了。"

里法特把门禁卡插到门里,这扇防盗门是他让人安在办公室的,他打开电脑,先给同事们发了几封邮件,然后决定打电话给领事,领事的办公室就在他办公室的正上方,但是电话占线。每天早上都是如此,领事给他的妻子打电话,一个非常年轻的斯里兰卡女人,是他在上一任工作地点科伦坡娶回来的。里法特和领事的关系还不错,因为他在领事身上发现了一些弱点,这些弱点,他可以在领馆内部人事管理方面好好地利用一下。领事是一个无能、不合群又很吝啬的人,长得还不怎么样,小小的眼睛深陷在眼眶里,额头很低,总是湿乎乎的皮肤上有那么一点点胡须的影子,但他是领事的后代,受到等级制度的保护,他把妻子拘禁在斯利马[1]的套房里,离开的时候就锁上门。可怜的女人不停地往办公室打电话,哭诉着,威胁他如果不让她回到自己的家里她就要从窗户跳下去。"马上把人带到我的办公室里来!"里法特对着传呼机向接待处大声吼着。

女秘书陪着塞巴斯蒂安·格里莫和莉姆走进了宽敞的房间,屋顶上的吊扇轰轰地响着。里法特接待了他们,但是并没有起身,只是翻着面前的档案。格里莫用几个词表明了自己的身份("法国公民,住在迦太基,考古学家"),莉姆是他的

---

[1] 斯利马(Sliema),马耳他的卫星城镇,位于马耳他岛东海岸。

"朋友",然后说到在情况紧急的时候,他们被迫逃离了迦太基,因为受到了极端分子的威胁。里法特从来没有听说过这个格里莫,女孩子看上去十五岁的样子。事情对他来说非常明了:往好里说是拐骗未成年人,往坏里说就是个恋童癖。格里莫还是有一点外交经验的,他决定慢慢地转守为攻:

"您在这儿工作很长时间了吗?"

"已经一年了。"

"以前,您是在哪儿做事的?"

"我是为 ANMO 做事的。"

"北非中东事务部?"

"是的。"

"我认识洛朗·迪蒂耶,您以前的上司,我在亚历山大工作的时候,他是开罗的第一参赞。"

"现在他是部长的办公室主任……"

里法特情不自禁地说出了口。他赶紧把对面前这一对的假想和摆脱他们的想法抛诸脑后。这个蠢货迪蒂耶可以影响到很多任命。他可以决定让我在这个岛上干等着或者更糟,他也可以把我安排进部里。

"您可以告诉他我们的情况,如果您允许的话,我明天或者后天可以给他打个电话,问问他的意见,"格里莫继续说道,"对于我来说,没有任何问题,我是法国人,但是莉姆就不一样了。她将提出一个合乎法律程序的庇护申请,她的生命受到威胁,精神受到刺激。大使馆里有没有医生?"

"我马上找人叫他来。"(他拿起电话,让警卫叫大夫过来。"是的，马上，非常紧急！"）"你们请坐吧，应该非常疲惫吧。还有，我要向上级汇报你们的到来和请求。按照程序，我得对你们不幸的遭遇进行询问，你们希望马上完成这项苦差事吗？"

格里莫和莉姆决定马上进行这项程序。里法特让秘书把他们安置在大使的办公室里。秘书给他们倒茶的时候，里法特下楼去找领事，不敲门就直接进去了，他正对着电话机，里法特抓住他的手，对着他吼道："真是的，您知道您让谁等了一个多小时吗？您不知道吧？嗯？是部长的一位朋友。我到的时候，他正要给部长打电话。幸亏及时。否则……"他用左手的食指指着他，用右手在自己的脖子上做了个砍头的姿势。

在询问过程中，里法特显得非常细致，但是并不会过多追问，表现出一种意想不到的关怀。莉姆很欣赏他的"外交分寸"。他示意说已经通知了难民保护办公室的工作人员，他们正在岛上处理一桩"乘船出逃难民"的引渡工作，把他们引渡到法国。"他们将负责你们的事情，不会有问题的。"

第二天，大使馆的电话一直响个不停。英美的新闻媒体想要找到珍奈特。她的采访同时被《世界报周刊》和法新社发表，引起了很多争论。里法特头疼得厉害，因为昨天晚上睡得太迟了，又和美国专员约翰·彼得·沙利文一起喝了很多酒。而约翰·彼得还专门就此事给他发过一条短信。他想即刻见到珍奈特。当他看到纸质版报刊的时候，里法特更加清楚现实的情况。报刊的标题超级大:《独家新闻!布什和布莱尔很快会被送到法官面前吗?》副标题:一位利比亚伊斯兰领导人要求立刻传召他们到国际刑事法庭。他可能得到法国最杰出的法学家们的支持。我们的特派记者在的黎波里报道。

他刚开始读新闻的时候,秘书打来了电话:"办公室主任来电!是迪蒂耶。"他接了电话,电话那头一阵沉寂,没有人说话,只有听筒里的回响。然后就是迪蒂耶暴怒的声音。"您知道这个专访的事情吗?一座大使馆,不是一个度假俱乐部,就算是在马耳他!"里法特看着窗户外面。法国国旗脏脏的,还有点破了。幸亏没有刮风,没有人会觉察到。"是的,主任先生,很好,我计划今天下午见这位女记者。我会尽快给您一份记录。没有,爱丽舍没有什么,当然了,是的,格里莫在我这儿,一个挺好的人,再见,主任先生。"

迪蒂耶挂了电话。里法特一直把听筒放在耳边。他听着那个不断重复的滴滴声,没有看到秘书在向他打手势,最后她不得不大声喊了起来!"里法特,爱丽舍打来的,是总统的外交官,好像非常紧急!"

※

法兰西寓所,泽布季,马耳他

晚会结束了。里法特不怎么能喝酒,他把客人们留在客厅里继续干着大使留下的顶级白兰地,自己却跑去了洗手间。他用冷水抹了一下脸,看着镜子里的自己暗自庆幸。在寓所里搞晚会真是个好主意。**里法特，你真棒！**他只用了三个小时就把事情搞定了。格里莫不用再为他朋友的命运担心了。移民局已经联系了她。莉姆将拥有一张临时通行证，合法地进入法国领土。迪蒂耶那边也不用再担心了，他交了一份和珍奈特谈话的报告。同时抄送给了爱丽舍宫。他是在她的酒店里见到她的，她给了他不少关于穆萨长官的信息，他的精神状况、他的保卫系统、他的地下办公室、他的焦虑，等等。事实上，这些都是她在专访里没有讲过的东西。他和美国特派员说了这事，他也很感兴趣。**我搜罗了不少，太棒了。**只要他答应让哈碧芭和第一批去法国的难民一起出发，珍奈特就答应跟他谈。礼尚往来嘛。没有比这个更简单了。她保护的小女孩下个星期初就要出发了。但是，晚会让人不舒服的是黎梵特和爱玛也来了咖啡厅，他们刚从西西里岛回来。真奇怪，黎梵特居然认识格里莫。而且他们认识已经很长时间了。难以置信，简直是一部家族史。黎梵特甚至因为我们见证了他们的重遇而有点尴尬。爱玛和莉姆好像即刻就喜欢上了对方，整个晚上，很多时候她们俩都是黏在一起的，像两个小女生那样东拉西扯！回到客厅的时候，他听到格里莫（很明显，这个家伙，他认识所有人）在对珍奈特说，他们曾经一起在的黎波里法国大使那里吃过好几次饭。"您肯定不记得我了，考古学家总是坐在桌子的尽头……"

14. 美国大使馆，的黎波里，利比亚

他醒来的时候，发现有人在他身上盖了床被子。大使的

卧室被曙光照亮了。窗子都开着,天气几乎是凉爽的。好几个星期以来,这是穆萨长官第一次睡着了而没有做噩梦。整个晚上没有尖叫声,没有惊恐,没有颤栗。昨天晚上,他叫了一个马里女孩来陪他睡。一个新来的,挺不错的。今天早上,女孩给他准备了茶和煎蛋。他听到她在客厅和厨房之间来回忙活着。她把避孕药的盒子放在了床头柜上。丝丝香味弥漫在房间。新鲜的面包、橙子花、茉莉花。今天,他感觉可以不用服用那些治疗精神病的药物了,他精心调配着日常混合饮品,混杂着一种强力抗抑郁的药和大麻的东西。阿马亚兹是他的医生。是不是那个法国女人让我舒坦了很多呢?马里女孩端来了早餐,等着他的吩咐,他用眼神让她离开了。昨天夜里和她说得太多了。他在衣柜里选了一套黑色的衣服,把贝雷帽扣在了头上,在露台上走了几步。保镖们席地而卧,躺在地毯上,裹着长袍,冲锋枪夹在两腿之间。他们是最幸福的。街上的钠汽灯在一阵轻微的蜂鸣后自动熄灭了。这两天,他差不多可以肯定美国人是不会再介入了。至于法国人嘛,他们国内的事情就够烦的了。昨天还无法想象的事情今天就成为了事实。阿马亚兹前一天还在跟他说要在马里之间开辟一条新的运送可卡因的道路。如果真主保佑的话,还有好日子在等着我们呢。黎梵特给他在银行开了两个账户。如果能够脱身,我会过得很舒坦。真主对那些以他之名而战斗的人是仁慈的。他重新回到客厅里喝茶,打开了墙上的电视机,转到了英国广播电台。当他把茶杯送到嘴边的时候,手开始发颤。他对着自己的手说:"为什么你要颤抖呢?"他笑了，起身去找那瓶留在床头的珍宝烈酒，将威士忌和茶掺在一起。喝了之后，手就不抖了。电视屏幕上全是关于泰国旅游的报道。**我要去那儿转转，如果有可能的话。**太阳升起来了，仿佛在邀他去无人打理的花园里走走。万籁静寂。他拿着威士忌茶杯，坐在一棵橄榄树旁的藤条吊篮里。他闭上了眼睛，抚摸着自己的大胡子，好多年没有过这么舒适的清晨了。一阵嗡嗡声在靠近，但是什么也看不到，他转过头去，这是马达的声音，有点烦人，他站了起来，并没有特别的不安。今天，没有妄想狂，一切由我掌控。无人机贴着屋顶出现的同时，激光制导炸弹已经发出，穆萨即刻被撕得粉碎。大使馆的楼房几乎没有感受到爆炸。

15. 棕榈岩酒店，斯利马，马耳他

我不会对莉姆说的，但是我很震惊。真的好可怕。在考古生涯的磨难中，我曾经被迫迅速离开过很多国家。黎巴嫩、塞浦路斯、柬埔寨等等，但是从来没有在这种境况下逃走。重新回顾的黎波里之行，我禁不住感叹自己是幸运的。和我联系的两个人都被烧成了焦炭，场景极其暴虐。我是在酒店看美国有线电视的时候得知穆萨的死讯的，那个时候，莉姆和爱玛正在海边晒太阳。对于穆萨，我没有什么好遗憾的，我不会为一个残忍的怪物掉眼泪，当时接受黎梵特的建议也正是为了终止他的洗劫行为。美国人真的是分秒必争。我给了布鲁诺一些信息，这些信息可能可以用来控告他，也可能用来暗杀他，不过这些可能性都很模糊。我没想到会用无人

机。我本以为他的死亡还很遥远。

黎梵特是另一番状况。我和他的父亲走得很近，他父亲的死亡打动了我。五十四岁，比我小了差不多十岁。当然，尽管他举手投足间表现出奥斯曼大资产者的气质，他也不见得比同伙穆萨好多少。我给布鲁诺的信息足够控告他进行违法贩卖，只不过是时候到了而已。伦敦的法国客户也是如此。人们总是对自己人更加严厉。费鲁日是法国人，引人好感，他不仅参与到犯罪网络的活动中，还显得心安理得，让我震惊。他如此狂妄自大地对我说过："在我们家族里，我们一直都很习惯到有利可图的地方去找钱。"

里法特带来了更多关于黎梵特末日的消息，他是在机场的洗手间里被干掉的，当时他正准备乘坐最后一班飞机去罗马。"是被射杀的"，里法特说，一把九毫米口径带消声器的手枪。一位清洁女工发现他满身血污倒在洗手间的马桶上，头被打碎了。对杀手来说简单得像在玩游戏：洗手间里由隔板隔开，而隔板并没到顶。死亡从天而降。黎梵特口袋里有两本护照（不一样的）和两部手机。很显然，马耳他警察到达现场之前，美国专员约翰·彼得·沙利文已经在那儿了。他拿走了这些东西。

第二天，莉姆约了爱玛，我们到这里之后几乎每天如此。她一得到消息就马上试着找她，没能找到。我陪着莉姆去公寓找她，她的公寓位于斯利马老区的一幢房子里，离我们的酒店不远。一位卖蔬菜水果的商人成天待在小货车的货架后面，就在她家对面，他告诉我们早上看到她背着旅行包坐出租车走了。在她的办公室,有人跟我们说她家里有丧事,她被迫回法国了。

现在,我要比以前更加坚持。我向莉姆解释说迪蒂耶和里法特会尽全力让我们尽快出发。此外,哈碧芭,就是珍奈特保护的那个索马里小女孩,可能会和我们同时走。她新的独家采访让她重新引领新闻界,里法特现在好像什么都听她的。我得承认,我觉得她挺有亲和力的。我看过她在英国广播电台上的一场专访,她对穆萨的描述让我动容。她把他勾勒成奋战在末日世界的一个亡命之徒,唯一的信仰就是死亡,"有点像西班牙内战时期的无政府主义者,他们高呼着:死亡万岁!"

我们被迫还要在这里逗留一个星期。里法特事先跟我说过,美国军队特派员可能会问我们关于爱玛的问题。我提议去戈佐岛①上待个两三天,换换脑子。一艘船到码头接上我们,在海上航行了一个小时后,把我们放在了戈佐岛的轮渡码头。

开车去我订的酒店只需要一刻钟。之前莉姆找爱玛借了一本巴尔扎克的小说《高老头》,坐在出租车里的时候,她给我背了一句熟记于心的话:"啊!你们要知道:这个悲剧既不是虚构的也不是小说。**一切都是真实的**,它如此真实,每个人都可以从中发现自己的一些东西,有可能是私藏心底的东西。"我问她为什么她喜欢这句话,她大声地笑了起来:"我

---

① 戈佐岛(île de Gozo),马耳他第二大岛。

并不是特别喜欢这句话,我才刚刚开始读这本书,但是这句话让我想到了我们。自从我们离开了迦太基,我觉得我们好像成了一部悲剧里的两个主角,不幸的是,这都是真的,唉……"

那是我第一次无意识中发觉自己是悲观主义者。出租车的窗外,百无聊赖的丘陵闪过,丘陵上是城堡的围墙,然后伸展出一片种满蔬菜的平原,异常的翠绿,被仙人掌包围着,一直伸向萨纳小镇,小镇的房子都是用金黄的石头修葺而成,顶上都有露台,被点缀得像教堂一般,插着很多色彩鲜艳的旗帜。我本来想问问莉姆是不是因为我们的经历而后悔了,但是她不作声了。

晚上,我们在露台上吃饭,夜色降临在海上,慢慢笼罩了小岛,突然,几声爆炸声把我们吓得跳了起来。爆炸声好像来自露台的另一边,越过豆角树的顶端传过来的。莉姆的面目肌肉突然收紧,她低声地说了些听不太懂的东西。我向她俯过身去,用手臂环住她的脖子。身边的客人们不停地在冷餐台上拿着食物。一名侍应生拿着我们点的西西里酒走了过来,他按我们的要求把酒拿去冻过了。我问他爆炸声从何而来:"这是小镇的节日,我们在放烟花,今夜的表演可能会很棒。""我猜我们都可以去吧……"莉姆几乎是畏畏缩缩地用阿拉伯语问道。"当然啦,小姐,所有人都是受邀的客人。"侍应生答道。

月光给微微摇晃的棕榈树镶上了银色。"你认识它?""当然,这是我的月亮,我的希迪·布·赛义德的月亮,我们的迦太基的月亮，是它让我们相识，看啦，它在朝着我笑呢。"我们走在萨纳小镇的街头，一片欢歌笑语。一大群人在黑暗里移动着。一伙一伙地游荡在小镇的街头，后面跟着的人群，我发觉什么年纪的都有，而且来自不同的阶层。

我们决定跟着其中的一支管乐队，身边围着一群年轻人。男孩子们手上拿着啤酒或者杜松子酒。我不经意间发现，那些女孩子大多数非常漂亮，好像丝毫没有想到要隐藏她们的魅力。莉姆在餐厅的时候发现自己可以听懂马耳他语，和阿拉伯语很接近，非常开心能够和同行的人简单交谈。岛上的居民在自家门口摆放了他们供奉的圣人雕像。圣保罗、圣母马利亚、圣女玛格丽特，——还有耶稣。有些雕像是供在神龛里，体积很大，花费了好多钱来装饰。这种家庭式的宏伟装饰，如果放在其他时刻，我会觉得很庸俗，而此时此刻，我可以感受到他们深厚的宗教情感。"一切都是真的，这里也是如此"，莉姆笑着在我耳边轻语。

我们被身边这欢乐而几近感性的狂热感染了。我感到震撼，甚至有些感动——莉姆和我一样，她是在后来才告诉我的。我默默地自问我们正在经历着什么样的时刻。是天主教净化心灵的行动、仪式的魔咒，还是微不足道的馈赠、酒神的节日？

游行队伍最终集结在教堂的广场上，教堂所有的门都敞开着。里面灯火辉煌，装饰隆重豪华，教堂的外墙也一样，覆盖着一层五彩灯泡组成的帷幔。身着T恤衫戴着头套的孩子和夫妇，上了年纪的人，还有青少年，不停地在教堂里进进出出，偶尔驻足祈祷或是冥思。几声爆炸声预示了最后一轮烟花表演开始了，乐师和追随的人群依旧游荡在阴暗的街道里。

节日的灯光、彩旗和音乐，还有圣周里缓慢的步伐。为什么我对这欢乐嘈杂声中的一丝忧郁如此敏感？莉姆和我默不出声地走回酒店，远处管乐队的乐声和节奏依旧顽固地响彻着。

一回到房间莉姆就倒在了床上，一沾枕头就睡着了。过了一会儿，布鲁诺用我们专门联系的电话打给我。我上到屋顶接听他的电话。他让我尽快联系爱玛。我回答他说爱玛已经离开了。"没有人知道她去哪儿了吗？""没有。"——你们什么时候回来？""我们三天后到巴黎。""你一到巴黎我就要马上见到你。"这是我的学生第一次用你来称呼我。

第二天早上，我们参观了吉甘提亚神庙，宏伟而神秘的建筑群。里法特跟我说过这个遗址。我在通向神庙的游廊里照了张相片，发给了在阿尔萨斯伯汉姆村进行挖掘工作的同事。那里和里法特的家乡一样，也满是新石器时代的遗址。比金字塔还早了三千年。

一种文明曾经在这座岛上繁衍。这种文明深谙航海的技巧，懂得星辰的运转，还能用巨大的石块建造房屋，雕刻波特罗[①]式的女人雕像，然后，这种文明消失了。"你相信五千年以后，人们还会记起突尼斯吗？会记起法国吗？"我们在停

[①] 波特罗（Fernando Botero，1932 —），哥伦比亚艺术家。

车场上排队等轮渡回去的时候,莉姆这样问我。"可能一些考古学家,*未来的马斯伯乐*①们,会发掘塔马里小屋。他们会找到我们俩的一张合影,然后会试着描述我们的一生。""我很好奇他们会写些什么东西呢!"

16. 柏丽拂叶街,巴黎十六区,法国

又一次新的恐袭,发生在波尔多的一个大商场里。就在斯特拉斯堡、里尔和尼斯的恐袭之后。就在一间犹太人学校的扫射之后,在杀害了两名神甫和一位犹太教士之后。死亡奔走在我们的国土之上。恐惧与日俱增,几近成习惯。他在看法国经济广播电台的新闻报道的时候——记者们几乎为受伤人员为数不多而高兴,"只有十来个人受伤,其中两位重伤,性命堪忧",好像其中一个恐怖分子的炸弹背心的引爆器出了问题——布鲁诺收到头儿发来的一条短信,让他即刻去他家里一趟。他到十六区的时候,因为酒精的持续作用仍然是头昏脑胀的。

前一天晚上,他去了反犯罪大队的同事组织的晚会。去那儿完全是为了摆脱恐袭带来的精神失调,还有就是他这种无所事事的状态,和其他别墅成员一样。

一位基层女警,叫伊芙琳的(他只知道其名而不知其姓氏),面容开朗,目光清澈明亮,她告诉他,她有国际关系专业的硕士文凭,却苦于找不到工作,所以应聘进了警察

---

① 马斯伯乐(Maspero,1846—1916),法国埃及学家。

局。晚会最后,他们去了她家。她住在当费尔附近。她的公寓里,桌子没有收拾。衣服扔得到处都是,还有"黑色欲望"乐队的唱碟。不仅如此,她还不停地循环播放着那首《风会带走我们》。这个伊芙琳让他感觉非常一般,直到她大笑着躺倒下去的时候,他才有了点兴致,而她很快就高潮了。深夜两点的时候,他起来了,她对他说:"如果你想,可以在这儿睡……"

他从来没有想过兰贝廷居然会住在一个这么小的套间里。在这个微型空间里,一切都整整齐齐,非常有条理,每件东西都摆在自己的位置上,几近怪癖,书架也是一样,上面只有历史书。第一次世界大战、第二次世界大战、印度支那战争、阿尔及利亚战争、越南战争、冷战、巴以冲突,还有一些现代政治的资料,大部分都是英文的。有一张女人的黑白相片,装在相框里,可能是他的夫人,就挂在一面空墙的正中间。不可能看不到的。*我居然没有一张玛丽-埃莱娜的相片。就算有,我可以拿来干啥呢?* 兰贝廷从一个印度黄檀木的装饰性小酒柜里取出一瓶威士忌,还有两只杯子,在每只杯子下垫了杯垫。

"谢谢头儿,我不喝威士忌。只要一点水就可以了。"

"真可惜……"兰贝廷不解地看着布鲁诺,接着说道:"部长已经不知所措了,他乱了方寸,还开始向新闻界说些不知所谓的东西,以前他可不是这样的。他应该很快能够调整过来。马蒂尼翁宫那边要的是结果。据我的情报,他们很快就会需要我们了。就是为了这事,我想见你。我们得时刻准备好。你的那个格里莫,还和他保持着联系吗?"

"前天我还和他通了电话。他从突尼斯逃出来了。"

"受到威胁了?"

"一些陌生人去了他那儿,闯进了他的房子。"

"你见过那个被干掉的土耳其经纪人吗?"

"黎梵特?格里莫一直和他有联系,还把信息转给我们,我跟您说过的。"

"美国人一直都在紧紧地盯着这事儿,也传了消息给我们。我们在伊斯坦布尔的总领事,一位非常优秀的女士,给了我们不少关于他的消息。西西里事件之后,黎梵特负责协助那些从开罗逃到伊斯坦布尔的极端主义武装分子。我们有一些他在科巴尼的照片。同时,他还和库尔德人有来往,当然还向美国人透露所有的信息……"

"和他父亲一样!"

"狗生不出猫。埃尔多安正在改变策略,他正在清理手下的部门。他可能把黎梵特和库尔德人接触的证据抛给了'伊斯兰国'。即刻就有反应了。杀手可能来自利比亚……"

"黎梵特和一个法国女孩有联系……"

"我正想和你说这事儿。这个女孩,得马上找到她。您在图尔贝伊–塔尔特的小朋友……"

"哈利?"

"是的,哈利。这个人得跟紧了,如果需要的话每天都见见。如果内政部那边目前不知所措,是因为他们内部再没有任何信息。我们这边有你的利比亚和图尔贝伊之间的消息,虽然不多,但是可能是条线索……"

老家伙说话的语气就好像他还没有被免职一样。他继续琢磨着一些假设,掂量着确信的和不确信的,掌握着一些地下消息网络,他到处嗅着,找着信息,他一辈子都埋在这些事情里。

布鲁诺想着没有人会提醒兰贝廷,他为自己种下了多少仇恨,多少不忿,然后,他想到自己刚刚到这个部门的时候,他曾经说过的一种观点:"当一条狗得到了一根骨头,它是绝不会撒手的……"

17. 图尔贝伊-塔尔特,巴黎大区,法国

雨水的敲击声慢慢唤醒了哈利。细小的指挥棒伴着话语在脑袋里碰撞着。在生活中,我迷失 / 狗狗们都没有我孤独 / 爸爸妈妈丢下了我 / 可怜的人们,他们将我遗弃 / 他们曾经经历的生活 / 曾经他们给我的爱 / 一切都消逝而去。他在垫子上伸展了一下,非常小心地不让脑袋擦到小窝的顶板。才过了六个月,他又长高了。再这么长下去,他必须得搬家了。然而我没有倒下 / 我挣扎过 / 铁灰的云层上 / 突现一把宝剑 / 那是泪水凝结的馈赠 / 杜兰德尔[①] 与我同在 / 那一天,我仿佛做了一个梦。他穿过减压室,来到锅炉旁边的水龙头,刮掉了

[①] 杜兰德尔(Durandal),欧洲三大圣剑之一,《罗兰之歌》主人公罗兰的佩剑。

三根胡须。铁灰的云层上/突现一把宝剑/那是泪水凝结的馈赠。他把手机连接到小音响上,播放昨天晚上睡觉前反复做了无数次的录音。在生活中,我迷失/在生活中,我又找回了自己/动词们在和我说话/言语就是我的宝剑/唉,唉……他听着最新的版本。总有些东西不是那么好。删掉吗?再说吧。明天,还要加上录像。

大片的云朵拂过天空,天色渐蓝。一群群女人从街区的角落走向市场。她们低声聊着天。关于目前状况的传言迅速蔓延着。很少有男人的身影,团伙雇用的家伙们要睡得很迟才会起身,头天晚上抽了太多大麻烟,个个头脑迟钝。一个警察都看不到,但是,就在昨天,邻近的街区还有两名警察被射杀,在一个年轻人死了之后。他朝着姆拉比老板住的那幢楼走去。他奔跑了起来,那些词语还在脑子里嚷嚷着,它们跟定他了。那是泪水凝结的馈赠/杜兰德尔与我同在/那一天,我仿佛做了一个梦。他在好几朵云上看到了父母的脸,他朝着他们笑了,他跳过人行道,跳过一堆堆的垃圾,打倒街区的恶魔/那些打手那些罪犯/他们在卖着粉/今天我要大喊/滚开,从这里滚开,他穿梭在汽车之间,如风一般地进到姆老板的大堂。黑人保镖们被派去了其他地方,他打量着守着"大领导"专用楼梯的三个矮小的大胡子,他们话不多但是很有礼貌,他们认得他,一股恶臭让他喉头发紧,还是那些狗干的。

他按响了门铃。狗的叫声,尖叫声,人声。老女人给他开了门,她才到他的腰部,他长高了,而她却缩短了,他抛去一个虚伪的笑,脖子上那些金项链压得她的背更加驼了,姆比拉在床上等着他。他的衣服只穿了一半,一边抽着烟一边看着手机。一个乌克兰女孩,新来的,坐在沙发上给脚涂着指甲油,哈利觉得她的脚涂得很好看(脚趾上的海棠红让他的心痒痒的),他跟她说了,姆比拉放声大笑:"你开始懂得和女人说话啦?"女孩转过身来,用疑惑的眼神看着他,他翻译了刚才的话。女孩用英语答道:"他很可爱。""好啦,现在你出去。"比拉对她说。她站起身,拖着绣花的平地皮拖鞋走开了。

姆比拉犹豫着要不要摸摸他的蛋蛋,这可是第一次。可能他觉得哈利已经太高了,特别是从床上看过去。昨天晚上,他和乌克兰女孩一起灌了很多伏特加,眼睛里满是血丝,但是言语仍然平稳有力,振奋人心,每句话都是发自肺腑,再经过两条香肠般的嘴唇雕琢之后吐出来,和往常一样。姆比拉精神非常集中,说话的时候,两只眼睛好像对到了一起。哈利盯着他,非常小心地不要打破他的磁场,他控制着自己的情绪,严阵以待,他了解这个人兽,别小瞧他。哈利在他这儿还是学到了东西的(能量,言语的力量),但是他仍然时刻关注事情的发展。因为就在刚才,有些东西发生了:有生以来第一次,他感觉自己可以驾驭姆比拉老板了。不仅仅是因为他又长高了,还有其他的东西。心理上的优势,优势在他这边,对于这一点他很肯定。哈利,不要激动,要谨慎,事情还没成呢,好吧,但是今天早上,我面对着他,真的觉得自己很强大。冷静,冷静……以前我是没有办法,我是他的奴隶，甚至是他的护身符，我听他说话的时候只能点头，而且我很害怕。那就继续点头吧，千万不要狂妄自大……姆比拉一边舔着鳄鱼牙齿一边说着话，一条狗在他的脚踝旁流着口水，他很舒服地躺倒在枕头上。

"儿子，你没有忘了我教你的吧？"

"残忍！残忍！残忍！"

男孩的声音已经变了。更加自信更加坚定。姆比拉察觉到这种变化。他盯了他好久才继续说道：

"残忍，我们所有人都需要，现在比以往更加需要，因为情况马上会发生变化。首先，我会离得远一点。"

"你要去很远的地方吗？"

"别担心，儿子，就在旁边的一个门。我在默伦[①]附近买了栋别墅，有恒温泳池，这里的房子我也会留着。我的母亲，你知道的，她年纪大了，需要点绿色。我和摩洛哥的合伙人住得更近了，他们去那儿已经两年了。议员也会是我的邻居，他在那儿的某个地方也有一栋房子。对了，他谢谢你给他找的手表。我离欧洲迪士尼乐园不远，你来看我呀。"

"如果你请我去，老板。"

"只要你不要再叫我老板，我就请你去。你得继续每一天都向我汇报。我留一部手机给你，我会给你打电话的。"

"你的那些保镖呢，姆比拉老板，他们也会留下来吗？"

"有一些已经去了图卢兹。他们也得透透气。另一些还会

[①] 默伦（Melun），法国城镇，位于塞纳-马恩省。

继续在我这儿做事。目前,我让他们去度假了。如果你看到他们,告诉我。那个女的,她会待在这套房子里,如果需要,我会派车来接她。我觉得你好像挺中意她的,我错了吗?"

"她看上去挺讨人喜欢的。"

"如果你需要,跟我说一声,我把她作为私人礼物送给你,但是,没跟我说之前,不要有任何动作。"

"谢谢姆比拉老板。"

哈利心想,姆比拉可能希望他说出更多感激的话,他怨自己做不到花言巧语。一个弱点,要小心啦。问题在于他对老板提的这些女人完全没兴趣。有那么一秒钟的时间,他想到了莱安诺·吉登斯,一位女歌手,我想要的是这样一个女孩,他的思绪游离到那首绝美的歌曲里,《迷失在河流》,就是这首歌启发了他创作《我在生命中迷失》。那一瞬间,只剩下狗狗在主人脚旁边兴奋地哼哼着。哈利下定决心,必须集中精力。他用毛衣擦了擦眼镜,点了点头,盯着姆比拉。

"我还想你帮忙看着点儿两个弟兄……"

"是我认识的吗?"

"不是,他们刚刚到的,突尼斯人,很虔诚的弟兄,我昨天见过他们,他们说话挺好的。书中说了,一句好的言语就像一棵好的树;它的根基扎实,它的枝叶伸向天空。他们的旅途很是不易,还在为一位同伴难过,那位同伴在利比亚被杀害了。目前,他们在蒙田楼三层的那套空房子里休息。你知道在哪儿吗?"

哈利推开了椅子。他站了起来,用于掩饰内心的激动,因为老板刚刚转换了语调。平时都是他讲新闻。他向老板汇报所有的东西。那些明争暗斗，那些无稽之谈。真真假假，小道消息，闲言碎语。今天，这是第一次，情况颠倒了过来。而且，老板说话的声音更小了，语速也更慢了，他说的话没有一句需要他来重复。

"我知道在哪儿。"

"他们会在这里住上一段时间，几乎不会出门，他们来这里是休息的，身上还有点钱，我还让人送去了储备食物，只要他们在我们这儿，就不会渴着饿着，也不会累着。你和他们没有任何关系，我就是告诉你他们在这里。他们倒是知道你的名字，有你新的电话号码。如果有事儿……"

"不用担心，姆比拉，我会照看他们的。"

"我知道，你以为我爱你是因为你长了双牛眼睛？不是的。我信任你，你是大塔尔特送给我的儿子。我要将你变成一个人物，你会惊讶自己的成就的。"

谈话结束了。老板把手伸向了他的两腿之间，拥抱了他。"你正在晋级，你明白吗？"

在走廊里，哈利看到老女人摆了十五只路易威登的箱子，准备运走的。这是在搬家。在他出门前，姆比拉拉住了他的手臂。"还有件事。保镖们会找你说关于一个从弗勒里监狱出来的家伙，他叫赛义德。这个人，你马上去见他，如果他有需要就帮一把。"

他从姆比拉家里出来的时候，使劲儿回想着整个谈话过程，希望能够一字不漏地转述。布鲁诺应该会很高兴的。

他特意经过地下通道,想去看看老布哈迪巴在不在。他有两周都没碰到过老人了。他有点儿担心。他是不是生病啦?书摊那儿,好长时间都没有人见过他了。哈利突然看到老人的妻子和儿子一起从超市回来了,是最小的那个儿子,他跑了过去。面对这个又黑又瘦问起自己"朋友"的高个子,他们显得有点不知所措。母亲看着他的鞋默默不语,还是男孩子先回答了:"他生病了。得了肺气肿。呼吸困难,目前不能出门。我会告诉他你找过他……"

下午快结束的时候,他在众人之家(二十年前,比拉经过街区选举之后曾经做过这里的副主任)的咖啡厅里见到了赛义德。他和他待了一个小时,一起喝着茶。二十岁,一副小先知的胡子,一条短长裤。他有点激动。并不让人讨厌,哈利这样评价着,自从决心要把任务完成得更加出色,哈利就强迫自己要善于思考和推理,但是他一直都很紧张。眼睛不停地眨着,好像在用眼皮发送莫尔斯电码。他身上有一种急躁的情绪。赛义德已经交到了朋友。他不需要什么,只是喜欢喋喋不休地说话。他讲述着刚刚离开的那座监狱里的经历,让人觉得他离开了弗勒里颇觉遗憾,哈利听他讲的时候就是这样想的。"四千名犯人,其中两千都是我们的弟兄,我们手握权力,控制整座监狱,走廊里的来来往往、放风的院子、惩罚、烟草的流动、祈祷。甚至是监狱长行政管理区前面的草坪……如果你觉得我是在对你吹牛,那你就错了。那里就是哈里发统治的领土,是欧洲最大的伊斯兰高等学府。你知道吗?我来这里是执行任务的。(哈利听到这个字眼的时候禁不住跳了起来，任务。*这将是任务对任务*。）姆比拉先生跟你说了？嗯？好吧。我来这儿是看看我们年轻的弟兄们肚子里都有些啥东西。姆比拉先生告诉我说你认识所有人。如果我需要，你能帮我吗？""没有问题，我的兄弟。"

他们从众人之家出来的时候，经过售卖吃食的摊子。小货车的喇叭里不停地放着阿拉伯流行歌曲。终于，在清晨的大雨过后，天气变得很热。空气里弥漫着各种气味，沥青的气味，烤羊肉的烟熏味，还有烤羊腿那浓郁的肉味。一群群戴着面纱的女孩穿过广场，嘻嘻哈哈的笑声伴着彩色衣料。在外围大道连接高速的辅路上，毒品贩子们开始活动了。客人们守着汽车的方向盘，焦急地等待着他们的可卡因。连续不断的汽车灯光画出了一条长长的蛇形。城区里响起了祈祷的召唤声。上次足球赛留下的阿尔及利亚的旗帜还在窗口抖动着，楼房任性地排列着，迎着夕阳看去，好像一段段城墙。

赛义德带着年轻人才有的微笑，满怀抱负。他刚刚和哈利道别，但是还停留在原地，胳膊晃动着，好像不急着离开。他的眼皮跳动得越来越厉害。嘴角竟然有了一丝抽搐。

"你从哪里来的？"哈利问他，知道他其实有话要说。

"我告诉你了，是从弗勒里监狱来的。"

"在那之前呢？"

"从勒米尔蒙[①]来的。"

"那里怎么样？"

[①] 勒米尔蒙（Remiremont），法国城镇，位于孚日省。

"很可怕。特别是和这里比起来,你明白吗?这里,我觉得是在自己家里。看看你的四周,我们在自己兄弟的家里,比马拉喀什①还要好,简直可以说是一座圣城了。"

"如果真主愿意的话。"

哈利朝他笑了笑,然后离开了。

一个真正的微笑,他没能忍住。

他可以理解姆比拉保护的这个人的感受。他理解,但是他看到的是和这个毛头小伙不一样的东西。他也是,他也热爱着这个城区,这里是父母亲的城区,远比梦想中的非洲重要。真主会在他们所在的地方保佑他们。他没有必要去学习爱,因为他接收到爱,而且一直接收着,来自他们,他的爱之源。一种非常强烈的保存的本能。他也有,他本来应该会被姆比拉的承诺吓唬住。被他的钞票吓唬住。但是,他很运气地能够和父母交谈,几乎在每一个夜晚。而他知道赛义德的结局会是怎样的。好的话,他会被姆比拉骗得彻彻底底,而姆比拉自己已经要躲起来了。不好的话,他就会成为一个屠夫或者是被屠的人。杀人机器已经开启了。尽管哈利身处险境,他仍然非常执着地要清清楚楚掌控自己所有的举止行为。他觉得自己进入了第一个成熟的阶段。*我正在起飞,现在,由我来决定。*他尽力确认着目前关系网中的人脉,知道哪个是他想要联系的人。

某一天,在森林里,他想了结自己的生命去找寻亲人。

---

① 马拉喀什(Marrakech),摩洛哥南部城市。

真主决定让他活下来,所以把布鲁诺送到他的面前。他走得很快,和以往一样,但是清晨的欢愉已经消逝。自从他见了赛义德,神经里就扎上了沮丧和疑虑的投枪。如果到最后,是我错了,不该合谋来对付我"弟兄们"呢?

回到自己的小窝,他开了一罐喜力啤酒。他在苹果手机上听着自己笑称为"魔鬼录音"的片段,咀嚼着永远都嚼不完的烤面包加奶酪的火腿三明治,他蘸了一点蛋黄酱。那些歌词念起来没有早上感觉那么好。今天晚上他不会给自己录像了。他已经录下了好几个临时创造的版本。我应该继续,这需要一些时间。他以为自己会自慰一下,但是在琢磨着那些词句的时候他就睡着了。

18. 伏隆泰尔街,巴黎十五区,法国

玛丽-埃莱娜打来电话,坚持让他尽快见见大女儿,但没有说为什么。布鲁诺有点焦虑。已经过了十点半,罗拉跟他说十点钟来的。跟她母亲一样,经常迟到……但愿她没有发生什么事儿……他给她准备了热巧克力,还买了两个牛角包。我寻思着她能有什么重要的事情要跟我说。门铃声吓了他一跳。罗拉一来就占据了小小公寓的整个氛围。他想抱抱她,而她只让他亲了亲面颊。她为什么把头发剪得这么短?他想好好看看她,但是她在房间里不停地转来转去,他拦不住她的目光。苗条的身材,已经有些轮廓了,她正在慢慢失去假小子的样子,越来越像玛丽-埃莱娜了,好神奇……她拒绝喝热巧克力,更想喝茶。"不了,谢谢,不吃牛角包。你那爸爸

式的牛角包没有一丁点好处：十克的脂肪，二十四克的碳水化合物中有四克的糖。你的房子的装饰，真是烂得不能再烂啦……"

她说话速度很快，他得费点劲才能明白她在说什么。布鲁诺很难认出自己的女儿，穿着一条紧绷绷的牛仔裤，屁股的上边都露着。"你的茶泡的时间不够……"他好像在左边屁股上看到了一个文身。不可能，玛丽-埃莱娜不会允许这个的……大量的短信发到了手机上。她回复所有的短信，把他晾在一边。她曾经想受洗礼，是要跟我说这事吗？可能，但是我能够回复她什么，她让我不知所措，我不应该显得太死板了。她在他面前坐了下来。"我得跟你说点事。"

"你的那个穿孔还不错，我承认我不是很喜欢这些，但是，你的这个在耳朵上，低调，很适合你。"

"那就好，我还想着你会冲我发火呢。我很高兴你喜欢，因为我还有另外一个，看……"她向他伸出了一个大大的舌头，他看到了宝贝的一个新版的舌头。

他的小罗拉的眼睛，精致的面部轮廓，粉红的舌头都散发着令人害怕的活力。她挑衅般地看着他，神情里还带着点蔑视，她知道在和父亲的斗争中，她正在占上风，而且是持续地占着上风。

"爸爸，你好像并不急着要见我……算了。但是这真的很重要，我恋爱了。当然，我并不是一定要向你汇报我的生活，只是我还是坚持要告诉你，是因为我诚实。此外，妈妈也鼓励我。"

"我亲爱的,你做得非常好,我很为你开心,你能够确定你的感受吗?那个幸运儿叫什么名字,是你班上的男同学吗?他多大啦?"

"你真的是个可预见的人,一个极度格式化的男人,只要有个东西出现,他就急着冲上去,可怜的爸爸……"

"我不知道我能够说什么让你……"

"爸爸,我爱的是玛格丽特,我的 SVT 老师"

"我不懂,SVT 是啥?"

"生命地球学,我最喜欢的科目,这都归功于玛格丽特,我真的好想你能见见她,当然不能在你家里,这里太老土了,她在教学之外的时间里还做点装饰艺术……"

19. 艾斯皮古特街,巴黎五区,法国

在这个地方安顿下来对我们来说真的太理想了:就在先贤祠两步路的一条小街里,位于二楼的三间大房子,阳光充足,还有带长插销的高高的落地窗,对着石头铺成的院子。浅色的大理石楼梯镶着铁质的扶手,一直延伸到绿色的大门前。

在离开马耳他的三天前,我收到一位年轻同事群发的一封邮件,他要去中国教书。准备出租带家具的套间,位于巴黎市中心,就在师范学院的旁边。我们在电话里商量妥当,然后我飞奔到瓦莱塔的西联汇款公司,用快付的方式提前交了一年的房租。我甚至还帮他付了电费和杂费。这位同事天赋异禀,在选择考古专业前他就已经是位汉学专家了,他离

开家的速度几乎和我们离开马耳他一样快,但并不是因为令人苦恼的原因。南京大学给了他一份收入不菲的工作,合同从月底就开始生效。他用仅有的一点时间收拾了行李,然后坐上了中国航空的飞机,而且是商务舱。

我们刚刚进门,莉姆就快速地巡视了所有的房间。一瞬间,我觉得好像曾经见过这一幕,但是,我完全被她的这种占据方式吸引住了,没有再细想下去。她立刻就觉得这里和"我们在迦太基的家"很像。可能是因为书的原因吧。当然,这句"我们的家"把我的心都融化了。地面的石板上铺着高加索地毯。我注意到(职业怪癖)他有一套非常漂亮的收藏品,各种各样来自世界各地的东西。物品种类繁多,独特新颖,让我想起布鲁斯·查特文。我停在了一幅小小的镶嵌画面前——萨非王朝时期的?——上面镶着由葡萄藤、葡萄串和葡萄叶编织的网,保存得非常完好。

厕所里有成堆的网球杂志。"你知道你的这位朋友打网球吗?"莉姆大笑着问我。"不,我并不知道。"她的脚步停在一张黑白相片前,相片上是个栗色长鬈发的男孩,面容上带着大满贯网球赛冠军的微笑。

"话说回来,这个男孩不错嘛,你认识他吗?"

"这个就是我们的房东啊。"

"我原来以为他年纪会更老。"

"他曾经是我的一名学生,我跟你说过的……"

她提到的事情并没让人觉得不舒服,但是很明显,她原来认为这个同事应该和我一般大。我靠近一些看着相片。在我旁边,他就像一个鬈头发的胖宝宝。我不出声了。对瓦伦媞娜的回忆汹涌而入,进入这一阵沉默。我发现我把她的相片留在迦太基了。那张相片跟着我东奔西跑去了所有的地方。我又看到了自己身在婚前的那套房子,位于高布兰大街上,是第一个也是唯一一个我们曾经一起生活过的地方。那是一套两居室的空房子,也是阳光充足。这就是我曾经经历过的场景。瓦伦媞娜把钥匙插到了大门的锁里,高兴地大声笑着。我们在自己的领地跑着笑着,然后她就脱掉了衣服,跟我说她想做爱。有些日子是永远都忘不了的。

夜色突然降临到房子里,房里一片昏暗(还没有通电),我们聊了很长时间,依偎着躺在地板上,想象着我们的未来。**永不迷失**。我一直认为我们曾经真的是命运的牺牲品。我在厨房里亲吻了那个女孩,那一天是瓦伦媞娜十九岁的生日,而我其实对那个女孩不感兴趣,她根本不能让我勃起,我从来就没有想过要对妻子不忠。我当时是怎么啦?为什么瓦伦媞娜刚好就在那一刻突然出现了呢?

莉姆走上前来,摸着我的下巴,然后她拿出一张白纸,从包里拿出我送给她的万宝龙钢笔,一笔一画地写下每个字:生活是美好的,你万岁!她哈哈大笑,像瓦伦媞娜一样,投入我的怀抱,如一只蝴蝶般轻盈。

在到达机场的时候,我就觉察出气氛非常古怪。军人全副武装,到处都有,人们眼中的表情也很奇怪,好像都和别人保持着距离。莉姆不可能发现这种焦虑。她没有可以比较的东西,她是第一次到法国,这儿对她来说就是一个让人安心的避风港。我打了电话给在部里工作的迪蒂耶，感谢他的帮忙，告诉他我们两个现在都在巴黎。然后，我约了布鲁诺第二天见面。我想他应该是有了很大的进展，好像急着想见我。而莉姆坚持要见哈碧芭，她和我们乘坐同一班飞机来法国的，然后由移民部门负责送到了外省的一个培训中心。哈碧芭和莉姆在飞机上聊得很开心。她让我承诺一定要去哈碧芭住的地方看她。

这是莉姆在巴黎度过的第一个夜晚，她想去看埃菲尔铁塔。她穿上了红色的高跟高帮皮鞋，我们去了阿尔玛广场的一家露天餐馆吃饭。然后手挽着手走回来。很多路遇的人都盯着我们看，有一些还会再次回过头来。一开始我以为这些人看的是莉姆苗条的身材，她的优雅，直到我听到一群年轻人嘲笑她对"老废物的兴趣"。他们的想法让我回想到那张"网球冠军的相片"。我尽量放松自己，对自己说，他们只是垂涎，只是嫉妒。有什么问题呢？

散步回来的路上，莉姆一直说个不停，见什么说什么，建筑物的外墙、塞纳河、河上的桥、游船上的灯光，还有栗子树叶那初现的橙黄让她想到我们将要在巴黎一起过冬天。在住所的旁边，我看到一面墙上贴着一系列巴黎新晨爵士俱乐部的音乐会宣传画。

事实上，我是在后来才明白，那个时候，我以为会重新勾勒我的人生轨迹，重新走一遍人生路，重新播放一次人生的影片，一切从头开始。和一个完美的瓦伦媞娜的替身，和一个神秘的 B 角，她经常让我意识不到时间的流逝，意识不到死亡，意识不到我自身的变化。神圣的替换仪式已经自然而然地发生了，就在那个迦太基的夜晚，就在莉姆进入我家的时候。我发现在巴黎，在这个属于瓦伦媞娜的城市里，替身计策仍旧在持续。

在我的工作中，有时会运用到一种超级光谱的图片技术，这种技术本来是天体物理学家用于研究星辰颜色的。那种机器可以分析一样物品，在它上面看到肉眼看不见的东西，能够运用光谱的不同部分进行删除或者改变。和莉姆在一起，我不需要任何机器。她把瓦伦媞娜的光芒反射在我身上。我看着她走动，看着她笑，看着她说话。我闭上眼睛问自己：你在哪里？在巴黎吗？还是在迦太基？是在高布兰大街还是在汉学考古家的房子里？瓦伦媞娜的脸和莉姆的脸融在了一起。我决定尽快安排去新晨爵士俱乐部搞个晚会。

20. 马蒂尼翁宫，瓦伦街，巴黎七区，法国

"所有人快躲起来，他来啦！"一位女秘书一边朝大家嚷着一边跑向新闻部。在早上接班的时候，驻守通往一楼楼梯的宪兵们就知道他们不能去网上参与大降价的活动了，有时他们是可以这样做的。警察部门和情报部门的头头们正在遭人物议。早上，各大报纸都刊登了这条标题，而且用了超级大的字号：《无能》。

马蒂尼翁宫的门是朝着瓦伦街的，两个防止进入的铁柱子深深地插在街石里。一列众多随行人员的车队进来了。掌门官还没来得及打开车门，总理就突然出现了，朝着台阶跑

去，身后跟跟跄跄地跟着两位办公室人员，被资料压得直不起身。

兰贝廷坐在一楼大堂的长凳上，一边翻着报纸一边等着。他站了起来，但是总理从他面前经过，并没有看他就直接进了办公室。内政部长几分钟之后也跟着出现了。兰贝廷再次站了起来，但是部长一脸难以捉摸的样子，面色苍白，冷漠而着急的状态，也不和他打招呼。他准备再次坐下的时候，看到了他的同事布莱，就是他负责预审有关他的诉讼，而且决定以"陈旧过时而极度不透明的工作方法"的理由清除掉部长，而这个方法的代表就是兰贝廷。布莱朝他笑了笑，还拥抱了他一下："我们争吵了，情况很复杂，但是你看，你拿回你的部门啦，甚至还有那幢别墅，我们做到了。"

"谢谢你安排车来接我……"

"部长从城堡出来的时候就告诉我们要开这个会。我给你打电话的时候，就和他一起站在院子里，记者们离我们不到三米远，正是传媒恐慌时刻……"

总理主持这次危机会议。在镀金的穹顶之下，坐在他身边的有办公室的几个人，有内政部长和他主要的合作伙伴，还有共和国总统关于安全和反恐斗争的顾问，这是别墅的一位故人，上次总统大选前离开了部门，专门从事竞选的工作。是他要求部长将兰贝廷重新拉进来的。兰贝廷坐在桌子的尽头，身边是交际学的一名实习生。总理匆匆地做了个简短的声明："我们要采取所有必要的措施。我们好像对新的恐怖袭击束手无策，而我们发现，制造这些新恐袭的人，我们部门是了解的。内政部长先生,您有什么建议?"

被问到的部长仿佛还在调整着他的呼吸和建议。三个月以来,这个低调男人的好名声被击得粉碎。他朝着咖啡杯俯下身去。这是他沉默时的习惯,他的声音平稳,甚至有点女里女气,双手伸到嘴前,好像防止有人能够从他的嘴唇上读出什么:他又回到了年轻时候那个托洛茨基小密谋家的模样,那个时候他没日没夜地扑在学生会的工作上,最后成为了领导人。这是他对抗孤独的方式,就算是之后的成功也没有能够让他改变。他说的话就像一份内部资料般空洞无物,兰贝廷这么觉得,恐袭、被杀的人、安置了引爆装置的汽车、睡梦中被杀害在家里的警察,这整个死亡和仇恨的世界显得如此的不真实。他一直都不着调,这让他获得了很多的成功,但是现在,这样下去不行了。他预告了准备采取的措施,仿佛这些措施真的很特别,然后带着虚假的善意直接把发言权交给了兰贝廷,还强调从今以后,兰贝廷就是他的"特别顾问",负责反恐斗争。

兰贝廷开始发言,嗓音略微有些嘶哑,但是显得亲切而不狂妄,他充分利用着他那副既孔武有力而又疲惫的男人体态,他经历过很多事情,知道要接受事实就得以一定的失望为代价。他先是做了一个简短的小结,是关于启动紧急状态以来污染了所有人思想的那个司法争论。

"你们都知道,我们有两套司法武器可以用。行政司法是起防御作用的,刑事司法是在犯罪行为发生后才会启动。几十年来,行政司法渐渐失去了实质性的内容,而刑事司法则成为了个人自由的唯一保证。在和平时期，这种做法是可以接受的，但是，在我们目前所处的反恐紧急状态下，这种平衡已经不能满足需求了。"

总理一边听着一边点着头，表示赞同，然后他打断了兰贝廷：

"特别顾问先生，您是想说我们知道他们，但是只能在他们犯罪之后才能逮捕他们或者解除他们的威胁？"

"是的，总理先生。"

讨论这个行政司法问题，兰贝廷是胸有成竹的。在大规模进攻前，他已经布好了棋子。他果断地运用他的优势：

"此外，我们还是对现实双重否认的受害者。在叙利亚，六年前，我们在外面的情报人员相信阿萨德一周后就会倒台。有几份内部通报就是传达这个意见的。外交官们都把阿萨德的离去当成了解决叙利亚危机的决定性因素。我给您放了一份当时给他们部长的通告，是由我们最权威的一位阿拉伯文化专家写的。这其实是属于盎格鲁萨克森人称之为'一厢情愿'的想法，换种说法就是装糊涂。正因为如此，叙利亚悲剧性地成为了圣战分子招兵买马和进行大规模训练的中心，从某种意义上来说，也是他们的冒险场所。"

总理用左手手指轻敲着桌子，快速回复了几条短信，然后转过身去看着他的外交顾问，而顾问突然被一份文件吸引住，紧张地翻看着。他终于找到了他要找的东西（是兰贝廷所说的那份通告吗？），一言不发地把它递给了总理，总理也看了，这个时候，兰贝廷假装看着自己手上的文件。一缕暖和的光亮透过朝向花园的窗子照进了会议室,在戴高乐将军往日的凡尔赛地板上画出了一个个光圈。内政部长因为被迫要听这些毫无意义的东西而表现出不满。总理叫来顾问,和他低声说着话,然后用下巴示意巴兰贝廷继续。

"谢谢总理先生,我差不多快说完了。第二个对事实的否认就是:二十年来,几十个恐怖分子躲过了共和国的宽宏大度与果决。这些消失的恐怖分子就是后方的基地和培养的人才,有法国人也有外国人。"

"跑题啦!跑题啦!"

内政部长刚刚做出了孤注一掷的举动。他装出一副气愤的样子,恳请总理能够慎重一点。"这些恐怖分子是我们的前任们留下的失败的印记。我们应该面对的是社会问题。无论如何都不会是公共安全问题。"

总理用眼神询问着总统的顾问,他思考了片刻才开口说道:"兰贝廷继续说吧,最后这一点,内政部长也没有全错,但是……继续说吧。"兰贝廷知道自己赢了,他已经在想着要尽快在别墅召集一次会议。

"我认为绝对应该回到实地,所有的地方,就算是最艰难的地方。我们活着,我们行动,我们思考,但是过于远离我们自己,远离我们的身份,远离我们的祖国。"

21. 埃斯皮盖特街,巴黎五区,法国

爱玛在莉姆的手机上留了几句让人放心的话。"抱歉没有亲亲你就走了。我没有选择。家里有丧事。我现在在巴黎。

手机丢了。我迟一点再联系你。爱玛。"

爱玛的消失让莉姆情绪低落。现在我们在巴黎了,她希望能够重新联系上好朋友。莉姆把这份友谊所有的好处都归功于我。总的说来,她开始把我当成她的恩人,特别是还可以跟我说出来。我目睹了她性格的快速转变,而没有对此做任何评价。

自从我们离开了迦太基,莉姆好几次对我说,在经过一个"幽闭恐怖的"童年之后,生活中只有烦恼和欺凌,她的生命是在离开舅母家跟着我走的那一天开始的。"就像一只小狗,汪汪汪!"她一边叫着一边笑着说道。

在收到爱玛的留言后,她的欢乐让我再次想到瓦伦媞娜的快乐风暴。很显然,爱玛是用一部固定电话留的口信,电话号码被隐藏了。莉姆扑上来搂住我的脖子。"她在巴黎,太好啦,我们可以见面啦!"然后她就反反复复不停地听了二十多遍留言。爱玛留言音的后面,是一些含糊不清的通告播报声,是喇叭里传出来的,充斥着整个留言录音。"她好像在一个火车站,但是很模糊,听不清。"

那一天,我在瓦莱塔的领事馆办理申请临时通行证的手续的时候,我曾经跟莉姆说过,我在警察部门有个朋友,是我以前的学生。她假装没有听见,第二天她告诉我她讨厌警察。我们到巴黎的那天晚上,我就预先告诉了她,我得见见这位朋友,但是没有更多的解释。布鲁诺,可能会很快就出现,很可能是在我们的居所里。我正寻思着怎么组织这场会面的时候,莉姆建议我把她的手机交给"你的那个朋友,你知道的,就是那个警察,布鲁诺,这样他可以鉴定一下留言。我们就可以知道,她是从哪里给我打的电话。这个蛛丝马迹可能非常重要,可以帮我们找到她"。我打电话给布鲁诺,提议他接近傍晚的时候过来这里。

我很含糊地跟他提起一位对我非常重要的年轻女子,我希望能够保护她,但是没有说任何细节。当他按响门铃的时候,莉姆好像要走开躲着不见他,而我拉住了她的手臂。布鲁诺刚刚明白这就是我说过的那个年轻的突尼斯女子,她就非常技巧地消失了,让大家都措手不及。她的这种鬼鬼祟祟加上青春无限的光芒,虽然不属于什么美丽定律,仍然让我看到了布鲁诺的张皇失措。就算有满肚子的问题,他也忍住了,然后直接进入主题。

"情况每天都在变化。我一直关注这个复杂的犯罪网络,很多东西都不确定,您也知道一点,就是从的黎波里到我们那个位于郊区的住宅区。好几个月以来,您的那位'穆萨长官'不仅仅只是贩卖古董。他通过马耳他把小包的可卡因运送给在大塔尔特的一个马耳他的毒品贩子。我们亲眼目睹了他所在小区的毒品交易迅猛增长。穆萨和'伊斯兰国'的关系也更近了。好像有一小撮法国马耳他人,他们既和大型抢劫集团有关系,也和我们的毒品贩子有联系,最近他们去了一趟利比亚。您也知道,您的利比亚投资人被除掉了,还有您的那位土耳其朋友。再加上那个年轻的非洲孩子,他死在了医院的房间里。"

在迦太基,我曾经受到威胁,我们被迫离开了。如果杀手们当时瞄准的是我呢？布鲁诺打住了话头，好像猜到了我的担心。

"您离开迦太基是对的，"他接着说，"当他们看不到猎物的时候，他们就会忘记的。但是这一连串的谋杀向我们表明了，我们面对的是一些什么都敢做的人。您在黎梵特被杀害的前一天晚上见过他吧？"

"那天是领馆的负责人请我们吃晚饭，快结束的时候，他来了，他和负责人挺熟的。没有人料到他会来的，他刚从西西里回来，和他的女友一起……"

"爱玛。您认识她？"

"我们也是刚刚遇到的，莉姆和她聊过很长时间。"

"她和他一起去伊斯坦布尔待了几天，然后是西西里岛，可能还有其他地方。您觉得我可以聊聊爱玛吗，和……"

"和莉姆？"

"我们对这个女孩几乎一无所知。她和父母完全断绝了关系，性格孤僻。在商校里，她没有朋友，总体情况中等，从来不引人注目；在中等生里成绩算是不错的，我们只知道这些，没有人知道她的收入从何而来。"

"莉姆会同意的，但是我得跟她说说。爱玛在她的手机上留了口信，您能帮忙鉴别吗？"

"当然可以，我们可能会找到非常珍贵的蛛丝马迹。"

莉姆正躺在床上翻着一本旧的《网球杂志》。当我跟她说布鲁诺可以分析爱玛的留言的时候，她转过了头。她的侧影就像一尊腓尼基的雕像。她笑着起身，建议我把手机拿给布鲁诺，请他听留言。

他坐在长沙发上听着留言。莉姆光着脚丫，盘腿坐在他的旁边。我坐在他俩对面，一只深色木头的叙利亚小凳上，凳子上镶着螺钿。布鲁诺请莉姆允许他把留言录到自己的手机上，以便做进一步的分析。

"当然可以啦，多亏了您，我可能可以找到她。"

"我们在二十四小时后会有结果。到时候我通知你们。"

布鲁诺看着我，我朝他点了点头，请他继续。如果他想问莉姆一些问题，现在正是时候。

"您认识她很长时间了吗？"

"不到一个星期吧，但是我们马上就熟悉了。我们可以互相理解。她是我唯一的朋友！"

莉姆的话说得飞快，有些急躁，还有些紧张。他们的交谈非常不对等。莉姆说得很多，但是没有什么实际内容，除了爱玛和黎梵特的关系并不是"认真的"，布鲁诺好像很犹豫要不要再问她一些问题。我想可能是因为我，因为我在这儿让他们无法畅所欲言。

我猜布鲁诺应该有些困惑，他应该在寻思着我和莉姆的关系，还把我们的关系和爱玛与黎梵特比较。我正准备走开让他们两个单独聊天的时候，莉姆突然站了起来，很生硬地说她全部都说完了。然后，她的语气又马上柔和下来，补充了一句："布鲁诺，别忘了一有消息就告诉我们，求您了，这很重要。"

那天夜里，莉姆起来了。我听到她打开冰箱的门，我想她应该是口渴了。尽管我们把朝着院子的窗子都开着,房子里仍然很热。一个小时后,我看到她在客厅里,满脸泪水,坐在叙利亚小凳子上,坐在黑暗之中。她犹豫了一阵才对我说,她在担心爱玛。

"我满脑子都是和她见面时最后的那个画面。她走在椰枣树下,像一个舞者,她转过身,朝我挥了挥手。我跟你说过,我们本来应该第二天见面的。我当时没有明白,她原来是在向我告别……"

她跑到厕所里去擤鼻涕。我劝了整整一个小时才让她平静下来。她蜷在我的怀里,身子缩成一团,不停地抽泣着。我拿来了一盒纸巾,时不时地递给她。当曙色透过客厅的红窗帘渗进来的时候,我提议去煮点咖啡。"不要,不要动,我有话跟你说……"她还在哭着,我用了好一阵子才明白她说的是什么。

"爱玛在卖淫,已经很久了,这是她保持自由的一种方式。黎梵特付给她很多钱。但更重要的是,她在他身上看出了什么,因为他很危险。她用手机拍了他联系人的名单。她认识名单上的一个人。"

早上八点,我给布鲁诺打了电话。他即刻就接了电话,告诉我已经对爱玛的留言进行了分析。"您可以现在过来找我们。""一个小时后,我到你们那儿。"

22. 别墅,巴黎七区,法国

塞纳河岸边的马路仍然禁止通行。布鲁诺在交通阻塞中缓缓前进，抱怨着巴黎沙滩的活动，短信不停地轰炸着他的手机。

罗拉，前所未有地爱着。她要求他一定要见玛格丽特。玛格丽特？——你故意的吧，爸爸。玛格丽特，就是我生命地球学的老师。

萨宾，他的另一个女儿；他请她下个星期三一起吃中饭。她已经给他打了三次电话了，强调她是严格的素食主义者。严格的素食主义？——是的，严格素食主义和素食主义一样。我不再吃肉了，我认为，爸爸，你也可以不用吃肉了。

然后还有她们的母亲，最精彩的部分。她被人甩掉了，这是预料之中的事情，甚至早就预料到了，她整日消沉着。萨宾和父亲说过母亲的情况。晚上，她从医院回来就开始喝酒。玛丽-埃莱娜从上周开始，每天都给他打电话。他曾经在几个月的时间里一直等待着她的电话，而现在，只要看到手机上是她的名字，他就不接电话。真的好失败！我居然什么都没感觉到，我都焦头烂额了。她也是。我们的生活不应该是这样的。当关系刚刚开始解体的时候，还是可以挽救的，但是现在我已经不指望了。今天的这种状况完全是她的错，还有两个孩子也变得神经兮兮的。但愿玛丽-埃莱娜不要把我当成她的救生圈。他对玛丽-埃莱娜的冷漠好像已经扎下根来了。这期间的感情波动有起有伏。有些日子里，他思量着他们应该都需要一次集体的精神治疗。当他不想一个人待着的时候，他就去找伊芙琳，就在她的圣雅克大道的套间里。他发现自己对她还是有一点影响的，她的厨房收拾得干净而整洁。

　　一阵轻雾给河上的桥和卢浮宫的外墙笼上了一层轻纱。轻雾让他想到了艺术家克里斯托的作品。布鲁诺的车开到了塞纳河的左岸，他降下了车窗，空气中弥漫着海的气息。有空的时候，我应该再去一次迪纳尔，这样能够让我理清思绪。那个前台的女孩子叫什么名字……手机短信仍然让他心烦意乱，三个女人都叫他回复，即刻回复。今天，我受够了，我不会再理睬任何人。他把手机转成静音模式。交通顺畅了一些，布鲁诺集中精神，专心开着车。

　　今天早上，兰贝廷打电话给他，让他十点到别墅。"别墅？""是的，别墅。他们换了锁，不过我已经拿到新的钥匙了，兰贝廷的语气平淡。他们会派技术员来检查电脑系统。"布鲁诺一点也不觉得惊奇。今天早上，所有的电台都在反复地播着同一条新闻：一位"超级警察"宠儿被请回来应对恐怖主义。

　　自从三个星期前在兰贝廷的家里碰过面之后，布鲁诺就没有再见过他。布鲁诺曾经想过，这个老家伙是不是有点疯狂，总理已经把他当成一个坏人抛弃了，而他仍然保持着和线人们的联系。我错了。当一条狗得到了一根骨头，它是绝不会撒手的……整个团队的人都在，除了两三位警察正在度假，今天晚上就会赶回来。一位新来的通讯员给大家发着钥匙。头儿用食指捋着他那一小撮方方正正的白胡子。他解下了领带，把玳瑁眼镜放在面前，用他那单调的声音开始说话。布鲁诺欣赏着这位教育家清晰而突兀的言语。

"所有的人今天早上都在谈论我们，但唯一值得说的就是我们只是奉命行事，重新开始我们的工作，就和以前一样。仅此而已。但是仍然有两点需要明确。第一（他举起右手的大拇指，停在空中）：我们没有更多的资金，我们的新基金仅仅只是象征性的，我们以前的那个反恐特别警队就已经是一个被忽视的单位。但是我们生存了很久。对于他们所有人，我们代表着一种简易而廉价的解决问题的办法。第二（他举起食指，在空中晃荡着）：情况紧急。我们要对所有将要发生的事情负责。不论是好的还是坏的。是救助的生命还是其他的。"

办公室里静悄悄的，没有电话响起，通讯员已经出去了。兰贝廷的话语在这种奇特的静寂中掷地有声，就好像他想要大家看到，尽管政府的公告冠冕堂皇，他们仍旧是一群孤独的人。他那略带疲惫的态度，还有那光滑的面容透不出一丝的情绪。

"这个出乎意料之外的回归满足了我们的自尊心。但是，事实上我们并没有赢，而是他们输了，他们不得不背水一战。他们只是重新发现了事实，现在，让我们开始工作吧。"

老家伙的助理还是原来那个，他小结了一下总部传来的信息。实实在在的威胁、令人担忧的犯罪网络、传闻和网络消息的报告、有嫌疑的个人。"这只是一个开始。"兰贝廷明确地指出，特别小组将与警察和情报部门密切合作，而情报部门也刚刚有了变动。各个层级都清理顺畅。他要求助理每天都要为大家组织一次见面，这种见面至少在第一个月要坚持下来,在每天接近傍晚的时候,就在博沃广场①。兰贝廷的语气依然疏远而冷漠:"我要求每个人都要充分运用自己的关系网,还要建立新的关系网。我们不得不要一个结果,不是因为上面要求的,而是因为这是我们特别警队的传统。"

他在会议结束的时候叫住了布鲁诺,将近中午的时候见了他。他一直都非常欣喜能有一名往日的历史地理老师在身边。对于他来说,这意味着最基本的资料信息。他觉得,这两个专业对于他这个警察要面对和处理的事情来说至关重要。我可是个老派人物。很多同事都不知道。就更不用说部长了。两年前,他还从来没有听说过瓦哈比教派。他在布鲁诺身上觉察到了一种忧伤,这种忧伤并不让他讨厌——忧伤能够让人更加清醒——他还可以把这种忧伤和自己的进行比较,虽然他从来都不会流露。

"土耳其人把他们的装甲车开进了叙利亚。两个目的。他们特别想要打击库尔德人,同时削弱'伊斯兰国'的势力,反正是在他们自己的边境上。这样做并不能阻止成千上万的土耳其和外国战士离开土耳其的地盘去追随'达阿希',他们自己也是这么认为的。这些人中间就有法国人。在利比亚,尽管有军事打击,混乱仍然在持续。'伊斯兰国'被削弱了,但是这头野兽还是会动弹一段时间。您知道我为什么要向您提及土耳其和利比亚。您掌握了一种非常模糊的联系,但是一定要搞清楚所有的东西。您还在联系那个男孩子吗?"

---

① 博沃广场(La place Beauvau),法国内政部所在地。

"每周三次。"

"有新消息吗?"

"没有特别的,他的头头离开了原来的区域去度假了,头头在默伦附近租了一所大房子。"

"美国人会把他那些去利比亚旅游的朋友的名单发给我。我尽快转给您。这几周的假期,您有好好利用吧?"

"我去查询了军队的档案馆,关于塞提夫的暴动事件。我的父亲是从那里来的。我是个从阿尔及利亚回来的'黑脚'。"

"找到什么吗?"

"我觉得好像是同一个故事一直延续至今。"

"圣战?"

"从某种意义上说是的。类似的事情在一九四五年暴动的时候就有了。在所有和我查询过同样资料的人里面,我发现了一个大塔尔特的男孩,我认为是一条线索。我去查一查,这是个在街区长大而获得了成功的年轻人,他现在是位金融专家。他的父亲也是从塞提夫来的,和我的父亲一样。我猜他也对自己的起源感兴趣。"

"只要您愿意,我们随时可以见面,然后每隔一天做一次小结。您别忘了细节的问题。有时候我们觉得好像被一些微不足道的琐事困住,其实事实恰恰相反。观察现实就如同欣赏一幅大师的画作。整体的观感显示的是画面的组成,作品的生动起伏,而所有的艺术史学家都会说,画家会把他的天赋运用在细节之中。这就好比文艺复兴时期一幅画作里基督胸前那只极小的苍蝇。艺术家把他的秘密、他的参照、他的放肆，甚至他的玩笑，都隐藏在细节里。当我们走近画作时，需要时间好好地看，我们会发现其他的东西。"

"有些时候，一幅画作会隐藏在您看到的某幅画作的下面。"

"是的，但是这个时候，情况就不一样了，需要用 X 光进行透视。"

第四部分

蓝调进行曲

1. 伏隆泰尔街，巴黎十五区，法国

　　布鲁诺已经非常疲惫了，可就是睡不着，心不在焉地回着伊芙琳的短信。有些日子，远距离的肌肤相亲可以发挥神奇的功效，但是今晚的效果显然很一般。可能他已经开始厌倦了这种关系，而伊芙琳仍然生气勃勃精力充沛。况且他还想着其他的事儿。

　　苹果手机悦耳的铃声预示着又一条短信到了：*我喜欢你的那个，它是全世界最好的。*

　　他拿起床头柜上的资料，里面有黎梵特联系人的名单。兰贝廷亲自负责那些和库尔德组织、"伊斯兰国"、基地组织和美国情报部门相关的电话号码，把剩下的那些托付给了他，还是有一百来个号码。他把这些人全部输入到他们的搜寻引擎里。他划出了三个人，需要优先核实的：爱玛，很显然需要特别关注，路易·卡米列里，马耳他的那个渔民，还有这个布哈迪巴。

　　叮！短信：*你想把它放进哪里？* 他没有正面回复：*你喜欢怎样？*

　　卡米列里的情况比较清楚。他用渔船贩卖可卡因和古董。可能还有其他的东西。他每一次的利比亚之行都会带来丰厚的收入。卡米列里一直都很会挣钱，虽然东京拍卖会上金枪鱼的牌价可以升到很高，但他应要求而做的那些事情可以带给他更多的钱，并且让他有充足的时间照顾他的德国小女人，就是那个右边臀部文着卐字符号的那个。他是不是已经是黎梵特的手下了？

叮！有个小东西在我的菊花里，我想象着那就是你。他回复：小心一点，晚安，明天见，关掉手机。

爱玛是目前最关键的证人。但是怎样才能找到她，他全无头绪。还有这个布哈迪巴。他的名字居然在黎梵特的资料里，非常有意思。他今天下午把哈利紧急召到了曼达丽娜酒店，专门和他聊这个布哈迪巴。哈利的答复很明确。"他是个好儿子，非常成功，他父亲对他爱得不行。""他的私生活呢？""一张白纸。这也是他父亲最大的遗憾，他真的好想抱孙子，虽然他没有跟我说，但是我很肯定他在怀疑自己的儿子是不是个同性恋者，这让他非常忧虑。他觉得，孤独对他的小萨米来说是个坏伙伴。他身边没有女人可以说话，他就会和自己说话，他父亲是这么看的。其实我也一样，我经常跟自己说话。任何经历过孤独的人都会习惯性地自言自语……"

布鲁诺抬起了头，一脸的困惑，哈利就忍住了没说下面这段话。"独自一人大声地说话，就好像在和心中的真主对话。"他想到可以围绕自言自语写一首歌。独自言语，他觉得这是个好歌名。谢谢雨果！他刚刚又重读了一遍《笑面人》。"可以肯定的是，这个小布哈迪巴是个超级干净的家伙，我有他的手机号码，布老爸给过我他儿子的名片。"萨米·布哈迪巴，西门尔塔金融经理。布鲁诺记下了电话号码，把名片还给了哈利。

※

西门尔塔大厦，拉德芳斯，上塞纳省，法国

萨米约他早上八点在拉德芳斯的办公室里见面。电话里的他非常亲切，声音没有夹杂一丝紧张："我们会有不到半小时的时间，这样可以吗？"萨米·布哈迪巴的助理到接待处来接他。一个栗色头发的动人女子，看到警察就一副晕眩的神情。布鲁诺身上裹着老佛爷百货公司降价时买的灰色西服，站在西门尔塔科幻般的大厅里浑身不自在，这个大厅到处是拱门和通道，完全是一艘宇宙飞船的风格。悬挂的巨型屏幕上显示着西门尔塔在全球的进驻情况。光鲜的张贴画上，企业的领导们都是伴在国家领导人的身边（国王法赫德、埃米尔阿勒萨尼、比尔·克林顿、弗朗索瓦·奥朗德……）。在如同航空公司般的柜台后面，女接待员都穿着浅色套装和红色衬衣，招呼来访的客人。到达大厦顶楼的时候，布鲁诺被办公室窗外的景色震住了。布哈迪巴站起身迎接他，请助理端来咖啡和茶。

他的行为举止，他声音中透出的威信，他说话很快但是并不匆忙，这些都让布鲁诺即刻相信自己真的搞错了。哈利说得有道理："这个家伙很干净……"年轻，深色西装下显出的气质还有些少年人的痕迹，但是非常直爽、简洁、稳重，一位专业人士。在他解释自己为什么来这里的时候，布哈迪巴边听边记着笔记，然后打电话找助理："玛尔蒂娜，麻烦您，可以把黎梵特的资料送过来吗？是的，黎梵特，您记得吗，就是想我们帮忙管理他的金融资产的那位土耳其外交官……马上就要，是的……"没等材料送来他就开始解释，这个黎梵特是一个朋友介绍的，这个朋友是利雅得的一名投资银行家，就这样黎梵特联系到他，想找一位财产经纪人。"我们没法帮他，因为我们的金融部门几乎没有个人客户……"秘书又走了进来，把资料给了布哈迪巴，偷偷地看了布鲁诺一眼，然后出去了。

　　布鲁诺看到来往的信件和这位金融家刚刚说的是一致的。"非常抱歉为这点小事打扰您，没有办法，我必须核实这个人的所有联系人。"

　　"我不想这么冒失，但是为什么你们会对他感兴趣呢？"

　　"这个人有时会摆脱所有的规则做他自己的事情。他被杀害了。"

　　"他是为土耳其的部门服务的？您没有回答我的问题，但是我立刻就怀疑了。他所有的财产对于我们来说没有什么，但是远远超出了一位外交人员的收入。我甚至在想他是不是和'伊斯兰国'有某种联系……"

　　"您想说什么？"

　　"一种直觉。经常听人说起'伊斯兰国'，让人们觉得好像他们无处不在。如果您没有其他问题的话，我让玛尔蒂娜陪您出去。"

2. 达米安-勒-坦布尔，奥布省，法国

莉姆再次表示要去接收哈碧芭的那个公寓看她，珍奈特也说她会同行。我们决定第二天一早就出发。我建议布鲁诺跟着一起去。我每天都会和他交流，感觉他非常焦虑，满脑子的假设和问题。

第二天，先贤祠门前的广场上，天气凉爽，太阳在伟人陵墓的拱顶上闪烁着。即便布鲁诺满心都是他的工作，所有人仍然都有那么一点出发度假的感觉。珍奈特想到能够重新见到哈碧芭就非常开心，"我找到的孩子"，她就是这样称呼哈碧芭的，她坐在布鲁诺驾驶位的旁边。莉姆和我舒舒服服地塞在小奥迪的后排上。莉姆非常心急地想要"驰骋在法国的高速公路上，穿越法国风光"。"我的德国车不会让你太不舒服吧？"布鲁诺问道。高速公路上的车不多，珍奈特建议打开法国音乐电台，于是，整趟旅程我们都听着克劳迪奥·阿巴多[①]指挥演奏的莫扎特的交响乐。

高速公路缠绕如带，穿过宁静的乡村。森林繁茂阴森，草地碧绿，田地耕作后显出赭石的颜色，山峦起伏间偶尔的村落，还有小河边老柳垂枝戏清泉的景致。所有人都缄默不语，多多少少都在想着哈碧芭吧。

"我觉得好像身在一部电影里，"莉姆突然用一种很高亢

[①] 克劳迪奥·阿巴多（Claudio Abbado，1933—2014），意大利当代著名指挥家。

的声音说道,一边说一边还挠着我的手腕,"就好像我是一个小女生,远行去找另一个和我很像的人,我的另一半就在路的那一边等着我。"

没有人出声说什么。我把她搂了过来。我发现,只要是身处新环境就能让她反常,甚至带给她一种情欲的冲动。几天之后她告诉我:"当时,身边的一切都让我好感动,一切都是那么和谐,乡村和音乐。我觉得内心深处有个东西被解开了……"

我们离开了高速公路,车转而行驶在省级公路上。修道院的钟楼敲响十二点的时候,我们终于到达了这座看似被遗弃的小城。一些房子的外墙和一群群小资的房子证实了它往日的繁华。达米安-勒-坦布尔以前是个活跃的农业中心,周边如星星般散布着铁匠铺和玻璃厂,高炉的炭火终日不熄,日夜照耀着四周的森林,在过去的几个世纪里,这里吸引着整个地区的资金和财富,特别是在像圣马丹运河秋季集市这样著名的市集活动中。但是,农民们离开了,玻璃厂和最后的高炉也关闭了,写着"出售"的巨大广告牌横在外墙上,商店的门被水泥浇筑封死了,很多铁质卷帘门垂着。墙上写着标语要求外国人离开。街上空无一人,好像人们因为灾难即将来临而撤离了。"感觉就像经济危机。"珍奈特说道。

哈碧芭坐在众人之家的台阶上等我们。她穿着牛仔裤和白色T恤衫,头上戴着一条鲜艳的纱巾,是亮黄的颜色,让她的笑容显得更加灿烂,眼睛更加明亮,散发着少女的活力。

她光芒四射。

她一看到我们就马上起身,大声叫着:"你们好!"这大概是她学到的第一个法语词。她从楼梯上跑了下来,投进珍奈特的怀抱。

几个月前的那个清晨,在马耳他的海岸边,珍奈特发现了遇难后的哈碧芭和弟弟;他们当时饥饿难耐,饱受刺激。而今天,她在一座被全球化腐蚀的小城里又见到了她。

两个女人面对着面,手拉着手。珍奈特的脸被晒得红红的,头发散在风里。她也散发着光芒。

女记者身体挺得笔直,好像抱起了年轻的索马里女孩。

我开始思量着,这些相遇好比命运的嘲讽之笔。命运戏弄着世人,任性地把他们扔进黑暗和暴力之中,抑或指引他们走向光明。然而,我又纠正了自己的想法。命运只是提出可能性,而人却在安排部署。哈碧芭决心尽力让这次机遇不要变成另一次海难。至于珍奈特,她高高抱起哈碧芭,就好像她还在帮着她把头伸出水面。

连着主楼的预制房子前,十五六个年轻移民正在抽着烟,打着电话,或是一边听着音乐一边漫不经心地看着我们。

我们一起走进寓所,去问候中心的主任,一个高大的女人,衣着随意,头发卷卷的、长长的,大约四十来岁。她在切·格瓦拉和曼德拉的海报下接待了我们,很有礼貌却带着某种冷漠。她不习惯接待寄宿者的朋友们。我们的出现打乱了她的工作,或者至少打乱了她的习惯。为了表示客气,我问了一些关于培训的组织情况。

"情况很复杂,我这里接收的移民都在等着巴黎附近寓所的消息,在那里他们可以上几个月的课程。这里只是一个过渡的地方,镇政府是右派,不断削减着我们的经费,我们受到很大的影响。这里原本有两位老师,一位教瑜伽,一位教形体语言,我不得不取消了其中的一项。真的好可惜。我这儿还有一位志愿者,时不时过来上上法语课。我们还要负责他们所有的行政方面的手续。"

珍奈特放弃了向她解释我们为什么会出现在这里,转而称赞她的奉献精神,我们因此得到她的许可,可以带哈碧芭去城里吃饭。

伊斯坦布尔比萨店不需要提前订位,它就在一个小广场的边上,那儿还有一个公共洗衣处,有活水穿流而过。大部分的桌子都空着。我们放弃了餐牌上的烤羊肉串夹馍,决定点比萨。在点菜的时候,那个面容年轻而身体疲惫的女服务员告诉我们,春天的时候,好几次水灾淹没了整座城市,持续了一个多星期。

"水灾,加上失业,还有恐怖主义,我不知道你们怎么看,对我们来说,真的受够了。是不是所有人都要那不勒斯比萨?喝点什么?"

这些人生活在一种世界末日的氛围里。在公寓的时候,我就想到了这个,还把哈碧芭和众人之家的主任好好比了比。为什么一个尽管受尽漂泊和排斥仍然面带喜悦,而另一个却是一副焦虑的面孔?为什么一个会微笑,而另一个却笑不出来?

我们要了两瓶矿泉水,珍奈特即刻就和哈碧芭聊了起来,莉姆勉勉强强地翻译着，一会儿阿拉伯语一会儿英语。

"是的，一切都好，可惜法语老师不能经常来，我只见过他一次。我去了两次巴黎，去看表兄们，我看到了埃菲尔铁塔、凯旋门，我等着新的中心能够接受我，就在巴黎大区，我会学法语，还会学一门手艺，我要游览整个法国，我要去马赛和斯特拉斯堡，我什么都想了解。还有勃朗峰，一定要在它变黑之前去……"她滔滔不绝。唯一担心的是她的母亲。一位表兄告诉她，母亲现在身处一个难民营里。哈碧芭要拼命工作，挣钱让母亲能够来巴黎。

从伊斯坦布尔比萨店出来，我们挤进奥迪车，一起去森林走走。我们不知身处何处。只有脚下的沙子嘎吱作响。林子下面散发出一股浓重的泥土混杂着落叶的气息。布鲁诺开始询问哈碧芭在的黎波里时的生活，慢慢地，一点点地，然后略略提了一些关于黎梵特和穆萨长官的问题。莉姆好像和他关系不错，不用他要求就帮他做了翻译，这时候，树枝断裂的声音吓了我们一跳。

离我们五米远的地方，一头鹿一动不动地站着，它头朝向我们，鼻头湿乎乎的，盯着这些侵入它的树林的人。我们都惊呆了，也有点害怕它那威武的鹿角，它的大个头，还有它的美丽。

它只轻轻一跳就消失在树林的阴暗里，来无影去无踪。莉姆朝我转过身来。一缕光芒勾勒出她的轮廓，我看到了瓦伦媞娜，幻象一直在出现，这里也是如此："你们还记得《猎鹿人》吗？开始的时候，新郎的朋友们去山上打猎，就在他的新婚之夜，就是我们刚才那个样的！动物身上真的有些无法解释的东西。"

哈碧芭说过森林边有家小旅店，她和巴黎的表兄们曾经来这里喝过酒。"我们去那儿吧。"莉姆提议，她想尽一切办法要和哈碧芭待得久一点。我们走过了好几个湖，看到了很多百年的橡树，然后就到了一座非常现代的酒店的停车场，木头、钢铁、玻璃与林间空地浑然一体，还有一座附属的石头谷仓和一个菜园子。停车场上有十几部哈雷摩托。大堂非常宽敞，有一个酒吧，摩托车的主人们就围坐在那儿，男男女女，都是五十岁上下的意大利人，举止优雅，没有文身也没有穿着V形领的毛背心，他们在玩桌球，喝着香槟。

我们坐到了另一边的大沙发上。珍奈特请大家喝香槟。哈碧芭还是更喜欢可乐，不过她坚持把舌头伸到珍奈特的杯子里尝了尝。莉姆慢慢地又提起刚刚布鲁诺在散步的时候问的几个问题。哈碧芭说起了穆萨，说了挺长时间的，说他有多残忍，她只对着莉姆说，好像我们都不存在。"我逃得正是时候，长官已经选了我做他的下一个性奴。"

"他们在欧洲的生意呢，他们有没有说过？"珍奈特问道，样子有点拘谨。

"我从不听他们说话，我太害怕了，但是我知道他们在谋划一个在巴黎的计划。我弟弟听到了更多的东西。最后一次见到他们的时候，还有一个土耳其人，他经常来的……"

"黎梵特？"

"是的，可能吧。一天晚上，他独自一人和穆萨在一起的时候,他说他爱上了一个法国女孩。"

意大利车手们离开了酒吧。他们启动了停车场上的摩托,然后我们听到了他们远去的声音。"真可惜,他们都走了。"莉姆一边说,一边用手撸着头发。

下午慢慢过去了。吧台那儿只剩下一个喝啤酒的人。酒吧的女招待开启了灯管,散发着黄昏般的光亮。聊天的话题五花八门。尽管每个人的心里都有自己的小秘密,我们还是想继续聊着继续喝酒,就在这个森林的中央。我看着布鲁诺,他脸色苍白,神情专注,眉头紧锁。他很失望没有得到重要的信息,但是他还在继续和莉姆和哈碧芭说笑着。

3. 图尔贝伊-塔尔特,巴黎大区,法国

哈利再次听了他的"魔鬼录音"。听到的都很顺耳。这可是第一次。节奏、用词、句子,就连沉默都是那么契合,堪称完美,特别是有一种说不清道不明的东西,在整首歌里灌入了一种超级力量。这段就此诞生了。**出色**……他在手机上放了一遍又一遍,百听不厌,还决定要改掉所有的缺陷和不足。他找出副歌,**独自言语**,在上面加了另一个声音,声嘶力竭地吼唱出来,边唱边原地转着圈,还得弯着身子,他的个头对于地洞来说已经太高了。他抱住胳膊,蹲了下来。他想跳舞,想飞翔,就躺在他的歌词上,慢慢地,他又有了一个好主意。他要给自己录像,然后放到脸书上去。**好好利用你的宁静时光。你有一整天的时间可以构思剧本然后录像。**

视野里一个人都没有。他从地洞里钻了出来,关上了踏

板，跑下了山坡。凉爽的气息扑面而来，他深深地呼吸着，看着天空，一个巨大的空白，还有楼群变形的线条，他聆听着小区的寂静，流氓们正从大麻烟中慢慢苏醒，女人们拿着买菜的篮子从市场上回来了，她们的身影在整条路上摇摆着，他想着在哪里录像比较好，寻找着适合的镜头，走到十字路口，再次唱起自己的歌，**独自言语**，他不停地重复着，突然他意识到市政部门在标识比拉大道的高杆上装了摄像头，就在红十字路口。他退开了一点，离开摄像头的监视范围，观察着。没有警察，早上的路况正常。他看到了第三个摄像头，在一盏路灯的上方，摄像头的小黑眼正对着他。他走开了一点，打电话给姆比拉。

"老板好！"

（沉默）

"姆比拉先生好！"

"你怎么样，小傻瓜？"

"您呢？"

"很好，这里就像好莱坞，是富人的世界，和你了解的世界截然不同，你一定要来看看我。你打电话是因为摄像头的事情？"

"是的。"

"这些混蛋……是在做梦吧！好在参议员已经提醒过我了。快去找赛义德，就说是我说的，他得做他该做的了，他会明白的。你和他处得还好吗？"

"非常好。"

"对图尔贝伊-塔尔特来说,这是个好新兵。另外那两个土耳其人呢,他们怎么样?"

"我昨天跟您说过,他们挺好的,几乎不出门,但是近一周,他们会在晚上出去慢跑,都是在夜晚的时候。"

"他们在为竞赛做准备,非常好。这下子要热闹啦。我们将要夺得爆炸型奖牌。"

哈利好像不会走路只会跑。不到十分钟,他就到了赛义德占据的文化之家,赛义德在一楼的一间办公室里。他敲了敲门。没有回应。他推开了门。赛义德还在睡觉。他非常谨慎地叫醒了他,三言两语说了情况。"你先去帮我到饮料机上买杯咖啡,然后我再想想怎么做。"当他回来的时候,赛义德已经打开了窗户,铺好了床,还快速地冲了个澡。他的那个家伙在浴巾下挺着。"那是个棒槌,别在意,很快就没事了。告诉我,老板都说了什么?"

"让你做你该做的。"

赛义德立刻开始思索。他来到大塔尔特之后,联系上了几十个孩子,他们都对他佩服得不得了。他给他们看了弗勒里监狱传出来的录像,上面都是"伊斯兰国的士兵",他们穿着短长裤和黑色T恤,头剃得光光的,大胡子却很浓密,他们在监狱的院子里锻炼。他跟他们讲,他们的荣耀被这些该死的法国人嘲笑,哈里发的统治就要到来了,他们可以把这些警察的头压扁在他们那些破车的车窗上,他的言语引起了孩子们的注意。"告诉老板,明天晚上我就会派出一队人马。

让他等着看电视吧……"

就快十一点了。土耳其人也该醒了，他心里想着。他们的一举一动都是由那两个拦路抢劫尸体的救护车医助中的一个告诉他的。他们和供应大麻的同乡们联系上了，还和他们一起玩多米诺骨牌。哈利主动跑到蒙田楼。那两个家伙，头发剃得光光的，大胡子却异常醒目，穿着黄绿色运动衫显得特别矮小，他们正看着摩洛哥电视台播放的翻译成阿拉伯语的土耳其电视剧。他和他们一起喝了杯咖啡，告诉他们："明天晚上，街区可能会很热闹。晚上别跑步了，这样更好。"

下午一点。他在曼达丽娜酒店的幽闭处见到了布鲁诺。哈利沿着镶嵌在地上的灯光走着。非常快乐。他开始喜欢那些单眼皮亚洲人做的菜啦。酒吧侍应给他端来了饺子和广东炒饭。他狼吞虎咽地吃着。还用着筷子。同时向布鲁诺汇报着情况，布鲁诺马上通知了兰贝廷。

他想走的时候，布鲁诺挽留住他："你很赶时间吗？"

"不是，但是……"

他第一次说起了他的……怎么说呢……他的歌，犹犹豫豫地，眉头时不时跳动一下，还有就是沉默。然后，他掏出了苹果手机，播放他的录音。侍应生过来了。《独自言语》获得了巨大的成功。他们离开的时候，夜色正浓。

他走在去火车站的路上，裹着风衣，拉上所有的拉链，两手插在兜里，星星偶尔的闪烁穿过层层的乌烟瘴气，他看着它们，在星际间寻找着父母的脸庞，独自一人说着话。明天，如果可能的话，他要加上图像。

4. 比拉大道，图尔贝伊-塔尔特，巴黎大区，法国

兰贝廷通知了部长办公室，大塔尔特附近的环城大道上可能会发生重大事件，那是个具有象征意义的区域自治的地方，就在红十字路口。

"你对大塔尔特的执念让警局的密探们都觉得好笑。那一天，连部长都旁敲侧击地说你，'成天幻想着那些无法无天的地带'。"

兰贝廷非常冷静地坚持着，还用邮件发了一些精确的基本信息。办公室终于回复了（是电话回复的），他们会尽快派出一辆军用货车和五个人去守着那个摄像头。

"好像我们现在除了这个就没其他事情要做了，正是缺人手的时候，而你呢，你一下子就吞了我们五个人，就为了去那儿一动不动地守着摄像头。"

最终派出的不是军用货车，而是两辆残旧的雷诺风景，就停在比拉大道的人行道上，摄像头监测得到的地方。来往车辆很少。姆比拉给他的毒品贩子们放了一天假。哈利隔得远远的，拍摄着大道的周边，准备做他的影片剪辑，就在这个时候，十二个人走出了隧道，他们聚集在一起，戴着面具。哈利躲到了候车亭的后面，就在打架斗殴时他经常躲的一栋楼旁边。他从大道旁的山丘上俯视着整个场景。

攻击者打碎了雷诺风景的玻璃，把燃烧弹扔了进去。突击队里有人负责砍倒装有摄像头的牌子和路灯，其他的人在掩护之下四处散去，非常轻松自然，就像在电影里那样。汽车变成了一个烛台，火光四射。警察们挣脱了大火的焚烧，跌倒在人行道上。他们在四周不断熔化的沥青上两腿不停地跳着哆嗦着。戴着面具的那些人用铁棒殴打他们，又即刻散开了。汽车的油缸终于爆炸了。炸弹般的声响。

第二辆车上，一位栗色鬈发的女警员成功地发动了汽车。惊慌失措。马达发出奇怪的声响，汽车猛然跳动了一下，又一下，一块石头打破了挡风玻璃。栗色头发的女子打败了其中一个袭击者，拖着他跟跟跄跄地走出了二十多米，一个漂亮的滑行，撞上了一辆停着的汽车。伤者被卡在了铁皮之间，头歪在肩膀上，姿势比较怪异。他哼哼唧唧的。斗篷在汽车盖上卷成了一个圆。

哈利看够了，他觉得自己的身体就要爆炸了，这种暴力让他觉得恶心，让他的神经都在颤栗。他真的好喜欢大塔尔特。他的村庄，他的源泉。他的那些五颜六色的高楼，还有踢足球的草坪。他吐了，头埋在从电梯间捡来的一个用于藏身的大垃圾桶里。

有人走了出来。几十人，几百人。消防员的车队到了，被淹没在投射的石头和喊出的脏话里。一队装着栏杆和铁板的大客车开着道。警察们穿着如火星人一般，像乌龟一样缓慢地向前移动着。好几行人红光满面地喊着他们的愤怒。去死吧，警察！另一个圈子是另外一群人，他们完全是出于好奇，默不出声，娴静顺从。消防员用了好长时间才把那个戴面具的人从车里救了出来。一队情绪异常激动的人靠近受伤的警察们，痛打着担架上的伤员。

哈利的脑袋埋在一堆垃圾里。他在发抖。他要很努力地才能劝说自己平静下来。不容易呀。他回到了观察哨岗。用尽全部的力气才能站立着。他不再痛苦，不再哭了，不再害怕了，而且他也从来没有害怕过，不，我不害怕，是另一种东西，不是害怕：想吐，想发火，想用枪扫射他们，突然觉得凶手们已经进入了小区，他们会把我的父母从墓地里刨出来。他想着怎样对布鲁诺说。幸亏我决定了要摆脱他们……

他不得不追踪着事态的进展，一群人从地道里出来了，越来越多的人，这些人影，这些排着队的士兵，这些警车顶上旋转着的灯光，这些黑夜里的火光。他透不过气来，那些脏东西燃烧出的气体让人无法呼吸。楼里的住户们站在窗前，关掉了屋里的灯。整个小区陷入黑暗之中。哈利想到了曾经看过的一部战争片，发生在伦敦，就是第二次大战期间的伦敦大轰炸。大塔尔特的空地上，到处都是大轰炸。爆炸声、尖叫声、轰隆隆的巨响、号叫声、警笛声、军歌声，甚至还有直升机螺旋桨发出的噪声，飞机光束的搜寻毫无结果。这像不像大家说的世界末日的困境？

他被眼前的景象吸引着，目不转睛，自言自语。灾难的美丽，都市在燃烧，宫殿开膛破肚，商店洗劫一空，路灯被拔掉，家人无所适从，女人被奸污，一切经过的都死去，就在这夜之路上。他到底想什么？希望死亡的巨口吞噬一切。一切，还有他自己。

他刚刚发现赛义德，正在旁边一幢楼的门廊里指挥着。他满脸喜色，吩咐小队的人分散到人群中。警察四处乱窜，不知身在何处，也不知要去哪里。小区的住户们从楼群的屋顶上向他们扔着洗衣机、沥青块或者冰箱。每次他们击中了目标，人群里就有人高声叫好，挥动着阿尔及利亚国旗，就好像在看一场足球比赛。

警察、消防员和医生的车队拉响警笛开走了。欢腾的人群在烧掉的警车空壳间跳起了舞。好几家国外电台派了人来到比拉大道，这里距离埃菲尔铁塔只有二十五分钟的路程。美国有线电视新闻台的摄像机前，赛义德新交的一位朋友，反对伊斯兰恐惧症委员会的成员，面对一群哭哭啼啼的妇女揭发着"警察对法国郊区穆斯林群众的施压是不可容忍的，我提醒大家，这是警察的种族歧视，一种会带来伤害和死亡的歧视。"他说道，"今天，在法国，在大塔尔特，一个年轻的穆斯林被杀害了，另一个少了一只眼睛，还有二十来个兄弟伤势严重。停止残杀吧！我向整个国际社会呼吁，我们等待联合国狠狠地制裁法国警方。"那些哭泣的妇女们在记者的镜头里拼命点着头表示赞同。

5. 图尔贝伊-塔尔特，巴黎大区，法国

哈利深夜一点回到自己的洞穴，在向布鲁诺汇报了情况之后，他几乎就要崩溃了。他看着床垫、折得整整齐齐的被子、洗漱用品、一大堆还装在塑料包装里的剃须刀、父母亲结婚那天的相片、向一位摩洛哥的朋友买来的祈祷垫毯，他慢慢地恢复了平静。

他的手还在颤抖。他一个人说着话。

独自言语/是和真主的对话/在孤独的人堆里孤独的一个人/黑夜和白昼/不停地说着/抛出一些词语/没有希望再回头/让它们燃烧吧/我要强调如果/某个人，某个人，某个人/还能爱上/我赠与的这蜜糖火焰……

他感觉一辆货车碾压过身体。太多的紧张，太多的烦恼……无心睡眠。他决定把灾难发生前拍摄的片段做成样片。

歌唱，沉默，等待/探寻着这沉寂/直到有一天/有那么一个人，那就是我！/我惊跳而起，我大声喊叫/谁在和我说话？——是我/——你又是谁？——真主/希望你能承载……

片段慢慢地成形了。很慢很慢。他用一个小小的软件将歌词和歌唱协调起来，他的影片正在歌唱，试了好几个不同的版本，到底要不要戴上眼镜呢，他还在犹豫不决，重新播放有问题的段落，好像妈妈就在身旁，妈妈在指引他，在骂着他，在安慰他，他思考着，笑着，反抗着，聚精会神，高声诵读，在网上随意找了一些片段（维多利亚的秘密内衣秀和伊拉克的战争）。当他完成剪辑的时候，自己重新审查了一遍，最后决定定影，这是他对这个堕落一天的报复，他给自己申请了一个脸书账号，还造了个名字（哈利我的维克多），然后传到网上，搞定。

独自言语/里面和外面都一样/比国王还要大声/喊出的言语是一种存在/摇摇那些沉睡的人/叫醒那些畏畏缩缩的人/我用我的言语筑造一处庇护所/我给自己造一座房子，一个国家，一个计划/我还起了一个名字/我的言语我的法国我的维克多……

已经是冬天了。黑夜很漫长。幸福和不幸一起躺在他身边，身上盖着老宿营者的羽绒被。他听到一些词语。他的词语，从脑袋里蹦出来。他们轻轻地摇着他，把他安放在仁慈真主那无形的旗帜下，那是他心中的真主。仁慈的真主是位老人家，一把白色的大胡子，带着他在棕榈树和葡萄藤交织的花园中漫步，一些毛发坚挺而光鲜的狗在身旁蹦跳着，哈利已经听不到自己在对他说，"我的真主，感谢你把我从那些不良人身边救助出来"，因为他已经睡着了。

睡眠是上天的馈赠。

他明明睡着却听到一些杂七杂八的声音。一个声音在呼唤他。不可能的，我是不是疯了，他寻思着。老布哈迪巴怎么可能代替了棕榈园中的真主。老人家，没事吧！他在那儿做什么？他为什么这么大声地叫着？

"开门，哈利，我求你啦！"

好热，我感觉缺少空气，我在被子下面出着汗，经常的自言自语让我几近疯狂。欸，狗狗们都走啦，没有棕榈园啦，葡萄藤也没啦。一阵更大的响声在洞穴里回荡着，餐具都震动了。哈利一下子跳了起来，点燃了气灯，打开被人敲得咚咚响的盖子。他看到一个花白头发的脑袋。

"布哈爸爸，发生什么事情了？"

"哈利，我得跟你说说话。"

"没有人跟着你吧？"

"没有。"

"还在打架吗？"

"他们都睡了。"

"好吧,那进来吧,不过要小心,下来可不容易。"

老人从顶盖上半摔半滚地下来了。在这个哈利称之为家的蜗居洞穴里,他似乎有点精神受创,动都不能动,然后他就哭了起来,双手抱住了头。"爸爸,跟我说话呀!"老人家没有回答。他可从来没有如此惊慌失措过。他浑身上下充满了悲伤,和这里很多人一样,但是他从来没有失控过。真的是天塌下来的事情才会让他如此状况。他还在抽泣,但是身体抖动得没有那么频繁了。布哈爸爸终于说出了三个词:"萨米,我的儿子……"

6. 大港口,瓦莱塔,马耳他

同一天的夜里,在瓦拉塔港口岸边一间同性夜总会,里法特和约翰·彼得·沙利文一起在露台上喝着酒。他们是在奥地利大使的晚宴上见到的,在那儿他们喝了很多雷司令。这已经不是第一次美国专员把他拉到林格酒吧来了。直到现在,他每次都笑着向太太汇报,总是觉得有点不好意思。"好在他没有请我去他家,如果那样的话,我可能就会非常不客气了。你还记得吧,他答应过我,要把我的特邀外交人员的申请递给大使的。在美国国务院待上一年,这还是值得的。再说了,他还给我一些非常宝贵的信息,我可以转给巴黎。亲爱的,这个吉皮在华盛顿是有后台的,据说他认识希拉里。"太太笑了:"我亲爱的,没有必要在我面前澄清,我可是最清楚你不是同性恋……"

当吉皮坐在他的对面，就像今天晚上这样充满默契——他们的膝盖在桌子下面轻轻地摩挲着——里法特有时会暗中思忖自己是否有种同性恋的幻觉。而且，今天晚上是谁把话题引到新来的美国大使即吉皮的老板身上的，难道不是他里法特吗？这可能不是一个最好的做法，但是……新任外交官，带着他年轻的情郎来到小岛，代替了那个喜欢说教的前任，而且还公然介绍说那小伙子是他的配偶。

"我得说我的生活从此改变啦，"吉皮捧腹大笑，"你无法知道，前任大使让我忍受了什么……"

"我觉得你的新老板挺讨人喜欢的。还很勇敢。总之，"里法特接着说，"男人都是有点像女人的，就算是德帕迪约，偶像级演员，也曾经在一次访谈中承认自己身上有点女性的东西。"

"他可能和普金有关系。"

"为什么不呢？今天，我们都知道性取向并不是刻在大理石上的……"

"前提是我们得有啊。"

他们喝完了一整瓶酒。阵阵音乐声从夜总会传了出来。里法特看着酒吧里缠绕在一起的身影。男人们和男人们跳着舞。可能是法国和美国的水手们。他们的船就停泊在一号码头，船只的身影在探照灯的光束下清晰可见。保罗骑士号，这艘大型的法国驱逐舰是专门用于收集情报的，而美国的两栖攻击舰基萨奇山号也可以用作直升机的母舰。这两大怪兽习惯在利比亚的海岸边并肩前行。

"说真的,的黎波里那边没有新的消息吗?"里法特问道。吉皮把手搁在他的胳膊上,这是他为了表示默契跟所有人都会有的一个动作。

"你觉得我年纪有多大?认真地告诉我。"吉皮问道。

吉皮的手让里法特非常慌张。他觉得身体里住着个妓女。他毫不犹豫地回道:"三十三岁,和基督一个年纪!"

"真的吗?"

"是真的。"

"四十一岁。"

"真的,你一点都不显年龄……"

吉皮微笑着看着法国人,手始终放在他的手腕上。里法特坚持地问道:"的黎波里没有任何新消息?"

"你知道,我一直想着你的……"

吉皮从口袋里掏出一张纸片,上面潦潦草草地写着黎梵特的一个联系人信息,一个叫布哈迪巴的人。"我们一无所知的一名金融人士,生活在巴黎,原籍阿尔及利亚,没有什么明显的东西,但是他肯定是个角色。剩下的就是要知道他到底扮演了什么……目前,还很模糊。"

里法特皱着眉头看着笔记。"你有没有兴趣……"里法特的手抚上了吉皮的臀部。他听见自己向对方提议:"我们去你家喝最后一杯?……"

7.曼达丽娜酒店,巴黎八区,法国

布鲁诺的手机上刚刚收到一条信息:狮子王很疲惫。

是警报信息。

他一直在跟他说:"遇到麻烦,赶紧冲到曼达丽娜酒店躲起来。"早上八点,哈利刚刚遵循所有的程序到了约定地点。后街,从工作人员入口进去,乘电梯,走楼梯,通过走道,再乘坐一个电梯,还要通过一条长长的走廊,地上是黑色的地毯和指引灯光,直到那个酒吧庇护所。没有一丝声响。他瘫坐在沙发上,一边休息一边想着自己的处境。

几分钟之后布鲁诺就到了。

"我不得不把女儿们送到太太那里去了。发生了什么事情?"

"老布哈,我经常跟您提起的……"

"他怎么啦?"

"他凌晨五点来到我的小窝。是因为他的儿子,可能和极端分子有关系。"

"是什么东西让他这样想的?"

"他儿子在他家里存了些资料。据说是银行的档案。老人家经常失眠,终于打开了其中的一个纸箱。满满一箱都是宣传资料。他另外两个儿子终于承认他们一早就知道,但是不敢跟他说……"

布鲁诺决定让哈利白天都待在曼达丽娜酒店,他和酒店经理去安排。一刻钟后,哈利进到了五星级堡垒顶层的一个房间。这里可以看到埃菲尔铁塔、塞纳河,还有雨中的巴黎。几滴雨滴落在双层玻璃的外面。这个透明的隐体是他的庇护所。外面,刮着风,下着雨,天气很糟,而他身处这个干燥而温暖的地方，远离大塔尔特。全世界的眼泪都渗透不了他在高处的栖息所。

他从来没有想象过世界居然能够如此安静。"你爱干啥就干啥，看看电视，泡个澡，睡睡觉，但是不能出去。我叫人送早餐来房间。"

布鲁诺走了，他巡视着自己的领地。经过之处，水晶吊灯会自动开启。衣帽间、浴室、水疗按摩浴缸、喷射式按摩浴缸。他打开所有的水龙头，脱掉了衣服，进入淋浴间，这里好像一艘宇宙飞船，他用手指触摸启动微量喷水模式，把一瓶苹果绿茶味的浴液全部倒在头上，灼热的水如雨水般一阵阵地拂过生殖器，哇呜，他调了一下喷水头，对着短而卷曲的头发，闭上眼睛冲洗着，他冲洗着集聚了疲惫和害怕的脑袋，冲洗着大塔尔特的精神污垢，浴液的泡沫将它们一层一层地冲刷掉，他走出淋浴间，穿上白色的浴袍，皮肤感受到布料的柔软和做工的精细，哈利关上了浴缸，抖去身上的水，整个人舒展开来。他看着镜子里的自己。有多久他没能看到自己站立的样子？他仔细地盯着自己的脸，快认不出来了，他躺了下去。巨大的床将他隐没，带他进入沉睡之乡。

※

别墅，巴黎七区，法国

布鲁诺见到了兰贝廷及其关系最紧密的合作者们。电灯特别亮。老板又开始在他的掩体里睡觉了。他在这儿积累了四十年的经验，那种直觉型的智慧也在这些阴暗的墙壁之间繁衍着。他让布鲁诺说说情况。他的声音沙哑。紧张。和昨天晚上一样，他再次拒绝和玛丽-埃莱娜一起生活。而今天一早，情况紧急，他不得不把女儿们送了过去。多恶心的一幕！她居然不愿意开门。两个小女生哭着鼻子，而他则大声吼叫着。他威胁说要把孩子们留在台阶上，而她们俩紧紧地抱在一起，既害怕又无能为力的样子。以前她们可以哭哭啼啼的，现在，该结束了，我才不在乎呢，这不再是我的问题。她们的母亲毁了我的生活，而且还教坏了孩子。我再没有力气管她们了。养孩子是需要相信爱情的。而我上当受骗了。没有摆脱困境的办法。兰贝廷和蔼地看着他，他是唯一一个知情人，一天晚上，他又拿布鲁诺的感情生活开玩笑的时候，布鲁诺忍不住说了出来，寥寥数语概括了他混乱的感情。没有说任何具体的东西，但是足够让老家伙从此以后对他格外热情。布鲁诺冷静了下来，尽量平淡地汇报了线人告诉他的关于布哈迪巴家族的情况。

"你去他的办公室见过这个萨米·布哈迪巴？"

"是的，在拉德芳斯。他是位金融主管。我该做什么？今天早上再去一趟西门尔塔大厦问问他？"

"带两个人跟你一起去，以防万一。你到了那儿后，我会打电话给他公司的老板。"

"蒙莫索？"

"他是部长的朋友……但是你的消息非常可靠。美国人今天早上递给我们一张关于萨米·布哈迪巴的卡片。没有确切的信息，但是他被列为有危险的人物，需要即刻监视起来。"

※

西门尔塔大厦，拉德芳斯，上塞纳省，法国

他一眼就认出了从电梯里出来的萨米·布哈迪巴的秘书。细细的鞋跟，窄窄的裙子，她穿过西门尔塔巨大的大厅，笑容满面。

"您约了布哈迪巴先生吗？"

"绝对没有，但是我有急事要见他。"

"非常抱歉，布哈迪巴先生请了三个星期的假。"

"是一早就请的假吗？"

"实话跟您说，不是的，他在前天才通知我们说是去旅行结婚了。我们也不知道他到底去了哪里。没有办法联系到他，公司主席蒙莫索不是很高兴，但是他自从来到公司后就没有度过假，已经四年了……"

"您认识他的太太吗？"

"完全不认识，我们也从来没有听他说起过任何女人……"

他通知兰贝廷自己这边是白跑了一趟了。一队人马被派往萨米·布哈迪巴在巴黎的住所，门是关着的。看门人也说是出门旅行了。布鲁诺收到里法特的信息的时候，他还在兰贝廷的办公室，短信：布哈迪巴的简况。

"很正常,"兰贝廷说,"我今天早上从爱丽舍宫那边得到的也是这条信息,我正想跟你说这事。"

"您能告诉我为什么美国人总比我们自己的外交人员要抢先一步吗?"

"他们只会把愿意告诉的东西告诉他,几乎有一半时候是我们已经知道的,他只是他们可以任意支配的一个人,如果有一天他们真的需要他……"

"我不明白这对我们有什么好处。"

"我的一位朋友说,这个里法特自认为是个很会算计的人。他和美国人搞到一起,很好,我们知道就好了。我们早就发现了。所有人都在演戏。问题是要知道谁在操控谁。里法特是个双面人,他自己都不清楚。而且只有他一个人不知道。当他发现的时候,就会太迟了。"

"这位老人家,我们该怎么做?派一队人过去?"

"很危险,刚刚发生了那么多的事儿。一辆小小的警车就会即刻被当成攻击对象,所有的媒体都会去那儿的。应该先把你的线人保护起来。今天晚上就要去做。不能把他留在曼达丽娜酒店,然后夜里我们再好好想想,或者明天早上。您任何时候都可以过来。"

8. 艾斯皮古特街,巴黎五区,法国

我们帮了布鲁诺一个大忙,在非常紧急的情况下安置他的一位线人,他自愿为这位线人做担保人,可能不只是担保人。"他就像我的儿子",电话里他是这么对我说的。莉姆提醒

我，在六楼我们还有一间用人房。所以当天我们就把他安置在了那里。这个男孩个头好高，差不多两米了，一副篮球队员的样子，而眼神和举止却仍然是个孩子。戴着知识分子般的眼镜。一眼看过去，比较讨人喜欢。莉姆好像非常高兴能够接待他。我心想她可能觉得找到了一个"伙伴"。

年轻女孩一副成年女主人的样子，处变不惊。我想起我们第一次见面的时候，我从希迪·布·赛义德墓地出来，她就跟着我。小小的野孩子直接跨过了诱惑的几个阶段。我思量着，在她的蜕变过程中，我可能起到了一定的作用，真的是第一次想到她不再只是瓦伦缇娜完美的复制品。

哈利进来之后就站到了书柜前。我问他读不读书，他回答说读得很少，几乎没有读过，但是他刚刚看完《笑面人》和《安娜·卡列尼娜》，两部厚厚的小说，有点复杂，很偶然得到的，他详细地解释了一下。莉姆告诉他我在给她读波利比乌斯①写的东西，他是一位见证了迦太基陨灭的历史学家，那是"我的城市"，她还跟他说到命运女神，是她指引我们前进的脚步。莉姆建议留布鲁诺和哈利一起吃晚饭。"我们还剩一些古斯古斯②，我再准备一点吞拿鱼肉小饼做前菜，哈利给我打下手，好吗？"

我们再次讨论起了萨米·布哈迪巴的失踪之谜，布鲁诺给我看了他父亲在自助摄影亭拍的相片，是警察局外国人管

---

① 波利比乌斯（Polybe，公元前200—约前120），古希腊历史学家。
② 古斯古斯（couscous），北非的一种用杜兰小麦制成的食物，煮熟之后可以与肉类和蔬菜搭配。

理处发来的。我记起我见过这个消瘦、忧伤而未老先衰的男人,就在我在图尔贝伊-巴哈蒂附近指导挖掘工作的时候,那里离大塔尔特很近。布哈迪巴,在建立了信任关系之后,就跟我说起了塞提夫,说起它的考古遗址和童年的街区。布鲁诺提议让我约他在图尔贝伊的区府见面,就说是要调查街区的绿化带问题,他一直都去那些地方的。"你可以在那里见他,我认为你可能是唯一一个可以和他说得上话的人。"

布鲁诺最终睡在了客厅里。是莉姆建议他留下来过夜的。他看上去精疲力竭,毫不迟疑地接受了建议。

现在,我听着莉姆沉睡的呼吸声。我反复喃喃着她的名字。波利比乌斯说的是真的,永远不要忽视命运女神,是她将我们联系在一起。

第二天早上,我被她的叫声吵醒:"我看到爱玛了!我肯定是她:爱玛,是她,就在家旁边不远……"她一早就起来了,出去买牛角包。一个人出去的。我跟她说过不喜欢她一个人上街的。从克劳德·贝尔纳面包店回来的路上,她遇到了一个戴着面纱的年轻女子。她转过身,那个女孩也转过身,很快就冲上了一辆正在启动的公共汽车。莉姆跑了过去。太迟了,汽车已经走远了。那个女孩一动不动地站在窗后,看着街道,却没有看见莉姆。"那个时刻,我就肯定是她。"

我们都在想着有关爱玛的问题,为什么戴着面纱?她住在哪里?她在街区里做什么?特别是她和萨米·布哈迪巴之间到底有没有关联?这个时候,布鲁诺接到了别墅打来的电话。今天清晨,两名警察从家里出来的时候被人割喉杀害了。

兰贝廷让他尽快推进所有的跟踪线索。

一大早，布鲁诺就把我带到了图尔贝伊，我在区府附设建筑改造的一间办公室里见到了老布哈迪巴。可怜的老人很快就开了口。布鲁诺总算松了口气，和老人商量后，拿到了儿子存在他那里的资料。"伊斯兰国"的宣传材料、萨米的效忠声明，等等。当天晚上，我知道了萨米写过一份告白书，他在里面详细介绍了他的转变之路。命运女神开启了加速器。

9. 被找到的告白书，图尔贝伊-塔尔特，巴黎大区，法国

特别的日子临近了。我开始感觉到身体中流淌的血液焦躁不安，一天五次，我感谢真主将我置于正义之路上。我很快就可以加入集体行动中了。每个人都会轮到的。昨天，轮到了我的弟兄们。他们让法国屈服。他们只用了一个小时。他们有多少人？只是一小伙殉难者。他们过后，警察在街上哭泣。

我在报纸上看到，弟兄们用机关枪扫射一家夜总会跳舞的人的时候，他们在大笑。这种笑声是多么有力！我们在大笑，法国在哭泣，我也很想说：终于等到了。死亡在法国人的放荡荒淫中袭击了他们。他们发现了安拉的诅咒，这只是个开始。这些异教徒是被自己的双手扔进沉沦之中的，他们会饱受煎熬，在惩罚中得到永生。

我是在电视上看到弟兄们的行动的。没有图像，电视上什么都没说，但是所有人都猜到应该很严重，比《查理周刊》还要严重，我的身体开始发抖。我再次感受到曾经感受的那

种震撼，那是二零零一年九月十一日哈里发的飞机炸毁纽约双子塔的那一天。我花了很长时间才明白，坐在电视机前的我为什么会发抖，为什么会哭泣。我大声地对自己说：你为什么哭呢？你很伤心吗？你在发抖吗？你到底害怕什么？答案像一条河流浸透着我。哦，这水如此温柔……我的灵魂突然之间像一座满是棕榈和葡萄的花园。不是害怕让我的四肢发抖，也不是伤心让我抽泣，不是的，那一天，我欣喜如狂。历史为我的人民翻开了新的一页，我体会到毫无恐惧、自由呼吸的欢愉，我体会到复仇的快乐无边无际。异教徒的首都被信徒们的火焰湮没，犹太人的世界灯塔在燃烧，几个世纪以来，他们从我们这里盗走财物无数，他们在金子上修建的寺庙如今只剩一片废墟，一堆灰烬和喷发的火焰，我从来没有见过如此美丽的场景。灾难啊……亵渎宗教的人们受到了惩罚。只有真主，他还活着，他是唯一的永恒，他们会有一天能明白这一点吗？

几年之后，我曾经对阿齐兹讲过这段插曲，讲过我的灵魂是如何安定了下来感受幸福，阿齐兹是拉赫杰银行的一位经理，我是在一次利雅得之行中遇到他的。蒙莫索希望我们能够和这家银行合作，在约旦和科威特发展金融业务，而这家银行已经是我们的合作伙伴之一。阿齐兹把所有的谈判代表带到了沙漠中用晚餐。路虎车队在酒店接了我们，车队出了城区，在高速公路上走了不到二十分钟，便从一条水泥辅路上开到了一座沙丘下的小型停车场。阿齐兹建议我脱掉鞋子。我跟着他一直走到沙丘的顶端。脚下的沙子既温热又凉爽。沙丘顶上，一望无际。夕阳照亮了整片沙海。

"您觉得怎么样？"阿齐兹问我，"我尽量每周都来这里。有时我还会睡在帐篷里。这种感觉非常奇特。可能是因为在沙漠中，唯有真主。真主和我们。我们的脚下是沙子，是大地，我们头顶是星辰，仁慈的真主无处不在。"

沙丘下面是一个营地，专门用于在露天组织私人晚会，营地配有厨房和一切应有的设施。我们跑下了沙丘。一些黎巴嫩厨师在准备汤、沙拉和炸豆糕，另一些贝督因人在烤着羊肉串。阿齐兹请我们坐到排成一长排的矮沙发上，这样就可以好好欣赏为我们准备的表演。一群男子身着敞开的白衬衫，留着贝督因人的传统发型，一边用喉音清唱着赞美诗，一边跳着刀舞。鼓声伴着他们的歌唱，夜色包围着我们，气温非常宜人。稍后，一位诗人跪在沙地里歌唱清风和星辰，旁边有人演奏着三弦琴，我用手抓着羊肉大快朵颐，就像在我母亲那里一样，就像以前她还有力气做节日大餐的时候。

回到酒店，阿齐兹建议我和他去大堂喝一杯，大堂是用灰色和粉红的大理石装饰的。空调开着，比较凉爽。大群的年轻女子，浑身上下都裹在黑色的丝绸里，而脚下却踩着十二厘米的鲁布托[①]高跟鞋，不停地从我们跟前经过。一家著名的巴黎珠宝店在旁边的大厅组织酒会。我从来没有见过如此美丽的女子。虽然只能看到她们的眼睛，但是从她们发

[①] Louboutin 鲁布托，法国品牌，由高跟鞋设计师克里斯提·鲁布托于1992年创建。

光的眼神里，我可以猜到她们的身材和肌肤上的美人痣。

我于是想起有一天，一个叫萨德克的朋友带我去了十二区的一家摩洛哥餐厅。萨德克正在输入银行卡号付钱的时候，两个女孩子进来了。她们身材苗条，长得不错，超级兴奋的样子，可能是喝多了，身上的衣服很短，裸露着双肩。餐厅已经停止营业了。老板毫无恶意地将她们推向门口。作为告别的一种方式，她们撅着短裙下的屁股扭了一番，然后用阿拉伯语说了些下流话，大概内容是关于先知的性能力的。萨德克脸上的笑容消失了，愣在了那里。他的眉间出现了两道深深的皱纹。他恶狠狠地盯着走出去的两个女孩。

"她们真的是恬不知耻。"他对我说。

我提出了异议。

"她们挺可爱的。"

"请注意点，你可不能这么看。"

"萨德克，这些女孩子还年轻，她们有玩乐的权利。"

在分手前，我们站在人行道上继续说了会儿话。失望让他面色凝重。他越来越觉得自己生活的这个社会已经落到了历史的最低谷。

萨德克对我说过："法国人只是在不停地倒腾着一堆烂泥。看看他们的电视你就明白了。每天晚上都是那一套。每个人都是自说自话，展示着他们的无耻。"

"我们那儿也好不到哪儿去，我是说摩洛哥或者阿尔及利亚。"

"就是啊。西方已经失去了它的灵魂，这是他们的问题，而我们的问题,我们阿拉伯人,是唯物主义和执念污染了我们。"

我没有接他的话茬。

现在,我知道他说的是对的。

他转过了头。几百个年轻人踩着轮滑从大路上方下来了,他们面前的道路上没有车辆,形成一个阴影的大口,警察禁止车辆通行就是为了让这些人肆意闲逛。

"你看这些年轻人。他们在玩乐。他们无忧无虑,自由自在。你希望他们像人们所说的那些大学生一样,大批地转向伊斯兰传统吗?"

萨德克奇怪而又坚决地盯着我。我们已经无话可说了。他拥抱了我一下,然后消失在人群中,尽管已经很晚了,人还是很多。

几年过去了。

我后悔得罪了我的朋友,而此时此刻,我能够感受到,看着这些在丝绸摩擦声中穿梭的女子,自己已经发生了巨大的变化。我不知道为什么会回忆起自己和父母亲的生活。是阿齐兹问我的吗?我忍不住想说话。一条大坝被冲毁了。我听到自己说着阿拉伯人在法国和其他地方遭到的不公平对待,言语激烈,完全不像是我说的。

"我们是二等公民,我们住在聚居区里,我终于奇迹般地成功了,但是像我这样的例外非常非常少……有六百万阿拉伯人生活在法国,他们住的地方一个比一个破烂。人们想怎么叫就怎么叫,社区啊,街区啊,在哪里都一样是孬种。我们的兄弟被警察射中，最后居然是他们要受到法律的制裁。没有人尊重我们的基本权利，我们的姐妹沦为妓女，这些人只信奉力量和金钱。"

最后这些话，如果谨慎一点，我应该吞回肚子里。我们所有人都在挣钱。我为什么会发脾气呢？我打住了话头，略为不安地看着阿齐兹。他丝毫没有回应我的问题，只是看着我善意地微笑着。

"非常感谢你能这么坦率地跟我说这些，"他最后说道，"就算我比你要年长十岁，我们还是很像的。我是在英国读的书。你的这些经历，我也曾经有过。"

当天晚上，稍稍迟一点的时候，我向他承认，在我单调乏味的生活中，最幸福的一天就是二零零一年九月十一日。

"上苍造访了你的灵魂，那天晚上，他把你的灵魂筑成了一座激流喷涌的花园。"

当他告诉我 9 · 11 的策划者是他的一位表兄的时候，我仍然异常惊讶，尽管我知道本·拉登的家族非常庞大。后面的日子都按部就班地进行着。工作会议和正式的晚餐。我再也没有和阿齐兹单独见过面。几个星期后，在他通过网络联系我的时候，我居然一点都不觉得奇怪。我们再也没有说过那天晚上的事情，但是在他的安排下——我是后来才得知的——我被选中去也门。我得准备成为一名优秀的战士，成为卡迪巴的核心成员，一个移民组成的军团。出发前，我跟父母和同事们说是去红海参加一个潜水培训。我在赫尔格达①只待了几天，随后乘飞机到了萨那②。

从此以后，我就在默默地准备着。围绕着正义和秘密重新组织我的生活。我再也不会浪费一丁点儿的时间，理想承载着我，使我欣慰。我独自一人大笑着，就像袭击了巴黎的弟兄们一样。在一九四五年美国人将自由还给法国人的时候，他们却不愿与我们分享。他们屠杀我们，他们在聚居区里用烟熏驱赶着我们，他们虐待我们，把我们从自己的土地上掠走，像奴隶一样关进他们的工厂里，他们践踏了我们的祖国。他们敲打着我们骨头的时候在哈哈大笑，他们糟蹋我们女人的时候在哈哈大笑，现在轮到我们笑了，他们的痛苦还没有结束。

我被安排进最重要的准备阶段。我等着命令的下达，它将激起我的自由和愤怒，我唯一的同伴。在这个病恹恹的国度，这个腐烂到骨髓、精疲力竭就快要完蛋的国度，我等待着，宛如一位隐匿的大师，正义的曙光快点来临吧。

我准备好了。

10. 别墅，巴黎七区，法国

天还没亮，兰贝廷就已经起身了。他听着 RTL 电台的新闻广播，拿起那顶陈旧的爱尔兰鸭舌帽，走出了别墅，和站岗的同事打了个招呼，径直走到了广场上。这是一天中他最

---

① 赫尔格达（Hurghada），埃及红海岸边的度假胜地。
② 萨那（Sanaa），也门共和国首都。

喜欢的时刻。马尔斯广场周边的街道几乎空无一人，除了一些停在那里却没有熄火的小轿车。司机们一边读着报纸一边等着他们的老板。冬日的天空下耸立着埃菲尔铁塔那庞大而明亮的身躯。他走得很快，时刻保持警惕，脑子里整理着这一天将要做的事情。有些人起床的时候会想到汽车、金钱、超模或者阳光假期，而他，自从妻子死后，他只剩一个执念：工作。职业就是他的堡垒。

他独自一人，偏执而狂热，没有人在等待他。

他跟妻子说着话，像以前一样。她还在世的时候，早餐是一个神圣的时刻。每天早晨，洗过澡之后三十分钟，煮上一杯浓浓的咖啡，她的手搭在我的手上，这是我们一个小小的仪式，新的一天开始了。真可惜我们没能有个孩子。他想着他的调查，梳理着新收到的线索。几个星期前，他派人监听了渔夫的那个纳粹女人，梅赛德斯·鲍曼。我们在罗马的部门负责这项工作，马耳他人也帮了忙。直到昨天之前，什么消息都没有。她刚匆匆忙忙地出发去了图卢兹。显然是他们的金属回收公司出了紧急状况。我派了两个人去监视他们公司的进出人员情况，就在布拉尼亚克的工业区。以前，他从来没有想到过死亡或者退休，对他来说都是一样的，就像目前经历的这个阶段。

在图尔贝伊，没有了哈利的支持，事情变得复杂了。那个叫阮的警官启动了他的信息网，我们终于有了个好帮手。但是没有收到什么消息。布鲁诺联系上了布哈迪巴老爸，感谢上帝。他刚刚送来了一份新的文章。显然是个女子写的。

姆比拉的两个打手，从突尼斯来的马里人，被找到了，就藏在埃罗省一个摩洛哥黑道人物那里，是个废铁商人，那个叫卡米列里的渔夫就习惯从布拉尼亚克和他做生意。

　　手机铃声响起，收到一堆的短信。部长办公室追着他不放。他想象着部长在博沃广场一楼的办公室里和总统府和总理府时刻保持着联系。整部国家机器都在颤抖。他们体力不支，神经紧张，精神上也疲惫不堪，他们不知道要去哪里，也不知道他们到底想要做什么。一群杂技演员。孤注一掷？还是不要打击得太过分？再等等？宣布进入紧急状态？放弃紧急状态？

　　昨天晚上，好像总统打了电话给部长，问他："兰贝廷说了什么？"我变成了他的占卜水晶球。每天晚上都有警员在游行，表示他们已经受不了了。自从那两辆车在大塔尔特被烧掉后，部长就非常崇拜我。以前，我对于他来说只是个灾难的预言家，没什么特别的。他也见过类似的人。这个职业里真的有很多啥都不懂的傻子。

　　在有些日子里，他也暗暗感谢极端分子。如果不是这些蠢货向我们宣战，我成天待在十六区的单间公寓里能做些什么呢？他走进拉普大街的一间小餐馆，要了一个大杯黑咖啡和两个牛角包。"警官，后面不会觉得太冷吧？"老板娘问候着他。她隐约知道他是个警察，从小时候开始就叫他警官。一份绝密资料已经发给了全法国的警察，上面有萨米·布哈迪巴和爱玛·圣科莫的照片。《巴黎人报》上的一篇小文章提及了两个嫌疑人的线索，幸亏没有什么具体的信息。昨天，他不得不发了火，提醒博沃的同事们应该谨慎一些。他们总是最先把消息透露给记者，万一出了什么事，报界不会把第一把火烧到他们头上。

上个星期，他还大吵了一架，就是为了对阿里·孔代，那个姆比拉，进行最高级别监视的问题。部长的两位顾问一开始就反对，说这样会侵犯权益。他们是那个喜欢收集手表的议员的朋友。没有人会上这个当。部长最终决定采用兰贝廷的提议。活该那个议员，他的谈话也会被录下来的。目前的监视还没有什么结果。姆比拉待在塞纳-马恩省的别墅里没有出来，电话也没有任何动静。议员没再打电话给他。兰贝廷付了钱，拿起了柜台上的鸭舌帽。"警官，明天见！"街道慢慢有了生气。一阵浓雾遮住了埃菲尔铁塔的顶端。酒店门口冒着烟的小轿车都不见了。大爷们去干活啦。他敲了敲负责警戒的小货车的车厢，回到了别墅。布鲁诺已经到了，挺着急的样子。是好消息，他看上去不再那么迷糊。他从口袋里掏出了爱玛-"苏里雅"·圣科莫的告白书。

11. 爱玛的告白书，在图尔贝伊-塔尔特找到的，法国

再也没有爱玛·圣科莫了。一切都结束了。我放弃了自己的姓名，放弃了法国小资女人的历史。我把这堆废物弃置在路边，待到天空因正义而撕裂的那天，它会和那些在《古兰经》朗诵声响起而不会俯首礼拜的人一起被付之一炬。这个小小的包裹是我过去生活的全部，它注定要受到地狱的惩罚。真主可以看见我们做的所有的事情。他知道，我的一切

都只是谎言。那个布列塔尼的小天主教徒已经逝去。那个妓女也已逝去。他都知道的。他会派严厉的天使来惩罚她。从今往后，我叫苏里雅。希望仁慈的真主能够宽恕我。我是为了真主之爱而生的，我要找寻纯洁而勇敢的萨米。萨米很久之前就已经走上了这条路。当我在黎梵特的通讯录里看到他的名字的时候，我就怀疑过。好几个星期的时间里，在兄弟们讲述他们斗争的网站上，我找寻着他的踪迹。在伊拉克，在利比亚，在比利时，在法国。毫无结果。终于，回到巴黎后不久，我就去了他家。那是多么痛苦的回忆……

我按下了门铃，他几乎即刻就打开了门，当他认出是我的时候，大叫了起来，他想赶我走，一边大叫着一边推我出来，然后砰的一声关上了门。他不愿见到我，我不能怨他。第二天，我又来了，后来的一天也来了。我在他门口睡了三个晚上。每天早上，他只会稍稍打开一点房门，猛地推我，冲到楼梯上，然后就消失了。晚上的时候，他气势汹汹地冲向我，只是为了回家。

我呻吟着，躺倒在他门前，我亲吻着他的鞋子，抱住他的双腿，我号叫着男人理应照顾女人，我扯破了自己的面颊。他用脚踢我作为回应。他做什么说什么都是徒劳的，他锁上了自己也是没用的，我的言语最终打开了他的心灵，他答应听我说……

"我的萨米，我走过的每一步都有你的回忆，一个特别的与众不同的男人，我敢说：特别是和我在雷恩出生以来就玷污了我的男人们比起来，你是那么腼腆，那么慷慨，那么亲切，那么纯洁。你的纯净曾经让我非常不安，我完全不能理解，我也不知道如何形容。终于有一天，我明白了。那是和黎梵特从伊斯坦布尔回来的时候。我知道了黎梵特在土耳其和极端分子之间扮演了一个重要的角色。我拍下了他的通讯录，当时我并不知道拿着这个我能做什么。我想可能会有用的。我大概想卖掉这些信息，我不是很肯定。或者敲诈他。总之可以伤害他。我在通讯录里看到了你的名字。

"萨米，你在我的脑袋里生了根，我越来越想你，我重温我们相聚的片段、我们的交谈，我从来都没有见过如此无私的男人。我不停地在网上找寻着你的消息，我开始看极端分子的网站。我好想告诉莉姆，那个在马耳他遇见的女孩。和我以前一样，她也是个可怜的人，很讨人喜欢，但是我没有时间和她说。我感觉到她也在寻找着什么，但是没有找到。我们最终没能倾心交谈。在这段时间里，我读了一些宗教文章，我开始对一个苏萨的伊玛目有了兴趣，一个漂亮的男生，每个星期五都会在脸书上发布他的布道。我喜欢的是他说伊斯兰教就是一种穷人的反抗。穷人并不只是吃不饱饭没有钱花的人，穷人还是那些不得不生活腐化的人。具体关系到我，我希望能够摆脱腐化女子的皮囊。蛇在蜕皮的时候都是从嘴部的鳞片开始的。我在和他交流的时候，就不再抹口红，不再涂眼影，这就是我蜕变的初始。这个突尼斯人鼓励我，扶着我走上正途，一条可以赎罪的道路。我好像是他最用功的信徒之一，有一天，在 Skype 上交谈的时候，他甚至还笑着对我说他可以娶我，他希望我能发一些自拍照给他。

"萨米，我想成为你的女人，你的姐妹，你的奴隶，真主的仆人，我将成为穆斯林的苏里雅，一个爱慕者，一个忏悔者。我在网上看到说苏里雅都是精力充沛的自愿者，通常比较爱妒忌。妒忌，是的，因为我想拥有那个拥有我的人。"

他终于让我进到了他的家里。

整个晚上我们都在交谈着，颤抖着，但是没有接触，没有靠近。第二天，我向他宣布我想离开这个私通者的国度，这个属于父母的肮脏的法国，他们这样的人只想着药店里挣的钱，而他们的生活就像沙漠中的幻象，这个国家殖民了我的萨米的国度，摧毁了它，现在又在摩苏尔①轰炸着我们的弟兄，我不仅仅想换掉这身皮囊，还要在青春逝去之前涤净我的灵魂，我真的这样希望。

物以类聚，人以群分。我戴上面纱，我只会向我爱的人坦露我的身体，我祈求着安拉，每个清晨和黄昏，在萨米的家里，我跟他说：'我们信奉安拉，信奉安拉的使者，并遵从他的指示。'

第二天，虽然整夜未眠，他一如既往地八点不到就出门去上班了。我为他做了清洁，像以前一样，我买了东西准备简单的晚餐，我还去了趟巴尔贝斯区，在那里我买了一条能遮住腿的白色长裙，一件浅蓝的背心，一条马来西亚的深紫红大头巾，还有高跟拖鞋。几个星期以来，我第一次仔细地化了妆，涂了口红，特别认真地化了眼睛，还抹了香水。我

---

① Mossoul 摩苏尔，伊拉克北部的石油城。

想讨他开心，让他只会想着我。

他回到家的时候，桌子已经摆好了，我关了灯，点了东方的熏香烛，我在等着他。他非常惊讶地看着我，向我靠了过来，他真的用了好长时间才迈出了这第一步，看到他如此焦虑地走向我，我也非常慌张，然后我跟他说，如果他愿意我会和他一起赴死，一起去跟法国异教徒斗争，他便接受了我爱的奉献。

死亡会让我们的爱更加伟大，更加神圣，死亡将排除我们之间所有的误会，所有的错误，现在，我们可以径直奔向我们的目标，只有死亡才能向世人宣示我们的故事，一种比生命还要伟大的爱情。他问我是否愿意和他的上司阿布·巴克尔签一份效忠声明，他自己也签了。我遵从了他的意愿。我们对着《古兰经》发誓，将在"圣战"中相爱，共赴生死。

第二天，萨米先醒来。他来找我的时候，我已经煮好了茶。他问我想不想听列奥·费雷的歌碟。"我发现他原来是个无政府主义者，"萨米对我说，"他是个不信奉上帝的反抗者，有很多关于他的故事，连美国人都知道。费雷用犀利的歌词抨击西方的腐败，男人特别是女人都让他深感厌恶，他更喜欢他的母猩猩。它叫什么来着？——它叫娃娃！"

萨米跟我说起列奥·费雷是想要让我知道，在我们分开的这段时间里，他并没有完全忘了我，正如他希望我能够相信他所说的。然后，他又跟我解释说必须采取一些安全措施。我们离开了他的房子，搬到塞夫勒门附近的一个单间大公寓里，房子靠近环城高速，在爱彼迎上找到的，爱彼迎是网上的一个租赁社区。我们是作为一对摩洛哥的新婚夫妇出现的。萨米一下子用现金付了三个月的房租，连伪造的证件都没有拿出来，房子就到手了。我不敢想象人可以如此容易地就消失了。我们是两个潜伏的战士，我们走过所有的监视而无人察觉，想着就让人兴奋。当天晚上，他找了老板，告诉他自己要出发去旅行结婚了。

我们将经受考验。

我们能够忍耐吗？我们准备好了吗？我们可以告诉那些被剥夺了权利的人他们不应该再迷茫了吗？我们可以给他们指引正确的道路吗？

我等待着萨米，女为悦己者容，我打扫着房子，我戴着面纱走在巴黎的大街上，走在冬天那轻快的空气里，我从来没有如此喜欢巴黎。

穆斯林的女子，多么令人骄傲！看着我你却看不到我，永远不会被人认出来（可能除了莉姆，那天在路上撞到她，谨慎起见我坐上公共汽车逃走了），凝视路人的仇恨，也享受着姐妹们羡慕而赞赏的眼神，到了晚上，我戴上萨米送给我的黄金和珍珠的手镯，满怀对仁慈真主的爱，用我整个的身体去爱我的萨米。

12. 艾斯皮古特街，巴黎五区，法国

珍奈特邀请哈碧芭和她一起度周末，她向莉姆表露说，看到一个如此年轻的女孩子身边只有巴黎的索马里"表兄弟们"陪着，实在令人担忧。"如果只是为了让她流落巴黎街头，那根本就没有必要把她从海里救上来。"格里莫和莉姆请他们一起过星期六的下午和晚上，当然还有哈利。

布鲁诺每天都来。他继续问着哈利关于大塔尔特的事情，聊着图尔贝伊警察局上报的一些干瘪信息。他的担心？一个是他觉得那两个住在蒙田楼的突尼斯人已经开始动弹了。另外一个就是姆比拉。他离开了塞纳-马恩省的私人游乐场，开着法拉利去了瑞士，住在日内瓦附近，而且用的是假身份。兰贝廷正等着国际刑警那边的消息。

虽然大家都不说，但是显然威胁正在靠近。巴黎人忙着他们自己的事儿，没有显露丝毫的担心。他们在公共场所或者乘坐公共交通的时候会更加小心谨慎，反正凑合着过呗。

哈碧芭的到来让莉姆真的好开心。她们一起溜出去，到穆浮塔街上买东西。"今天晚上，我要做一道真正的法国菜，蔬菜浓肉汤。这个是布鲁诺的主意！我在厨房里找到一本厚厚的菜谱！"

"你的那个汤里没有猪肉吧？"哈碧芭的法语在不断进步。

"只有骆驼肉，放心。"哈利请求陪着她们一起去。三位少年。

有些时候，我会被这种活力搅得心烦意乱。我希望莉姆只是我一个人的。特别是从昨天晚上开始，我心里一直有一种不祥的预感。也可能是因为我从来没有如此幸福过。在他们的小团体里，我的位置一直在降低。我曾经是这个群体的中心，而现在的感觉差了很多。太多的幸福让我焦虑，这样想很蠢，我总不能牢牢地控制她……但是，就在刚才，她关上门的那一刻,我看着她离开,就好像是最后一次的感觉。

夜幕降临。路灯的光透过卧室的两扇窗户照进了房间。没有一丝声响。书房的一个角落里,布鲁诺在打电话,他在向兰贝廷汇报谈话内容,很小声,一只手还挡在嘴前。珍奈特坐在壁炉旁边,腿架在一个阿富汗软垫上,面对着一座崇拜男性生殖器的青铜像,读着约翰·勒卡雷①的小说,是企鹅出版集团发行的英文版。与其在这里焦虑地等待,我还不如来安排一个小节目。瓦伦媞娜还在世的时候,我们一有机会就会去新晨酒吧。就在我胡思乱想的时候,房子又恢复了平常人家的那种氛围。我意识到,自从我们离开迦太基以后,我就没有工作过。我甚至不知道笔记都收到什么地方了。事实上,几个星期以来,我一直无所事事。

周末开启的方式实在令人感到意外。当我把哈碧芭介绍给哈利的时候,他非常腼腆,想让自己身材变得矮小一点却又做不到,只能在原地扭来扭去。哈碧芭一动不动地盯着他,这幅场景有点滑稽,她两个拳头又在腰上,突然,真的是很突然,她开始哼歌,而且越唱越大声,是一种吐字异常清晰的说唱乐,用一个非洲女孩特有的活力来表现的:"独自言语 / 是和真主的对话 / 在孤独的人里孤独的自己 / 夜晚和白昼……"哈利满脸都是微笑,他挺直了身板,也拍着手开始唱了:"独自言语 / 抛出词语 / 没有希望再回头。"珍奈特原本正在脱着外套,她的动作瞬间凝固了。

---

① 约翰·勒卡雷(John le Carré, 1931—2020),英国著名间谍小说家。

哈碧芭走近哈利，问道："你就是哈利我的维克多？""嗯。是的。""我一直在优兔上看你的表演，我给你了几十个赞，我真的太喜欢了……"哈利点点头，好像在想着什么，仿佛哈碧芭的话很费劲才能到达他的中枢神经。他们的目光交集在一起，哈碧芭一下子崩溃了。"我哭是因为你好像我的弟弟。"

虽然他们从来没有见过面，但是脸书让他们成为了朋友。哈利我的维克多在网上有很多粉丝，排在最前面的就有哈碧芭，但是他自己并不知情。我们比较晚才开始吃饭。莉姆毫不犹豫地让布鲁诺坐在了她的左手边，右边是兰贝廷，他最终还是来了（带了三瓶酩悦香槟和石榴汁）。莉姆感觉到一种不同寻常的兴奋。"这个蔬菜浓肉汤可是大师级的作品。"兰贝廷对她说。"最妙的是和温热的土豆沙拉一起吃，还撒上了松露粉，还有切得很薄的醋渍小黄瓜。再配上浓汤，真的很美味……下次，我要带一瓶热夫雷-香贝丹红酒。"

"是因为我有一份很棒的菜谱。"莉姆一边转着手镯表一边回应着，这个表还是我们刚到巴黎的第二天我送给她的。"哈碧芭帮我择菜，布鲁诺准备了脊骨，还用柠檬片把它们扎好，真的是个专家。而且，也是他建议今天这道蔬菜浓肉汤的。"

"以前，每年夏天，我母亲都会给我们做这个，"布鲁诺解释说，"虽然不是季节，但是我们在外野营的时候，条件非常简陋，母亲做这道菜的时候是我们假期中最开心的一天。"

兰贝廷，一副略带疲惫的好好先生模样，听着所有人说话，低垂的眼皮掩饰着他敏感的神经。就好像一架没有了中枢控制器的无人机，悬在餐桌的上方，凝视着所有的生命，清晰度是他们无法想象的。

哈碧芭和哈利的话比较少，但是眼睛都不曾离开对方，他们笑着。兰贝廷非常嫉妒他们的这种无忧无虑。

他有多久没有参加过像今晚这样的聚餐了？完全没有了社交生活。没有了私人生活。对他来说也挺合适的。他那忧伤的男中音极易引来好感。他的笑容有一种特别的意味。他离开餐桌去查看手机上的信息。开罗的一座科普特人教堂发生了爆炸，伊斯坦布尔又遭受两次恐怖袭击，巴格达有汽车被炸毁，德国两名警察被刺杀，摩加迪沙港口有一辆卡车装满了炸药……没完没了。他回到座位上，打着哆嗦。此时此刻，珍奈特已经迷上了他。

所有人都忙着帮莉姆收拾桌子。兰贝廷好像还想和哈碧芭继续交谈。布鲁诺悄悄对莉姆说："我们去客厅喝茶吃甜点！"兰贝廷和哈碧芭留在了桌子旁边，单独聊着。

已经深夜一点多了，珍奈特觉得可能应该去睡觉了。她提议哈利明天去她家吃中饭。"当然，欢迎所有人……"没有人希望晚会就这样结束了。我征得所有人的同意，第二天晚上一起去新晨酒吧。"我来负责订位……"

布鲁诺陪着兰贝廷回去的时候，老家伙告诉他，索马里女孩认为武器一早就运到了法国，应该是马耳他的那个渔夫负责的。

"就是那个耶稣会教士帮你找到的那个渔夫。"她曾经好几次不经意地听到黎梵特和穆萨长官的交谈。"你们也知道的，马耳他人在南部有座工厂。"

"在布拉尼亚克。我们已经在监视了。"

"可卡因就是从那儿过的。"小女孩说有两个仓库,一个在布拉尼亚克,另一个在贝济耶①。同时,她还很肯定是黎梵特在杀害了她的弟弟之后干掉了渔夫。

"为什么她从来就没跟我说过这些?"

"我只是跟她提起她的弟弟,她最后就说出了渔夫的名字,卡米列里。她有理由恨他。我应该跟她的爷爷比较像……"他说这些的时候,脸上没有一丝笑意。

回到别墅,兰贝廷打电话叫醒了埃罗省的省长,是他的一个老同事,他让他即刻集中所有负责人准备第二天早上的行动。同一时间,布鲁诺打电话给贝济耶的警官,让他们做一个监视工作的汇报,商讨未来的行动计划。

深夜两点,厨房已经收拾妥当了。我和莉姆坐在客厅里。她很喜欢杯中的香槟。晚餐的时候,为了不让哈碧芭不舒服,她拒绝了喝酒。我抚摸着她的肩膀,手落在她的脸颊上,我抚着她脸部的轮廓,仿佛要把它们刻在我的十个手指头尖上。把她的眼睛、她的下巴、她的鼻子,还有她的嘴唇,全部化成指纹。我想是时候该跟她说了:

"你知道,明天……"

"新晨酒吧?"

"是的,那是为了你……我……"

---

① 贝济耶(Béziers),法国城镇,位于埃罗省。

她打住了我的话，从一个牛皮信封里拿出了一些钱币："快看！布鲁诺送给我的……是金子，有十二个，他要全部都给我，你知道吗？是全部，但是我跟他说我会分给哈利，我觉得这样做是对的，不是吗？"

13. 艾斯皮古特街，巴黎五区，法国

我早上醒得很早，天还黑着，年龄不断增长而睡眠却越来越少，也就顺势而为吧。莉姆睡得很沉，仰躺着。我的宝贝。我穿上一件慢跑衫，径直去了穆浮塔广场的面包店。老板娘微笑着跟我打招呼，我是她的第一位顾客。我买了一条法棍面包和一些热乎乎的牛角包。房间里没有一丝声响。我找到了笔记，是一本手稿的开篇，我翻到上次的那一页，打开电脑，即刻觉得自己重新兴奋了起来。这是一次文人的小小晨勃。

莉姆前一阵子对迦太基感兴趣，现在又对法国的历史甚至政治充满了好奇。所有的东西都让她兴致盎然。她最近的新发现？是关于瑞典克里斯蒂娜女王的一本书，在书柜里找到的（我记得我的同事好像曾经喜欢过一个瑞典的国际网球女选手）。这个克里斯蒂娜并不漂亮，无视两性间的欢愉，而这些都并不能阻止莉姆向她看齐。回想起昨天早上，我感觉很沮丧。

我想着如何能够将她插入到中学的教育系统。这事儿并不简单。选择函授课程？为什么不呢。她自己说非常想即刻开始学习历史。这挺好的。但是，她必须得通过中学毕业会考。

我重新买了一本蒂博代谈修昔底德的旧书。我随意翻开，

顺口大声地读道："纯粹的历史学家必须背井离乡，正如纯粹的哲学家必须单身。"我明白自己为什么会选择历史了。对了，如果我们目前的状况持续下去，我得想着把书都运回来。"你在自言自语？"我没有听到她进来，她是踮着脚走路的。像一只鸟儿。

她调大了广播的声音。记者讲到目前在贝济耶地区正在组织反恐行动。三个男人被逮捕，是来自大塔尔特的，还找到了一些武器。她皱起了眉头。"是布鲁诺……布鲁诺和兰贝廷。希望他们都没事儿。"

我答应她中午的时候打电话给布鲁诺问问情况。她很担心。广播里没有再说贝济耶了。我们打开了电视。新闻频道也没有更多的消息，反反复复都是那些。莉姆又回去睡了。威胁在我们的脑海里来来回回地翻腾。大部分时候，我并没有在意。我提醒莉姆，我们也是伊斯兰极端分子的受害者。他们不可能再次袭击我们，从统计学上说这种概率几乎为零。她非常理智地回答我说，并不是为我们自己担心，而是为了其他人，那些我们不认识的人。

没有必要打电话给布鲁诺了。接近中午的时候，有人按响了门铃。就是他。"我刚好路过，希望没有打扰你们，我想跟哈利说说昨天夜里发生的事情，多亏了他……"哈利出来后，布鲁诺简要地讲述了贝济耶的行动。"我们逮捕了曾经在突尼斯受过训练的三个黑人中的两个。问题是我们没有找到所有的武器。有些已经被运走了。在大塔尔特，我们本来想抓住蒙田楼的那两个大胡子，但是他们换了房间，是那些拦路抢劫的家伙告诉我们的，谢谢你，哈利。兰贝廷在凌晨五点的时候派了一小队人马，都是一些执行特别任务的专业人士。尽管他们很小心，还是被发现了，只能撤了出来。"

"我一直跟你说，每栋楼都有监视的人，二十四小时的那种。"哈利插话进来。

"你说得对，但是至少我们尝试过了。再说，今天早上的雾特别大。总之，我们已经捅了马蜂窝了，接下来看看他们会怎么反应。"

"赛义德呢？还是在文化之家那里吗？"

"是的，图尔贝伊的警官在他身边安插了眼线。不会拖太久的，但是目前，我们还只是盯着他。"

尽管整个晚上没怎么睡，他的面庞清新光滑，胡子刮得很仔细，根本看不出有四十岁。眼睛笑眯眯的。我寻思着他怎么受得了，身上承受着那么大的压力。此时此刻，我仿佛又看到了索邦大学的那个学生。

"幸亏有您在……"莉姆情不自禁地说道。布鲁诺居然笑了。"我们能够有所进展多亏了哈利。至于我，我只是个做好本职工作的警察。"他伸展着胳膊，在头顶上叉了叉手。我曾经看到他身上所有忧伤的痕迹，那嘴角抹之不去的苦涩，在我们再次相遇的时候全部消失了。

他离开的时候，我问他是否还是继续今晚新晨酒吧的晚会，他还没开口，莉姆就抢着说了。

"当然啦，生活还在继续。"

"莉姆说得对，"布鲁诺也表示赞同，"而且，兰贝廷跟我说他想着要过来看看的,可能会迟一点,珍奈特打电话给他了。我有点惊讶,但他好像很开心。他不会待太久的,我也不会,但是,我们一定会去的……"他的话没有说完。可能他想问我今天晚上去新晨是庆祝什么,但是他最终都没有问。

※

有些东西我是留给自己的。
我不会把所有的事都告诉给莉姆。
目前,她还一无所知。
《迷失》。
我们是在新晨酒吧庆祝婚礼的。
瓦伦媞娜和我。
《你不懂什么是爱。》
查特·贝克整晚上都在演奏,精疲力竭,却坚持不懈。
我精灵古怪的瓦伦媞娜。他摘下了太阳镜看着她,用低沉的声音对着麦克风说:"特别送给我们的**娃娃新娘**。"

※

新晨酒吧,小马棚街,巴黎十区,法国
我们是晚上十点三十分左右到的。哈碧芭和哈利两个人好像是到了另一个陌生星球一样,手足无措。珍奈特身着一袭绿裙,非常高雅,风格挺严谨的,但是异常贴身。看上去是要发出致命的一击了。莉姆紧紧地抓着我的手,我一直没有告诉她为什么来这里。我看着大厅,在这里我度过了很多个难忘的夜晚。人依旧很多,有西班牙的游客,不少美国人,还有几个法国人。离舞台不远的一张桌子空着,应该是我们的了。俱乐部重新装修过,吧台是新的,灯光朦胧,更加亲密。

两位茨冈吉他手满怀青春的狂热,演奏着强哥·莱恩哈特[①]的经典作品。我跟老板娘说起自己,她还依稀记得我(也可能是装出来的)。她的父亲是一位才华横溢的记者,每每说出一个词都要字斟句酌。在他们永远离开了埃及之后的几年,他的妻子创立了"新晨",那是七十年代初期。阿特·布雷基[②]和爵士信使乐队在此举办的音乐会让"新晨"名声大噪,从此进入了巴黎爵士乐的发展史。我在开罗博物馆实习的时候见过他们夫妇俩。那时,我决定去亚历山大港过周末,希望能够见到一位波兰裔的英国考古学家,她从港口浑浊的水里捞出了很多诸神胸像和女王头像,但是她没有来。而在一间下棋人聚集的咖啡馆里(是在米拉马尔?),我遇到了这对夫妇,我们一见如故,还一起在游艇会吃了午饭,我非常惊讶在新晨酒吧再次见到他们。他们也很熟悉瓦伦媞娜。而今夜,是他们的女儿,一位语法老师,执掌着酒吧。我问她可否在朋友们到齐

[①] 强哥·莱恩哈特(Django Reinhardt, 1910—1953),法国音乐家。
[②] 阿特·布雷基(Art Blakey, 1919—1990),美国黑人鼓手,创立了爵士信使乐队。

后，乐师们休息的空隙时间里，播放爵士信使乐队的代表作《蓝调进行曲》。

"当然可以，他们会在午夜时分有个中场休息，没有任何问题的，而且客人们都超级喜欢这首曲子，您知道的，这首曲子好比我们的旗帜……过后，会有一位古巴吉他手，您会看到的，真的是一位非常出色的音乐人，是我母亲发现的。"

每次我一听到阿特·布雷基那段前奏鼓声，我就觉得被自己被抛向了未来。

《蓝调进行曲》将是我们的婚礼进行曲。

还差一刻钟就是午夜了，布鲁诺和兰贝廷的到来让我们这一桌爆发了一阵欢呼声。他们是从别墅来的，还得在深夜一点之前回去。他们只是过来坐坐，我仍然很惊讶看到兰贝廷居然也不惜花时间过来了。他要了双份的威士忌。珍奈特稳稳地坐在椅子上，双手托着下巴，仿佛他们是一对老相识。布鲁诺永远都那么好奇，到处去转悠了。哈利带着一种专业人士的敏锐盯着乐师们，他梦想着有一天也能像他们一样，他时不时地和哈碧芭耳语着他的想法。他的言语不多，但是非常清晰地表示，有一天他要在这里唱歌，就在新晨酒吧。"到那个时候，我一定会在的！"哈碧芭激动地说。我回忆了俱乐部的历史，特别强调它已经很多年了。"这些永远都不会改变的地方带给城市无限魅力。你们搬了家，二十年后回来，这里的人依旧会和你们打招呼，仿佛昨晚你们刚刚来过一样。"我说话的时候一直注意着手表上的时间，因为我想在播放爵士信使乐队的曲目之前对莉姆说几句话。

两位茨冈乐手收获了热情的掌声。黑色稻草般的头发、微闭的双眼、漫不经心的神情和嘴角永恒的笑意让他们魅力四射，而且他们在观众中散布了一种暧昧的欲望，一种放纵的欲望……我几乎都想跳起舞来了。我积极地聊着天，可惜莉姆一直是漫不经心地听着，仿佛突然之间我的话语对她没有了任何作用，她的眼光在大厅里游离，好像在找着什么人。当她看着我的时候，眼神淡淡的，对我没有任何的期许。我自责没有早点告诉她我的想法。没有关系，还有不到五分钟的时间，她就会明白了。我想象着她会有多么惊喜……

吉他手们拔掉了插头，离开了舞台。我转过身向我的同伙、那位语法专家打手势，我伸出了大拇指，让她播放乐曲。她也伸出了大拇指表示收到信号，然后走向了音乐间。我开始说话了："你们马上会知道为什么我坚持今天晚上来这里……"但是，当我转过身面对着大家的时候，却发现莉姆不见了。我即刻调整情绪，及时打住想说的话，举起了酒杯。

阿特·布雷基的鼓声前奏在我身体的每个细胞里轰鸣着。回忆如潮水般涌来，我浑身的汗毛竖了起来。哈利显得异常激动，哈碧芭一言不发。兰贝廷和珍奈特仿佛一对刚刚心生默契的人儿，异常陶醉。"太棒了，"兰贝廷说，"谢谢，格里莫，如果我想到……"我对珍奈特笑了笑，结结巴巴地说："不好意思，我出去一下……"我起身去找莉姆，没有见到她的身影。吧台那儿没有，舞台旁边也没有。她可能想透透气或者洗把脸？还是她不舒服了？我跑出俱乐部，而小马棚街道上几乎空无一人。几个吸烟的，一个保安，没有其他人。我又回到酒吧。她去了哪里呢？她应该跟我打声招呼的呀！我不自觉地打开男洗手间的门。我看到她坐在一个洗手盆上，随时都会滑下来的样子，双手吊在布鲁诺的脖子上，正在贪婪地亲吻着。两个人都没有看到我。太忙了，混蛋。布鲁诺站着，莉姆的双腿岔开着，锁在他腰上。一切突然间变得很模糊，我几乎什么都看不见了，关上了门。

14. 朗迪隧道，31号高速公路，圣丹尼，法国

第二天早上还不到八点钟，一辆被堵在朗迪隧道的警车被人用枪扫射，就是长期住在大塔尔特蒙田楼的那两个突尼斯人。他们掌控着五六个街区的小年轻。突击队向一辆半挂货车发射了火箭筒。爆炸引起了大火。恐怖分子掏空了小汽车里遗留的包，带着钱和首饰离开了。整个隧道被火焰吞噬。

攻击者是从隧道两旁的人行通道逃跑的，很快就分散到附近的居民区了。很多针对去鲁瓦西的车辆的偷盗行为转向了布鲁塞尔、伦敦或者法兰克福，而且，就在当天，连接鲁瓦西和巴黎的铁路也被破坏，运输中断了二十四小时。

拘留所，弗勒里-梅罗吉，法国

中午十二点半，一队极端分子囚犯在弗勒里发起反抗。暴动信号是从食堂发出的，就在午饭快要结束的时候。百来名囚犯带着刀、斧子或短刃，拿着步话机，把看守们锁在了健身房里。他们爬上了屋顶，和另外两百名同伙一起竖起了"伊斯兰国"的旗帜。同时，另一队人冲向监狱女所长所在的

那栋楼。一些科西嘉岛的囚犯，一边寻找着庇护场所，一边用临时制作的武器保护着所长。前来支援的国家宪兵特勤队的人在临近一条街上遭遇了来自屋顶上的射击。

马比荣地铁站，巴黎六区，法国

午后时分，五十来个蒙着脸的年轻人聚集到了马比荣地铁站的出口处，手拿垒球棒或铁杆拥进了街区。很显然他们并不了解这个区域，还走错了路。他们好像很赶时间，不想停留，忽略了一些标志性场所（力普啤酒屋、花神咖啡馆、双叟咖啡馆），而把愤怒全部发泄到服装店和手表店上。圣日耳曼德佩教堂前找到了一辆安装了引爆装置的车。点火系统出了故障。

阿格德角，34300，法国

同一时刻，在阿格德角，一个男人在车站闲逛，在这个季节，车站里几乎没有人，他好似不经意地走进了一家酒店，该酒店已经被国际天体协会包下来举办年度研讨会。男人的头上挂着一个运动相机，在酒店大堂里走来走去，一群人激烈地谴责他是属于穿衣一族的。他走开了一点，从大衣内掏出冲锋枪，开始扫射大堂。

不同地方爆发的恐怖袭击好像让警察部门措手不及。然而，晚上六点左右，内政部的发言人做了一个很详细的总结："隧道里的行动是由两个效忠'伊斯兰国'的突尼斯人策划的，他们住在图尔贝伊-塔尔特，前一天晚上逃过了我方的监视。此时此刻，他们仍然在逃，但是我们有理由相信，他们和他们的同伙很快就不能再对我们构成威胁了。弗勒里的暴动是一名叫赛义德的老囚犯组织的,他在监狱附近用手机指挥行动和协调越狱过程中被警方击毙。此时此刻,警方已经控制了除了监狱的顶层和屋顶之外的所有内部区域。

"弗勒里的暴乱引发了巴黎郊区一些居民区的声援游行,巴黎城内也有,特别是巴尔贝斯附近的街区,外省的一些城市也有声援行动,特别是在格勒诺布尔和马赛。在巴黎一个宁静街区里搞破坏的是一群小流氓,属于圣战分子的候补队伍,是由那些毒品小头目挑选的人员。阿格德角的恐怖分子身份也已查明。是一个马里人,曾经在利比亚受训,和大塔尔特地区的团伙有联系,躲在贝济耶附近。他在网上发布了进入酒店的一段视频,网络上的反应非常迅速,也非常暧昧。他的两名同伙最近在贝济耶工业区一家公司的仓库里被逮捕。对普罗旺斯大区的警戒已经加强。

"所有这些行动都是以'伊斯兰国'的名义进行的。它们威胁着国家的安全,威胁着国家的根基。这些行动都是发自同一个团伙,而这个团伙受到同一个国外的人物操纵,我们相信已经掌握了此人的信息。这是个住在利雅得的沙特阿拉伯人,他利用职业之便指挥着团伙的行动。大塔尔特和图尔贝伊地区是他的一个后方基地,主要用于培养团伙的成员,而且,他们和大型的抢劫团伙和毒品贩卖团伙有着密切的联系。"

这份声明好像为一系列悲惨事件画上了一个句号。部长代表在发言的时候,已经有三个小时没有再发生任何新的袭击了。政府宣布宵禁二十四小时。全国范围内的示威游行也几乎在同一时刻停止了。

※

军事学院，巴黎十二区，法国

刚过晚上八点钟，突然报道了一起劫持人质的事件，就发生在军事学院。官方的消息一点点地渗透出来，消息说，一对年轻夫妇绑着炸弹腰带进入了军事学院，当时那里正在举行官方招待会。这对夫妇可能绑架了十来个人，其中包括巴黎的军事长官和几位经济领域的要人。加里波第大街和残废军人院之间的区域已经被封锁，部长也已经到了现场。

晚上十点，内政部传出消息，开始和恐怖分子谈判，他们要求两家电视台直播他们宣读"伊斯兰国"的声明。

晚上十一点，法国电视一台和美国有线电视台的两组人员开始在学院的院子里安装设备。技术人员忙活着，拉着电线，调整着聚光灯。

同一时刻，两名恐怖分子用推特发布了一张相片，声称自己是"苏里雅和萨米，伊斯兰国的战士"，他们还向"揭竿而起的战士们"致敬，"他们揭露了法国的种族主义歧视，自塞提夫事件以来，它一直讥笑着自己所依仗的自由。"BFM电视台的一位女记者即刻给他们起了个外号，叫做"圣战订婚人"。稍晚一点，警察部门声称，他们两个是持真实身份证件和正式邀请函进入军事学院的。

有好几个人都认出了相片上的男子,打电话给媒体。西门尔塔公司管理层一位叫玛尔蒂娜的女助理在自己家里接受了 BFM 电视台的采访,嫌疑人应该就是在这家公司工作的。她的脸部做了模糊处理,看不清,她承认认识这个萨米·布哈迪巴,是同一个部门的同事,但是他总是让她觉得很害怕,她自己也不清楚究竟是为什么。

午夜时分,情况没有丝毫变化。法国一台和美国有线电视台播放着军事学院院子里的情景,空空的,黑黑的,满是不详的预兆。聚光灯已经关掉了。记者被要求穿上了防弹衣。警察显得越来越紧张。穿着作战服的士兵成群结队地游走在楼群之间。

深夜两点,两个普通车队从不同的路径开到了军事学院,风风火火地进入了军事警戒区。二十分钟后,电视台的聚光灯再次亮起。院子里摆了话筒和一个小桌子。

深夜三点,一对奇怪的人从主楼了走了出来,穿过院子一直走到正中间。一个戴着面纱的女人推搡着她前面的三个男人,其中一位穿着将军制服的被她用武器抵着。一名看上去依然很年轻的男子走在队伍的最后面,是个瘦瘦高高的大胡子,在一身装束之下显得特别苗条。他的额头上绑着"伊斯兰国"标志的带子,看上去像一名七十年代的流行歌手。全世界的电视台都会收到并转播现场两个电视台的图像。现在是纽约时间晚上十点,北京时间早上九点。他们走到了话筒前面,那个女的靠近了她的同伙,而丝毫没有放松手上的武器,一把自动手枪指向人质。她的脸出现在大屏幕上。她很漂亮，肤色苍白，几近透明，非常细腻。她眼睛的妆容化得很重，仿佛要从半遮脸的白色细布里凸出来。男人一袭黑衣，把一份几页纸的稿子放在话筒旁的架子上，他拉着女人的胳膊，说出她的名字，然后是自己的名字，同时表明："我们效忠于我们的领袖，我们是圣战战士。"他用一种惊人的冷静眼神盯着录像机。他开始读稿子，一开始都是些套话："大家好，万物非主，唯有真主，穆罕默德是真主的使者，圣洁的真主，仁慈的真主，永生的主，永恒的主，他知道天上地下的一切。"然后，他接着说："首先，我想向仍然战斗在弗勒里-梅罗吉监狱屋顶上的兄弟们致敬，我要求法国官方，那些亵渎宗教的人，调遣一架飞机将弗勒里的战友们送到利比亚……"摄像机对着他，人们仍然可以看到苏里雅和人质就站在他的右边（面目非常模糊，光线不好，也可能是故意的）。他的声音低沉、庄重而决绝，没有丝毫的紧张，这个声音重新在寂静的夜空里响起："唯有真主……"

他突然打住了话语，潜意识里闪现的幻象让他身形有些摇晃。大家从话筒传出的声音中听到他突然加快的呼吸声。这个时刻，院子另一头的一盏聚光灯突然亮了起来，又熄掉了，又亮起，从阴影里走出一对人影。萨米低声说了点什么，与其说是话语，不如说是一种低吼，他的脸在抽搐。他刚刚认出了自己的父亲老布哈迪巴，布鲁诺、哈利和格里莫在一位心理学家的陪同下，去大塔尔特找到了他，很艰难地说服他，一定要来和儿子说说话。

聚光灯的光束放大了图尔贝伊老工人的身影。灯光里，他的影子如此消瘦，面部的轮廓如此突出，深陷的眼眶，竖起的胡子和眉毛，他就像维克多·雨果笔下的人物，后来哈利还专门为他写了首歌。他穿着那种传统的肥大军裤和图尔贝伊工地上蓝色的工人服，白色头发上戴着卷毛羔皮的土耳其帽。他的身边站着一位西装革履的男士，微胖，几近秃顶，整个人像瘫掉了一样，被雷德的两名警察架着，他就是爱玛·圣科莫的父亲，布列塔尼的药剂师。

老人家举着木头拐杖艰难地向前走着，好像努力地想挣脱扶着他的那些人。强烈的聚光灯光让他头晕眼花，他盲目地朝前走着，步伐断断续续，身形摇摇晃晃。他一边走一边对儿子说着话，身上戴着无线话筒，那因激动而变调的声音在楼群中回响着。"萨米，我的儿子，我最优秀的儿子，我求你了，我以家人的名义、以我们祖先的名义、以我们的祖国阿尔及利亚的名义、以接受了我们并抚养你长大成人的法兰西的名义……"

萨米盯着他，满眼的狼狈和阴险，苏里雅朝他弯下了腰，对着他耳语。萨米吼了起来："滚开！可怜的人……"他显露出一种面对魔鬼般的恐惧。阿尔及利亚老人继续说着："萨米，你是所有儿子中最优秀的一个，你曾经让我骄傲……"他独自一人，聚光灯将他和整个世界切割开来，他已经走出去很远了，离同行的人们有两三米的距离，他还在继续地走着，一副油尽灯枯的样子。他用尽全身的力气站立着，拐杖敲击着石头地面，笃，笃，笃笃，声音被话筒无限放大，震撼着千万观众的心。他朝着儿子迈出一步，又一步，他的动作越来越迟缓,观众仿佛在看一部慢动作的影片,他伸开了双臂,手掌朝上,丢掉了手中的拐杖,他指着心脏跳动的位置,他变得异常高大,摇摇欲坠。夜里满是潮气,起风了,老人家颤栗着,又向前迈出了一步,他好像还想和儿子说话,他坚持着,面色僵硬,苍老的嘴角已经看不见嘴唇,他的声音撞击着话筒,虽然更小声还刺刺啦啦的,但是依然有力。他不是在说话,而是在喊叫。

他的叫声充斥着整个话筒:"萨米,你还记得我从塞提夫给你带回来的椰枣吗……"

"给我闭嘴,你只是那些刽子手中的牵线木偶。"

"这些椰枣,你好喜欢的,你跟我说过,你还记得吗?你跟我说过你好喜欢的,你从来没有吃过这么好吃的椰枣,你还说过,总有一天,要和我一起回去,回到我们的家乡,我们走吧,是时候了……"

萨米被父亲散发出的力量吸引着,虽然这股力量如此孱弱,他仍然朝着他走了过去。他经常和苏里雅聊到父亲,聊到在图尔贝伊-塔尔特的生活,还有他梦中的塞提夫,他所受的那些屈辱。全是苦难。她刚刚想到萨米可能会因为老人家的劝告而崩溃。她想跟他说话,鼓励他,留在自己的圈子里,在这个神圣的时刻,她不能失掉和他的联系。萨米又朝着父亲走了一步。苏里雅跟着他也向前走了一步,好像分分秒秒已经凝固,她忽略了那三个人质,他们退到了阴影处,然后消失了,他们获救了。老布哈迪巴继续向前走着,脚步拖沓,爱玛的父亲站在警察身边,显得虚脱而沮丧,哈利紧紧地抱着他的肩膀,支撑着他。老布哈迪巴向儿子伸出了手臂,眼泪情不自禁地流了下来,他朝着儿子微笑着,还想跟他说说话,就算一切已经不可挽回。很早他就意识到自己的死亡,很久以来,他对一切都采取一种放任的态度,很长时间以来,世界也是一片混沌。但是,他强迫自己去相信,就算只有五分钟的时间他也会去相信,是的,是有可能的,萨米会自觉自愿地回归到和谐的氛围里,他会回到自己应有的位置上,在真主的光芒下垂下眼帘,而且,他还会投入到自己的怀抱。

杰出的萨米,金融经理⋯⋯

苏里雅牵着萨米的手,他们交换了一个眼神,萨米的黑眼睛一直凝视着父亲,他拉动了腰带上的小型爆炸装置,一声巨响,气浪掀翻了摄影机、话筒和小桌子,纸张漫天飞扬,萨米和父亲都被炸得飞了起来,碎肉块雨点般地落下,有人尖叫着,离得最近的人都卧倒在地上。炸弹的声响还盘旋在院子的上空,突然另一个爆炸声响起,尽管苏里雅·爱玛·圣科莫已经伤得很严重,她仍然集聚所有的力气拉响了身上的炸弹。

尾 声

一年之后,重新开始……

卡塔尼亚，西西里岛，意大利

　　昨天早上，我从马耳他回来了。轮渡真的很方便。我六点离开瓦莱塔，不到两个小时，我和车就到了卡塔尼亚。五分钟后，回到了家里。从我乘船搬家来到这里的时候起，港口的菲律宾职员就开始认识我了，他们叫我"教授"的时候声音拖得老长。我是在去年冬天快结束的时候在这里安顿下来的。当时，我准备把书和家具从拉马尔萨搬回去，突尼斯考古研究院的一位叫莱拉的同事也正准备帮忙，这时有人跟我说起了西西里。

　　那个时候，我的精神状态一直不好，因为莉姆的事情。全都是我自己的错，我就像一个干坏事被逮住的小男孩。几个月的时间里，我对她并没有任何期许，只是一天又一天地感受着她的青春带给我的一切，我没有任何的要求，没有任何的控制，准备接受一切的可能，她就这样麻痹了我生存的冲动。而她，没有了脾气的阴晴变化，没有了毫无预告的消失，性格一直都很平和。几周的时间里，我放松了警惕，甚至开始制定一些不切实际的计划，而整体情况和恐怖袭击的反复爆发本来应该让我没有那么的乐观。

　　我得动起来，我得离开巴黎。西西里岛，有什么不好呢？

　　我并不了解这座岛屿，关于它的历史也只有些模模糊糊的印象，奇怪的是，我的脑袋里响起了西西里岛国王们加冕时的欢呼声。**基督胜利，基督为王，基督显权能**，这些都是直接来自异教徒的套话，是在早期基督徒给基督安上阿波罗的面孔时说的话。

我乘飞机到了巴勒莫①，租了辆车沿着海岸线行驶，夜宿陶尔米纳②。次日，在卡塔尼亚停留了一下，天气很暖和，埃特纳火山喷着气流跟我打招呼，我在港口附近的小客栈吃了中饭，是可口的海胆面，价钱也很合理。下午的时候，我独自一人游荡着，偶然看到了一块木牌，上面写着"套间出租"，就挂在以前海关楼房的外墙上，大楼俯视着整个海港区域，从那个时候起，我就在这里了。多么凑巧的事儿！

我安顿下来没有多久，我的出版人就来看我了，还带来了一个想法。我的《亚历山大》出版已经有三年了，他刚刚把这本书的翻译权出售给了十几个国家，书的成功一直延伸到国外，他建议我再写一本新的传记，同样类型的作品。不同于常人的风格、命运的安排、扎实的学士，再加点教育意义。扎实而又"轻松"的作品："人们都需要了解伟人们的一些平常事，他们已经厌倦了政治人物，也厌倦了自己，他们渴望有滋有味的鲜活的生命，有点超人类的味道。你的《亚历山大》出得正是时候。"

我问他想到了什么人物。答案脱口而出："腓特烈二世！

---

① 巴勒莫（Palerme），意大利港口城市，位于西西里岛西北岸。
② 陶尔米纳（Taormine），意大利西西里岛东部城镇。

你告诉我在这里安家的时候,我就想到了。他四岁就做了西西里的国王,一二二零年成为皇帝,被教皇革除了教籍,却是耶路撒冷的王!而且,他还是你的亚历山大的崇拜者!一个不同凡响的人,法学家、有教养、四处漂泊、同属于东方和西方、魅力无限,活着的时候就被封神,以至于他去世的时候,人们都不敢相信,都认为他是带着五千战士投入了埃特纳的火山口。这些都是你喜欢的……"

他走了以后,我沉浸在坎托罗维奇[①]为腓特烈二世写的传记里。一本非常出色的作品,而作者自己并不是很喜欢,觉得它的尼采味道太重了。我开始了解这个腓特烈二世。我回到巴勒莫去看他的棺椁,读了所有和他相关的资料,都没有坎托罗维奇写得好,重读维吉尔著作的时候,我沉浸在腓特烈的西西里岛,半非洲,半欧洲,人民、习俗和宗教都掺杂在一起,犹太教堂、清真寺、罗马帝国大教堂和诺曼底小教堂比邻而建。

珍奈特给我打电话的时候,我的研究工作刚刚开始,她说要在马耳他组织一个"重逢见面会"。她来负责组织,而且还说服了事务负责人请我去瓦莱塔的法盟做一场关于亚历山大的讲座。尽管开始的时候我并不是很热衷,但最后还是被她说服了。珍奈特非常坚持,又善于说服人,我也想再见见莉姆,就算是不经意地或者偷偷地看看,就算她已经投入另

[①] 坎托罗维奇(Ernst Kantorowicz,1895—1963),德裔犹太流亡学者,中世纪史学家。

一个人的怀抱。事务负责人很快就给我打了电话,确认邀请我去做讲座。我提议,讲座的主题是亚历山大与腓特烈二世,这样他们可以吸引更多的马耳他的意大利语言文化学者,也能让我更加明确下一本书里的一些内容。接受了邀请之后,我觉得整个人都松了口气,可能我的潜意识里在猜想,这一次的旅行能够帮助我把生命中的这一页翻过去。

※

他们约我在去年住过的那家酒店见面,深夜三点半,我们一起乘坐旅游部的小型巴士去蒙娜亚德拉神庙。他们经常说起这个场景,让我感觉好像亲身经历过一样。到了遗址后,面对这些对着大海围成半圆或长廊的巨石,我被这些标志着过去的浮雕和悦目的色彩所吸引。庙宇的神秘、它们的用途、同伴们在这儿的相遇,根据夏至日的第一缕阳光而进行的科学的设计,这一切再次震撼了我们,唤醒了内心深处那蓬勃的生命。一些不知名的人将它们搬动,压入围岩,雕琢它们,又拼接在一起,这种智慧在和我们对话。他们跟我们说着话,他们的言语跨越了好多个世纪,尽管对于我们来说,这种言语难以琢磨。和影子的对话填充了我的一生。那天早上,我证实了自己并不是一个麻木不仁的人。我依旧和第一天进入开罗博物馆实习的那个小年轻一样专注,我默默地在不同的历史时期之间牵起了一根又一根的连线,思索着是哪些道路将来自东方的建筑神庙的人和腓尼基人联系在一起,和罗马城市的圣圈联系在一起，和西西里最早的那些被看作如同基督一样神圣的国王们联系在一起，当然还和我的新朋友腓特烈联系在一起。

刚刚过去的一年在时间的长河里只是一粒尘埃，但是我们能够估量到它给我们微不足道的生命造成的影响。我们在同样的风景里变化着，同样的情感占据着我们，而我们已然不是昨天的我们。这样的回顾可能是有用的，可能能够让我们感受到自身的变化，那些被日常巧妙地改装的内心深处的变化，它们被刻在内心深处那一页页的日历上，让我们意识到自己只是时间手中一些易变的傀儡，有时甚至很浅薄。

他们都跟我说，面对着这些巨石的镜子，感受到了逝去的一年所带来的冲击。

我也是，我也在问自己：这一年你都做了什么？一阵快速的回顾，我发现这一年里我几乎都是在反反复复地回忆着莉姆。赶走了，莉姆，曾经一种折磨人的欲望将我和她联系在一起，使我的生活成为了一种悬念。搁置起来吧，那些我们共同经历过的悲惨情节，把它们放到记忆匣子里一个静默的地方。我的总结空洞无物。记忆也是会对我们撒谎的。

让他们觉得最惊奇的是居然又见到了那位帕罗奥图的教授，带着一群新的狂热追随者，在同一个时间同一个地点。他可能是唯一一个没有任何改变的人。他的生意看上去做得很好。他精炼了自己的理论，提出自己的假设，西方的商品化进程磨灭人的性欲。他提倡回归到泛神论时期，回归原始的欲望，在古庙前的广场上集体性爱，就在大自然的怀抱里。

他很快就离开了我们，我们去到"自己的"庙里等待太阳升起，守候那将穿过石头窄颈汹涌而入的第一缕如箭般的阳光。

我们之中就缺了哈碧芭。她在最后的时刻爽约了，因为要陪着哈利去威尼斯，一家法意保险公司要在高大华丽的建筑里举行一系列的表演。哈利现在是流行音乐界的明星，他用歌声讲述自己和哈碧芭的故事。华纳公司和他签了约，要出三张专辑，他的第一次巡回演出是由数字巡回演艺公司欧洲分公司组织的，至今还让人记忆犹新。一些知名媒体发了好多文章甚至头版头条来介绍这两位少年人，他们是在优诺和"音乐里"社区网站上认识的，在这两个网站上，他们汇集了成千上万的粉丝。哈碧芭正在和他一起筹划一部音乐自传剧，名字叫做《我是哈碧芭，我活着》，她有时也会参加他的演出。他们一起创立了一家公司，"HH独自言语"，让人联想到他们第一次和最近一次获得成功的歌曲，《两个H》。珍奈特领养了哈碧芭，几乎把她当成了自己的女儿，兰贝廷也正式成为了哈利的监护人。他们代表两个孩子签合约，谨慎地管理着他们的收入。

讲座结束后，我们所有人一起吃了饭，就在位于旧时帆船小湾的意大利餐厅。珍奈特穿着她那条永恒的绿裙子，依偎在兰贝廷的臂弯里，光彩四射。兰贝廷的离职一点也不像装出来的。最后的恐怖袭击结束后，部长给他颁发了法国荣誉勋章，然后就再一次把他推出了门。别墅已经永久地关闭了，甚至正在被内政部出售。

珍奈特的脸上写满了幸福。她的一生都是在挑战和决断中度过，有时甚至是挑衅。这是人生第一次让她感受到正在为自己的生活建造一些扎扎实实的东西。她觉得自己不再被一种报复心理占据着，一天又一天，她慢慢感受到一种满满的富足。她时刻都处于一种兴奋状态，这让她看起来更加年轻。尽管她的年纪不小了，但是她那性感的魅力仍然是无与伦比的，她觉得自己轻盈得就像个小女生，刚刚在大学校园的椅子上遇见了生命的另一半。至于兰贝廷，他完全沉浸在这个女人的魅力里，他全身心地付出，可能很早以前他就认识了她。他的眼光一直追随者她，我思索着，他给人的感觉就好像每分每秒都是刚刚认识她的那个时刻。可能她像他的太太？很明显，他也是跨过了一个决定性的时期，好像把在警察部门工作的几十年都抛在了脑后。他的整个人散发出一种惊人的平静和祥和。完全忘掉了一切。做了那么长时间的法国警界第一人，他却只字不提，对于所经历的悲惨事件也从不评论，而世界上的悲惨事件依然在持续。

那天晚上，珍奈特私下告诉我，他们买下了别墅。"我们一起买的。价钱非常高，我们还和一个卡塔尔的外交官一起竞争，而我突然继承了一笔意外的遗产，这样就可以帮兰贝廷实现他的疯狂梦想。他从来没有花过什么钱，银行账户上存了不少。我们要装修房子，让孩子们住在二楼。他说那里会是他们的乡村别墅……"我一边听着她说，一边觉得自己被一种忧伤占据，因为听她说话的时候，我才意识到我和兰贝廷年龄相仿，甚至比他大几个月，但是那天晚上，我和他的境况却截然相反，我没有能够找到一种存在或者只是一个简简单单的希望,为我的未来增光添彩。我再次隐约感觉到嘴里那种子虚乌有的味道(在这种子虚乌有里我搁下了莉姆)。

我即刻收拾心情,不要被这突如其来的伤感击中,脑袋里重新过了一遍所有应该让我满足命运安排的理由。我走了很多地方,进行了很多的挖掘工作,我几乎跑遍了整个地球,勤于思考流逝的岁月和过去国度的辉煌,我备受同行的尊重,没有任何金钱上的顾虑,甚至生活得很自在,特别重要的一点,我是个自由人。我就好像一个失了指针的罗盘(我曾经见过查特文的一个朋友用过这个字眼来形容作家)。我可以自由地来来去去,只要我愿意,我可以把自己安置在西西里岛一个又小又破旧的港口,特别是我可以自由选择我想见的人,避开那些愚蠢的家伙,其实,四十年来我一直这样生活着。为什么突然一下子,生活对我来说变得索然无味了?

对于里法特来说,这次的晚餐意味着离开岛屿之前无数庆祝活动的开始。他刚刚被任命为部长级顾问,驻科索沃的法国大使。这次任命属于在部里引起很大争论的新闻之一,珍奈特跟我解释过,部里想通过这种方式留住他,必要的时候可以用到他。对于他自己来说,这简直就是康庄大道,他欣喜若狂。他放弃了去华盛顿工作一年的临时调动,同时保持和美国官方的联系。有些外交官员不是把科索沃戏称为美国的第五十一个州吗?为了巩固他们的友谊,美国专员吉皮答应在回地拉那和家人团聚之前一定要给他办个"告别派对"。

我不能否认,看到莉姆吊着布鲁诺的膀子的时候,心里一阵刺痛，但是痛感并没有我想象的那么严重，而且只是很短的一个瞬间。在我们去神庙的时候，布鲁诺很快就放松了下来，为了不刺激我，一直让莉姆和他保持着一定的距离，也可能是他觉得没有必要"强调"他们之间的关系，至少我是这么认为的，至于她，一切都很单纯，她没有显露丝毫的不自在。看到她脖子上戴着的银质十字架，我即刻开始紧张。不用我问她就告诉了我："我改信天主教了，和瑞典女王克里斯蒂娜一样，"她一边笑着一边说，"而且我还选了克里斯蒂娜作为我的第二个名字，我和布鲁诺的两个女儿一起受的洗礼，这样挺好的。"

我突然意识到，面前这位年轻的女士一点都不像，真的一点都不像我认识的莉姆。她的面庞没有了那种活泼，那股子因青涩而散发的魅力也消失殆尽了，特别是从她的声音里，我再也听不到那种让我一再精神紧张的心血来潮的疯狂语气。迦太基的小蜂鸟不再歌唱。莉姆不复存在，除了她笑的那一刻。

我看着她，不停地问自己：这个小资女士是谁？她对我来说已经无关紧要了。

我甚至对她不再有一丝的好奇。

就好像我的宝贝从来没有存在过。

我已经失去了她，我一点也不后悔。很快我就会忘记她的名字。

我问起布鲁诺的工作情况，听到我提起这样一个"平淡的"话题，他好像松了口气，开始喋喋不休地讲总理让他草拟一份关于"共和国失控地方"的报告。"我前前后后干了四个月,见了这些地方我认识的所有负责人,包括图尔贝伊-大塔尔特。姆比拉重新回到了塞纳-马恩省的房子里,重新做起了他的生意。事实远比写故事要复杂,我不得不以一种上面可以接受的笔调来写结论,但是总理一直都没有时间接见我,让我说出想说的东西。

"如果我理解得正确的话,你的报告无人问津?"

"确实如此。"

"你准备怎么办?"

"他们给了我军衔,我会到部里去工作,这样也好,我没有什么好抱怨的。而且,我和莉姆还有好多东西要准备……"

我不想听他说他们要一起去宜家买家具,买一个带玻璃陶瓷面的炉灶,还有碎冰功能的电冰箱。已经很晚了,我借口年纪大了,第二天一早还要乘六点的船回去,所以回去休息了。

※

我有一个老习惯,是从高师预科班时就养成的:做卡片。我为腓特烈做的卡片已经快装满整个鞋盒了,按年代整理好,然后输入电脑。如果做得有点烦了,我就按照不同的主题来做,和皇帝那个年代有关的主题(圣方济各、圣路易、西班牙和普罗旺斯的犹太学者、耶路撒冷、强硬派、基督教的专制政治、但丁和维吉尔、他后宫中蒙面的年轻女子),如果觉得眼睛开始累了,我就跳上车,出去闲逛。某个清晨,起床的时候精神状态特别差,我就买了一辆菲亚特四轮驱动车,金属灰,马力超强。真的是一时冲动!我用现金买的,汽车修理店的老板路易吉成了我的朋友。他有时会来家里,给我送些自己园子里种的蔬菜,昨天,他还送来了一只鸡。

开着菲亚特,我跑遍了周边地区,开到埃特纳火山的侧面,行驶在几公里长的岩浆和火山灰上,旧时火山喷发形成的熔岩流上,再从牧羊人的小路下到海边,这些路已经很少有人问津了,两旁满是开满野花的草地和新耕作过的土地,还有种着豆子和大蒜的小块土地,这里的葡萄酿出的酒,色泽和火山岩一样深,西西里岛的春天充满了阳光和芬芳。随着年龄的增长,我越来越容易被景致的美丽所打动,这其实也是曾经居住在这里的人们的秘密的一部分,他们先是修了神庙,后来又建了教堂,还欢呼迎接最初的那些国王,好像他们就是基督。

几乎每天晚上,我都会到港湾附近的一家酒吧去喝一杯。一个很舒服的地方,常客都是街区的居民,有工匠,有建筑工人,还有海港工作的菲律宾人。总是有几个移民聚在偏僻的角落里,那里被称为"网吧区"。非洲人越来越多。意大利人把他们从海上带回来,大批大批接待他们,也不会操太多心。当然,爱发牢骚的人总会发牢骚。"棕榈树北上了,这就是非洲。"我克制着自己,不做任何评论。每次遇到一个移民,我都会情不自禁地想到哈碧芭。

这个地方贴满了相片,都是关于马坦萨时期捕捞金枪鱼的情景,那时鱼群穿过大西洋,沿着西西里岛的海岸往北游,最终被错综复杂的渔网和鱼篓捕获,然后被搬到德拉莫特的摄影机前,渔民们在被称为"首领"的人的指引下,在居民们的欢呼声和教区神甫的祈祷声中,用鱼叉将它们捕杀,就是在这里,一个永恒不变的地方,有一台投币的电唱机,一件老物件,只能播放阿德里亚诺·切伦塔诺[①]的歌曲,但是这里的无线网络运行正常,从这里我可以收到来自世界各地的嘈杂声。

听听大家说话,读读柜台上的报纸,抽支托斯卡诺雪茄,我思量着自己感受到的快乐在巴黎是完全不可能的。有机会的时候,我也会和旁边的人聊聊天,或者问问索马里人是怎么来到卡塔尼亚的。上个星期,我在《意大利日报》上读到一篇关于军事学院恐怖袭击的短讯。这让我很震惊。西西里本地报刊转载了法新社的一则快讯。"经过长达几个月和阿尔及利亚官方的协商,两位布哈迪巴,父亲和儿子,以及苏里雅·圣科莫女士的葬礼在塞提夫的墓园里秘密举行。"往事又将我一把拉了回去。

我在家门口遇见了一位经常去酒吧的渔民。他称我为"教授",希望和我说说话。我请他进来,给他倒了杯黑珍珠红葡萄酒。他给我讲述最后一次参加捕获金枪鱼的经历,那是在二零零六年,他的父亲就是当时的"首领",非同一般的人物。首领……他还描述了捕鱼之后的弥撒。坎托罗维奇说得挺有道理的,西西里岛很像一座东方的岛屿。我最后终于

[①] 阿德里亚诺·切伦塔诺(Adriano Celentano,1938—),意大利男歌手。

明白了，这个男人是修车铺老板路易吉的朋友。"路易吉跟我说，您可能会需要一个人帮忙做做家务。我有个女儿，没有工作，这事可以让她干，您随便给点什么作为酬劳，我说这些不是因为钱……"从某种程度上说，路易吉是对的，我的确需要一个人做家务，还有做饭。"您会看到，她的意大利烩饭真的很……您考虑考虑再告诉我……"

那个时候，我将要接待来自伦敦的贵族，那个曾经和黎梵特有联系的古董贩子。我不知道他是如何拿到我的地址的，在信件里我看到他的一封信，写得非常客气。我给他打了电话，告诉他我不希望和他再有任何方式的合作。"我完全理解，"他回答道，"而且，我也改行了，我现在是在向中国人兜售波尔多品级酒和当代绘画作品，理念就是要将这些合二为一，法国的一家上市公司西门尔塔，它的总裁还以私人的名义注资我的公司，我只是非常高兴能够来西西里岛看看您。您是一位奇特的人物，我觉得您为人非常友善。"我也不知道自己为什么就答应了他。是因为好奇？抑或是我觉得无聊了？可能吧。

他已经转向别的事情了，我也一样。我也不再怨他什么了。

我们的生命经常是以周期的方式在神秘地运转着。往往是在过后才会明白。太迟了。而现实又常常难以琢磨。社会的命运其实也是一样。自从定居在卡塔尼亚，我经常会想起维吉尔的一句话："伟大世纪的秩序又要重新开始了。"维吉尔曾经受过伊特鲁立亚文化的启发。对于伊特鲁立亚人来说，人类的生命是周期循环而且是不断进步的。据专家们说，很多作家（包括但丁，还有维克多·雨果）都错误地认为，维吉尔是在预言基督教世纪的来临。对于迷失羔羊般信徒们的历史感兴趣的人并不多。再也没有牧羊人了，再也没有预言者了。没有人再把阿波罗和基督联系在一起。我们是不是已经失去了生命的秘密，就像布鲁斯在我开罗的办公室所说的那样？我越来越经常这样问自己：我们是不是正在见证西方世界一个周期的结束，同时还见证着持续了两千多年基督教命运逐步的而且是无可避免的消亡？我们只会成为没有指针的罗盘？或是没有罗盘的指针？我们只是一些永远在路上的朝圣者，没有了基督，没有了朝圣之旅，没有了规则，也没有了目的地？这不就像那些不知道为何会被困于德拉莫特镜头前的金枪鱼吗？虽然我不是信徒，但是我仍然很难适应。好在我知道，历史是非常喜欢一些突发事件的。波利比乌斯是怎么说的？永远都不要轻视命运女神……

我回来以后，珍奈特给我打过好几个电话。她超级兴奋：房子的装修工程已经开始了。"我就是工头！"我还在想着，她所谓的遗产会不会是卡扎菲慷慨馈赠的余款……总之，不是他的就是另一个人的……不应该由我来评判她。再说，受益的是哈碧芭……她在电话里说："如果有机会，我们就带着孩子们来看你。"我忍不住大笑起来。这种反应真的很愚蠢。珍奈特救了哈碧芭，还一直都在照顾她。她如此慷慨大方，并没有因为我的笑而生气，我也努力纠正自己的态度，和她说起双 H 的音乐会。我是在意大利国家电视台在威尼斯拍摄的一个节目上看到他们的。"说真的，他们真的给人非常舒服的感觉。他们用自己的方式演唱迈克尔·杰克逊的《比利·让》，真的非常出色。这让人感到宽慰。人们都能感受到这是两个从遥远的地方回来的人。""你看，格里莫，最糟糕的事情也是有可能改变的。""希望老天爷能听到你说的话。"这次轮到她大笑了起来。

※

今天早上，将近十点的时候，她按响了栅栏门的铃，是我请他父亲转告的。她穿着一条短裤，脚下是一对包边的帆布鞋，上身是一件无袖的低领毛衣。颈背上文着一只海豚。刚才，我们的手臂轻轻碰了一下。我想着如果可以的话该多好。看着她修长的栗色的腿，骨感的肩膀，我开始发抖，手腕的皮下一阵战栗，进而传到全身，心跳也在加速，她笑了，我想了解她的生活，她的秘密，在她心中占据一席之地，我个人的小马达，快乐和活力的小马达再次启动了，它已经开始轰轰作响了，我也朝她笑了笑，听到自己在问她：

"坦白告诉我，如果我叫你瓦伦媞娜，你会愿意吗？"

一阵风把二楼的窗子砰的一声关上了，那是我刚才没有关的窗子。雷声阵阵。厨房里弥漫着一股很重的雨水气息。我们相互看着对方。她的嘴唇在蠕动，小声地说：

"真奇怪，在这个季节……我想我们会有一场暴风雨。"